尊経閣善本影印集成 42
新猿楽記

発行　平成二十二年六月三十日
定価　二六、二五〇円（本体二五、〇〇〇円＋税五％）
編集　財団法人 前田育徳会尊経閣文庫
東京都目黒区駒場四－三－五五
発行所　株式会社 八木書店
代表 八木壮一
東京都千代田区神田小川町三－八
電話 〇三－三二九一－二九六一〔営業〕
－二九六九〔編集〕
FAX 〇三－三二九一－六三〇〇
製版・印刷　天理時報社
用紙（特漉中性紙）　三菱製紙
製本　博勝堂

ISBN978-4-8406-2342-1　第六輯　第6回配本
Web http://www.books-yagi.co.jp/pub
E-mail pub@books-yagi.co.jp

表５　尊経閣文庫所蔵『新猿楽記』写本本文の比較

注（１）表５－１は弘安三年抄本の巻頭欠失部における、古抄本と康永三年抄本の比較表、表５－２は３本の比較表である。「釈摩訶衍論私見聞」第四之巻表紙紙背『新猿楽記』断簡のある部分は表４に比較を示した。

（２）原則として本文文字の比較を行った。一部、仮名（抹消されたものなど）についても記した。声点（声符）・仮名・返点・音訓合符（音合符か訓合符か不分明な線は、「字間中央ニ合符」の如く表現した）は、異同のある本文文字及びそれと関連する前後の文字の解釈に必要な場合に掲げた。仮名等を掲げた例の中には、文字が間違えていたり異なっていても仮名により、本文誤記等が分かる場合がある。

（３）〔　〕内に文字そのものに関わる説明（文字の形など）を記載し、（　）内に注を記載した。傍書文字の左右仮名は、多くの場合、（　）内に記載した。

（４）３本の文字の異同に関わる可能性がある擦消や重書が文字に為されている場合は、結果として３本の文字が同じであっても、比較を行った。

（５）異体字や誤写された文字については、必要に応じて〔　〕内に文字の形を説明した。誤字でも可能なものは作字して掲出した。字形が異なっていても、同字と理解できる場合には、説明を附さなかった場合がある。

（６）本文文字との異同が傍書等で「イ」と注記されている場合と、「イ」と注記されていない場合（補入の指示と理解）を区別して表記した。

（７）表５－２には、３本の文字の異同の関係をわかりやすくするために、「A=B」「A=C」「B=C」等を「○」で表示した。「Bイ」「Cイ」の「イ」は本文文字と異なる傍書文字等を示す。

表５－１

番号	段	東洋文庫本		B 古抄本			C 康永三年抄本		
		頁	行	料紙	行		料紙	行	
1	序			1	1	新猿○[樂]記一巻	1	1	新猿樂記
2		3	1	1	2	秊、右傍仮名「ヨリ」	1	2	年、右傍仮名「ヨリ」
3		3	1	1	2	夜〔下部欠損〕ノ下、ナシ（料紙欠損）	1	2	之
4		3	1	1	3	見物許之見物者、「見物」字間中央ニ合符、右傍仮名「ム」「ツ」、「許之」右傍仮名「ハカリノ」、「見物者」ノ左傍ニ墨線ヲ附シ「見」「物」ノ下ニ墨抹消符「止」ヲ附シ右傍「事者於」（「事」右傍仮名「コト」、「於」右傍仮名「ヲキテ」）	1	3	見物許事者於〔「見」上部、「物」傍ハ本紙欠失シ補修紙ニ補筆、「許」ハ旁「午」（「ノ」「一」左端及ビ「｜」下端ノ撥ネ微存）ノ欠損部ニ補修紙上ニ「十」ヲ書シ「計」ニ改ム、「於」右下欠損〕、「許」右傍仮名「ノ」
5		3	2	1	3	今、右傍仮名「ニ」	1	3	今〔中央部欠損、「未」ニ重書カ〕、天ニ「今」（補修紙ノ上）
6		3	2	1	3	中	1	3	中〔中央上部欠損〕、右傍「○」
7		3	2	1	3	咒〔下部欠損〕	1	3	□〔「咒」カ、上部欠損〕、右傍「○」、右上ニ墨線ヲ附シ右傍「咒䬵」
8		3	3	1	5	僕、「相僕」（朱合符）右傍仮名「スマヒ」	1	5	撲
9		3	3	1	5	骨延	1	5	骨延〔「骨」下部ト「延」上部欠損、「延」ハ「廴」ノ「一」ノミ残ル〕、補修紙ノ上ニソレゾレ「月」「大」補書、「大」ハモト「延」
10		3	3	1	5	領〔「彡」ニ「令」重書、左上欠損部ハ補修紙ニ補筆〕、右傍仮名「リヤウ」	1	5	領、右傍仮名「リヤウ」
11		3	4	1	6	之	1	6	ナシ、人ノ右下、傍書「之イ」
12		3	4	1	6	氷、右傍仮名「ヒカ」（「カ」ニ上濁声点）	1	6	氷〔右上部欠損〕、右傍仮名「ヒ」

番号	段	東洋文庫本 頁	東洋文庫本 行	B 古抄本 料紙	B 古抄本 行	B 古抄本	C 康永三年抄本 料紙	C 康永三年抄本 行	C 康永三年抄本
13	序	3	4	1	6	専當	1	6	専當〔「専」右下部、「當」右半部欠損〕、「専」ニ朱平声点、「當」ニ朱平濁声点、「専」右傍「○」
14		3	4	1	6	取袴山背〔「取袴」右半部欠損、欠損部ヲ補修紙ニ補筆、「山」欠失、補修紙ニ「山背」補筆、補筆「背」ノ「北」ノ第一画相当部分ハ本紙上ニ墨痕アリテ「山」ノ左下端マタハ「城」(畳字)ノ左上端ナラン〕、右傍仮名「トリハカマ」「ヤマシロ」〔「ト」左半部、「カマ」右端、「マ」右端残存、他ハ補修紙ニ補筆〕	1	6	取袴山城、「取袴」「山城」ニ朱訓合符、「取」右傍仮名「トリ」、「城」右下仮名「ノ」、「城」右傍「背イ」(右傍仮名「シロ」)
15		3	4	1	7	城	1	7	ナシ
16		3	4	1	7	大	1	7	太、右傍仮名「ヲホイ」
17		3	5	1	7	万歳	1	8	万歳〔右半部欠損、補修紙ニ補筆〕
18		3	5	1	7	歳ノ下、ナシ	1	8	之〔右下欠損、補修紙ニ補筆〕
19		3	5	1	7	酒	1	8	酒〔右上隅欠損、補修紙ニ補筆〕
20		3	6	1	8	胸、右傍仮名「ムナ」	1	8	胸〔下半部欠損〕、右傍仮名「ムナ」
21		3	6	1	8	舞〔中央部欠損〕	1	8	舞
22		3	6	1	8	筋〔「竹」右半部欠損、下半部「肋」ノ紙片ハ補修ノ際ニ貼リ込ミ位置ズレタカ〕、右傍仮名「スチ」(「ス」左半部欠損)	1	9	筋、右傍仮名「スチ」
23		3	6	1	8	福〔旁ヲ「富」又ハ「當」ノ如ク作ル〕、朱入声点、右傍仮名「フ」	1	9	福
24		3	6	1	9	繦絣、朱合符、右傍仮名「ムツキ」	1	9	絣繦、朱訓合符、右傍仮名「ムツキ」、地ニ「襁褓イ」(左傍墨線、墨訓合符)
25		3	7	1	9	形、朱平声点、右傍仮名「ケイ」	1	10	刑、右傍仮名「ケイ」、「刑」ノ下ノ合符ハ墨ノ上ニ朱
26		3	7	1	9	勾〔「口」ニ「ム」重書〕、朱平声点、右傍仮名「コウ」	1	10	勾、右傍仮名「コウ」
27		3	7	1	10	之(「舞」ノ下)ノ下、ナシ	1	11	老、「老翁」朱訓合符・右傍仮名「オキナ」
28		3	8	1	11	之(童ノ下)	1	11	ナシ、「童」右傍仮名「ハノ」
29		3	9	1	12	徳ノ下、ナシ	1	13	之
30		3	9	2	1	嗜、平声点、右傍仮名「コ」	1	13	呼、右傍「嗜イ」、左傍仮名「コ」
31		3	9	2	1	腹、右傍仮名「ヲ」	1	14	腸、右傍仮名「ヲ」
32		3	10	2	1	斛	1	14	解、右傍仮名「トカ」
33		3	10	2	1	頤(「皐」ノ「十」ヲ「木」ノ如ク作ル)、右傍仮名「ヲトカヒヲ」	1	14	頤、右傍仮名「ヲトカヒヲ」、左傍ニ墨線(ソノ上ニ朱線ヲ重ネル)ヲ附シ地ニ「頤イ」
34		22	1	2	2	辧、右傍仮名「ワキマエツ」	1	15	弁、右傍仮名「ワキマヘツ」
35		22	1	2	2	太ノ下、ナシ、挿入符及ビ墨線ヲ附シ右傍補「高」	1	15	高、右傍仮名「タ」(後筆)・「ク」
36		22	2	2	3	南ノ下、ナシ、挿入符ヲ附シ右傍「常イ」	1	16	常、右傍仮名「ニ」
37		22	2	2	3	猨	1	16	散、左傍ニ墨線ヲ附シ、右傍「猿イ」
38		22	3	2	4	嗜、右傍仮名「コ」	2	1	呼
39		22	3	2	4	腹、右傍朱仮名「ヲ」	2	2	腸、右傍仮名「ヲ」
40		22	4	2	5	萬	2	3	万
41		22	4	2	1	頤(「皐」ノ「十」ヲ「木」ニ作ル)、右傍朱仮名「ヲ」、左傍仮名「ヲトカヒ」	2	3	頤、右傍仮名「ヲ」、左傍ニ墨線ヲ附シ地ニ「頤」

表５－２

番号	段	東洋文庫本		A 弘安三年抄本			B 古抄本			C 康永三年抄本			A=B	A=C	B=C	A=Cイ	A=Bイ	B=Cイ
		頁	行	料紙	行		料紙	行		料紙	行							
1	第一本妻	36	7			料紙欠失	3	13	钦	3	9	ナシ						
2		36	7			料紙欠失	3	13	元〔「无」ノ誤写〕、右傍朱仮名「キカ」	3	9	無、右傍仮名「カ」						
3		36	8	1	1	専女之、右傍仮名「タウメカ」	3	14	専、右傍朱仮名「タウメカ」	3	10	専之、右傍仮名「タウメカ」						
4		36	8	1	1	蚫、右傍仮名「アハヒ」(左端僅存)	3	14	蚫、右傍朱仮名「アワヒ」	3	11	鮑、右傍仮名「アハヒノ」	○					
5		36	8	1	2	町、右傍仮名「マチ」	3	15	野、右傍朱「町」	3	11	町、右傍仮名「マチカ」		○			○	
6		36	8	1	2	鰹、右傍仮名「カツヲノ」	3	15	鰹〔「堅」ノ上部ヲ「艹」ニ作ル〕、右傍朱仮名「カツヲ」	3	12	鰹、右傍仮名「カツヲノ」						
7		36	9	1	2	前、右傍仮名「セヲ」	3	15	前、右傍朱仮名「セヲ」	3	12	善、右傍仮名「ヲ」、「破」トノ字間ニ朱音合符	○					
8		36	9	1	3	條	3	15	條、右傍朱仮名「ノ」	3	12	条、右傍仮名「ノ」						
9		36	9	1	3	葉、右傍仮名「ヒラ」	3	16	葉、右傍朱仮名「ヒラ」	3	12	平、「千平手」(朱訓合符) 右傍仮名「チヒラテ」	○					
10		36	10	1	3	祀、右傍仮名「アヤスルコト」	3	16	袍（示偏ニ作ル)、右傍朱仮名「マツル」	3	13	袍、右傍仮名「マツルコト」、地ニ「祀イ」(旁上部欠、右傍仮名「アツル」)			○	○		
11		36	10	1	3	飯飼、右傍仮名「カシ＼カテヲ」	3	16	飯餇、右傍朱仮名「カシイテ」、左傍仮名「カシイカテ」(「カシ」半存)	3	13	飯餇、右傍仮名「カシキカテヲ」、地ニ「餇イ」(右傍仮名「カシキ」)						
12		36	10	1	4	籬子、「籬」ノ左傍ニ抹消符「止」ヲ附シ上ニ挿入符ヲ附シ右傍補「百離」(本文ト同筆、字間中央ニ合符、右傍仮名「モヽアシカ」)	3	16	百籬子、右傍朱仮名「モヽアシカ」、「籬子」字間中央ニ朱合符	3	13	百籬子、右傍仮名「モモアシカ」、「百」左傍仮名「モヽ」、字間ニ墨音合符（上ニ朱音合符重書）						
13		36	10	1	4	幣、右傍仮名「ミテクラノ」	4	1	幣、右傍朱仮名「ヲ」、左傍朱仮名「ミテクラヲ」	3	14	弊、右傍仮名「ミテクラヲ」、地ニ「幣イ」	○			○		
14		36	10	1	4	瞼、右傍仮名「マナフタハ」	4	1	瞼、右傍朱仮名「マナシリハ」	3	14	瞼〔旁ヲ行書体デ「令」ノ如ク書ス〕、右傍仮名「マナフタハ」、地ニ「瞼」(右傍仮名「マナフタ」)	○			○		
15		36	11	1	5	怨、右傍仮名「アルヲ」、「忿」トノ字間ニ音合符	4	2	怨、右傍朱仮名「エノ」、左傍仮名「エム」、「忿怨」(字間中央ニ朱合符) 左傍朱仮名「イカタル」	3	14	怒、右傍仮名「ノ」、「忿」トノ字間ニ朱音合符	○					
16		36	11	1	5	暮、平濁声点、右傍仮名「早」	4	2	慕、朱平濁声点、右傍朱仮名「ノ」(下ノ「之」ニ当タル)	3	15	慕			○			

番号	段	東洋文庫本		A 弘安三年抄本			B 古抄本			C 康永三年抄本			A=B	A=C	B=C	A=Cイ	A=Bイ	B=Cイ
		頁	行	料紙	行		料紙	行		料紙	行							
17	第一本妻	36	12	1	6	朱ノ下、ナシ	4	3	ナシ	3	16	雖	○					
18		36	12	1	6	、（雪ノ下）	4	3	ナシ	3	16	ナシ			○			
19		36	13	1	7	生、右傍仮名「イキナカラ」（「イ」上部欠損）	4	4	乍生、字間ニ朱レ点、「生」右傍朱仮名「キ」〔「イ」ニ重書カ〕	3	17	生、右傍仮名「イキナカラ」		○				
20		36	13	1	8	但雖有諸過失既爲數子之母（声点・返点・仮名略）	4	5	但雖有諸過失既為數子之母（仮名・返点略）	4	1	但雖有諸過失既為數子之母、「但」ノ右肩ニ合点ヲ附シ「以下或無之」傍書						
21		36	14	1	9	為之如何乎、「為之」ノ右傍仮名「せんニ」「ヲ」	4	6	為如何之乎、「如何」右傍朱仮名「ナンナレトス」	4	1	ナシ、「母」ノ下ニ挿入符ヲ附シ右傍ニ「或本有之」ト注シ「為三如何二之一耶」（「如何」右傍仮名「イ□□」、「之」右傍仮名「ヲ」）補筆	○			○		
22	次妻	52	1	1	10	者	4	7	ナシ	4	2	者		○				
23		52	1	1	10	无、右傍仮名「シ」	4	7	無	4	3	無、右傍仮名「シ」			○			
24		52	2	1	11	剛〔「刂」ヲ「寸」ニ作ル〕、去濁声点、右傍仮名「カウ」	4	8	剛〔「刂」ヲ「寸」ニ作ル〕、朱平濁声点	4	3	剛、朱平声点	○					
25		52	3	1	12	續、右傍仮名「ウミ」	4	9	續、右傍朱仮名「ウミ」	4	4	續、右傍仮名「ウミ」、左傍ニ抹消符「止」ヲ附シ地ニ「績」						
26		52	3	1	12	紡、右傍仮名「ツムク」	4	9	紛、右傍朱仮名「ツムク」〔「ツ」半存〕、左傍朱「紡イ」	4	5	紡、右傍仮名「ツムク」		○			○	
27		52	3	1	13	条	4	10	條、右傍朱仮名「チ」	4	5	条		○				
28		52	4	1	13	余、右傍仮名「アマリ」	4	10	餘、右傍朱仮名「マリ」	4	6	餘			○			
29		52	4	1	13	冬	4	11	冬、右傍朱仮名「ノ」	4	6	冬〔「人」ト「二」ヲ合セタ字形〕、右傍仮名「ノ」						
30		52	4	1	14	帽〔偏「十」、旁ハ「甲」ト「日」ヲ合セタ字形〕、右傍仮名「㐅」	4	11	帽〔偏「十」、旁ハ「田」ト「日」ヲ合ワセタ字形〕	4	7	帽〔偏「十」、旁ハ「甲」ト「日」ヲ合セタ字形〕、左傍ニ抹消符「止」ヲ附シ右傍「帽」（偏ハ「十」）、地ニ「帽」						
31		52	5	1	14	袷、右傍仮名「アハせノ」	4	11	衿、右傍朱仮名「アハせノ」	4	7	袷、右傍仮名「アハせノ」		○				
32		52	5	1	14	單、右傍仮名「ヒト」	4	12	單〔左ノ「口」ヲ「ヒ」、右ノ「口」ヲ「刀」ニ作ル〕、右傍朱仮名「ヒトヘ」	4	7	單〔左ノ「口」ヲ「ム」、右ノ「口」ヲ「刀」ニ、下部ヲ「早」ニ作ル〕、右傍仮名「ヒトヘ」						
33		52	5	1	15	着、右傍仮名「サシ」	4	12	差、右傍朱仮名「サシ」	4	8	差、右傍仮名「サシ」			○			
34		52	6	1	16	力	4	13	刀	4	9	刀			○			
35		52	6	1	16	笏、右傍仮名「シヤク」	4	13	爵		9	爵、右傍仮名「シヤク」、仮名ノ右傍「笏イ」（右肩朱合点）			○	○		

番号	段	東洋文庫本 頁	東洋文庫本 行	A 弘安三年抄本 料紙	A 行	A 弘安三年抄本	B 古抄本 料紙	B 行	B 古抄本	C 康永三年抄本 料紙	C 行	C 康永三年抄本	A=B	A=C	B=C	A=Cイ	A=Bイ	B=Cイ
36	次妻	52	6	1	16	扇〔行書体、「广」ト「月」ヲ合ワセタ如キ字形〕	4	13	扇	4	9	扇						
37		52	6	1	16	書	4	13	書（小字割書）	4	9	書（小字割書）	○					
38		52	6	1	16	分	4	13	装束（小字割書）	4	9	ナシ、「書」ノ下ニ「装束イ」						○
39		52	7	1	16	録、「胡録」右傍仮名「ヤナクヒ」（「ク」上部欠損）	4	14	籙、左傍「イ井」	4	10	籙〔「録」ニ「竹」ヲ書キ加へ〕、左ニ墨線ヲ附シ右下「籙イ」、次デ「籙イ」擦消、「胡籙」（朱訓合符）右傍仮名「ヤナクヒ」			○			
40		52	7	1	17	係、右傍仮名「カヽレリ」	4	14	放	4	10	依、右傍仮名「レリ」		○				
41	第三妾	57	1	1	18	妾、右傍仮名「メ」	4	15	妾	4	11	妾、右傍「妻イ」（右傍仮名「メ」）						
42		57	1	1	18	始、右傍仮名「テ」	4	15	ナシ	4	12	始		○				
43		57	2	1	20	之	4	17	ナシ	4	13	ナシ			○			
44		57	3	2	1	縦、右傍仮名「タトヒ」	5	1	縦、右傍朱仮名「ヒ」	4	14	ナシ、「思」ノ下ニ圏点ヲ附シ右傍「縦イ」（右傍仮名「ヒ」）	○			○		
45		57	4	2	2	忘彼、右傍仮名「ヌ」「カレヲ」	5	2	彼忌、右傍朱仮名「ヲ」「レ」	4	15	彼忘、字間左傍ニ朱訓合符、右傍仮名「レ」「レ」、「彼」ノ下ニ朱圏点ヲ附シ右傍「被イ」（右傍仮名「ラレヌ」）、「被イ」ニ右下傍書「イ无」（朱合点）			○			
46		57	4	2	2	神事、「縦云仕-佛神-事之務一」ト音合符・返点ヲ附ス	5	2	事神、右傍朱仮名「ツカマツル」「ニ」、「縦云五仕二佛事四神一之務」ト返点ヲ附ス、「仕佛」字間ニ朱レ点	4	16	事神、「縦云下仕佛事神之務上」ト返点ヲ附ス、「仕佛」「事神」字間ニ朱レ点、「事神」右傍仮名「ツル」「ニ」			○			
47		57	5	2	3	攝〔旁下部ヲ「用」ニ作ル〕、右傍仮名「ス卩レル」	5	2	攝〔旁下部ヲ「用」ニ作ル〕、右傍朱仮名「シ卩レル」、左傍仮名「スヘタル」	4	16	攝〔旁下部ヲ「用」ニ作ル〕、右傍仮名「ヲサマレル」、左傍ニ墨線ヲ附シ地ニ「攝イ」（右傍仮名「スハレル」、左傍仮名「スホメル」）						
48		57	5	2	3	自開怒面會之自和所痛觸之（仮名・返点略ス）	5	3	ナシ	4	17	自開怒面會之自和所痛觸之（仮名・返点略ス）		○				
49		57	5	2	3	愈、右傍仮名「イエ」	5	3	喩、右傍朱仮名「ウルヲヒ」	4	17	愈、右傍仮名「イへ」		○				
50		57	5	2	4	安ノ下、ナシ	5	3	夜、右傍朱仮名「ハ」	5	1	夜、右傍仮名「ハ」			○			
51		57	5	2	4	晝ノ下、ナシ	5	3	随晝、右傍朱仮名「テ」「ニ」	5	1	随晝、字間ニ朱レ点、右傍仮名「テ」「ニ」			○			
52		57	6	2	4	挑、右傍仮名「クシレトモ」	5	4	桃、右傍朱仮名「クシルトモ」	5	2	挑、右傍仮名「クシルトモ」、地ニ「排イ」（右傍仮名「クシル」）		○				

番号	段	東洋文庫本		A 弘安三年抄本			B 古抄本			C 康永三年抄本			A=B	A=C	B=C	A=Cイ	A=Bイ	B=Cイ
		頁	行	料紙	行		料紙	行		料紙	行							
53	第三妾	57	7	2	5	論	5	4	論	5	2	憚、右傍仮名「ハヽカラ」	○					
54		57	7	2	5	憚、右傍仮名「ハヽカラ」	5	4	憚	5	2	障、右傍仮名「サワラ」	○					
55		57	7	2	5	人ノ下、ナシ	5	5	ナシ	5	3	之	○					
56		57	8	2	6	死	5	6	死	5	4	老、左傍ニ抹消符「止」ヲ附シ右傍「死」	○			○		
57		57	8	2	6	齢〔「歯」ヲ「止」ト「夫」ヲ合セタ如キ字形ニ作ル〕、右傍仮名「レイ」、左傍「齢歟」（本文ト同筆ノ追筆カ）	5	6	齢、朱平声点、右傍仮名「レイ」	5	4	齢						
58		57	8	2	7	万、右傍仮名「モ」、右ニ墨線ヲ引キ天ニ「方歟」（本文ト同筆ノ追筆カ）	5	6	方、右傍朱仮名「ハウ」、左傍朱仮名「ヲウ」	5	4	方、右傍仮名「ホウ」			○			
59	大君夫	62	1	2	8	又	5	8	ナシ	5	6	又		○				
60		62	1	2	8	大	5	8	大、右傍朱仮名「ヲホイ」	5	6	太、右傍仮名「ヲホイ」	○					
61		62	1	2	8	簑〔「貝」ヲ「目」ニ作ル〕、右傍仮名「サイノ」	5	8	簺、右傍朱仮名「ノ」、左傍仮名「サイ」	5	7	簑、右傍仮名「サイノ」		○				
62		62	1	2	9	条	5	9	條〔偏ハ「彳」〕、朱平濁声点	5	7	条、朱平濁声点		○				
63		62	2	2	10	徹〔「育」ヲ「青」ニ作ル〕、右傍仮名「トヲシ」	5	10	徹、右傍朱仮名「トヲシ」	5	8	徹〔「育」ノ上部ヲ「去」ニ作ル〕、右傍仮名「トホシ」						
64		62	3	2	10	叮、右傍仮名「タヽイ」	5	10	叩〔旁ヲ「了」ノ如ク作ル〕、右傍朱仮名「タヽイ」〔「タ」ノ左上欠損〕	5	8	叩、右傍仮名「イ」、左傍仮名「タヽイ」			○			
65		62	3	2	10	簑〔「貝」ヲ「目」ニ作ル〕（平ノ下）	5	10	簺、右傍仮名「サイ」	5	9	簑、右傍仮名「サイ」		○				
66		62	3	2	10	簑〔「貝」ヲ「目」ニ作ル〕（鐵ノ下）、右傍仮名「サイ」	5	10	簺	5	9	簑		○				
67		62	3	2	11	秉〔「木」ヲ「戈」ニ作ル〕、右傍仮名「トツ」	5	11	康、右傍朱仮名「トツ」	5	10	秉〔下部ヲ「水」ノ如ク作ル〕、右傍仮名「トツ」		○				
68		62	4	2	11	種々、右傍仮名「ノ」	5	11	ナシ	5	10	ナシ			○			
69		62	4	2	11	簑〔「貝」ヲ「目」ニ作ル〕〕	5	11	簺、平声点	5	10	施、右傍「簑イ」、左傍「イ无」トソノ下ニ墨線				○		
70		62	4	2	12	論	5	11	論、朱去声点	5	10	論、右傍「施論イ」（字間ニ朱合符、右傍仮名「サイ」）、左傍ニ墨線						
71		62	4	2	12	私、右傍仮名「ニ」	5	12	弘、右傍朱仮名「ヒロニ」	5	10	弘、右傍仮名「ニ」			○			
72		62	5	2	13	竹	5	12	竹、朱入声点	5	11	竹、「之」摺消ノ上						

番号	段	東洋文庫本		A 弘安三年抄本			B 古抄本			C 康永三年抄本			A=B	A=C	B=C	A=Cイ	A=Bイ	B=Cイ
		頁	行	料紙	行		料紙	行		料紙	行							
73	大君夫	62	5	2	13	様	5	13	拯〔旁ノ下部「一」ナシ〕、朱上濁声点、右傍朱仮名「せウ」	5	11	撨、右傍仮名「シヨ」、左上ニ抹消符「止」ト墨点ヲ附シ左傍仮名「せウカ」(右肩ニ朱合点)、次デ地ニ「拯イ」						○
74		62	6	2	14	核、右傍仮名「サ子ノ」	5	14	掩、右傍朱仮名「子ノ」、左傍「サ子ノ」	5	13	椾、右傍仮名「サ子ノ」、右下「核」、左傍ニ墨線ヲ附シ地ニ「核」(下ニ仮名「サ子」)				○		
75		62	7	2	15	无、右傍仮名「ニ」	5	14	無	5	14	無			○			
76		62	7	2	15	缺〔「缶」ヲ「垂」ノ如ク作ル〕、右傍仮名「カケタル」	5	15	缺〔「缶」ヲ「垂」ノ如ク作ル〕、右傍朱仮名「カケタル」	5	14	缺〔「缶」ヲ「垂」ノ如ク作ル〕、右傍仮名「カケタル」、左傍ニ墨線ヲ附シ行末ニ「缺イ」						
77	中君夫	70	1	2	16	苐	5	16	弟	5	15	苐		○				
78		70	2	2	17	流〔旁ノ下部ヲ「水」ノ如ク作ル〕、「流鏑馬」(「流鏑」字間中央合符) 右傍仮名「ヤフサメ」	5	17	流、「流鏑馬」(「流鏑」字間中央ニ朱合符) 右傍朱仮名「ヤフサメ」	5	16	流、「流鏑馬」(朱訓合符) 右傍仮名「ヤフサメ」						
79		70	2	2	17	鏑〔旁ノ「口」ヲ「呂」ニ作ル〕	5	17	鏑	5	16	鏑						
80		70	2	2	17	的、右傍仮名「マト」	5	17	的〔旁ヲ「句」ニ作ル〕、左傍仮名「マト」	5	17	的〔旁ヲ「勾」ニ作ル〕、右傍仮名「マト」						
81		70	3	2	18	牟〔「ム」ノ「、」、「牛」ノ「ノ」ナキ字形ニ作ル〕、「牟戈」右傍仮名「ᄆコヲ」	6	1	亍〔「干」ノ誤写〕、「亍戈」(字間中央ニ朱合符) 右傍朱仮名「カムクワニ」、左傍朱仮名「ᄆコヲ」	6	1	牟〔「牛」ヲ「于」ニ作ル〕、「牟戈」(朱訓合符) 右傍仮名「ホコヲ」		○				
82		70	3	2	19	旗、右傍仮名「ハタヲ」	6	2	旌、右傍朱仮名「ハタヲ」	6	1	旌、右傍仮名「ハタ□」(「□」ハ「ヲ」カ)			○			
83		70	4	2	19	築、右傍仮名「ツキ」	6	2	築、右傍朱仮名「ツキ」	6	2	築〔「竹」ヲ「艹」、「凡」ヲ「口」ニ作ル〕、右傍仮名「ツキ」、左傍ニ墨線ヲ附シ天ニ「築」〔「竹」ヲ「艹」ニ作ル〕						
84		70	4	2	20	猛、右傍仮名「タケクシテ」	6	3	猛〔「子」ヲ「关」ニ作ル〕、右傍朱仮名「タケクシテ」	6	3	猛、右傍仮名「タケクメ」						
85		70	5	3	1	會嵇〔「尤」ヲ「火」ニ作ル〕、右傍仮名「クワイ」「ケイ」	6	3	會稽〔「尤」ヲ「火」、「日」ヲ「目」ニ作ル〕、各字ニ去声点、「稽」右傍朱仮名「ノ」	6	4	噲嵇〔「尤」ヲ「火」ニ作ル〕、字間中央ニ朱合符、右傍仮名「クワイ」「ケイ」、両字左傍ニ抹消符「止」ヲ附シ天ニ「會稽」						
86		70	5	3	1	屬、入声点	6	4	属	6	4	屬、朱入声点、右肩朱合点、右傍仮名「シヨク」、ソノ右傍「辱イ」						

番号	段	東洋文庫本		A 弘安三年抄本			B 古抄本			C 康永三年抄本			A=B	A=C	B=C	A=Cイ	A=Bイ	B=Cイ
		頁	行	料紙	行		料紙	行		料紙	行							
87	中君夫	70	6	3	2	態、右傍仮名「ワサヲ」	6	4	能、右傍朱仮名「ヲ」	6	5	態、右傍「能イ」、右傍仮名「ヲ」、左傍仮名「ワサ」		○				○
88		70	7	3	3	名ノ下、ナシ、「名」ノ下ニ挿入符ヲ附シ右傍補「字」(本文ト同筆)	6	5	字	6	6	字、右傍仮名「ハ」			○			
89		70	7	3	3	勲ノ上、ナシ	6	5	无〔「元」ノ如ク書ス〕名	6	6	無名、「無」右傍仮名「ノ」			○			
90	三君夫	76	1	3	3	權〔旁ノ下部ニ「又」アル字形ニ作ル〕	6	7	權	6	7	權、右傍仮名「ノ」						
91		76	1	3	4	耕、右傍仮名「カウ」	6	7	耕〔「耒」ヲ「禾」ニ作ル〕、朱平声点、右傍朱仮名「カウ」	6	7	耕〔「耒」ヲ「禾」ニ作ル〕、右傍仮名「カウ」						
92		76	2	3	5	想、右傍仮名「天」	6	8	想、右傍朱仮名「シテ」	6	9	相、右傍仮名「シテ」	○					
93		76	3	3	6	杷〔「梔」ノ如ク作ル〕、右傍仮名「クア」	6	9	杷〔旁ヲ「夗」ノ如クニ作ル〕、「馬杷」字間中央ニ朱合符、「杷」右傍朱仮名「クワ」	6	10	杷〔旁ヲ「夗」ノ如クニ作ル〕、右傍仮名「クハ」						
94		76	3	3	7	築、右傍仮名「ツキ」	6	10	坊、右傍朱仮名「フせク」	6	10	坊、「堤坊」(朱訓合符) 右傍仮名「ツ丶ミ」、左傍ニ墨線ヲ附シ右傍「防ノ」			○			
95		76	3	3	7	溝、右傍仮名「ミソ」	6	10	塒、右傍朱仮名「ㇳリケ」	6	10	塒、右傍仮名「ㇳリ」、右下ヘ墨線ヲ引キ「溝イ」傍書			○	○		
96		76	3	3	7	堀、右傍仮名「ミソ」、「ミソ」ノ上ニ仮名「ㇳリ」重書	6	10	渠、右傍朱仮名「ミソ」	6	10	渠、右傍仮名「ミソ」、「塒渠」ニツキ地ニ「溝渠イ」(右傍仮名「ミソホリ」)			○			
97		76	3	3	7	畦〔旁ヲ「厓」(「圭」ヲ「出」ノ如ク作ル) ニ作ル、右傍仮名「アせ」	6	10	畔、右傍朱仮名「アセ」	6	10	畔、右傍仮名「アせ」、左傍仮名「クロ」			○			
98		76	3	3	7	忙〔「亡」ヲ「巳」ノ如ク作ル〕、右傍仮名「イソキニ」	6	10	圮、右傍朱仮名「イトナミニ」	6	11	忙〔「亡」ヲ「巳」ニ作ル〕、右傍仮名「イトナミニ」、地ニ「忙イ」(右傍仮名「イトナミ」)		○		○		
99		76	4	3	8	耕、右傍仮名「カウ」	6	11	耕〔「耒」ヲ「禾」ニ作ル〕、朱平声点、右傍朱仮名「カウ」	6	11	耕、朱平声点						
100		76	4	3	8	播、右傍仮名「ハム」	6	11	播、朱去濁声点、右傍朱仮名「ハム」	6	12	播〔偏ヲ「十」ニ作ル〕、右傍仮名「ハ」、左傍ニ墨線ヲ附シ右傍「播イ」(右傍仮名「ハ」)、朱去声点						

番号	段	東洋文庫本		A 弘安三年抄本			B 古抄本			C 康永三年抄本			A=B	A=C	B=C	A=Cイ	A=Bイ	B=Cイ
		頁	行	料紙	行		料紙	行		料紙	行							
101		76	5	3	9	穜、右傍仮名「ワせ」(「ワ」右半欠損)	6	12	稙、右傍朱仮名「ワせ」	6	13	早穜、字間ニ朱訓合符、右傍仮名「ワせ」、ソノ右「穜イ」(朱平声点、右傍仮名「チヨノ」、「ノ」ノ左傍ノ「○」ハ「穜」ノ入声点カ、「ノ」ハ「ク」カ)、地ニ「穜〈チョク/ヲクテ〉」(右肩朱合点、朱平声点)						
102		76	5	3	9	稑、右傍仮名「ヲクテ」	6	12	稑、右傍朱仮名「ヲクテ」	6	13	晩田、字間ニ朱音合符、右傍仮名「ヲクテ」、ソノ右「稑イ」(右傍仮名「リク」、朱入声点)、地ニ「稑〈リク/ワせ〉イ」(右肩朱合点、朱入声点、「イ」ハ「穜」「稑」両字ニ係ル)						
103		76	5	3	9	粳ノ下、ナシ、「粳」ノ下ニ挿入符ヲ附シ右傍補「糯」(右傍仮名「モチ」)(本文ト同筆)	6	12	糯、右傍朱仮名「モチ井」	6	13	糯〔「雨」ハ「西」ニ重書〕、右傍仮名「モチ」、左傍ニ墨線ヲ附シ右傍「糯」						
104	三君夫	76	5	3	9	苅頴、右傍仮名「カリ」「カヒ」	6	12	苅〔「メ」ヲ「歹」ニ作ル〕頴、右傍朱仮名「カリ」「カヒ」	6	13	苅〔「メ」ヲ「歹」ニ作ル〕頴、字間ニ朱音合符、右傍仮名「カリカヒ」、左傍「苅頴イ」						
105		76	6	3	10	大(麦ノ下)	6	13	大	6	14	ナシ、「麦」ノ右傍ニ「大」ノ摺消痕アリ	○					
106		76	6	3	10	豆(角ノ下)、「大角豆」(字間中央ニ合符)右傍仮名「サヽケ」	6	13	ナシ	6	14	豆、「大角豆」左傍仮名「サヽケ」		○				
107		76	6	3	10	角(小ノ下)、「小角豆」(字間中央ニ合符)右傍仮名「アツキ」	6	14	ナシ	6	14	角、「小角豆」左傍仮名「アツキ」		○				
108		76	6	3	10	粟	6	14	粟、右傍朱仮名「アワ」	6	15	粟、右傍仮名「アワ」		○				
109		76	6	3	10	稗、右傍仮名「ヒエ」	6	14	稗、右傍朱仮名「ヒエ」	6	15	稗、右傍仮名「ヒヱ」、左傍ニ墨線ヲ附シ右傍「稈イ」						
110		76	6	3	10	喬〔上部「右」ニ作ル〕	6	14	喬〔上部「右」ニ作ル〕、「喬麦」(字間中央ニ朱合符)右傍朱仮名「ソハ」	6	15	喬〔上部ヲ「右」、下部ヲ「向」ニ作ル〕、左傍ニ墨引ヲ附シ左傍「喬イ」、「喬麦」(朱訓合符)右傍仮名「ソマムキ」						
111		76	6	3	11	表、「喬表」右傍仮名「ソハ」	6	14	麦	6	15	麦			○			
112		76	7	3	11	表ノ下、ナシ	6	14	ナシ	6	15	荏、右傍仮名「エ」	○					
113		76	7	3	12	億、右傍「倍」(本文ト同筆)、右傍仮名「ヲ」	6	15	倍、朱濁平声点、右傍仮名「ヲ」	6	16	倍、右傍仮名「ヲ」			○			

番号	段	東洋文庫本		A 弘安三年抄本			B 古抄本			C 康永三年抄本			A=B	A=C	B=C	A=Cイ	A=Bイ	B=Cイ
		頁	行	料紙	行		料紙	行		料紙	行							
114	三君夫	76	8	3	12	収、右傍仮名「ヲサメニ」	6	16	収、朱平濁声点、右傍朱仮名「ニ」、左傍朱仮名「ヲサム」	6	17	収〔「聊」ヲ書キカケ擦消シ重書〕、右傍仮名「ニ」、朱平声点						
115		76	8	3	12	无、右傍仮名「シ」	6	16	無	6	17	無、右傍仮名「シ」			○			
116		76	9	3	13	稼ノ下、ナシ、「稼」ノ下ニ挿入符ヲ附シ右傍補「穡」(下ニ仮名「シヨク」、本文ト同筆)	6	17	穡、朱入声点、右傍朱仮名「シヨク」	7	1	穡、右傍仮名「シヨク」、入声点						
117		76	9	3	13	饒、右傍仮名「子ウ」	6	17	瞻〔「詹」ノ「八」ヲ「比」ニ作ル〕、平声点、右傍仮名「ソム」	7	1	瞻〔「詹」ノ中ヲ「比」ト「舌」ニ作ル〕、右傍仮名「セン」、左傍「饒イ」、地ニ「瞻〈ニキハヒ／イ〉」(右傍仮名「セン」)			○			
118		76	9	3	13	之	6	17	之	7	1	之、右傍文字（「瞻」カ）擦消シテ仮名「ノ」ヲ書ス、						
119		76	9	3	14	虫	7	1	忠、平濁声点、右傍仮名「チウ」	7	1	虫		○				
120		76	10	3	15	通ノ下、ナシ、「通」ノ下ニ挿入符ヲ附シ右傍補「送」(本文ト同筆)	7	1	送、平声点、右傍仮名「ウノ」、左傍仮名「ソウノ」	7	2	送、右傍仮名「ソウ」、朱平声点						
121		76	10	3	15	之	7	1	ナシ	7	2	之			○			
122		76	10	3	15	況ノ下、ナシ	7	2	ナシ	7	3	乎	○					
123		76	11	3	15	祖穀、右傍仮名「ソ」「コク」	7	2	ナシ、「物」ノ下ニ圏点ヲ附シ右傍「租穀イ」(右傍仮名「ソコク」、「租」ニ上声点)	7	3	祖穀（字間中央ニ朱合符）		○				
124		76	12	3	16	酒〔草書体〕、上声点	7	3	酒、上声点	7	5	酒						
125		76	12	3	17	子、平濁声点、右傍仮名「シ」	7	4	蒔、平濁声点	7	5	蒔、右傍仮名「マキ」			○			
126		76	12	3	17	國	7	3	ナシ	7	5	ナシ			○			
127		76	13	3	17	束、右傍仮名「ソク」	7	4	束、入声点	7	6	束、「東」ニ重書、右傍仮名「ソク」(「ソ」重書)						
128		76	13	3	18	之	7	5	ナシ	7	7	之		○				
129		76	14	3	18	草、「遮草」(字間中央ニ合符)右傍仮名「サモアラハアレ」	7	5	莫、「遮莫」(字間中央ニ合符)右傍仮名「サモアラハアレ」	7	7	莫、「遮莫」(朱訓合符) 右傍仮名「サモアラハアレ」			○			
130		76	14	3	19	家ノ下、ナシ	7	6	ナシ	7	8	焉	○					
131	四御許	84	1	3	20	覡〔「巫」ヲ「至」ノ如ク作ル〕、「覡女」右傍仮名「カンナ丶」	7	7	覡〔「巫」ヲ「至」ニ作ル〕、「覡女」右傍仮名「カムナキ」・左傍仮名「□ムナキ」(「□」ハ「ナ」ノ如ク作ル)	7	9	巫、「巫女」(朱音合符) 右傍仮名「カンナキ」	○					
132		84	1	3	20	ト	7	7	ナシ、「也」ノ下ニ圏点ヲ附シ右傍「トイ」	7	9	ナシ			○		○	

番号	段	東洋文庫本		A 弘安三年抄本			B 古抄本			C 康永三年抄本			A=B	A=C	B=C	A=Cイ	A=Bイ	B=Cイ
		頁	行	料紙	行		料紙	行		料紙	行							
133		84	1	3	20	遊、右傍仮名「アソヒ」	7	7	遊	7	9	遊、右肩朱合点、左傍ニ墨線ヲ附シ右傍「樂イ」、「神遊」(朱訓合符) 右傍仮名「カクラ」						
134		84	1	3	20	舞袖、右傍仮名「ノ」「テハ」	7	7	ナシ	7	10	舞袖、「舞」右傍仮名「ノ」		○				
135		84	1	4	1	飄、右傍仮名「ヘウ」	7	8	飄、朱平声点、右傍仮名「ウ」	7	10	飄、「票」重書、朱平声点						
136		84	2	4	1	和雅〔料紙欠損ニテ半存〕	7	8	和雅、「和」朱去声点、「雅」右傍仮名「ニシテ」・左傍仮名「ケニシテ」	7	10	和雅、字間ニ音合符、「雅」右傍仮名「ケニシテ」						
137		84	2	4	1	鳴	7	8	鳴、右傍仮名「サエツルカ」	7	11	ナシ	○					
138		84	2	4	2	音ノ下、ナシ	7	9	而	7	11	ナシ		○				
139		84	3	4	2	无	7	9	無	7	11	無、右傍仮名「ニモ」			○			
140		84	4	4	3	糈〔「疋」ヲ「ム」、「月」ヲ「冂」ニ「丶」ニ作ル〕、右傍仮名「クマ」	7	11	熊、右傍仮名「クマ」	7	13	糈〔「疋」ヲ「巳」、「月」ヲ「目」ニ作ル〕、「糈米」(朱訓合符) 右傍仮名「クマシネハ」、「糈」左傍ニ墨線ヲ附シ天ニ「糈イ」(右傍仮名「クア」)・「糈「イ」(朱)」(右下「同」)、上ノ「糈イ」ノ左ニ「糈イ」ト書シ次デ擦消		○				
141	四御許	84	4	4	4	无、右傍仮名「シ」	7	11	无〔「元」ノ如ク書ス〕	7	13	無、右傍仮名「シ」	○					
142		84	4	4	4	幣、右傍仮名「ミテクラノ」	7	11	幣、右傍仮名「イ」、左傍仮名「ヘイ」	7	14	弊、左傍仮名「ミテクラ」、天ニ「幣」	○			○		
143		84	4	4	4	紙、右傍仮名「カミハ」	7	11	紙、右傍仮名「シ」	7	14	帋〔「巾」ヲ「力」ニ作ル〕、右傍仮名「ハ」、左傍仮名「カミハイ」	○					
144		84	6	4	6	銀金、右傍仮名「シロカ子」「コカ子」	7	13	銀金、「金」右傍仮名「ノ」	7	16	銀、「銀」ノ上ニ圏点ヲ附シ右傍「金イ」	○			○		
145		84	6	4	6	銅、右傍仮名「アカヽ子ノ」	7	13	ナシ	7	16	銅、右傍仮名「ノ」		○				
146		84	7	4	6	釼、右傍仮名「ツル〵」	7	14	釼、右傍仮名「ツルキ」	7	17	釼、右傍仮名「ツルキ」、左傍ニ墨線ヲ附シ天ニ「劒ツルキ」						
147		84	7	4	7	塞、平声点、右傍仮名「カンノ」	7	14	寒、右傍仮名「カムノ」	7	17	寒			○			
148		84	7	4	7	如、右傍仮名「シ」	7	14	似	7	17	如、右傍仮名「シ」		○				
149		84	7	4	7	苐(「茅」ノ異体ナラン)、右傍仮名「チノ」	7	15	苐、右傍仮名「チノ」	7	17	苐〔「□」(「葉」カ) ヲ擦消、重書〕、右傍仮名「チノ」						
150		84	7	4	7	銜〔「金」ヲ「合」ニ作ル〕、右傍仮名「クツハ」	7	15	銜、右傍仮名「クツワ」	8	1	銜、右傍仮名「クツワ」						
151		84	8	4	7	鎰鋸鉋、右傍仮名「カキ」「ノコキリ」「カンナ」	7	15	鎰鋸鉋、右傍仮名「カナ」「ノコキリ」「カナ」	8	1	鉋鋸鎰、右傍仮名「カナ」「ノコキリ」「カキ」	○					
152		84	8	4	8	鑿、右傍仮名「ノミ」	7	15	ナシ	8	1	鑿、右傍仮名「ノミ」		○				

番号	段	東洋文庫本 頁	行	A 弘安三年抄本 料紙	行		B 古抄本 料紙	行		C 康永三年抄本 料紙	行		A=B	A=C	B=C	A=Cイ	A=Bイ	B=Cイ
153	四御許	84	8	4	8	鉞〔旁ヲ「戈」ニ作ル〕、右傍仮名「マサカリ」	7	15	ナシ	8	1	ナシ			○			
154		84	8	4	8	錐、右傍仮名「キリ」	7	16	ナシ、「針」ノ下ニ圏点ヲ附シ右傍「錐イ」（右傍仮名「キリ」）	8	2	錐、右傍仮名「キリ」		○			○	
155		84	9	4	8	錐ノ下、ナシ	7	16	鏞〔旁下部ヲ「用」ニ作ル〕、右傍仮名「ケヌキ」	8	2	鏞〔旁下部ヲ「用」ニ作ル〕、右傍仮名「ケヌキ」			○			
156		84	9	4	9	鑊〔旁ヲ「隻」ニ作ル〕、右傍仮名「カナヘ」	7	16	鑊〔旁ノ「又」ナシ〕、右傍仮名「カナヘ」、左傍仮名「ナカヘ」	8	2	鑊〔旁ヲ「隻」ニ作ル〕、右傍仮名「カナヘ」、左傍ニ墨線ヲ附シ地ニ「鑊イ」（右傍仮名「カナヘ」）						
157		84	9	4	9	鑊ノ下、ナシ	7	16	ナシ	8	3	鍉、右傍仮名「ヒサケ」、左傍仮名「ツルナヘ」	○					
158		84	9	4	9	鍑、右傍仮名「カナヘ」	7	16	鍑〔旁ヲ「夏」ニ作ル〕、右傍仮名「マサカリ」	8	3	鍑、右傍仮名「マサカリ」、ソノ右傍「タツキ」、左傍仮名「ツルナヘ」（右肩朱合点、仮名3字擦消ノ上ニ書ス）						
159		84	9	4	9	鼎〔草書体ニヨル「曷」ト「斤」ヲ合セタ如キ字形〕、右傍仮名「アシナヘ」	7	16	鼎〔草書体ニヨル「曷」ト「斤」ヲ合セタ如キ字形〕、右傍仮名「アシナヘ」、左傍仮名「アシカマ」	8	3	鼎〔草書体ニヨル「曷」ト「斤」ヲ合セタ如キ字形〕、右傍仮名「アシナヘ」、左傍仮名「アシカマ」、右傍仮名ノ右ニ「イ」（墨ノ上ニ朱）ヲ附シ地ニ「鼎イ」（「目」ヲ「日」ニ作ル、右傍仮名「アシナヘ」）						
160		84	9	4	9	鋺、右傍仮名「カナマリ」	7	16	鋎、右傍仮名「カナマリ」	8	3	鋎、右傍仮名「カナマリ」			○			
161		84	10	4	10	器ノ下、ナシ	7	17	ナシ	8	4	火	○					
162		84	10	4	10	匳〔「L」ヲ之繞ノ如ク作ル〕、右傍仮名「リン」	7	17	匳〔「L」ヲ之繞ノ如ク作ル〕、右傍仮名「ハコ」、左傍仮名「リム」	8	4	匳〔「L」ヲ之繞ノ如ク作ル〕、右傍仮名「リン」、左傍ニ墨線ヲ附シ右下「匳イ」〔中ヲ「僉」ニ作ル〕（右傍仮名「レン」）						
163		84	10	4	10	錫	7	17	錫	8	4	錫			○			
164		84	10	4	10	鈸、右傍仮名「ハツ」	8	1	鈸、右傍仮名「ハチ」	8	4	鉢、左傍ニ墨線ヲ附シ右傍「鈸イ」	○			○		
165		84	10	4	10	獨〔行書体ニヨル旁ヲ「曷」ノ如ク作ル字形〕	8	1	獨、右傍仮名「ト」	8	4	獨						
166		84	11	4	11	鍾、右傍仮名「カ子」	8	1	鐘	8	5	鐘			○			
167		84	11	4	11	鑄（小字）	8	1	餞（小字割書）	8	5	鑄（小字割書）		○				
168	五君夫	91	1	4	13	紀	8	4	記、朱平声点、右傍仮名「キ」	8	8	記			○			
169		91	1	4	13	等ノ下、ナシ	8	4	之	8	8	ナシ		○				

番号	段	東洋文庫本		A 弘安三年抄本			B 古抄本			C 康永三年抄本			A=B	A=C	B=C	A=Cイ	A=Bイ	B=Cイ
		頁	行	料紙	行		料紙	行		料紙	行							
170	五君夫	91	1	4	13	也ノ下、ナシ、「也」ノ下ニ挿入符ヲ附シ右傍補「姓ハ」(本文ト同筆)	8	4	姓、「也」ノ下ニ挿入符ヲ附シ右傍補「姓」(右傍仮名「ハ」)	8	8	姓、右傍仮名「ハ」						
171		91	2	4	14	綾、右傍仮名「レウ」	8	5	綾、右傍仮名「リヨウ」	8	9	淩、右傍仮名「リヨウ」	○					
172		91	2	4	14	選	8	5	撰、右傍仮名「せム」	8	9	選		○				
173		91	3	4	15	令律	8	5	令律、各字ニ朱平声点・朱入声点、右傍仮名「リヤウ」「リツ」	8	10	律令、各字ニ朱入声点及ビ朱平声点、字間ニ朱読点	○					
174		91	3	4	15	式〔「或」ニ重書〕、右傍仮名「シキ」	8	5	式、右傍仮名「シキ」	8	10	式、朱入声点						
175		91	3	4	15	盡、右傍仮名「シテ」	8	6	書、右傍仮名「テ」	8	10	盡、右傍仮名「シテ」		○				
176		91	3	4	15	畢、右傍仮名「ヌ」	8	6	了	8	11	畢、右傍仮名「ヌ」		○				
177		91	4	4	16	状ノ下、ナシ	8	7	ナシ	8	12	陳状勘状勘文移牒移文（声点・仮名等略ス）	○					
178		91	5	4	16	呪願ノ下、ナシ	8	7	ナシ	8	12	ナシ、地ニ「諷誦文イ」						
179		91	5	4	16	符、平声点、右傍仮名「フ」	8	7	符	8	13	府、右傍仮名「フ」、朱上声点	○					
180		91	5	4	17	告	8	8	告、朱平濁声点	8	13	苦、右傍「告イ」(朱平濁声点)、左傍ニ朱線ヲ附シ左ニ「告「イ」(朱)」	○			○		
181		91	5	4	17	勘状、「状」ニ上濁声点、右傍仮名「カン」「シヤウ」	8	8	ナシ	8	13	ナシ			○			
182		91	5	4	17	解、右傍仮名「ケ」	8	8	請、右傍仮名「ウケ」	8	13	解、「等」擦消シ重書		○				
183		91	6	4	17	解文ノ下、ナシ	8	8	ナシ	8	14	「文」ノ下ニ圏点ヲ附シ右傍「請文イ」						
184		91	6	4	18	等ノ下、ナシ	8	8	ナシ	8	14	「等」ノ下ニ圏点ヲ附シ右傍「之イ」						
185		91	6	4	18	令律文、「文」ニ平濁声点	8	9	了々分	8	14	令律文		○				
186		91	7	4	19	背、右傍仮名「カ」	8	10	背	8	15	肖、右傍仮名「カ」	○					
187		91	7	4	19	於（異ノ下）	8	10	ナシ	8	15	ナシ			○			
188		91	8	4	20	幹、右傍仮名「カン」	8	10	鰟、右傍仮名「カン」、左傍仮名「モト」	8	16	幹、朱上声点		○				
189		91	8	4	20	等ノ下、ナシ	8	11	哉	8	16	哉、右傍仮名「ヤ」			○			
190		91	8	4	20	况、右傍仮名「ヤ」	8	11	况〔偏ヲ「工」ノ如ク作ル〕	8	16	况〔偏ヲ「工」ニ作ル〕						
191		91	8	4	20	剰除、各字上濁声点、右傍仮名「シヨウ」「チ」	8	11	剰除、各字朱上濁声点、右傍仮名「せウ」「チ」	8	16	剰除、朱合符、右傍仮名「シヨウ」「チ」、各字朱上濁声点、地ニ「剰除」						
192		91	8	4	20	數竹、「數」右傍仮名「ソク」	8	11	竹束、右傍「數竹イ」(右傍仮名「ソクチク」)	8	17	竹數、字間中央ニ朱合符、「數」右傍仮名「ソク」					○	

番号	段	東洋文庫本		A 弘安三年抄本			B 古抄本			C 康永三年抄本			A=B	A=C	B=C	A=Cイ	A=Bイ	B=Cイ
		頁	行	料紙	行		料紙	行		料紙	行							
193	五君夫	91	8	4	20	面蔵（八面蔵ノ下）	8	11	ナシ	8	17	六面蔵、字間中央ニ朱合符						
194		91	9	5	1	開立方除ノ下、ナシ	8	12	ナシ	8	17	ナシ、「除」ノ下ニ「○○○○」ヲ書シソノ右ニ「五雀六鷲イ」、「鷲」ノ左傍ニ墨線ヲ附シ右傍「鷲イ」（右傍仮名「エン」）、「五雀」「六鷲」ノ下ニ朱読点						
195		91	10	5	2	无、右傍仮名「シ」	8	12	無、右傍仮名「シ」	9	1	無、右傍仮名「シ」			○			
196		91	10	5	2	暗、右傍仮名「クラ\」	8	12	暗、右傍仮名「キ」	9	1	闇、右傍仮名「クラキ」、左傍ニ墨線ヲ附シ地ニ「暗イ」（右傍仮名「クラキ」）	○			○		
197		91	11	5	3	乎、右傍仮名「ヤ」	8	14	乎	9	3	哉	○					
198	六君夫	99	1	5	4	舟、右傍仮名「タン」	8	15	丹〔「舟」ノ「ノ」ノ無イ字形〕、去声点、左傍仮名「タン」	9	4	丹〔「舟」ノ「ノ」ノ無イ字形〕			○			
199		99	1	5	5	父ノ下、ナシ	8	16	旁、右傍仮名「ハ」	9	5	ナシ		○				
200		99	1	5	5	即、右傍仮名「チ」	8	16	即	9	5	則	○					
201		99	1	5	5	舟	8	15	丹〔「舟」ノ「ノ」ノ無イ字形〕、去声点	9	4	丹〔「舟」ノ「ノ」ノ無ノ字形〕			○			
202		99	2	5	5	孫ノ下、ナシ	8	16	也	9	5	ナシ		○				
203		99	2	5	5	母ノ下、ナシ	8	16	方、右傍仮名「ハ」	9	5	ナシ		○				
204		99	2	5	5	長ノ下、ナシ	8	16	ナシ	9	5	之（行末地界ノ下方ニ書ス）	○					
205		99	2	5	6	貌〔「豸」ヲ「白」ト「勿」、旁ヲ「皃」ノ草書体ノ如ク作ル〕、右傍仮名「メウ」	8	17	貌〔「皃」ヲ「白」ニ作ル〕、平声点、右傍仮名「メウ」	9	6	貌、右傍仮名「メウ」、朱平声点						
206		99	2	5	6	雄、右傍仮名「イウ」	8	17	雄、右傍仮名「イフ」、左傍仮名「シウ」	9	6	雄、右傍仮名「イウ」、朱平声点		○				
207		99	3	5	6	強〔偏ヲ「方」、旁ノ「ム」ヲ「人」ニ作ル〕、右傍仮名「カウ」	8	17	強〔偏ヲ「方」ニ作ル〕、平濁声点、右傍仮名「カウ」	9	6	強〔偏ヲ「方」ニ作ル〕、朱平濁点						
208		99	3	5	6	捍〔偏ヲ「十」ニ作ル〕、右傍仮名「カンニメ」	8	17	捍、右傍仮名「カムニシテ」	9	7	捍、右傍仮名「カンニシテ」、朱去声点						
209		99	3	5	7	无、右傍仮名「シ」	9	1	無	9	7	無、右傍仮名「シ」			○			
210		99	3	5	7	競〔「競」〕、右傍仮名「キヲウ」	9	1	競〔上部ヲ「立」ト「立」、下部ヲ「日」ト「儿」ニ作ル異体〕、平声点、右傍仮名「キヲウ」	9	7	競〔「競」〕、右傍仮名「キホウ」						
211		99	4	5	7	之	9	1	ナシ	9	8	ナシ			○			
212		99	4	5	8	洛、「洛衣」（字間ニ訓合符）右傍仮名「タウサキノ」	9	2	浴、「浴衣」（字間中央ニ合符）右傍仮名「タウサキノ」	9	8	浴、「浴衣」（朱訓合符）、右傍仮名「タウサキノ」			○			

番号	段	東洋文庫本		A 弘安三年抄本			B 古抄本			C 康永三年抄本			A=B	A=C	B=C	A=Cイ	A=Bイ	B=Cイ
		頁	行	料紙	行		料紙	行		料紙	行							
213	六君夫	99	5	5	8	相、「相合」右傍仮名「アハセスル」	9	2	ナシ	9	9	ナシ			○			
214		99	5	5	9	村、「村肉」右傍仮名「ムラシ、」	9	3	ナシ、「肉」右傍仮名「シ、ムラ」	9	9	村、「村肉」(朱訓合符)右傍仮名「ムラシ、」		○				
215		99	5	5	9	支、右傍仮名「エタノ」	9	3	支、右傍仮名「タノ」、ソノ右傍仮名「エタノ」、左傍仮名「サ、ヘ」	9	9	肢、右傍仮名「エタノ」	○					
216		99	5	5	9	連、右傍仮名「ツ、〵」	9	3	速、右傍仮名「ツ、キ」	9	9	連、右傍仮名「ツ、キ」(「ツ」上部欠損)		○				
217		99	5	5	9	當、右傍仮名「ニ」、左傍仮名「シ」	9	3	當、右傍仮名「マサニ」、左傍仮名「ヘシ」	9	10	ナシ	○					
218		99	6	5	9	或ノ下、ナシ	9	3	相、右傍仮名「アウ」	9	10	相、左傍仮名「アフ」			○			
219		99	6	5	10	急、右傍仮名「タチマチ」	9	3	忽、右傍仮名「ニ」	9	10	忽、右傍仮名「ニ」			○			
220		99	6	5	10	雄、右傍仮名「ヲ」	9	4	煁、右傍仮名「ヲ」	9	10	雄、右傍仮名「ヲ」		○				
221		99	6	5	10	品治ノ下、ナシ	9	4	此男丹治、「此男」右傍仮名「コレヲ」、「丹」去声点、「治」平濁声点・右傍仮名「ノ」	9	11	此男丹治、「此男」右傍仮名「コレヲ」、「治」右傍仮名「ノ」、「此」ノ左傍ニ朱線ヲ附シ左傍「北イ」(右傍仮名「キタ」)			○			
222		99	7	5	10	江ノ下、ナシ	9	4	ナシ	9	11	山、「山薑」(中央朱引)右傍仮名「ハシカミ」、「山」左傍「イ无」(左肩朱合点)	○					
223		99	8	5	11	蹶〔草書体ニヨル字形、「欠」ヲ「寸」ニ作ル〕、右傍仮名「ツマツカシ」	9	5	蹶、右傍仮名「ツマツカシ」	9	12	蹶、右傍仮名「ツマツカシ」						
224		99	8	5	12	寂、「寂手」(訓合符)右傍仮名「ロテ」	9	6	最、右傍仮名「ロ」	9	13	寂、右傍仮名「ロ」						
225		99	8	5	12	等	9	6	合、右傍仮名「スルニ」	9	13	合、右傍仮名「スルニ」			○			
226		99	9	5	13	无、右傍仮名「シ」	9	6	ナシ	9	13	ナシ			○			
227		99	9	5	13	犰、右傍仮名「カタ〵」	9	7	敵〔「古」ヲ「口」ニ作ル〕、右傍仮名「ニ」、左傍仮名「カタキニ」	9	14	仇〔旁ヲ「丸」ノ如クニ作ル〕、右傍仮名「カタキナラ」、左傍ニ墨線ヲ附シ左ニ「敵イ」						○
228		99	9	5	13	鷹、右傍仮名「タカニ」	9	7	應、右傍ニ抹消符「止」ヲ附シ左傍「鷹」	9	14	鷹、右傍仮名「ニ」		○			○	
229		99	9	5	13	始	9	7	若、右傍仮名「ハ」	9	14	ナシ						
230		99	9	5	13	則	9	7	剛〔「刂」ヲ「寸」ニ作ル〕	9	14	剛			○			
231		99	9	5	14	者	9	8	ナシ	9	15	者		○				
232		99	9	5	14	是、右傍仮名「レ」	9	8	是	9	15	此	○					

番号	段	東洋文庫本		A 弘安三年抄本			B 古抄本			C 康永三年抄本			A=B	A=C	B=C	A=Cイ	A=Bイ	B=Cイ
		頁	行	料紙	行		料紙	行		料紙	行							
233	六君夫	99	9	5	14	是ノ下、ナシ	9	8	ナシ	9	15	亦奇、朱訓合符、「奇」右傍仮名「アヤシ」、左傍「二字或無之」	○					
234		99	10	5	14	之（師ノ下）ノ下、ナシ	9	8	ナシ	9	15	再、右傍仮名「タヒ」、左傍ニ墨線ヲ附ス	○					
235		99	10	5	14	昆〔「最」ノ草書体ニヨル誤写〕、「昆手」右傍仮名「ホテ」	9	8	最、右傍仮名「ワ」	9	16	寂						
236		99	11	5	15	云々（小字割書）	9	9	云々（小字）	9	16	畢	○					
237	七御許	106	1	5	16	好ノ下、ナシ	9	10	ナシ	9	17	者、右傍仮名「ハ」	○					
238		106	1	5	17	目、「目之」右傍仮名「メノ」	9	11	眼、右傍仮名「メノ」	10	1	眼、右傍仮名「メ」、右傍「目イ」			○	○		
239		106	2	5	17	之	9	11	ナシ	10	1	之		○				
240		106	2	5	17	煎、右傍仮名「イリ」	9	11	煎、右傍仮名「イリ」	10	1	剪〔「刀」ヲ「力」ニ作ル〕、右傍仮名「イリ」	○					
241		106	2	5	18	水葱〔「匆」ヲ「公」ニ作ル〕、「葱」右傍仮名「ナキ」	9	12	水葱〔「匆」ヲ「台」ニ作ル〕、字間中央ニ合符、右傍仮名「ナキノ」	10	2	水葱〔「匆」ヲ「壬」ニ作ル〕、朱訓合符、右傍仮名「ナキノ」、地ニ「水葱〔「匆」ヲ「公」ニ作ル〕」（右傍仮名「ナキ」）						
242		106	3	5	18	茹、右傍仮名「ユテ」	9	13	茄、右傍仮名「ユテ」	10	3	茹、右傍仮名「ユテ」		○				
243		106	3	5	19	穢ノ下、ナシ	9	13	松茸	10	3	穢ノ下、ナシ		○				
244		106	3	5	19	子、「菓子」右傍仮名「クタモノニハ」	9	13	物者、「者」右傍仮名「ハ」	10	3	子、右傍仮名「ニハ」		○				
245		106	3	5	19	无、右傍仮名「ナ＼」	9	13	無、「無核」右傍仮名「サ子ナキ」	10	3	無、右傍仮名「キ」			○			
246		106	3	5	19	核〔「亥」ヲ「充」ノ如ク作ル〕、右傍仮名「サ子」	9	13	核〔「亥」ヲ「充」ノ如ク作ル〕	10	3	核、右傍仮名「サ子」						
247		106	4	5	19	粉勝、右傍仮名「アレカチナル」	9	13	勝粉、右傍仮名「カチル」「コ」、左傍仮名「カチナル」「アレ」	10	4	粉勝、朱訓合符、右傍仮名「コカチノ」		○				
248		106	4	5	20	菰〔「瓜」ヲ「イ」ト「氏」ニ作ル〕、右傍仮名「ウリノ」	9	14	菰〔「瓜」ヲ「イ」ト「氏」ノ如ク作ル〕、右傍仮名「ウリノ」	10	4	瓜〔「イ」ト「氏」ヲ合セタ字形〕、右傍仮名「ウリノ」	○					
249		106	4	5	20	黄〔下部ヲ「里」ニ作ル〕、右傍仮名「キハメル」	9	14	黄、右傍仮名「キハメル」	10	4	黄、右傍仮名「キハメル」						
250		106	4	5	20	醴、右傍仮名「ニコリ」	9	14	ナシ	10	4	醴、右傍仮名「ニコリ」		○				
251		106	4	5	20	哦〔「我」ヲ「武」ニ「ノ」ヲ加エタ如キ字形ニ作ル〕、右傍仮名「ミテ」	9	14	哦、右傍仮名「ミテハ」	10	5	哦、右傍仮名「ミテ」						
252		106	5	5	20	蔵猫、右傍仮名「カクスカ」「子コノ」	9	15	蔵獨、「獨」右傍仮名「子コノ」	10	5	猫蔵、右傍仮名「ノ」「カスクカ」						

番号	段	東洋文庫本		A 弘安三年抄本			B 古抄本			C 康永三年抄本			A=B	A=C	B=C	A=Cイ	A=Bイ	B=Cイ
		頁	行	料紙	行		料紙	行		料紙	行							
253	七御許	106	5	6	1	舐狗、右傍仮名「子フルカ」「イヌノ」	9	15	舐狗、右傍仮名「子スル」「イヌノ」	10	5	狗〔「句」ヲ「勾」ニ作ル〕舐、右傍仮名「イヌノ」「子フルカ」	○					
254		106	6	6	2	妻ノ下、ナシ	9	16	ナシ	10	6	也	○					
255	件夫	106	7	6	2	者、右傍仮名「ハ」	9	16	ナシ、「夫」右傍仮名「ハ」	10	7	者		○				
256		106	7	6	2	者ノ下、ナシ	9	16	字	10	7	字、右傍仮名「ハ」			○			
257		106	7	6	3	云	9	17	云丶	10	7	云丶（小字）			○			
258		106	7	6	3	太、右傍仮名「ヲ丶」	9	17	大	10	8	大			○			
259		106	8	6	4	崎、右傍仮名「サ丶ヲ」	9	18	埼、右傍仮名「サキヲ」	10	8	崎、右傍仮名「ニ」		○				
260		106	8	6	4	爛、右傍仮名「タ丶ルト」	9	18	爛、右傍仮名「タ丶ルト」	10	8	爀、右傍仮名「タ丶ルト」、左傍ニ墨線ヲ附シ地ニ「爛イ」（右傍仮名「タ丶ル」）	○			○		
261		106	8	6	4	无、右傍仮名「シ」	9	18	無、右傍仮名「シ」	10	9	無、右傍仮名「シ」			○			
262		106	9	6	4	活、右傍仮名「イコノヘ」	10	1	治、右傍仮名「イコノエ」、左傍仮名「チ」（右肩勾点）	10	9	活、右傍仮名「イコノヱ」、左傍ニ墨線ヲ附シ左ニ「憩〈イコヘ／イ〉」傍書		○				
263		106	9	6	5	之	10	1	ナシ	10	9	之		○				
264		106	9	6	5	乏〔「立」左上ニ「ノ」加筆〕、右傍仮名「コトヲ」、仮名左傍「乏」傍書〔「ト」ノ上ニカカル〕（本文ト同筆）	10	1	乏	10	10	乏						
265		106	9	6	5	足、右傍仮名「コトヲ」	10	1	足〔「丶」ト「乙」ヲ合セタ字形、草書体ニヨル〕、右傍仮名「コトヲ」、左傍「足」	10	10	足、右傍仮名「ヲ」						
266		106	10	6	6	不（而ノ下）、右傍仮名「ス」	10	2	不、右傍仮名「ス」	10	11	ナシ、「而」ノ右下ニ傍補「不」	○			○		
267		106	10	6	6	紐〔旁ヲ「刄」ニ作ル〕、右傍仮名「ヒホヲ」	10	2	紐〔旁ヲ「刄」ニ作ル〕、右傍仮名「ヒモヲ」	10	11	紐〔旁ハ「刄」ニ「丑」重書〕、右傍仮名「ヒホヲ」						
268		106	10	6	6	无、右傍仮名「ク」	10	3	無、右傍仮名「シ」	10	11	無、右傍仮名「ク」			○			
269		106	10	6	7	无、右傍仮名「シ」	10	3	无〔「元」ノ如ク書ス〕、右傍仮名「シ」	10	11	無、右傍仮名「シ」	○					
270		106	11	6	7	頩、右傍仮名「アカ丶リハ」	10	3	頩、右傍仮名「アカ丶リハ」	10	12	頩、右傍仮名「アカ丶リハ」		○				
271		106	11	6	7	子、「茄子」右傍仮名「ナスヒノ」	10	3	子、右傍仮名「ノ」	10	12	ナシ、「茄」ノ下ニ挿入符ヲ附シ右傍「子イ」	○			○		
272		106	11	6	7	肵、右傍仮名「ハキノ」	10	3	肵〔旁ヲ「イ」ト「ケ」ニ作ル〕、右傍仮名「ハキノ」	10	12	脛〔旁ヲ「ム」ト「王」ニ作ル〕、左傍ニ墨線ヲ附シ左下ニ「脛」傍書、地ニ「肵イ」（右傍仮名「ハキ」）	○					

番号	段	東洋文庫本		A 弘安三年抄本			B 古抄本			C 康永三年抄本			A=B	A=C	B=C	A=Cイ	A=Bイ	B=Cイ
		頁	行	料紙	行		料紙	行		料紙	行							
273	件夫	106	11	6	8	苽〔「瓜」ヲ「イ」ト「氏」ヲ合セタ字形ニ作ル〕、右傍仮名「ウリノ」	10	4	苽〔「瓜」ヲ「イ」ト「氏」ヲ合セタ如キ字形ニ作ル〕、右傍仮名「ノ」	10	12	瓜〔「イ」ト「氏」ヲ合セタ字形ニ作ル〕、右傍仮名「ノ」	○					
274		106	12	6	8	面、右傍仮名「クヱツ」	10	4	血、右傍仮名「クエツ」	10	13	血〔上ニ「一」ヲ加エタ字形〕、「血肉」右傍仮名「クヱニクヲ」、ソノ右「血肉」、左傍仮名「ケツニク」			○			
275		106	12	6	8	脇、右傍仮名「タスク」	10	4	脇、右傍仮名「タスク」	10	13	助、右傍仮名「ケント」	○					
276		106	12	6	8	已ノ下、ナシ	10	5	寔ニ伏フスル一家之面ノ只在アリ七娘ノムスメ之處云、	10	13	ナシ、「已」ノ下ニ挿入符（墨線ノ上ニ朱）ヲ附シ、初メ右ニ「寔伏一家面只有七娘處」ヲ補ヒ、サラニ地ニ（「伏」右傍仮名「フスクル1」）ヲ書シ、次デ傍書ヲ擦消シテ地ニ「寔伏一家之面只有七娘之處イ」ヲ補フ、						
277	八御許夫	117	1	6	9	夫ノ下、ナシ	10	6	ナシ	10	14	者	○					
278		117	1	6	9	姓	10	6	ナシ	10	14	姓		○				
279		117	1	6	10	枌、右傍仮名「スキ」	10	6	杉、右傍仮名「スキ」	10	15	杉、右傍仮名「スキ」			○			
280		117	2	6	10	官	10	7	宮、上声点、右傍仮名「クウ」	10	16	宮			○			
281		117	2	6	11	或、左傍ニ抹消符「止」ヲ附シ右傍「式」（右傍仮名「シ」）	10	7	式〔「弋」ヲ「戈」ニ作ル〕、右傍仮名「キ」	10	16	式			○			
282		117	2	6	11	者、右傍仮名「ハ」	10	8	者	10	16	ナシ	○					
283		117	2	6	11	鍾、右傍仮名「シユ」	10	8	鐘、右傍仮名「シユ」	10	17	鐘			○			
284		117	3	6	12	塔、右傍仮名「タウ」	10	8	塔	10	17	蔵、右傍「塔イ」	○			○		
285		117	3	6	12	房、右傍仮名「ハウ」	10	8	房	10	17	坊	○					
286		117	3	6	12	三	10	9	二	10	17	二			○			
287		117	4	6	12	阿、「四阿」（字間中央ニ合符）右傍仮名「アツアヤ」	10	9	阿、「四阿」（字間中央ニ合符）右傍仮名「シテム」、左傍仮名「アツマヤ」	10	17	阿〔「氵」ニ「阝」重書〕、「四阿」（朱訓合符）右傍仮名「アツマヤ」、左傍「阿イ」（擦消カ）						
288		117	4	6	12	料、右傍仮名「ト」	10	9	科、右傍仮名「ト」	11	1	料、右傍仮名「ト」		○				
289		117	4	6	13	人家作、右傍仮名「ノ」「ヲ」「レ」	10	9	人家作、右傍仮名「ノ」「エ」「リニ」（「リ」左半欠損）	11	1	造人家〔「造二人家一」ト返点ヲ附ス〕、右傍仮名「ニハ」「ノ」「ヲ」	○					
290		117	5	6	13	殿（渡ノ下）、右傍仮名「ノ」	10	10	殿、右傍仮名「ノ」	11	2	殿〔「共」ノ「ハ」重書〕						
291		117	5	6	13	専、右傍仮名「サウ」	10	10	曹、右傍仮名「サウ」	11	2	曹、右傍仮名「サウ」			○			

番号	段	東洋文庫本		A 弘安三年抄本			B 古抄本			C 康永三年抄本			A=B	A=C	B=C	A=Cイ	A=Bイ	B=Cイ
		頁	行	料紙	行		料紙	行		料紙	行							
292		117	5	6	13	町ノ下、ナシ	10	10	ナシ	11	2	ナシ、「町」ノ下ニ圏点ヲ附シ右傍「旁局イ」（右傍仮名「カタツホ子」）						
293		117	6	6	14	叉〔行書体ニヨル〕、右傍仮名「アセ」	10	11	叉〔「刄」ノ如キ字形〕、右傍仮名「アセ」	11	2	叉〔「刄」ノ如キ字形〕、右傍仮名「アセ」						
294		117	6	6	14	倉、右傍仮名「クラ」	10	11	倉、右傍仮名「クラ」	11	2	舎、右傍仮名「クラ」、左傍ニ墨線ヲ附シ右傍「倉イ」	○			○		
295		117	6	6	14	甲蔵、右傍仮名「□カ」（「□」欠損、「タ」カ）「クラ」	10	11	甲蔵、右傍仮名「カフサウ」、「甲」左傍仮名「タカ」	11	3	甲蔵、右傍仮名「ヤ」「クラ」、「甲」左傍仮名「ツア」、天ニ「甲蔵イ」（右傍仮名「タカクラ」）						
296		117	6	6	15	々（木ノ下）、右傍仮名「コ」	10	11	木	11	3	木、右傍仮名「コ」			○			
297		117	6	6	15	棁、右傍仮名「ウタチ」	10	12	棁、右傍仮名「ウタチ」	11	3	棁、右傍仮名「ウ」、地ニ「棁イ」（右傍仮名「ウタチ」）						
298		117	6	6	15	棁ノ下、ナシ	10	12	ナシ	11	3	家、右傍仮名「タチ」、左傍「イ无」	○			○		
299	八御許夫	117	7	6	15	豕〔上部ニ「丶丿」アリ〕杈首、「豕」右傍仮名「井ノコ」、「杈首」（字間中央ニ合符）右傍仮名「サス」	10	12	豕〔上部ニ「丶丿」アリ〕杈首、「豕杈首」（字間ニ合符）右傍仮名「コ」「サス」・左傍仮名「井ノコサス」	11	4	豕杈、右傍仮名「井ノコ」「サス」、地ニ「豕杈首イ」（右傍仮名「井ノコサス」）	○					
300		117	7	6	15	枓、右傍仮名「ト」	10	12	枓、右傍仮名「トカタ」	11	4	科〔「枓」ノ誤写〕枓、「枓」右傍仮名「ト」・左傍仮名「トシキミ」、「枓」左傍「イ无」	○			○		
301		117	7	6	15	枅〔旁ヲ「井」ニ作ル〕、右傍仮名「ヒチキ」	10	12	枅、右傍仮名「ヒチキ」	11	4	枅、右傍仮名「ヒチキ」			○			
302		117	7	6	15	柱、右傍仮名「ハシラ」	10	12	柱、右傍仮名「ラ」	11	4	ナシ	○					
303		117	9	6	17	㒓、右傍仮名「ヒ」	10	13	飛	11	5	飛、朱平声点			○			
304		117	9	6	17	檐〔旁擦消重書〕、右傍仮名「エム」	10	13	檐、右傍仮名「エム」	11	5	檐、右傍仮名「ヱン」、朱平声点						
305		117	9	6	17	之	10	14	ナシ	11	6	之		○				
306		117	9	6	17	鏡ノ下、ナシ	10	14	ナシ	11	6	矣	○					
307		117	9	6	18	於	10	15	於	11	7	ナシ	○					
308		117	10	6	18	梁ノ下、ナシ	10	16	也	11	8	也			○			
309		117	10	6	18	柊�、字間中央ニ合符、右傍仮名「サイツチ」	10	16	椄柊、字間中央ニ合符、右傍仮名「サイツチ」「ツチ」、天ニ「柊椄イ」（右傍仮名「サイツチ」）	11	8	椄柊、右傍仮名「サイツチ」			○		○	
310		117	11	6	19	笓、右傍仮名「サシ」	10	16	笓、右傍仮名「サシ」	11	9	箆、右傍仮名「サシ」、左傍ニ墨線ヲ附シ右傍「笓イ」	○			○		

番号	段	東洋文庫本		A 弘安三年抄本			B 古抄本			C 康永三年抄本			A=B	A=C	B=C	A=Cイ	A=Bイ	B=Cイ
		頁	行	料紙	行		料紙	行		料紙	行							
311	八御許夫	117	12	6	20	自、右傍仮名「ヨリ」	10	17	ナシ	11	10	自、右傍仮名「リ」		○				
312		117	12	6	20	骨ノ下、ナシ	10	18	ナシ	11	10	之	○					
313	九御方夫	125	1	7	1	夫ノ下、ナシ、「夫」右傍仮名「トハ」	11	1	ナシ、「夫」右傍仮名「ハ」	11	11	者	○					
314		125	2	7	2	无、右傍仮名「シ」	11	2	無	11	12	無、右傍仮名「シ」			○			
315		125	2	7	2	看、右傍仮名「カン」	11	2	看、去声点	11	12	看〔「者」ニ加筆カ〕、右傍仮名「カン」、左傍「看」						
316		125	2	7	2	灸、右傍仮名「〵ウ」	11	2	灸〔「久」ヲ「名」ノ如クニ作ル〕、平濁声点	11	13	灸、右傍仮名「キウ」						
317		125	2	7	2	之（治ノ下）	11	2	ナシ	11	13	之		○				
318		125	2	7	3	知、右傍仮名「リ」	11	3	知、右傍仮名「シリ」	11	13	ナシ	○					
319		125	2	7	3	蔵ノ下、ナシ	11	3	之	11	13	ナシ		○				
320		125	2	7	3	診〔旁ヲ「尓」ニ作ル〕、右傍仮名「チン」	11	3	胗〔旁ヲ「尓」ニ作ル〕、右傍仮名「サム」、左傍「診チム」	11	13	趁〔旁ヲ「尓」ニ作ル〕、右傍仮名「トメ」						
321		125	2	7	3	探、右傍仮名「サクル」	11	3	探、右傍仮名「サクル」	11	13	ナシ	○					
322		125	3	7	3	之	11	3	之	11	14	ナシ	○					
323		125	3	7	3	根	11	3	根	11	14	探、右傍仮名「サクル」	○					
324		125	3	7	4	吹咀、右傍仮名「スイ」「ソ」	11	4	文興、「文」ニ上声点、右傍仮名「フム」「シヨ」、左傍仮名「フ」「ソ」	11	15	吹咀、字間中央ニ朱合符、右傍仮名「スイ」「ソ」、「吹」左傍「吹イ」（右傍仮名「ク」）、右肩墨合点、ソノ上ニ朱合点、天ニ「吹」〔「欠」ヲ「父」ニ作ル〕（右傍仮名「フ」）		○				
325		125	3	7	5	於	11	5	ナシ	11	16	於						
326		125	4	7	5	辛濃、右傍仮名「シン」「ノウ」	11	5	神農、各字ニ平声点、「農」右傍仮名「ノウ」	11	16	神農、「農」右傍仮名「ノウ」			○			
327		125	5	7	5	採、右傍仮名「ヒロヒ」	11	6	採、右傍仮名「トリ」	11	16	採〔旁ノ上部、擦消重書〕、右傍仮名「トリ」						
328		125	5	7	6	聆、右傍仮名「〵ヽテ」	11	6	聽、右傍仮名「キイテ」	11	17	聆、右傍仮名「キコエテ」		○				
329		125	5	7	6	无、右傍仮名「キヲ」	11	7	無、右傍仮名「ナキ」	11	17	無、右傍仮名「キ」		○				
330	十君夫	132	1	7	7	夫ノ下、ナシ、「夫」右傍仮名「ハ」	11	8	ナシ、「夫」ノ右傍仮名「ハ」	12	1	者	○					
331		132	1	7	7	世ノ下、ナシ	11	8	ナシ	12	1	也	○					
332		132	1	7	7	貴	11	8	貴、上声点、右傍仮名「ク井」	12	1	遺、右傍仮名「クヰ」、左傍ニ墨線ヲ附シ地ニ「櫃」、次イデ左下「貴イ」（右傍仮名「キ」）	○			○		

番号	段	東洋文庫本		A 弘安三年抄本			B 古抄本			C 康永三年抄本			A=B	A=C	B=C	A=Cイ	A=Bイ	B=Cイ
		頁	行	料紙	行		料紙	行		料紙	行							
333		132	2	7	8	无所不審、返点「无」ニ「三」、「所」ニ「二」、「審」ニ「一」、右傍仮名「无」ニ「シ」、「所」ニ「ロ」、「審」ニ「スル」（「不審スル所ロ无シ」）	11	9	無所不審、返点「無」ニ「三」、「所」ニ「二」、「審」ニ「一」、「無」右傍仮名「シ」、「不審」字間中央ニ合符、「審」ニ平声点ト右傍仮名「スル」（「不審スル所無シ」）	12	2	無不審察、初メ「無」右傍仮名「シ」、「不」ニ朱レ点ト返点「二」及ビ右傍仮名「ㇷ」、「察」ニ返点「一」ヲ附シ、「審察」ノ字間ニ朱訓合符ヲ附シ右傍仮名「アキラカナラ」（「審察ナラ不ルコト無シ」）、次デ「察」ニ左傍朱「イ无」ヲ附シ「審」ニ右傍朱点及ビ返点「一」ヲ附ス（「不審無シ」）、最後ニ「察」ノ左傍朱「イ无」ニ墨「イ无」ヲ重書シ「無不審察」ヲ墨デ囲ミ「無」ノ右上ニ圏点ヲ附シ右傍「無所不審イ」（「所」ニ朱レ点及ビ朱返点「二」、「不審」ニ朱訓合符ト仮名「イフカシキ」、「審」ニ朱返点「一」）（「不審キ所無シ」）						○
334	十君夫	132	3	7	9	卅	11	11	三十	12	4	卅		○				
335		132	4	7	10	式〔「弋」ヲ「戈」ニ作ル〕	11	11	式	12	5	式						
336		132	4	7	10	府	11	11	府、平声点、「府法」字間中央ニ合符、「府」右傍仮名「フ」、右傍「符」〔「竹」ヲ「䒑」ニ作ル〕	12	5	符〔「竹」ヲ「䒑」ニ作ル〕、「符治」ノ字間ニ朱音合符、「符」右傍仮名「フ」、天ニ「符イ」（右傍仮名「フ」）	○					
337		132	4	7	10	法、右傍仮名「ヲ」	11	11	法、平声点（初メ平濁声点（圏点）ヲ附シ次デ左ノ圏点ヲ墨抹）、右傍仮名「ヲ」	12	5	治、右傍仮名「ヲ」、右傍「法イ」（右肩朱合点）	○			○		
338		132	4	7	10	都、右傍仮名「ト」	11	12	覩、右傍仮名「ト」	12	6	都、右傍仮名「ト」		○				
339		132	4	7	10	覧、右傍仮名「ラム」	11	12	覧、右傍仮名「ラム」	12	6	藍、右傍仮名「ラン」	○					
340		132	5	7	11	祀、「祭祀」右傍仮名「サイシ」	11	13	礼、「祭礼」右傍仮名「サイシ」・左傍仮名「マツリ」	12	6	祀、「祭祀」（字間中央ニ朱合符）右傍仮名「サイシ」		○				
341		132	5	7	11	呪ノ下、ナシ、「呪」ノ下ニ挿入符ヲ附シ右傍補「術」（右下仮名「ヲ」カ、本文ト同筆）	11	13	術、入濁声点	12	7	術、左上ニ朱点						
342		132	5	7	11	厭、右傍仮名「エン」	11	13	厭〔「疒」ニ作ル〕、右傍仮名「エム」	12	7	厭〔「广」ニ作ル〕、右傍仮名「エン」						
343		132	7	7	13	又	11	15	又	12	9	又〔「文」ノ「、」ヲ擦消〕						

番号	段	東洋文庫本		A 弘安三年抄本			B 古抄本			C 康永三年抄本			A=B	A=C	B=C	A=Cイ	A=Bイ	B=Cイ
		頁	行	料紙	行		料紙	行		料紙	行							
344	十君夫	132	7	7	13	仁、平濁声点、右傍仮名「シン」	11	16	仁、去声点、右傍仮名「シ」	12	10	人	○					
345		132	8	7	14	緪、右傍仮名「タリ」	11	17	緪、右傍仮名「イタリ」、左傍仮名「ヌキトス」	12	11	緯、右傍仮名「ヰタリ」	○					
346		132	8	7	14	矣	11	17	矣	12	11	乎	○					
347	十一君	144	1	7	15	品、右傍仮名「ノ」	11	18	ナシ	12	12	ナシ			○			
348		144	1	7	15	柿、右傍仮名「ノ」	11	18	柿、右傍仮名「ノ」	12	12	柿〔旁ハ擦消重書〕、右傍仮名「ノ」						
349		144	1	7	15	倭、「倭歌之」右傍仮名「ワカノ」	11	18	和	12	13	和			○			
350		144	1	7	15	歌	12	1	歌	12	13	哥	○					
351		144	1	7	16	之	12	1	ナシ	12	13	之		○				
352		144	3	7	17	揰狢、各字左傍ニ墨線ヲ附ス、「揰」ハ「撞」ノ誤記カ	12	2	ナシ	12	14	ナシ、「六」ノ下ノ地ニ「猛将イ」（右傍仮名「イシハシキ」、左傍「ミミ」）			○			
353		144	3	7	17	碁	12	2	基、右傍仮名「キ」	12	15	基、朱平濁声点			○			
354		144	3	7	17	鞠、右傍仮名「マリ」	12	2	鞠、右傍仮名「マリ」	12	15	ナシ、「基」ノ下ニ圏点ヲ附シ右傍「鞠イ」	○			○		
355		144	3	7	17	料理、右傍仮名「レウリ」	12	3	料理、右傍仮名「ウ」「リ」	12	15	ナシ、右傍補「料理」	○			○		
356		144	4	7	17	歌	12	3	歌	12	15	哥	○					
357		144	4	7	18	哥	12	3	歌	12	15	哥		○				
358		144	4	7	18	無	12	3	無	12	15	无	○					
359		144	4	7	18	歌	12	3	歌、右傍仮名「ニ」	12	16	哥	○					
360		144	5	7	19	之	12	4	ナシ	12	16	之		○				
361		144	5	7	19	川、右傍仮名「カハ」	12	4	河、右傍仮名「ハ」	12	17	河、右傍「川イ」		○		○		
362		144	5	7	19	哥（長ノ下）	12	5	歌、上声点	12	17	歌、朱上声点			○			
363		144	5	7	19	哥	12	5	歌、上声点	12	17	歌、朱上声点			○			
364		144	5	7	19	換、右傍仮名「セン」	12	5	換、右傍仮名「クワム」	12	17	旋	○					
365		144	6	7	20	祝、右傍仮名「イハヒ」	12	5	禱、右傍仮名「タウ」、左傍仮名「ユワヒ」	13	1	祝		○				
366		144	6	7	20	渟、平声点、右傍仮名「テイ」	12	6	沈、右傍仮名「チム」	13	1	停、右傍仮名「テイ」						
367		144	6	7	20	素、右傍仮名「ソ」	12	6	素〔「𠀎」ヲ「土」ト「冖」ニ作ル〕、右傍仮名「ソ」	13	1	素、右傍仮名「ソ」		○				
368		144	7	8	1	子ノ下、ナシ	12	6	ナシ	13	2	之	○					
369		144	7	8	1	御ノ下、ナシ	12	6	世	13	2	ナシ		○				
370		144	7	8	1	卅	12	6	三十	13	2	卅		○				
371		144	7	8	1	万（古ノ下）	12	7	万	13	3	萬	○					
372		144	8	8	2	了、右傍仮名「ヌ」	12	8	了	13	4	畢、右傍仮名「ヌ」	○					
373		144	8	8	2	可、右傍仮名「カラ」	12	8	ナシ	13	4	可		○				

番号	段	東洋文庫本		A 弘安三年抄本			B 古抄本			C 康永三年抄本			A=B	A=C	B=C	A=Cイ	A=Bイ	B=Cイ
		頁	行	料紙	行		料紙	行		料紙	行							
374	十一君	144	8	8	3	大ノ下、ナシ	12	9	夫、「大夫」右傍仮名「マウチ＼ミ」	13	4	夫			○			
375		144	9	8	3	少、「少町」(字間中央ニ合符) 右傍仮名「コマチニモ」(「コ」重書)	12	9	小	13	5	小			○			
376		144	9	8	3	町ノ下、ナシ	12	10	等、右傍仮名「ニモ」	13	5	等			○			
377		144	10	8	4	之	12	11	雖、右傍仮名「トモ」	13	7	之		○				
378		144	10	8	4	買、「買人」(訓合符) 右傍仮名「ア＼ヒトノ」	12	11	買、右傍仮名「アキ」	13	7	買、右傍仮名「アキ」		○				
379		144	11	8	5	訕、右傍仮名「ソシリヲ」	12	12	誹、右傍仮名「ソシリヲ」	13	8	訕、右傍仮名「ソシリヲ」		○				
380		144	11	8	5	以、「以外」(字間中央ニ合符) 右傍仮名「ワカニ」	12	12	以	13	8	ナシ	○					
381		144	11	8	5	者、右傍仮名「ハ」	12	12	者	13	8	ナシ、「道」ノ下ニ朱挿入符ヲ附シ右傍補「者」	○			○		
382		144	12	8	6	風ノ下、ナシ	12	13	ナシ	13	9	ナシ、右傍補「者」						
383		144	12	8	6	君	12	13	公	13	9	公			○			
384		144	12	8	6	迺、右傍仮名「ハチ」	12	13	迺、右傍仮名「スナハチ」	13	9	則	○					
385		144	12	8	6	丸ノ下、ナシ	12	14	ナシ	13	10	之	○					
386		144	12	8	7	也	12	14	ナシ	13	10	ナシ			○			
387		144	13	8	7	人ノ下、ナシ	12	14	之	13	10	之			○			
388		144	13	8	7	一ノ下、ナシ	12	14	箇、右傍仮名「カ」	13	11	个、右傍仮名「ノ」			○			
389		144	13	8	7	義、右傍仮名「ヲ」	12	15	儀、入濁声点、右傍仮名「ヲ」	13	11	義、右傍仮名「ヲ」		○				
390		144	14	8	8	々ノ下、ナシ	12	15	句々、「句」右傍仮名「ニ」	13	11	ナシ		○				
391		144	14	8	8	首〔「ソ」ヲ「口口」ニ作ル〕、右傍仮名「シユ」	12	16	首、右傍仮名「シユ」	13	12	首						
392		144	14	8	8	調（其ノ下）、右傍仮名「ハ」	12	16	詞	13	12	詞			○			
393		144	14	8	8	如、右傍仮名「シ」	12	16	ナシ	13	12	如、右傍仮名「シ」		○				
394		144	14	8	8	鬟ノ下、ナシ	12	16	如、右傍仮名「シ」	13	12	ナシ		○				
395		144	14	8	9	沃〔旁ハ「夭」ノ如ク作ル〕、右傍仮名「イルカ」	12	16	沃〔旁ハ「夭」ノ如ク作ル〕、右傍仮名「クタスカ」	13	12	沃〔偏ハ擦消重書、旁ハ「夭」ノ如ク作ル〕、右傍仮名「イル、カ」						
396		145	1	8	9	似、右傍仮名「タリ」	12	16	如、右傍仮名「シ」	13	13	如			○			
397		145	1	8	9	流、右傍仮名「ルノ」	12	17	流、右傍仮名「ノ」	13	13	旒、右傍仮名「ルノ」	○					
398		145	1	8	9	線、右傍仮名「ニ」	12	17	縷、右傍仮名「ニ」、左傍仮名「イトスチニ」	13	13	縷、右傍仮名「イトスチニ」			○			
399		145	1	8	9	和、右傍仮名「シ」、右上「私」(右肩合点、本文ト同筆)	12	17	臣、右傍仮名「シム」	13	13	臣			○			

番号	段	東洋文庫本		A 弘安三年抄本			B 古抄本			C 康永三年抄本			A=B	A=C	B=C	A=Cイ	A=Bイ	B=Cイ
		頁	行	料紙	行		料紙	行		料紙	行							
400		145	2	8	10	之（計ノ下）	13	1	之	13	14	之、「計」ノ下ニ小字（同筆）						
401	十一君	145	2	8	10	謀、右傍仮名「コト丶」	13	1	娸、右傍仮名「コト丶ス」、左傍仮名「ナカタチトス」	13	15	媒、右傍仮名「ナカタチト」			○			
402		145	2	8	11	身、右傍仮名「ノ」	13	2	世	13	15	身		○				
403		145	3	8	11	云々（小字割書）	13	2	云丶（小字）	13	15	耳	○					
404		158	1	8	12	君、右傍仮名「ノ」	13	3	君	13	16	公	○					
405		158	1	8	12	侍	13	3	侍	13	16	侍〔偏ハ擦消重書〕						
406		158	1	8	12	判	13	3	判〔「半」ノ縦棒ヲ「人」ニ作ル〕、右傍仮名「ハウ」	13	16	判〔「半」ノ縦棒「人」ノ「丶」ヲ擦消〕						
407		158	2	8	13	文、右傍仮名「フミヲ」	13	4	文〔重書〕、右傍仮名「ヲ」	13	17	文、右傍仮名「フミ」(後筆)「ヲ」						
408		158	2	8	13	少、「少舎」右傍仮名「コト子リヲ」（「ト」ハ「イ」ノ如ク作ル）	13	4	小、右傍仮名「コ」	14	1	小			○			
409		158	2	8	13	舎ノ下、ナシ	13	5	人	14	1	人			○			
410		158	2	8	13	歌、右傍仮名「ヲ」	13	5	哥、右傍仮名「ヲ」（欠損）	14	1	歌、右傍仮名「ヲ」		○				
411		158	3	8	13	花ノ下、ナシ、「花」ノ下ニ挿入符ヲ附シ右傍補「以テ」	13	5	以	14	1	以			○			
412		158	3	8	13	帯ノ下、ナシ	13	5	力瀧、「帯力」右傍仮名「タテワキ」、「瀧」右傍仮名「タ〵」	14	1	刀瀧、「帯刀」（朱訓合符）右傍仮名「タテワキ」						
413		158	3	8	14	口ノ下、ナシ	13	5	等	14	1	等			○			
414		158	4	8	15	言、右傍仮名「イヘハ」	13	7	ナシ	14	3	ナシ			○			
415	十二君	158	4	8	15	貌ノ下、ナシ	13	7	言、右傍仮名「□エ」〔「□」ハ「ノ」「ヘ」ヲ重ネタ字形〕	14	3	ナシ		○				
416		158	4	8	15	之（翠ノ下）、右傍仮名「ノ」	13	7	之、「翠」右傍仮名「ノ」	14	3	ナシ	○					
417		158	5	8	15	之（娟ノ下）	13	8	之、右傍仮名「ノ」	14	4	ナシ	○					
418		158	5	8	16	半面、訓合符ヲ附シ右傍仮名「ハタカクルレハ」	13	9	半面、字間中央ニ合符、右傍仮名「ハタカクルヌレハ」（「カ」「ク」ニ平声点カ）	14	5	半向、朱訓合符、右傍仮名「ハ」「ヘハ」、左傍ニ墨線ト圏点ヲ附シ地ニ「半面イ」（右傍仮名「ハタカクルレハ」）	○			○		
419		158	6	8	17	丹〔「舟」ノ「ノ」ノ無イ字形〕、右傍仮名「タム」（「タ」右半欠損）	13	10	舟、平声点	14	6	丹〔「舟」ノ「ノ」ノ無イ字形〕		○				
420		158	6	8	17	膚、右傍仮名「ハタヘハ」	13	10	膚、右傍仮名「タエハ」、左傍仮名「ハタヘハ」	14	6	膚〔「胃」ヲ「冂」ト「久」ニ作ル〕、右傍仮名「ヘハ」（中央欠損）、左傍仮名「ヘハ」、地ニ「膚」（右傍仮名「ハタヘ」）						
421		158	7	8	17	腕、右傍仮名「タフサハ」	13	10	腕、右傍仮名「ウテハ」、左傍仮名「タフサハ」	14	7	腕、右傍仮名「ハ」、左傍仮名「タフサハイ」	○					

番号	段	東洋文庫本		A 弘安三年抄本			B 古抄本			C 康永三年抄本			A=B	A=C	B=C	A=Cイ	A=Bイ	B=Cイ
		頁	行	料紙	行		料紙	行		料紙	行							
422	十二君	158	7	8	18	頭、右傍仮名「アラハシ」	13	11	顕、右傍仮名「アラハシ」	14	7	顕、右傍仮名「シ」			○			
423		158	8	8	19	董、右傍仮名「クムス」	13	12	薫、去声点、右傍仮名「クムス」	14	8	薫、右傍仮名「ス」			○			
424		158	8	8	19	養在、右傍仮名「ナハレテ」「トモ」	13	13	養在、右傍仮名「テ」「トモ」、「養」左傍仮名「ナハレテ」	14	9	身養、右傍仮名「ハ」「レテ」	○					
425		158	9	8	20	尊有、右傍仮名「カシツカレテ」「トモ」	13	13	尊有、右傍仮名「カシツカレテ」「トモ」	14	9	質在、右傍仮名「スカタハ」「テ」	○					
426		158	9	8	20	立〔「云」ノ誤写〕、右傍仮名「イツクシク」、左傍仮名「イウ」(左肩合点)	13	14	云、右傍仮名「エラク」	14	10	云、右傍仮名「ク」			○			
427	435	168	1	9	2	之中、「中」右傍仮名「ノ」	13	16	中之、右傍「之中イ」(右傍仮名「コノナカノ」)	14	13	之中、右傍仮名「コノナカノ」		○			○	
428		168	1	9	2	陋	13	16	陋〔「随」ニ重書〕、右傍仮名「ルニシテ」	14	13	陋、「醜陋」(朱音合符)右傍仮名「シユルト」・左傍仮名「ミニク、シテ」						
429		168	2	9	2	為、「為躰」(字間中央ニ合符)右傍仮名「テイタラ□」〔地辺ニ「□」(「ク」カ)ノ墨痕微存〕	13	17	為、「為體」(字間ニレ点)右傍仮名「タラク」「テイ」	14	14	ナシ、「其」ノ右傍「為イ」(右傍仮名「タラク」)	○			○		
430		168	2	9	3	齨〔「只」ヲ「久」ニ作ル〕脣、字間中央ニ合符、右傍仮名「アヒクチニシテ」	13	17	齨脣、右傍仮名「アクチニシテ」(「ア」欠損)、左傍仮名「アイクチニシテ」	14	14	齨脣、右傍仮名「ア」(右傍「シイ」)「シムト」、左傍仮名「アヒクチニシテ」(「アヒ」左傍仮名「ウケ」)、地ニ「齨脣イ」(字間中央ニ朱合符、右傍仮名「シ」「ト」、左傍仮名「井クチニシテ」)						
431		168	2	9	3	大、右傍仮名「フトナリ」	14	1	太、右傍仮名「フトナリ」	14	15	太、「顚太」(字間中央ニ朱合符)右傍仮名「カフタイト」・左傍仮名「カマチフトシ」(「シ」左傍仮名「ナリイ」)			○			
432		168	2	9	3	高ノ下、ナシ	14	1	ナシ	14	15	高ノ下ニ挿入符ヲ附シ、地ニ「萎鼻イ」(右傍仮名「イヒト」、左傍仮名「スツホメナリ」)	○					
433		168	3	9	4	彈誕、字間中央ニ合符、右傍仮名「シタツキナリ」	14	1	彈誕、右傍仮名「シタツキナリ」	14	15	彈誕〔各字「舌」重書〕、朱音合符、右傍仮名「タンエント」、左傍仮名「シタツキナリ」						
434		168	3	9	4	偊、「偊縷」(字間中央ニ合符)右傍仮名「ク、セニシテ」	14	1	偊、「偊僂」(字間中央ニ合符)右傍仮名「ク、せニシテ」、「ク、」右傍「傴イ」	14	16	傴、「傴僂」(朱音合符)右傍仮名「クルト」、左傍仮名「ク、せニシテ」	○					
435		168	3	9	4	縷	14	2	僂	14	16	僂			○			

番号	段	東洋文庫本		A 弘安三年抄本			B 古抄本			C 康永三年抄本			A=B	A=C	B=C	A=Cイ	A=Bイ	B=Cイ
		頁	行	料紙	行		料紙	行		料紙	行							
436	十三娘	168	3	9	4	鴿、「鴿胸」(字間中央ニ合符)右傍仮名「ハトム子ナリ」	14	2	鴿、「鴿胸」右傍仮名「ハトム子ナリ」	14	16	鴿、「鴿胸」(朱音合符) 右傍仮名「カウケウト」、左傍仮名「ハトム子ナリ」		○				
437		168	3	9	4	膢、「膢脹」(字間中央ニ合符)右傍仮名「ハラ卩テニシテ」	14	2	膢、「膢脹」右傍仮名「ハラホテニシテ」	14	16	「脹」ノ上ニ挿入符ヲ附シ右傍補「膢」、「脹」ノ右肩ニ朱音合符ヲ附シ、「膢脹」右傍仮名「ホウチヤウト」・左傍仮名「ハラホテニシテ」、地ニ「胮脹イ」(字間中央ニ朱合符、右傍仮名「ハウチヤウト」、左傍仮名「ハラホテニシテ」)	○					
438		168	4	9	4	戻脚、右傍仮名「ワニアシナリ」	14	2	戻脚、右傍仮名「ワニアシナリ」	14	16	戻脚、朱訓合符、右傍仮名「レイキヤクト」(右肩朱合点) 及ビ「ライカクト」、左傍仮名「ワニアシナリ」(右肩朱合点) 及ビ「シトリアシナリ」、地ニ「戻脚」〔「脚」ノ「去」ヲ「谷」ニ作ル〕(右傍仮名「レイキヤク」、左傍仮名「ワニアシ」)						
439		168	4	9	5	頸短、字間中央ニ合符、右傍仮名「クヒミシカシニテ」	14	3	短頸、右傍仮名「クヒミシカシニシテ」、「頸」左傍仮名「キヤウニ」	14	17	短頸〔「至」ハ「至」ニ重書〕、朱音合符、右傍仮名「タンケイト」、左傍仮名「ミシカクヒニシテ」			○			
440		168	4	9	5	㯳、右傍仮名「コロモノクヒ」	14	3	襟、右傍仮名「コロモノクヒ」	14	17	襟、右傍仮名「コロモノクヒ」			○			
441		168	4	9	5	太、「長太」(字間中央ニ合符)右傍仮名「タケタカクシテ」	14	3	太、「長太」右傍仮名「タケカウニシテ」	14	17	身、右傍「大イ」(右肩朱合点)、「長身」(朱音合符) 左傍仮名「タケタカクシテ」	○					
442		168	4	9	5	太ノ下、ナシ	14	3	ナシ	14	17	而	○					
443		168	4	9	5	裙、右傍仮名「モノスソ」	14	3	裾、右傍仮名「モノスソ」	14	17	裙、右傍仮名「モスソ」、左傍仮名「コロモノスソイ」		○				
444		168	5	9	6	虱、右傍仮名「シチヲ」	14	4	虱、右傍仮名「シツヲ」	15	1	蝨〔「ナ」ヲ「虱」ニ作ル〕、右傍「虱イ」、「蟣蝨」(朱音合符) 右傍仮名「キ」「シツヲ」						
445		168	5	9	6	粉ノ下、ナシ	14	4	ナシ	15	2	宛、右傍仮名「モ」	○					
446		168	6	9	6	如、右傍仮名「コトシ」	14	5	猶、右傍仮名「コトシ」	15	2	猶如、右傍仮名「シ」「シ」						
447		168	6	9	7	謡泆而、右傍仮名「イムシチニシテ」	14	5	謡妷、右傍奏仮名「イムヒツニシテ」〔「ヒ」ハ或ハ「シ」カ〕	15	2	�の泆而、「泆」朱入声点、「而」右傍仮名「ニシテ」						

番号	段	東洋文庫本		A 弘安三年抄本			B 古抄本			C 康永三年抄本			A=B	A=C	B=C	A=Cイ	A=Bイ	B=Cイ
		頁	行	料紙	行		料紙	行		料紙	行							
448	十三娘	168	7	9	7	修、右傍仮名「ツクロハ」	14	5	脩、右傍仮名「ヲサメ」	15	3	修、右傍仮名「オサメ」		○				
449		168	7	9	7	織ノ下、「紝〔旁ヲ「狂」ニ作ル〕裁縫甚以手筒也家治營世頗以無跡形也凡六行永」(声点・仮名・返点略ス)	14	6	織ノ下ニ挿入符ヲ附シ、本文ト同筆ニテ右傍補「紝〔旁ヲ「任」ニ作ル〕裁縫甚以筒也家治營世頗以无跡形也凡六行永」(声点・仮名略ス)	15	3	織ノ下、「紝〔旁ヲ「亻」ト「壬」ニ作ル〕裁縫甚以手筒也家治營世頗以亡跡形也凡六形永」(声点・仮名略ス)						
450		168	7	9	8	手、右傍仮名「テ」	14	6右	ナシ	15	4	手、右傍仮名「テ」		○				
451		168	7	9	8	營、平声点、右傍仮名「エイ」	14	6右	營、平声点	15	4	營〔「呂」ハ擦消ノ上ニ重書〕						
452		168	7	9	8	無、右傍仮名「シ」	14	6右	无	15	4	亡、右傍仮名「ウシナヘリ」						
453		168	8	9	8	六行、各字ニ入声点・平濁声点	14	6右	六行、「六」ニ入声点、右傍仮名「リクカウ」	15	4	六形、中央ニ朱合符、「形」右傍仮名「ケイ」、ソノ右傍「行イ」、地ニ「六行」(中央ニ朱合符、右傍仮名「リクカウ」)	○			○		
454		168	8	9	9	人ノ下、ナシ、右傍ニ本文同筆補筆「云々」	14	6	云丶	15	5	云々(小字)			○			
455	大原居住老翁	175	1	9	9	大、左傍ニ「ミ」アリ、「云々」傍補ノ印カ、或ハ「大原」以下改行ノ印カ	14	7	「大原」以下改行	15	6	「大原」以下改行			○			
456		175	1	9	9	拯〔旁上部ヲ「𠂉」ト「子」ニ作ル〕、上濁声点、右傍仮名「シヨウ」	14	7	拯、右傍仮名「せウ」	15	6	拯〔「様」ニ「…」ヲ加エタ如キ字形ニ作ル〕、右傍仮名「シヨウ」		○				
457		175	2	9	10	悪、右傍仮名「クム」	14	8	恵、左傍ニ抹消符「止」ヲ附シ右傍「悪」(右傍仮名「ム」)	15	7	悪、右傍仮名「ム」		○			○	
458		175	2	9	10	氣ノ下、ナシ	14	8	之	15	7	之			○			
459		175	2	9	11	之(使ノ下)、右傍仮名「ノ」	14	9	ナシ	15	8	之		○				
460		175	3	9	12	乎	14	10	ナシ	15	9	矣						
461	十四御許夫	179	1	9	13	夫ノ下、ナシ	14	11	夫ノ下、ナシ	15	10	夫ノ下ニ圏点ヲ附シ、右傍「字白太主イ」(「字」右傍仮名「ハ」、「字」ノ下朱読点、「白」朱入声点、「太」朱上声点・右傍仮名「タ」、「主」右傍仮名「ヌシ」)	○					
462		179	1	9	13	事ノ下、ナシ	14	12	喚、右傍仮名「ヒ」	15	10	ナシ		○				
463		179	1	9	13	嘆、右傍仮名「ワメ」	14	12	嘆、右傍仮名「ワメ」	15	10	歎、右傍仮名「ホメ」	○					
464		179	2	9	14	歎ノ下、ナシ	14	13	ナシ	15	12	而、右傍仮名「ニシテ」	○					
465		179	2	9	14	欲ノ下、ナシ	14	13	ナシ	15	12	而、右傍仮名「ニシテ」	○					
466		179	3	9	15	戯ノ下、ナシ	14	14	早、右傍仮名「ク」	15	13	早、右傍仮名「ク」			○			
467		179	4	9	16	為、右傍仮名「ニハ」	14	15	於	15	14	為、右傍仮名「ニ」		○				

番号	段	東洋文庫本 頁	行	A 弘安三年抄本 料紙	行		B 古抄本 料紙	行		C 康永三年抄本 料紙	行		A=B	A=C	B=C	A=Cイ	A=Bイ	B=Cイ
468		179	4	9	16	教、右傍仮名「ナリ」	14	15	孝、右傍仮名「ナリ」	15	14	孝、右傍仮名「ナリ」			○			
469		179	4	9	16	弟、右傍仮名「テイニ」	14	16	弟、右傍仮名「タイニ」	15	14	弟、右傍仮名「ニ」		○				
470		179	4	9	16	戻〔「木」ニ「丶」ヲ附ス〕、右傍仮名「トリトコロ」	14	16	戻〔「木」ニ「丶」ヲ附ス〕、右傍仮名「トリトコロ」	15	14	戻〔「木」ノ右上「丶」ヲ擦消〕、右傍仮名「トリヱ」、「戻」ノ下ニ朱圏点ヲ附シ右傍「所イ」、地ニ「屑歟／可勘之」（「屑」右傍仮名「トリヱ」）						
471		179	4	9	16	閇、右傍仮名「マラ」	14	16	閇〔行書体ノ「門」ニ「キ」〕、右傍仮名「マラ」	15	14	閇〔「牛」左上部欠損〕、左傍仮名「アラ」						
472		179	5	9	17	寸	15	1	守	15	15	寸		○				
473		179	6	9	18	如ノ下、ナシ	15	2	来、右傍及ビ左傍ニ抹消符「止」ヲ附ス	15	17	ナシ		○			○	
474		179	7	9	19	无、右傍仮名「シ」、左傍仮名「\」	15	3	無、右傍仮名「シ」	16	1	无		○				
475		179	7	9	19	嫁ノ下、ナシ	15	3	ナシ	16	1	之	○					
476		179	7	9	19	但ノ下、ナシ	15	4	ナシ	16	1	此、右傍仮名「ノ」	○					
477		179	7	9	19	愛之、「之」ニ返点「一」、右傍仮名「アヒスルニ」「ヲ」	15	4	愛之、字間ニレ点、右傍仮名「シテ」「ヲ」	16	1	ナシ、「之」ノ右傍「愛之イ」（「愛之」字間ニ朱レ点）	○			○		
478	十四御許夫	179	7	9	19	无、右傍仮名「シ」	15	4	無	16	1	無		○				
479		179	8	9	20	儒、「侏儒」（字間中央ニ合符）右傍仮名「タケヒキニシテ」	15	5	儒、「侏儒」（訓合符）右傍仮名「タケヒキニシテ」	16	2	儒〔「雨」重書〕、左傍ニ墨線ヲ附シ地ニ「儒」、「侏儒」（朱訓合符）右傍仮名「タケヒキクシテ」						
480		179	8	9	20	眉〔「尸」ヲ「戸」ニ作ル〕、右傍仮名「マユ」	15	6	肩、右傍仮名「ノ」、右傍・左傍ニ抹消符「止」、左傍「眉マユノ」	16	3	眉〔「尸」ヲ「戸」ニ作ル〕、左傍仮名「アユ」		○			○	
481		179	9	10	1	陽	15	6	ナシ	16	3	ナシ			○			
482		179	9	10	1	佛	15	6	ナシ	16	3	ナシ			○			
483		179	9	10	1	妻、右傍仮名「サイ」	15	7	専、右傍・左傍ニ抹消符「止」ヲ附シ天ニ「妻」	16	3	妻		○			○	
484		179	9	10	1	禪師、各字ニ去濁声点・上声点、「師」右傍仮名「ハ」	15	7	院、平声点、右傍仮名「ハ」	16	4	院、右傍仮名「ハ」、朱平声点			○			
485		179	9	10	2	有ノ上、ナシ	15	7	雖	16	4	雖			○			
486		179	9	10	2	之（王ノ下）	15	7	之	16	4	ナシ	○					
487		179	10	10	2	白、右傍仮名「ハク」	15	7	日	16	4	白、右傍仮名「ハク」、朱入声点		○			○	
488		179	10	10	2	太、右傍仮名「タ」	15	8	太、右傍「白太イ」（右傍仮名「ハクタ」）	16	4	太、朱上声点						
489		179	10	10	2	太ノ下、ナシ	15	8	郎	16	4	ナシ		○				
490		179	10	10	2	云々（小字）	15	8	ナシ	16	4	矣						

番号	段	東洋文庫本		A 弘安三年抄本			B 古抄本			C 康永三年抄本			A=B	A=C	B=C	A=Cイ	A=Bイ	B=Cイ
		頁	行	料紙	行		料紙	行		料紙	行							
491		188	1	10	3	而、「固而」右傍仮名「ニシテ」	15	9	ナシ、「固」右傍仮名「ニシテ」	16	5	而、「固而」右傍仮名「ニシテ」		○				
492		188	1	10	3	進	15	10	勤、右傍仮名「ム」	16	5	進		○				
493		188	1	10	4	而、「猛而」右傍仮名「ミヤウニメ」	15	10	ナシ、「猛」右傍仮名「ニシテ」	16	5	而、「猛而」右傍仮名「ニシテ」		○				
494		188	2	10	4	期、右傍仮名「ス」	15	11	ナシ、「永」ノ下ニ挿入符ヲ附シ右傍補「求」(右傍仮名「ム」)	16	6	期、右傍仮名「ス」		○				
495		188	2	10	4	受、右傍仮名「ウケタルコトヲ」	15	11	愛、左傍仮名「コトヲ」、右傍・左傍ニ抹消符「止」ヲ附シ仮名ノ右傍「受」	16	7	受、右傍仮名「タルコトヲ」		○			○	
496		188	3	10	5	淨土、右傍仮名「ニ」	15	11	淨土、右傍仮名「ニ」	16	7	極樂、右傍仮名「ニ」	○					
497		188	3	10	5	无	15	12	無	16	8	無			○			
498	十五女	188	3	10	5	望、右傍仮名「ノソンテハ」	15	12	臨、右傍仮名「テハ」	16	8	望、右傍仮名「テハ」		○				
499		188	4	10	6	懈、右傍仮名「ヲコタラ」	15	13	解、「不ㇾ解」右傍仮名「ヲコタラス」	16	9	懈、右傍仮名「ラ」		○				
500		188	4	10	7	鬘〔「彡」ヲ「卄」ニ作ル〕、右傍仮名「カツラヲ」	15	14	鬘〔「曼」ヲ「ヨ」ト「負」ニ作ル〕、右傍仮名「カツラヲ」	16	9	鬘、右傍仮名「カツラヲ」						
501		188	4	10	7	之(「瑟」ノ下」)、右傍仮名「ノ」	15	14	之	16	9	ナシ	○					
502		188	5	10	7	輪	15	15	輪	16	10	輪〔「論」ノ「言」擦消シ「車」重書〕						
503		188	5	10	8	唱、右傍仮名「トナフ」	15	15	昌〔上部ヲ「田」ニ作ル〕、右傍仮名「ナヘ」	16	10	唱、右傍仮名「ヘ」		○				
504		188	6	10	8	君、「娘君」(字間中央ニ合符)右傍仮名「ムスメハ」	15	16	者、右傍仮名「ハ」、「娘」右下ニ「君イ」(右傍仮名「キミ」)	16	11	君、左傍仮名「ハ」、「娘君」右傍仮名「ムスメハ」		○			○	
505		194	1	10	9	女(六ノ下)、右傍仮名「メ」	16	1	女	16	12	君、右傍「娘イ」	○					
506		194	1	10	9	也(者ノ下)	16	1	ナシ	16	12	ナシ			○			
507		194	1	10	9	也(色ノ下)、右傍仮名「ナリ」	16	2	ナシ	16	12	也		○				
508		194	1	10	9	樌、右傍仮名「ナラヘル」	16	2	慣、右傍仮名「ナラヘル」	16	13	慣、右傍仮名「ナラフ」			○			
509		194	2	10	10	本、右傍仮名「モトノ」	16	2	下、右傍仮名「ノ」、左傍仮名「モトノ」	16	13	本、右傍仮名「ノ」		○				
510	十六女	194	2	10	10	无、「无面」右傍仮名「ヲモナシカ」	16	3	無、右傍仮名「シ」	16	13	無、右傍仮名「ナシカ」			○			
511		194	2	10	10	之	16	3	々、左傍ニ墨線ヲ附シ右傍「之歟」	16	13	之		○			○	
512		194	2	10	10	也	16	3	也	16	14	ナシ	○					
513		194	2	10	10	晝、右傍仮名「ヒルハ」	16	3	晝、右傍仮名「ヒルハ」、左傍ニ墨線ヲ附シ天ニ「晝歟」(右傍仮名「ヒル」)	16	14	晝、右傍仮名「ハ」		○				

番号	段	東洋文庫本 頁	東洋文庫本 行	A 弘安三年抄本 料紙	A 行	A 弘安三年抄本	B 古抄本 料紙	B 行	B 古抄本	C 康永三年抄本 料紙	C 行	C 康永三年抄本	A=B	A=C	B=C	A=Cイ	A=Bイ	B=Cイ
514	十六女	194	2	10	11	簦〔「⺮」ヲ「へ」ニ作ル〕、右傍仮名「ヲヽカサヲ」	16	3	簦、右傍仮名「カサヲ」、左傍仮名「ヲホカサヲ」	16	14	簦、右傍仮名「ヒカサヲ」、左傍仮名「ヲホカサヲ」						
515		194	2	10	11	身ノ下、ナシ	16	3	ナシ	16	14	於、右傍仮名「ヲ」	○					
516		194	3	10	11	舩、右傍仮名「□□□□ヲ」〔「□□□□」(欠損)ハ「フナハタ」カ〕	16	4	舩〔「舩」ノ如ク旁ヲ「厶」ニ作ル〕、右傍仮名「ナハタヲ」	16	14	舩、右傍仮名「フナハタヲ」						
517		194	3	10	11	懸心、返点「二」「一」ヲ附シ右傍仮名「タリ」「ヲ」	16	4	心懸、右傍仮名「ヲ」「ク」	16	14	懸心、右傍仮名「ク」「ヲ」		○				
518		194	3	10	11	心ノ下、ナシ	16	4	ナシ	16	14	於	○					
519		194	3	10	11	客、右傍仮名「マラウトニ」	16	4	容、入声点、右傍仮名「カクニ」、左傍仮名「マラウトニ」	16	15	客、右傍仮名「ニ」		○				
520		194	3	10	11	淫奔、各字ニ去声点・平濁声点(或ハ右圏点墨抹シテ平声点カ)右傍仮名「インㄗン」	16	4	法本、「法」ノ文字上・左傍ニ抹消符「止」ヲ附シ左傍「淫」(右傍仮名「イン」)、右傍「婬奔イ」(「婬」ニ平声点、右傍仮名「イムホム」)	16	15	淫奔、「淫」右傍仮名「イン」、朱合符ヲ附シ各字ニ朱去声点及ビ朱上濁声点、「奔」ニ平声点		○				
521		194	3	10	12	微〔「兀」ヲ「歹」ニ作ル異体〕、平濁声点・右傍仮名「ヒ」	16	5	徵、平濁声点、右傍仮名「テウ」	16	15	徵〔「王」ハ擦消ノ上ニ重書〕、右傍仮名「テウ」・朱平声点			○			
522		194	3	10	12	低、右傍仮名「テイ」	16	5	仰、上濁声点、右傍仮名「キヤウ」、左傍仮名「カウ」	16	15	仰、右傍仮名「キヤウ」、朱上濁声点			○			
523		194	4	10	12	之、右傍仮名「ノ」	16	6	ナシ、「薗」ノ上ニ圏点ヲ附シ右傍「之イ」	16	16	之		○			○	
524		194	5	10	14	歌	16	7	歌、右傍仮名「ト」	16	17	謌、右傍仮名「ウタ」	○					
525		194	5	10	14	師	16	7	明〔行書体、或ハ「師」カ〕	17	1	師		○				
526		194	6	10	14	仇〔「イ」ヲ「彳」、「九」ヲ「丸」ニ作ル〕、右傍仮名「カタ」	16	8	仇〔「イ」ヲ「彳」、「九」ヲ「丸」ニ作ル〕、右傍仮名「テキ」、左傍仮名「カタキニ」	17	1	仇、右傍仮名「カタキナラ」、左傍仮名「タクヒ」						
527	太郎主	205	1	10	17	「太郎主」以下改行	16	11	「太郎主」以下、十六女ノ段ニ続ク、「太」右上ニ勾点ヲ附シ「自是初」傍書	17	4	「太郎主」以下改行、「太」右上ニ勾点		○				
528		205	1	10	17	能書ノ下、ナシ	16	11	ナシ	17	4	ナシ、「書」ノ下ニ朱圏点ヲ附シ右傍「早筆イ」						
529		205	1	10	17	正文ノ下、ナシ	16	11	往、左傍ニ抹消符「止」ヲ附ス	17	4	ナシ		○			○	
530		205	1	10	17	信	16	11	信	17	4	真、朱平声点	○					
531		205	1	10	17	早	16	11	早、右傍仮名「サウ」	17	4	草、朱平声点	○					
532		205	1	10	17	早ノ下、ナシ	16	12	案、左傍ニ抹消符「止」ヲ附ス	17	4	ナシ		○			○	

番号	段	東洋文庫本		A 弘安三年抄本			B 古抄本			C 康永三年抄本			A=B	A=C	B=C	A=Cイ	A=Bイ	B=Cイ
		頁	行	料紙	行		料紙	行		料紙	行							
533	太郎主	205	1	10	17	字、「真字」（字間中央ニ合符）右傍仮名「マナシノ」	16	12	字、「真字」右傍仮名「マナ」	17	4	名、「真名」（朱訓合符）右傍仮名「マンナ」、「名」左傍「字イ」	○			○		
534		205	1	10	18	水手	16	12	ナシ、誤リテ「葦」ノ下ニ圏点ヲ附シ、「手」右傍ニ「水手イ」	17	5	ナシ			○			
535		205	2	10	19	氏、上声点、右傍仮名「シカ」	16	13	子、上声点	17	6	ナシ、「義之」ニ朱音合符ヲ附シ「之」ニ朱上声点、「氏之」ノ「氏」ヲ誤脱シ「之」ニ朱上声点ヲ附シタルカ						
536		205	2	10	19	露ノ下、ナシ	16	13	ナシ	17	6	之	○					
537		205	3	10	19	之貫花、「貫」右傍仮名「クワン」	16	14	之貫花、「貫」去声点・右傍仮名「ム」・左傍仮名「クワン」、「花」平声点・右傍仮名「ノ」・左傍仮名「クワノ」	17	6	貫花之、「貫花」ノ字間中央ニ朱合符、「貫」「花」各字朱平声点	○					
538		205	3	10	19	之五筆、「筆」右傍仮名「ノ」	16	14	之五筆、「筆」右傍仮名「ノ」	17	7	五筆之、「五筆」ニ朱音合符、「之」右傍仮名「ノ」	○					
539		205	3	10	20	之一墨、「之」右傍仮名「ノ」（「カ」ニ重書）、「墨」右傍仮名「ノ」	16	15	一墨、「墨」入濁声点・右傍仮名「𛀁クノ」	17	7	一墨之、「一墨」ノ字間中央ニ朱合符、「墨」入濁声点						
540		205	4	10	20	仍、右傍仮名「テ」	16	15	ナシ	17	7	仍		○				
541		205	4	10	20	草	16	15	草、上声点、右傍仮名「サウ」	17	8	造、朱平声点、右傍「雙イ」	○					
542		205	4	11	1	之	16	16	之	17	8	ナシ	○					
543		205	5	11	1	宣旨ノ上、闕字ナシ	17	1	宣旨ノ上、闕字	17	9	宣旨ノ上、闕字ナシ		○				
544		205	5	11	1	嘱、右傍仮名「クツ」	17	1	属、右傍仮名「ショク」	17	9	屈、朱入声点						
545		205	6	11	3	云〔「之」ニ重書〕、右傍仮名「モ」	17	3	縦云、右傍仮名「ヒ」「イフトモ」	17	11	縦、右傍仮名「ヒ」						
546		205	6	11	3	骸ノ下、ナシ	17	3	ナシ、「骸」ノ下ニ補「於」	17	11	於、右傍仮名「ヲ」	○					
547		205	6	11	3	以、右傍仮名「テ」	17	3	以	17	11	ナシ	○					
548	次郎	216	1	11	4	不	17	5	ナシ、「生」ノ右下補「不」（上声点）	17	12	不、朱上声点		○			○	
549		216	1	11	4	犯、平濁声点、右傍仮名「𛀁ン」	17	5	犯〔「犭」ヲ「扌」ノ如ク作ル〕、平濁声点、右傍「犯イ」、右下仮名「𛀁ム」	17	12	犯、朱平濁声点						
550		216	1	11	4	脩、右傍仮名「シユ」	17	6	修、右傍仮名「シユ」	17	13	修、朱上声点			○			
551		216	3	11	6	密、右傍仮名「ノ」	17	8	蜜、右傍仮名「ノ」	17	14	蜜、右傍仮名「ノ」			○			
552		216	3	11	6	舌ノ下、ナシ、「舌」ノ下ニ挿入符ヲ附シ右傍補「和」（右傍仮名「ニメ」、本文ト同筆）	17	9	和、右傍仮名「ニシテ」	17	15	和、右傍仮名「カニ」						

番号	段	東洋文庫本		A 弘安三年抄本			B 古抄本			C 康永三年抄本			A=B	A=C	B=C	A=Cイ	A=Bイ	B=Cイ
		頁	行	料紙	行		料紙	行		料紙	行							
553	次郎	216	3	11	6	印、右傍仮名「イン」	17	9	即、文字上・左傍ニ抹消符「止」ヲ附シ右傍「印」(右傍仮名「ム」)	17	15	印、朱平声点		○			○	
554		216	3	11	6	搦、右傍仮名「タハヤカナリ」	17	10	嫋、右傍仮名「タヲヤカニシテ」、左傍仮名「ナリ」	17	15	嫋、右傍仮名「タハヤカナリ」			○			
555		216	3	11	7	五悔、「悔」右傍仮名「クワイ」	17	10	唱礼、右傍仮名「ウ」「イ」、左傍仮名「シヤウ」「レイ」	17	15	唱禮、右傍仮名「シヤウレイ」、各字ニ朱去声点及ビ朱上声点、「昌」ノ上ニ朱圏点ヲ附シ右傍「五悔イ」			○	○		
556		216	4	11	7	方ノ下、ナシ	17	10	使、左傍ニ抹消符「止」ヲ附ス	17	16	ナシ		○			○	
557		216	4	11	7	无、右傍仮名「シ」	17	10	無、右傍仮名「ク」	17	16	無、右傍仮名「ク」			○			
558		216	4	11	7	阿	17	11	阿	17	17	ナシ	○					
559		216	5	11	8	弟子、右傍「師範イ本」(右傍仮名「シハン」、本文ト同筆)	17	12	弟子、「子」右傍仮名「ヲ」	17	17	弟子		○				
560		216	6	11	9	洛	17	13	落	18	1	洛、朱入声点		○				
561		216	6	11	9	蹈、右傍仮名「フムコト」	17	14	蹈〔旁ヲ「伯」ニ作ル〕、右傍仮名「フム」	18	2	踏、右傍仮名「フムコト」						
562		216	6	11	9	磯、右傍仮名「イソノ」	17	14	ナシ	18	2	ナシ			○			
563		216	6	11	9	路、右傍仮名「チヲ」	17	14	道、右傍仮名「ヲ」・左傍仮名「チヲ」	18	2	地、右傍仮名「ヲ」						
564		216	7	11	11	峯、右傍仮名「タケ」	18	1	山、右傍仮名「タキ」、左傍「嶽イ」(左下仮名「タケ」)	18	4	峯、右傍仮名「タケ」		○				
565		216	7	11	11	越前、「前」右傍仮名「ノ」	18	1	越前	18	4	加賀、「賀」右傍仮名「ノ」	○					
566		216	8	11	11	美尾、右傍仮名「ミノヲ」	18	2	箕面、字間中央ニ合符、右傍仮名「ミノヲ」、「面」左傍「尾イ」	18	4	美尾、朱訓合符、右傍仮名「ミノヲ」、左傍「箕面イ」、「尾」ノ下ニ圏点ヲ附シ右傍「勝尾イ」(「勝」右傍仮名「カチ」)		○			○	
567		216	8	11	11	河、右傍仮名「カハ」	18	2	川、右傍仮名「ハ」	18	4	河		○				
568		216	8	11	11	河ノ下、ナシ	18	2	ナシ	18	4	河ノ下ニ圏点ヲ附シ、地ニ「丹後成相丹波穴太出雲鰐淵イ」(「後」「成 相」「波」「穴 太」「雲」「鰐淵」ノ右傍仮名「ノ」「ナリアイ」「ノ」「アナフ」「ノ」「ワニフチ」)	○					
569		216	8	11	11	間ノ下、ナシ	18	2	無、右傍・左傍ニ抹消符「止」ヲ附シ左傍ニ墨線ヲ附ス	18	5	ナシ		○			○	
570		216	8	11	11	无、右傍仮名「キ」	18	3	無	18	5	無、右傍仮名「シ」			○			

番号	段	東洋文庫本		A 弘安三年抄本			B 古抄本			C 康永三年抄本			A=B	A=C	B=C	A=Cイ	A=Bイ	B=Cイ
		頁	行	料紙	行		料紙	行		料紙	行							
571		216	8	11	11	无ノ下、ナシ	18	3	不、右傍仮名「サルコト」	18	5	ナシ		○				
572		216	8	11	12	桃、右傍仮名「イトム」	18	3	桃、右傍仮名「テウ」、左傍仮名「イトム」	18	5	桃、右傍仮名「イトム」						
573		216	9	11	12	也	18	3	ナシ	18	5	ナシ			○			
574		216	9	11	12	雖、右傍仮名「トモ」	18	3	ナシ、「昔」ノ下ニ挿入符ヲ附シ「役」ノ右傍補「雖」(右傍仮名「トモ」)	18	5	雖、右傍仮名「ヘ」		○			○	
575	次郎	216	9	11	12	役、右傍仮名「エンノ」	18	3	役	18	5	疫、右傍仮名「エンノ」、朱抹消符「ミ」ヲ附シ左傍ニ墨線ヲ附シ地ニ「役イ」(「役」ニ朱引)	○			○		
576		216	9	11	13	羅尼	18	4	罷居、各字左傍ニ抹消符「止」ヲ附シ右傍「羅尼」(「尼」右傍仮名「ノ」)	18	6	羅尼		○			○	
577		216	9	11	13	於ノ下、ナシ	18	4	右	18	6	ナシ		○				
578		216	10	11	13	禅師、「師」右傍仮名「ニ」	18	5	君、右傍「禅師イ」	18	7	禅師、右傍仮名「ニ」		○			○	
579		216	10	11	13	者ノ下、ナシ	18	5	已、右傍仮名「ニ」	18	7	已、右傍仮名「ニ」			○			
580		216	10	11	13	足ノ下、ナシ、「足」右傍仮名「ノ」	18	5	ナシ	18	7	之	○					
581		229	1	11	14	道ノ下、ナシ	18	6	ナシ	18	8	ナシ、「道」ノ下ニ圏点ヲ附シ右傍「長イ」						
582		229	1	11	14	篋〔「甲」ヲ「匸」ノ第一画ト合セテ「更」ノ如ク作ル〕、右傍仮名「ハコ」	18	6	篋〔「甲」ヲ「匸」ノ第一画ト合セテ「西」ト「大」ヲ合セタ字形ニ作ル〕、右傍仮名「ハコ」	18	8	篋〔「甲」ヲ「匸」ノ第一画ト合セテ「更」ノ如ク作ル〕、右傍仮名「ハコ」、左傍「匣イ」〔「匣」ノ「甲」ハ「匸」ノ第一画ト合セテ「更」ノ如ク作ル〕						
583		229	1	11	14	硯ノ下、ナシ	18	6	箱枕〔旁ヲ「尤」ニ作ル〕	18	8	箱枕〔旁ヲ「尤」ニ作ル〕、「箱」右傍仮名「ハコ」			○			
584	三郎主	229	2	11	14	筥、右傍仮名「ハコ」	18	6	筥、右傍仮名「ハコ」	18	8	莒、右傍仮名「ハコ」	○					
585		229	2	11	15	碁、右傍仮名「キ」	18	7	基、右傍仮名「キ」	18	9	几、右傍仮名「キ」、朱平声点						
586		229	2	11	15	并、右傍仮名「ニ」	18	7	足、右傍「手イ」	18	9	手、右傍仮名「テ」						
587		229	2	11	15	華、右傍仮名「ハナ」	18	8	花	18	10	花			○			
588		229	2	11	15	机(華ノ下)、右傍仮名「ツクエ」	18	8	机〔「几」ヲ「九」ニ作ル〕、右傍仮名「□□ヘ」ヲ抹消シ左ニ仮名「ツクヘ」	18	10	机、「花机」ニ朱音合符、「机」右傍仮名「ツクヘ」						
589		229	2	11	15	机ノ下、ナシ	18	8	経机〔「几」ヲ「九」ニ作ル〕	18	10	經机、朱音合符、「經」ニ朱去声点			○			

番号	段	東洋文庫本		A 弘安三年抄本			B 古抄本			C 康永三年抄本			A=B	A=C	B=C	A=Cイ	A=Bイ	B=Cイ
		頁	行	料紙	行		料紙	行		料紙	行							
590	三郎主	229	3	11	16	高ノ上、ナシ、「高」ノ上ニ挿入符ヲ附シ右傍補「懸盤」(本文ト同筆)	18	8	大盤、字間中央ニ合符	18	10	懸盤大盤、「懸盤」右傍仮名「カケハム」、「大盤」各字ニ朱平濁声点及ビ朱平声点						
591		229	3	11	16	器〔「大」ヲ「立」ニ作ル〕、「高器」右傍仮名「タカツキ」	18	8	器〔「立」ニ「大」重書〕、「高器」(字間中央ニ合符) 右傍仮名「タカツキ」	18	10	杯、右傍仮名「ツキ」、ソノ右傍「器イ」	○			○		
592		229	3	11	16	足、右傍仮名「ソク」	18	8	足、右傍仮名「ソク」、左傍「息イ」	18	11	足、朱入声点						
593		229	3	11	16	道 (小字割書)	18	8	造 (小字割書)	18	11	道 (小字割書)		○				
594		229	3	11	16	橋〔旁ヲ「高」ニ作ル〕	18	9	橋〔「呑」ヲ「右」ニ作ル〕	18	11	骨	○					
595		229	4	11	16	太	18	9	大	18	11	大			○			
596		229	4	11	16	装〔「壮」ヲ「将」ニ作ル〕	18	9	装〔「壮」ヲ「状」ニ作ル〕	18	11	装〔「壮」ヲ「状」ニ作ル〕						
597		229	4	11	16	籐、右傍仮名「トウ」	18	9	籐、右傍仮名「ウ」、左傍仮名「トウ」	18	11	籐〔「竹」擦消重書〕、右傍仮名「トウ」						
598		229	4	11	17	之	18	9	之	18	13	ナシ	○					
599		229	5	11	17	無ノ下、ナシ	18	10	所、右傍仮名「ロ」	18	13	ナシ		○				
600		229	5	11	17	營、右傍仮名「イトナミニ」	18	10	營、右傍仮名「ナムニ」・左傍仮名「ミ」	18	13	ナシ	○					
601	四郎君	236	1	11	19	幾	18	12	幾、右傍仮名「キ」	18	16	畿、朱上声点	○					
602		236	1	11	19	无、右傍仮名「シ」	18	13	無	18	16	無、右傍仮名「ク」			○			
603		236	2	11	20	餘	18	13	餘	18	16	余	○					
604		236	2	11	20	乗、右傍仮名「ノテハ」	18	13	乗〔「垂」ニ重書〕、右傍仮名「ハ」	18	16	乗、右傍仮名「ノテハ」						
605		236	3	12	1	無、右傍仮名「シ」	18	15	無、右傍仮名「シ」	19	1	无、右傍仮名「シ」	○					
606		236	3	12	1	所、右傍仮名「ロ」	18	15	ナシ	19	1	ナシ			○			
607		236	3	12	1	境ノ下、ナシ	18	15	者	19	1	ナシ		○				
608		236	4	12	2	史、右傍仮名「リ」、左上ノ圏点ハ上声点カ (或ハ「良」ノ平声点カ)	18	16	吏、上声点、右傍仮名「リ」	19	2	吏、右傍仮名「リ」、朱上声点			○			
609		236	4	12	2	賛、上声点、右傍仮名「タイ」	18	16	替、上声点、右傍仮名「タイ」	19	2	替、右傍仮名「タイ」、朱上声点			○			
610		236	4	12	3	状ノ下、ナシ	18	16	之文	19	3	之文			○			
611		236	5	12	3	文 (「勘」ノ下)	18	17	ナシ	19	3	ナシ			○			
612		236	5	12	3	公文ノ下、ナシ、「文」右傍仮名「ノ」	18	17	ナシ	19	3	之、右傍仮名「ノ」	○					
613		236	5	12	4	以是、右傍仮名「テ」「コレヲ」	18	17	是以、右傍仮名「ヲ」「テ」	19	4	是以、朱訓合符、右傍仮名「コヽヲ」「テ」			○			
614		236	5	12	4	目	18	18	自、入声点	19	4	目、朱入声点		○				

番号	段	東洋文庫本		A 弘安三年抄本			B 古抄本			C 康永三年抄本			A=B	A=C	B=C	A=Cイ	A=Bイ	B=Cイ
		頁	行	料紙	行		料紙	行		料紙	行							
615		236	6	12	4	税、右傍仮名「サイ」	18	18	済、「済所」各平声点・右傍仮名「サイショ」	19	4	済、右傍仮名「サイ」、朱平声点			○			
616		236	6	12	4	搩、右傍仮名「アン」	18	18	案、平声点、右傍仮名「アン」	19	5	案、朱平声点			○			
617		236	6	12	4	所（主ノ下）	18	18	ナシ	19	5	所、右傍仮名「トコロ」		○				
618		236	6	12	4	非ノ上、ナシ	18	18	撿、平声点	19	5	撿			○			
619		236	6	12	4	違所ノ下、ナシ	18	18	田所出納所調所〔「納」旁重書〕、「納」右傍仮名「ナウ」	19	5	田所出納所調所（朱声点・朱音訓合符略ス）			○			
620		236	7	12	5	人	18	19	ナシ	19	6	人		○				
621		236	7	12	5	政所或日代若別當況予檢田收納交易國佃臨時雜（仮名略ス）	18	19	ナシ、「所」（膳ノ下）ノ下ニ挿入符ヲ附シ左上傍補「政所或日代或別當況檢田使収納交易佃臨時雜」（本文ト同筆）（「政」「況」「佃」「臨」「雜」ノ各右傍仮名「マン」「ハムヤ」「ツクタ」「リン」「サツ」）	19	6	政所或日代或別當況〔偏ヲ「工」ニ作ル〕予檢田收納交易國佃臨時雜（朱声点・仮名・朱音訓合符略ス）						
622		236	8	12	5	若（代ノ下）、右傍仮名「ハ」	18	19左	或（補筆）	19	7	或、左傍「イ无」						
623	四郎君	236	8	12	5	若ノ下、ナシ	18	19左	ナシ（補筆部分）	19	7	ナシ、「或」ノ下ニ圏点ヲ附シ右傍「若御厩イ」（右傍仮名「ハ」「ミ」「アヤノ」）						
624		236	8	12	6	使、右傍仮名「ツカヒ」	18	20	使、左傍仮名「ヒ」	19	8	使、右傍仮名「ヒ」			○			
625		236	9	12	6	預ノ下、ナシ	18	20	ナシ	19	8	也	○					
626		236	9	12	7	不民弊、「弊」ニ返点「一」、「不」ニ返点「二」ヲ附シ右傍仮名「スメ」「タミヲ」「ツイヤサ」	18	20	民不弊、「不」「弊」ニ各返点「一」ヲ附シ右傍仮名「ヲ」「スシテ」「ツイヤサス」	19	8	不弊、「弊」ニ朱レ点ヲ附シ右傍仮名「スシテ」「ツイヤサ」、次デ「弊」ノ下ニ朱挿入符ヲ附シ右傍補「民ヲ」（「民」ニ返点「一」）、「不」ニ返点「二」ヲ附ス						
627		236	9	12	7	無君、右傍仮名「クメ」「ノ」	18	20	君無、右傍仮名「ミ」「テ」	19	9	無君、右傍仮名「シテ」「ク」、「君」ニ朱上声点、「君」左下ニ返点「二イ」		○				
628		236	9	12	7	撙、右傍仮名「ソン」	19	1	損、右傍仮名「ム」	19	9	損、朱平濁声点			○			
629		236	9	12	7	有自、「有」右傍仮名「ル」	19	1	自有、右傍仮名「ミ」「アル」	19	9	有自、「有」右傍仮名「ル」		○				
630		236	10	12	7	也	19	1	也	19	9	ナシ、「手」ノ下ニ朱圏点ヲ附シ右傍「也イ」（右傍仮名「ナリ」）	○			○		
631		236	10	12	8	宅、右傍仮名「イヘ」	19	1	宅、右傍仮名「エ」	19	9	家	○					
632		236	10	12	8	謂ノ上、ナシ	19	2	所、「所謂」（字間中央ニ合符）右傍仮名「イワク」	19	10	ナシ、「謂」ノ上ニ朱圏点ヲ附シ右傍「所イ」		○				○

番号	段	東洋文庫本		A 弘安三年抄本			B 古抄本			C 康永三年抄本			A=B	A=C	B=C	A=Cイ	A=Bイ	B=Cイ
		頁	行	料紙	行		料紙	行		料紙	行							
633	四郎君	236	11	12	9	又柿（小字割書）	19	3	又柿（小字）	19	11	ナシ、「丈」ノ下ニ朱圏点ヲ附シ右傍「又柿イ」	○			○		
634		236	11	12	9	又柿ノ下、ナシ	19	3	ナシ	19	11	又粽、「粽」ノ右傍仮名「チマキ」	○					
635		236	11	12	9	伊ノ下、ナシ	19	3	國	19	11	國			○			
636		236	12	12	10	和泉櫛、「泉櫛」右傍仮名「ノ」「クシ」	19	4	和泉櫛、「和泉」「櫛」右傍仮名「イツミ」「シ」	19	12	ナシ、「墨」ノ下ニ朱圏点ヲ附シ右傍「和泉櫛イ」（「イ」ハ「又」ノ下、右傍仮名「ノ」「クシ」）、右傍「又酢イ」（「又」ハ「和泉櫛イ」ノ「イ」ニ重書、「酢」右傍仮名「ス」）	○			○		
637		236	12	12	10	磨、右傍仮名「ノ」	19	4	广、右傍仮名「マ」	19	12	磨〔「手」ニ「石」重書〕、右傍仮名「ノ」						
638		236	12	12	10	釘、右傍仮名「ク＼」	19	4	針、右傍仮名「ハリ」	19	12	針、右傍仮名「ハリ」、仮名ノ右傍「釘イ」（右傍仮名「クキ」）			○	○		
639		236	12	12	10	筥〔「竹」ヲ「艹」ニ、「呂」ヲ「ハ」ト「口」ニ作ル〕、右傍仮名「ハコ」	19	4	筥、右傍仮名「ハコ」	19	13	苔、右傍仮名「ハコ」	○					
640		236	12	12	10	又砥又簾又鰯（小字割書）、「砥」「鰯」右傍仮名「ト」「イワシ」	19	4	又砥又簾又鰯（小字割書）、「砥」「鰯」右傍仮名「ト」「イハシ」、「簾」左傍仮名「スタレ」、「鰯」右傍仮名「イハシ」	19	13	并砥簾鰯、右傍仮名「ニ」「ト」「スタレ」「イワシ」	○					
641		236	13	12	11	総ノ下、ナシ	19	5	ナシ	19	14	鞍	○					
642		236	13	12	11	鍋	19	6	鍋、右傍仮名「ナヘ」	19	14	堝、右傍仮名「ナヘ」、左傍「鍋イ」	○			○		
643		236	13	12	11	又味曽（小字割書）	19	6	又味噌（小字）	19	14	并味曽、右傍仮名「ニ」「ミソ」、「曽」ノ下ニ朱圏点ヲ附シ右傍「又伏兎イ」（「伏兎」右傍仮名「フト」）	○					
644		236	14	12	12	又（小字割書、「駒」ノ下）ノ下、ナシ	19	7	ナシ	19	15	又（小字）ノ下ニ墨圏点ヲ附シ右傍「檀イ」						
645		236	14	12	12	子ノ下、ナシ	19	7	ナシ	19	16	ナシ、「子」ノ下ニ墨圏点ヲ附シ「又木賊イ」（「木賊」右傍仮名「トクサ」）						
646		237	1	12	13	粔〔「巨」ヲ「臣」ニ作ル〕、右傍仮名「コメ」	19	7	粔〔旁ヲ「目」ニ作ル〕、右傍仮名「コメ」	19	16	粔、右傍仮名「コメ」、右傍「粔イ」	○			○		

番号	段	東洋文庫本		A 弘安三年抄本			B 古抄本			C 康永三年抄本			A=B	A=C	B=C	A=Cイ	A=Bイ	B=Cイ
		頁	行	料紙	行		料紙	行		料紙	行							
647	四郎君	237	1	12	13	近江鮒、「江」「鮒」右傍仮名「ノ」「フナ」	19	7	ナシ	19	16	近江鮒、「江」「鮒」右傍仮名「ノ」「フナ」		○				
648		237	1	12	13	漆（小字割書）	19	8	染（小字）	19	17	漆（小字）、右傍仮名「ウルシ」		○				
649		237	2	12	14	鮑、右傍仮名「アハヒ」	19	8	蚫、右傍仮名「アワヒ」	20	1	蚫、右傍仮名「アハヒ」			○			
650		237	3	12	15	轆々、右傍仮名「ロク、、ニ」	19	10	轆々、入声点、右傍仮名「ロク、、トシテ」	20	2	轆々、右傍仮名「ロク、、トシテ」、左傍「連々イ」						
651		237	3	12	16	云々（小字割書）	19	10	云々（小字）	20	3	ナシ	○					
652		237	4	12	16	者	19	11	者、左傍ニ墨線ヲ附シ右傍「イ本无」、「者」ノ下ノ「也」ハ、或ハ追筆（「近江鮒」ト同筆）カ	20	3	者						
653		237	4	12	16	也ノ下、ナシ	19	11	近江鮒（小字）	20	3	ナシ		○				
654	五郎	254	1	12	17	日	19	12	因、右傍仮名「イム」	20	4	因			○			
655		254	1	12	17	教	19	13	教、右傍仮名「ウ」	20	5	教、右傍「典イ」						
656		254	1	12	18	傳、平濁声点	19	13	曲、右傍仮名「テム」	20	5	傳、右傍「典イ」、朱入声点		○				
657		254	2	12	18	識、右傍仮名「カケ」及ビ左傍仮名「ニ」ヲ墨デ抹消（次ノ「懸」ノ仮名ヲ誤字シタタメ抹消）	19	13	識	20	5	識、右傍仮名「ハ」						
658		254	2	12	18	胸〔擦消ノ上ニ書ス〕、右傍仮名「ノ」	19	14	臆、右傍仮名「ノ」、左傍仮名「ム子ノ」	20	6	胸、右傍仮名「ノ」		○				
659		254	2	12	18	卅	19	14	三十	20	6	卅		○				
660		254	4	12	20	迷、右傍仮名「マトヒヲ」	19	15	惑、右傍仮名「ヤ□ヲ」、左傍仮名「マトヒヲ」	20	8	惑、右傍仮名「ヒヲ」			○			
661		254	4	12	20	利	19	15	和、右傍「利」（右傍仮名「リ」）	20	8	利、朱平声点		○			○	
662		254	4	12	20	経	19	15	経	20	8	経、右傍「法イ」						
663		254	4	12	20	會〔「日」ヲ「寸」ノ如ク作ル〕、右傍仮名「ヱ」	19	16	會	20	8	會						
664		254	4	12	20	之、右傍仮名「ノ」	19	16	ナシ	20	8	之		○				
665		254	4	13	1	釋（意ノ下）	19	16	釋	20	9	尺	○					
666		254	5	13	1	矇、右傍仮名「クラカ」	19	16	朦、右傍仮名「クラカラ」	20	9	朦、右傍仮名「イラカラ」（「イ」ノ左傍ニ抹消符「ミ」ヲ附シ右傍「ク」）			○			
667		254	5	13	1	文（入ノ下）	19	16	文〔「久」ノ如ク書ス〕	20	9	文						
668		254	5	13	1	釋（判ノ下）、右傍仮名「ニ」	19	16	釋	20	9	尺、朱入濁声点	○					
669		254	5	13	1	之	19	17	之	20	9	ナシ	○					
670		254	5	13	1	句	19	17	勾、右傍仮名「ニヲヒ」ニ朱ヲ重ネル、左傍仮名「ク」	20	10	句、右傍仮名「ハ」		○				
671		254	5	13	2	誦ノ下、ナシ	19	17	之	20	10	ナシ		○				

番号	段	東洋文庫本 頁	行	A 弘安三年抄本 料紙	行		B 古抄本 料紙	行		C 康永三年抄本 料紙	行		A=B	A=C	B=C	A=Cイ	A=Bイ	B=Cイ
672		254	5	13	2	蝶、右傍仮名「ニ」	19	18	蝶、右傍仮名「ニ」	20	10	蝶〔旁ハ重書〕、右傍仮名「ニ」						
673		254	6	13	2	形、右傍仮名「アラハシ」	19	18	形、右傍仮名「アラハシ」	20	10	形、右傍「彰イ」(右傍仮名ノ後カ)、右傍仮名「アラハシ」						
674		254	6	13	3	曲々、右傍仮名「\ヨク、、、トシテ」、左傍仮名「コマヤカニメ」	19	19	田々、右傍仮名「トシテ」、左傍仮名「ニシテ」	20	11	圓々、朱音合符、右傍ニ「同」ノ如ク書キカケテ擦消、「圓々」右傍仮名「トシテ」・左傍仮名「タワヤカニメイ」						
675		254	6	13	3	着、右傍仮名「\タル」	19	19	ナシ	20	11	ナシ			○			
676	五郎	254	7	13	3	挈〔上部ヲ「巨」ト「日」、「手」ヲ「午」ノ如キ字形ニ作ル〕、右傍仮名「ヒサケタル」	19	19	挈〔「羽」ト「干」ヲ合セタ字形ニ作ル〕、右傍仮名「ヒサケタル」(「ケ」ニ平濁声点)	20	12	挈〔上部ヲ「羽」ニ作ル〕、右傍仮名「ヒサケタル」、地ニ「挈イ／可交了」〔「挈」ハ「扌」ヲ「去」、「手」ヲ「牛」ニ作ル〕(右傍仮名「ヒサケタル」)						
677		254	7	13	3	袍、右傍仮名「ウヘノキヌノ」	19	19	袍、右傍仮名「コロモノ」	20	12	朊、右傍仮名「ウテ」	○					
678		254	7	13	3	鮮、右傍仮名「アサヤカナリ」	19	19	鮮〔旁ヲ「并」ニ作ル〕、右傍仮名「アサヤカナリ」	20	12	鮮、右傍仮名「アサヤカナリ」						
679		254	8	13	5	羅、右傍仮名「ニ」	20	2	ナシ	20	14	羅、右傍仮名「ニ」		○				
680		254	8	13	5	着、右傍仮名「ヤ、」	20	2	者	20	14	差、右傍仮名「ヤ、」						
681		254	9	13	5	三	20	3	二	20	15	二			○			
682		254	9	13	6	更、右傍仮名「ニ」	20	3	既、右傍仮名「ニ」	20	15	既、右傍仮名「ニ」			○			
683		254	10	13	7	所、右傍仮名「ロ」	20	4	ナシ	20	16	所		○				
684		254	10	13	7	者、右傍仮名「ハ」	20	4	ナシ	20	17	者、右傍仮名「ハ」		○				
685		266	1	13	8	書、右傍仮名「キ」	20	6	畫〔下ノ「一」無シ〕、右傍仮名「エ」	21	1	繪						
686		266	1	13	8	繪(「作」ノ下)、右傍仮名「ヱ」	20	6	繪、右傍仮名「エ」	21	1	繪、右傍「イ无」						
687		266	1	13	8	山、右傍仮名「セン」	20	7	至、左傍ニ抹消符「止」ト下ニ挿入符ヲ附シ右傍補「水山」(「水」ヲ墨抹シ、「山」ニ平声点)	21	2	山、右傍仮名「セン」		○			○	
688		266	1	13	9	野、右傍仮名「ヤ」ヲ墨デ抹消	20	7	野、上声点	21	2	野						
689	六郎	266	2	13	9	石、右傍仮名「イシ」	20	7	山、右傍仮名「イシ」	21	2	石		○				
690		266	3	13	9	之	20	8	ナシ	21	3	之		○				
691		266	3	13	10	也ノ下、ナシ、「也」ノ下ニ挿入符ヲ附シ右傍補「手」(右傍仮名「テ」、本文ト同筆)	20	8	也ノ下、ナシ、「也」ノ下ニ挿入符ヲ附シ右傍補「手」(右傍仮名「テ」)	21	3	手						
692		266	3	13	10	窪(筆ノ下)、右傍仮名「カロシ」	20	8	軽、右傍仮名「シキ」、左傍仮名「カロクシテ」	21	3	軽、右傍仮名「カロキシテ」			○			
693		266	3	13	10	高ノ下、ナシ	20	9	之、右傍仮名「カ」	21	4	之、右傍仮名「カ」			○			

番号	段	東洋文庫本		A 弘安三年抄本			B 古抄本			C 康永三年抄本			A=B	A=C	B=C	A=Cイ	A=Bイ	B=Cイ
		頁	行	料紙	行		料紙	行		料紙	行							
694	六郎	266	4	13	10	云々（小字）	20	9	ナシ	21	4	ナシ			○			
695	七郎	272	1	13	11	軜、右傍仮名「ナム」	20	10	烦（「輭」ノ誤写、「大」ヲ「勿」ノ如ク作ル）、右傍仮名「ナム」	21	5	耎、右傍仮名「ナン」、朱平声点、左傍ニ墨線ヲ附シ地ニ「軟イ」（右傍仮名「ナン」）						
696		272	2	13	12	檀	20	11	壇	21	6	檀		○				
697		272	3	13	12	也ノ下、ナシ	20	12	何	21	7	何、右傍仮名「ニ」			○			
698		272	3	13	13	蓋〔「关」ト「四」ヲ合セタ字形〕	20	12	畐、右傍「盖」（右傍仮名「カイ」）	21	7	蓋〔上部ヲ「美」ニ作ル〕		○			○	
699		272	4	13	14	三十	20	13	三十	21	8	卅	○					
700		272	4	13	14	應、右傍仮名「カナヘ」	20	13	膺、右傍仮名「カナフ」	21	9	應、右傍仮名「カナヘ」、仮名ノ右「膺イ」		○				○
701		272	4	13	14	随	20	13	種	21	9	随		○				
702		272	5	13	14	解宿尓、右傍仮名「ケシクニカ」	20	14	解宿尓、右傍仮名「ケシユクニカ」、各字ニ平声点・入声点・平声点	21	9	ナシ、「恵」ノ下ニ朱圏点ヲ附シ右傍「解宿尓イ」（朱音合符ヲ附シ右傍仮名「ケシユクニ」、各字ニ平濁声点・入声点・平声点）	○			○		
703		272	6	13	16	頑、右傍仮名「チヤウ」、左傍仮名「クワン」「トウ」	20	15	頭、平声点、右傍仮名「トウ」	21	11	願、左傍ニ朱線ヲ附シ右傍「頭イ」						○
704		272	6	13	16	巧、右傍仮名「ハ」	20	15	巧、右傍仮名「ミハ」	21	11	功、右傍仮名「ハ」、左傍「巧イ」（右傍仮名「ミハ」）	○			○		
705		272	6	13	16	名、右傍仮名「ヲ」	20	15	名、左傍「名ヲ」	21	11	名、右傍仮名「ヲ」						
706	八郎真人	279	1	13	17	真人ノ下、ナシ	20	17	ナシ	21	12	ナシ、「人」ノ下ニ圏点ヲ附シ右傍「者イ」						
707		279	2	13	18	搏、右傍仮名「ニキテ」	20	18	榑、右傍仮名「ウチ」、左傍仮名「ニキテ」	21	13	搏、右傍仮名「トテ」、左傍仮名「ニキテ」（右肩朱合点）		○				
708		279	2	13	18	誑ノ下、ナシ	20	18	ナシ	21	13	惑、右傍仮名「シ」	○					
709		279	3	13	18	致、右傍仮名「イタリ」	20	19	臻、右傍仮名「イタリ」	21	14	臻、右傍仮名「イタリ」			○			
710		279	3	13	19	垺、「垺囚」右傍仮名「エヒス」	20	19	垺、上声点、「垺囚」右傍仮名「フシユ」	21	14	浮囚、右傍仮名「フシユウ」、各字ニ朱平声点・朱平濁声点、左傍「国名」	○					
711		279	3	13	19	渡ノ下、ナシ	20	19	於	21	14	於			○			
712		279	5	14	1	紫檀赤木、「木」右傍仮名「キ」	21	2	赤木紫檀、「赤木紫」右傍仮名「アカキシ」	21	17	紫檀赤木、「紫檀」各字ニ朱上声点・朱平声点、「赤木」ニ朱訓合符		○				
713		279	6	14	1	益単（金ノ下）、右傍仮名「エ\タン」	21	3	益単、右傍仮名「エムタム」（「エム」右肩勾点）、「益」左傍仮名「エキ」	22	1	液丹、右傍仮名「エキタン」	○					

番号	段	東洋文庫本		A 弘安三年抄本			B 古抄本			C 康永三年抄本			A=B	A=C	B=C	A=Cイ	A=Bイ	B=Cイ
		頁	行	料紙	行		料紙	行		料紙	行							
714	八郎真人	279	6	14	2	益単（銀ノ下）、右傍仮名「エ丶タン」	21	3	益単、右傍仮名「エキタン」	22	1	液丹	○					
715		279	7	14	3	紺、右傍仮名「コン」	21	4	緑、右傍仮名「ロク」、左傍「紺」（右傍仮名「コン」、去声点）	22	2	紺、右傍仮名「コン」、朱去声点		○			○	
716		279	7	14	3	紫、右傍仮名「シ」	21	5	紫、平濁声点（或ハ平声点カ）、左傍「脂イ」（去濁声点、右傍仮名「シ」）	22	3	紫、右傍仮名「シ」、朱平濁声点						
717		279	7	14	3	緑青、「緑」右傍仮名「ロク」	21	5	ナシ	22	3	緑青、各字ニ朱入声点・朱上声点		○				
718		279	7	14	3	胡、右傍仮名「コ」	21	5	胡、右傍仮名「コ」	22	3	胡、朱上濁声点、右傍仮名「コ」、仮名ノ右ニ「期イ」ト書シ擦消						
719		279	8	14	4	犀、去声点、右傍仮名「サイノ」	21	6	犀〔「戸」ト「羊」ヲ合セタ字形ニ作ル〕、右傍仮名「サイノ」	22	4	犀〔尸ト半ニ作ル〕、右傍仮名「サイノ」・朱去声点、地ニ「犀」（右傍仮名「サイ」）						
720		279	8	14	4	馬脳、右傍仮名「メナウノ」	21	6	瑪瑙、右傍仮名「メノ」	22	4	馬脳、「脳」右傍仮名「ノ」、各字ニ朱平声点、「脳」ノ下ニ圏点ヲ附シ右傍「帯イ」		○				
721		279	9	14	4	緋襟〔旁ヲ「楚」ニ作ル〕象眼繧繝高麗軟錦東京錦浮線綾（声点・仮名略ス）	21	6	ナシ、左傍補「緋襟〔旁ヲ「楚」ニ作ル〕象眼繧繝高麗軟錦東京錦浮線綾」（声点・仮名略ス）	22	5	緋襟象眼繧繝高麗軟錦東京錦浮線綾（朱声点・仮名略ス）						
722		279	9	14	4	襟〔旁「楚」〕、「緋襟」（字間中央ニ合符）右傍仮名「ヒキン」	21	6左	襟〔旁「楚」〕、「緋襟」各字ニ去声点・上声点、「緋」右傍仮名「ヒ」、「緋襟」左傍仮名「アケノコロモ」	22	5	襟、「緋襟」右傍仮名「アケノイト」、「襟」左傍ニ墨線ヲ附シ右傍仮名ノ右ニ「縺イ」、地ニ「縺イ」（右傍仮名「イト」）						
723		279	9	14	5	軟ノ下、ナシ	21	6左	ナシ	22	6	ナシ、「軟」ノ下ニ墨挿入符ヲ附シ右傍「障イ」、「障イ」擦消シ墨挿入符ノ上ニ朱合符ヲ書シ「軟」「錦」ニ各朱上濁声点ヲ附シ右傍仮名「せン」「キン」						
724		279	9	14	5	京、右傍仮名「キヤウ」	21	6左	凉、平声点、右傍仮名「リヤウ」	22	6	凉、右傍仮名「ノ」、朱平声点			○			
725		279	9	14	5	錦（京ノ下）、右傍仮名「丶ン」	21	6左	錦、上声点、右傍仮名「キン」	22	6	錦、右肩ニ朱合点ヲ附シ右傍「綿イ」、「錦」ニ朱上濁声点ヲ附シ右下仮名「キン」（右上朱合点）						

番号	段	東洋文庫本		A 弘安三年抄本			B 古抄本			C 康永三年抄本			A=B	A=C	B=C	A=Cイ	A=Bイ	B=Cイ
		頁	行	料紙	行		料紙	行		料紙	行							
726		279	11	14	6	虎、右傍仮名「ク」	21	8	虎、右傍仮名「ク」	22	8	虎、右傍仮名「ク」、左傍「琥イ」(右傍仮名「ク」)						
727		279	12	14	8	革ノ下、ナシ	21	10	等	22	10	ナシ		○				
728		279	13	14	8	蓋、右傍仮名「ケタシ」	21	10	若〔草書体〕、右傍仮名「ハ」、左傍「蓋イ」(右傍仮名「ケタシ」)	22	10	蓋、右傍仮名「シ」		○			○	
729		279	13	14	8	无、右傍仮名「シ」	21	11	無、右傍仮名「シ」	22	10	無、右傍仮名「シ」			○			
730	八郎真人	279	13	14	9	宿ノ下、ナシ	21	11	若〔草書体〕、右傍仮名「ハ」、左傍「イ本无」	22	10	ナシ		○			○	
731		279	14	14	10	交、右傍仮名「マシヘ」	21	13	ナシ、「命」ノ下ニ挿入符ヲ附シ右傍補「交」(返点「ニ」、左傍墨点、右傍仮名「タリ」)	22	12	交、右傍仮名「ヘテ」		○			○	
732		280	1	14	11	噫、右傍仮名「ア」	21	13	ナシ	22	13	噫、右傍仮名「ア丶」		○				
733		280	1	14	11	談、平濁声点、右傍仮名「タレハ」	21	14	談、右傍仮名「タムハ」	22	13	淡、右傍仮名「タン」、左傍「談イ」	○			○		
734		280	1	14	11	子ノ下、ナシ	21	14	ナシ	22	13	之(同筆ニテ小字)	○					
735		294	1	14	12	子ノ下、ナシ	21	15	ナシ	22	15	也	○					
736		294	1	14	13	之	21	16	之	22	16	ナシ	○					
737		294	2	14	13	舞	21	16	儛、右傍仮名「フ」	22	16	舞、朱上濁声点		○				
738		294	2	14	13	了、右傍仮名「ヌ」	21	16	畢、右傍仮名「ヌ」	22	16	畢、右傍仮名「ヌ」			○			
739		294	2	14	13	五ノ下、ナシ、「五」右傍仮名「ニメ」	21	16	而、右傍仮名「シテ」	22	17	而、右傍仮名「ニメ」			○			
740		294	2	14	13	笙ノ下、ナシ	21	17	笛	22	17	ナシ		○				
741		294	2	14	14	鼓ノ下、ナシ	21	17	壹、右傍仮名「イチ」	22	17	ナシ		○				
742	九郎小童	294	3	14	14	壹、右傍仮名「イチ」	21	17	ナシ	23	1	ナシ、「羯鼓」ノ下ニ挿入符ヲ附シ右傍補「壹」(右傍仮名「イチ」)			○	○		
743		294	3	14	14	腰鼓、右傍仮名「エウコ」	22	1	ナシ	23	1	腰鼓、朱音合符、右傍仮名「ヱウコ」		○				
744		294	3	14	14	鼗、「鼗鼓」右傍仮名「フリ」「ミ」	22	1	鼗、「鼗摺鼓」(字間中央ニ合符)右傍仮名「スリツ丶ミ」	23	1	鼓非、「鼓非鼓」右傍仮名「フリツ丶ミ」、「鼓」ニ朱平声点、「鼓」左傍ニ朱線ヲ附シ「鼗イ」(右傍仮名「フリ」)	○			○		
745		294	3	14	14	鼗ノ下、ナシ	22	1	摺	23	1	摺鼓、朱訓合符、右傍仮名「スリツ丶ミ」						
746		294	4	14	15	渉	22	2	食、右傍仮名「シキ」	23	2	渉、右傍仮名「シキ」		○				

番号	段	東洋文庫本		A 弘安三年抄本			B 古抄本			C 康永三年抄本			A=B	A=C	B=C	A=Cイ	A=Bイ	B=Cイ
		頁	行	料紙	行		料紙	行		料紙	行							
747	九郎小童	294	4	14	16	大食調	22	2	ナシ、「黄鐘調」ノ下ニ挿入符ヲ附シ本文同筆ニテ右傍補「大食調」(「大」「食」ニ各去声点・入声点、「食」右傍仮名「シキ」)	23	3	大食調、「大」「食」ニ各朱去声点・朱入声点、「食」右傍仮名「シキ」		○			○	
748		294	4	14	16	一	22	2	壹、左傍仮名「イチ」	23	3	壹			○			
749		294	5	14	16	上ノ下、ナシ	22	2	ナシ	23	3	ナシ、「上」ノ下ニ墨挿入符ヲ附シ右傍補「無」						
750		294	5	14	16	舞	22	3	ナシ	23	3	舞		○				
751		294	5	14	16	舞ノ下、ナシ	22	3	ナシ	23	3	者	○					
752		294	6	14	17	相	22	3	想、上声点	23	5	想、朱平声点			○			
753		294	6	14	18	合ノ下、ナシ	22	4	ナシ	23	5	ナシ、「合」ノ下ノ地ニ「狛鉾」(右傍仮名「コアホコ」(「ホ」去濁声点))						
754		294	6	14	18	捨	22	4	槍、入声点、右傍仮名「サウ」、「弄」右傍仮名「ロウ」、「弄槍」(字間中央ニ合符)左傍仮名「コマホコ」	23	6	槍、右傍仮名「サウ」、朱平濁声点			○			
755		294	8	14	19	条ノ下、ナシ、「条」ノ下ニ挿入符ヲ附シ右傍補「盡」(本文ト同筆)	22	6	盡、右傍仮名「コト丶丶ク」	23	7	盡、右傍仮名「ク」						
756		294	8	14	19	了、右傍仮名「ヌ」	22	6	了	23	8	畢	○					
757		294	9	14	20	叡、右傍仮名「エイ」	22	7	睿〔目ヲ周ニ作ル異体〕、右傍仮名「エイ」	23	9	睿〔目ヲ月ニ作ル〕、右傍仮名「ヱイ」			○			
758		294	9	14	20	行、右傍仮名「カウ」	22	8	住	23	9	行		○				
759		294	9	15	1	聞、右傍仮名「テ」	22	8	問	23	10	聞、右傍仮名「テ」		○				
760		294	10	15	1	衣ノ下、ナシ	22	9	惣路湯貴賎田舎道俗無不寵之無不愛之者(声点・仮名・返点略ス)	23	11	ナシ		○				
761	跋	305	1	15	3	耳	22	12	如何	23	12	ナシ						
762		305	2	15	5	新猿樂記一巻(跋トノ間、一行空)	22		(料紙左端切断ニテ尾題ノ存否不明)	23	13	新猿樂記一巻(跋トノ間空行ナシ)						

笙横笛大鼓鞨鼓壹鼓腰鼓鞨鼓鉦鼓鷄婁鼓銅鈸子
等之上手也上調子者双調平調盤渉調黄鐘調
大食調一越調之上調子等也舞陵王散手還城楽
皇麞甘州万歳楽相夫恋青海波壹徳塩安楽
塩蘇合喜春玉樹楽地久納曽利抜頭破陣楽胡飲
酒崑崙八仙等也凡百廿条学之其姿美麗衆人
愛敬甚自然見者歓喜就中数多諸僧邊山行
侶見之羨之或迷目儀着裳或卒肝根紙衣
柿見物上下雖有其数右衛門尉一家令為棟梁
仍記之耳

新猿楽記一巻

仁治四年癸卯二月廿四日此本切之了　康継

以本写取之法花堂之下板屋之下書之了

弘安二年二月一日

[illegible]

[illegible]

[illegible]

新猿楽記　　青松

今

予廿余年以還歴観東西二京今夜之
見物許事者於古今未有也咒師儛
侏儒田楽傀儡子唐術品玉輪鼓八玉
独相撲独双六無骨有骨延動大領之
腰支蝦漉舎人之足仕氷上専当之取袴
山城太御之指扇琵琶法師之物語千秋
万歳之酒禱飽腹鼓之胸骨蟷螂舞之
頸筋福廣聖之袈裟求妙高尼之繈
褓乞形勾當之面現早職事之皮笛目
舞之老翁體巫遊之気装貌京童虚
佐礼東人之初京上況拍子男共之気色
事取大徳之形勢都猿楽之態鴨呼之
詞莫不断腸解頤者也抑上下不同論
以可弁矣百太高振神妙之思独歩古
今之間仁南常出散楽之遊必被挙人々

縫
褓

頭

例言

一、『尊経閣善本影印集成』は、加賀・前田家に伝来した蔵書中、善本を選んで影印出版し、広く学術調査・研究に資せんとするものである。

一、本集成第六輯は、古代説話として、『日本霊異記』『三宝絵』『日本往生極楽記』『新猿楽記』『三宝感応要略録』『江談抄』『中外抄』の七部を収載する。

一、本冊は、本集成第六輯の第四冊として、『新猿楽記』弘安本（弘安三年抄本）・古鈔本（古抄本）・康永本（康永三年抄本）の三種（各一巻）を収め、墨・朱二版に色分解して製版、印刷した。

一、料紙は第一紙、第二紙と数え、図版の下欄、各紙右端にアラビア数字を括弧で囲んで、(1)、(2)のごとく標示した。

一、書名は、三種の表紙、巻頭、巻末、識語等に記される「新猿楽記」の称を用いた。

一、目次及び柱は、内容を勘案して作成した。参考にしたのは、川口久雄訳注『新猿楽記』（『東洋文庫』四二四、平凡社、一九八三年）及び『古代政治社会思想』（『日本思想大系』八、岩波書店、一九七九年）所収「新猿楽記」（大曽根章介翻刻・注釈）である。

一、『新猿楽記』原本三種を収める外箱（桐製）及び原本三種各々を収める三個の内箱（桐製）の蓋上面、原本三種各々の包紙（墨書の部分）、康永本の旧題簽、弘安本第一紙右端上の附箋及び添付文書（二点）を参考図版として附載した。

一、本書の解説は、山本真吾白百合女子大学教授執筆の「尊経閣文庫所蔵『新猿楽記』の訓点」、石上英一人間文化研究機構理事執筆の「尊経閣文庫所蔵『新猿楽記』の書誌」の二篇をもって構成し、冊尾に収めた。

平成二十二年六月

前田育徳会尊経閣文庫

目次

新猿楽記

弘安本

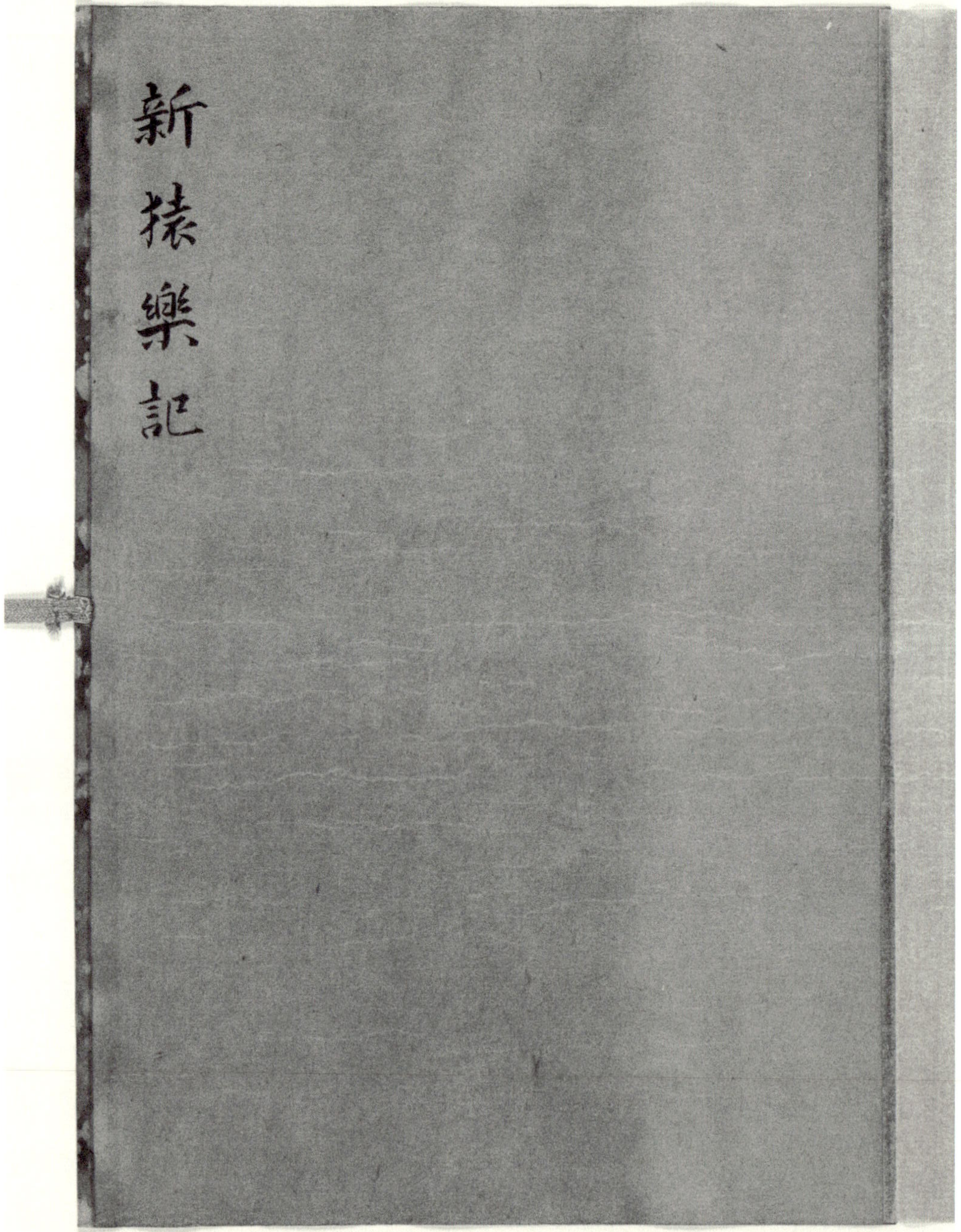

新猿楽記　弘安本　巻姿／表紙

（1）

附箋アリ
参考図版
参照

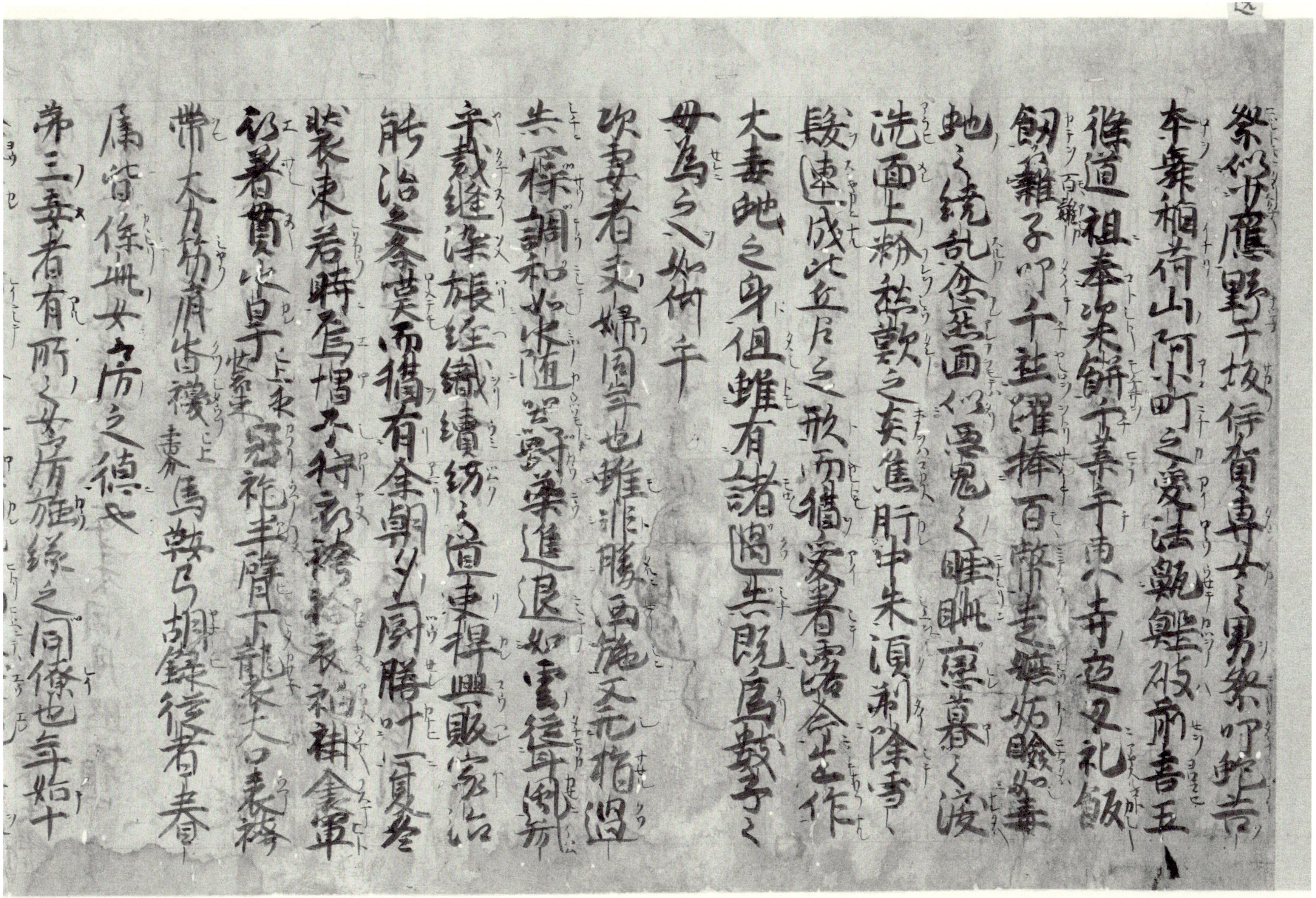

（1）

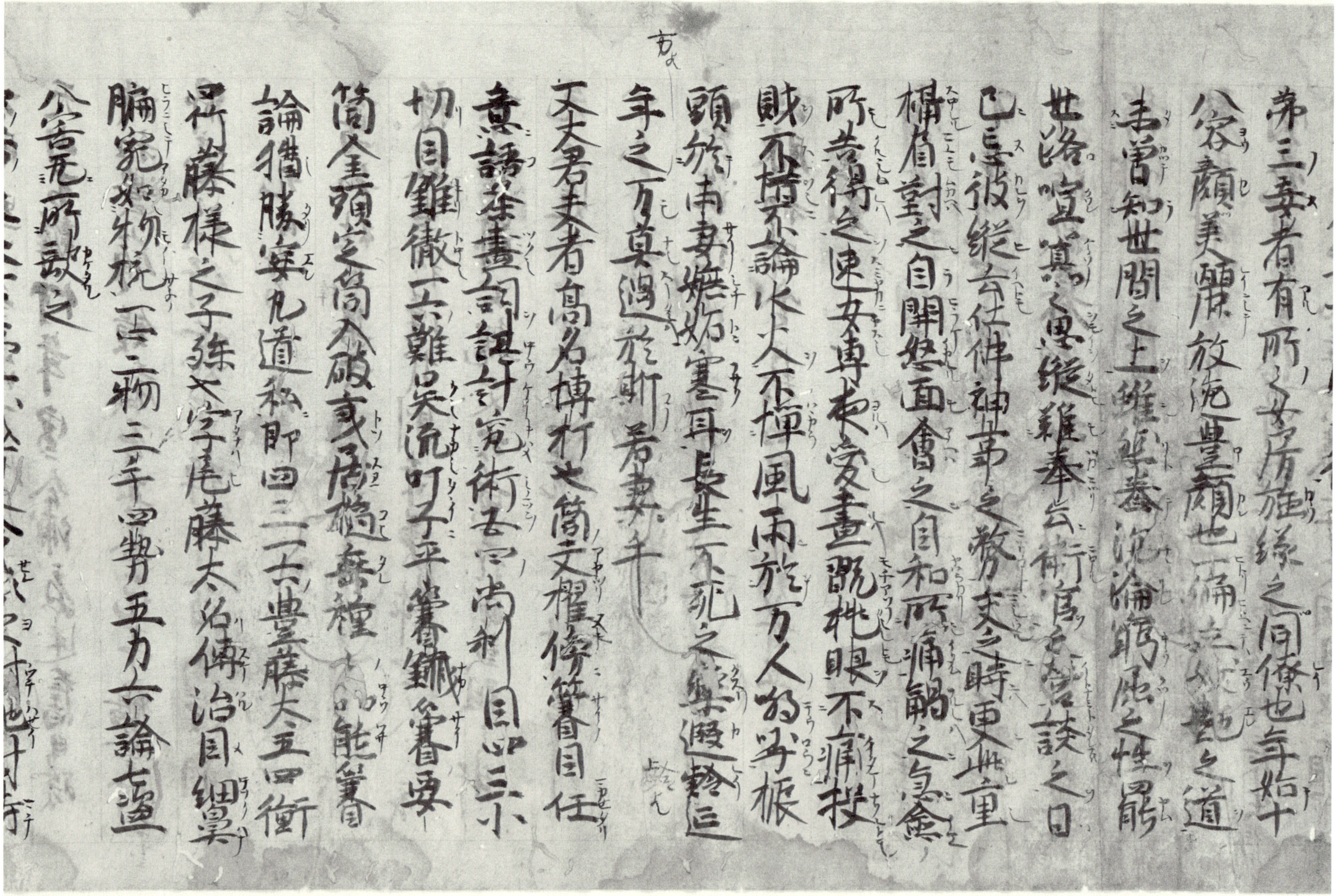

弟三妾者有所之女房旅縁之同僚也年始十
八容顔美麗放俺豊贍也一偏之好色之道
未曽知世間之上雖年齒流論窮屈之性最
世路喧亘真々思縦雖奉公衛官之謗之日
已忘彼縦令任俳神事之勢夫之時更無重
構眉對之自開然面會之自和所謂[illegible]之息念
所喜得之速女專夫愛畫甑桃眼不肯投
賊不擇論人不憚風雨於万人嘲哢振
頭於夫妻嫉妬害耳長生不死之樂避齡巨
年之万莫過於斯若妻手
大君夫者高名博打之筒父握傍筒目任
意語筆調討究術右尚利目四三小
切目雖徹一六難呉流叮子平簀鐵簀要
筒全頭定筒入破或居橋籬能簀目
論猪胯安九道私即四三一六豊藤大五四衝
竭藤様之子孫又字尾藤太名傳治目細異
膈究物枕一二物三手四勢五力六論七盗
八害九所謂之

（2）

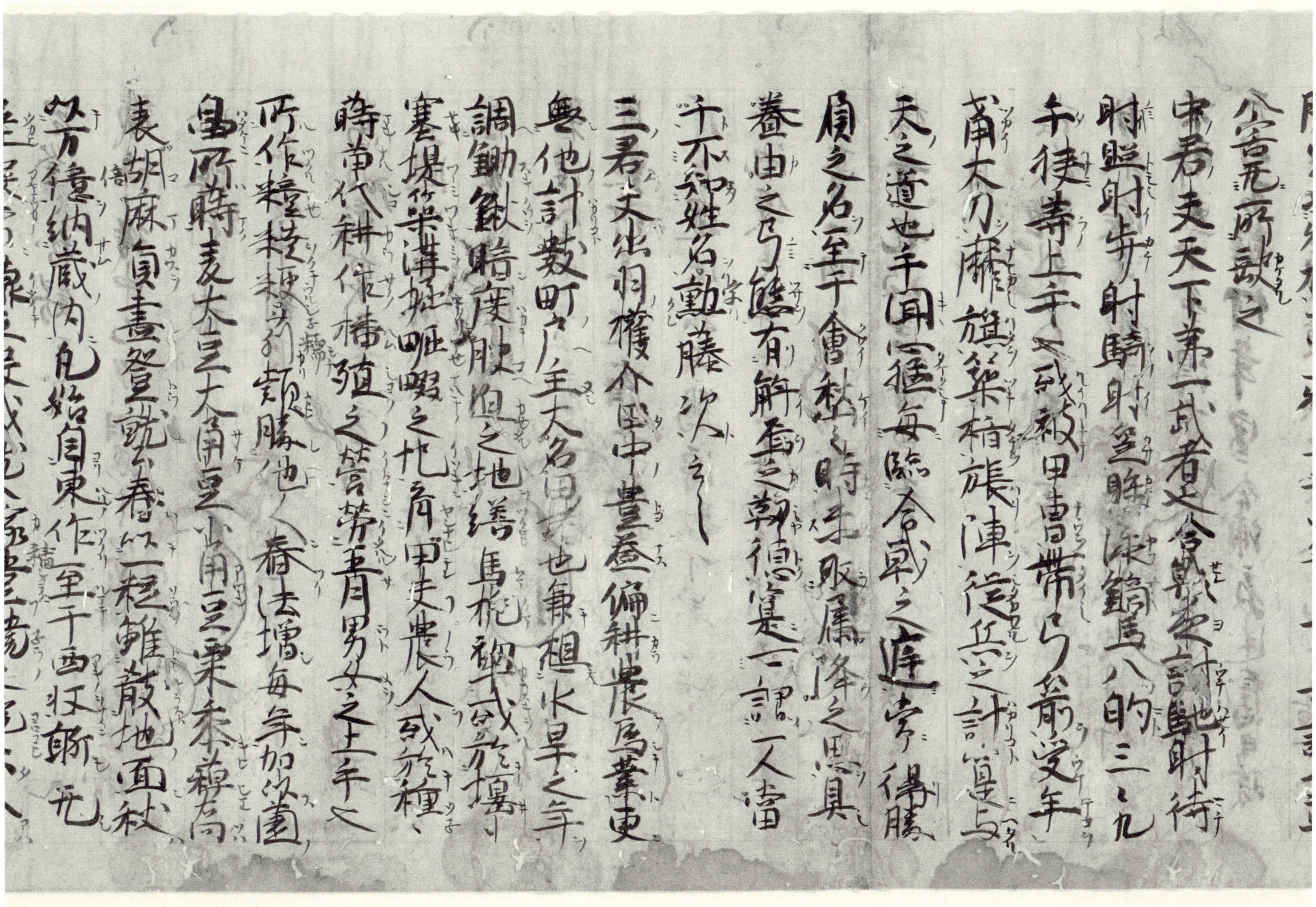

公舎元所謀之
中君夫天下第一武者也合戰夜討馳射待
射照射歩射騎射笠懸流鏑馬八的三々九
手挟等上手也或被甲胄帯弓箭受干戈
用太刀靡旗築楯張陣従兵之計寔得
天之道也千闘一捉毎臨合戰之庭傳將軍
眞之名至于會敵之時未取廉降之思具
養由之弓態有解烏之勤徳達一謂一人當
千不知姓名勲藤次也
三君夫出羽権介田中豊益偏耕農爲業更
無他計數町戸主大名田堵也兼想水旱之年
調鋤鍬暗度腴迫之地繕馬杷犂或於堰
塞堤防堀渠畔畷之忙育田夫農人或於種
蒔苗代耕作播殖之營労五月男女之上手也
所作稙稑粳糯苅頴勝他也春法増毎年加倍
自所蒔麦大豆大角豆小豆粟黍薭蕎
麦胡麻員盡登熟春以一粒雖散地面秋
以万倍納蔵内自始自東作至于西収所元

（3）

以万億納蔵内。凡始自東作至于西収，聊无
違誤。常懐五穀成熟稼穡豊饒之悦，未
旱魃洪水蝗虫不熟之損。検田収納之厨官
使逆送之饗食，更無所違。况地子官物租穀
租米調庸代稲段米使料供給土毛酒直種
子苗代営料交易図佃出挙班給等之間，未致束把
合夕之未進。杯雑把輸梲贖課之民烟進草
未若園詠九祭之會宴
四御許者覡女也。卜占神遊寄絃口寄之上手也。
袖飄颻如仙人遊，歌聲如頻鳥鳴。非調子
琴音地祇垂影向，花柏子皷聲野干必傾耳。
仍天下男女継踵来，遠近貴賤成市挙。料米
積无所納幣帛不遑数。其夫則右馬寮
史生七条已南保長也。姓金集名百成，鍛冶鋳
物師并銀金銅細工也。一個小刀大刀伏突鉾剣鈹
剃刀寿鉾如露水様，如蘇莫者或鐙銜鐶鉛
鎚鉇鑿鏃鍬斧鉞鋤釿釘鋌針錐釵金物土
器或鍋鑊金銀鋺鉢金笠鋧平鐃水瓶花瓶閼伽

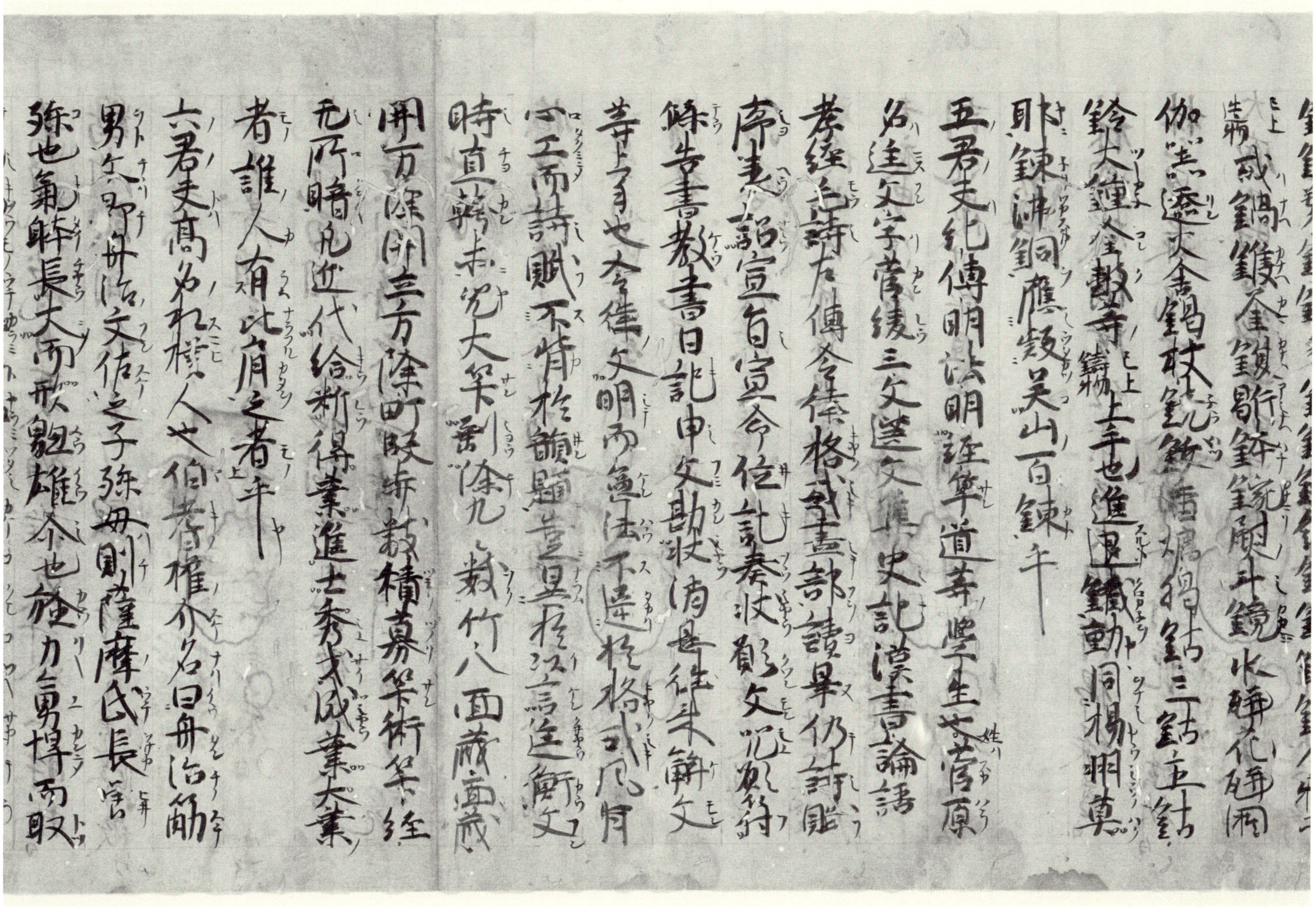

（5）

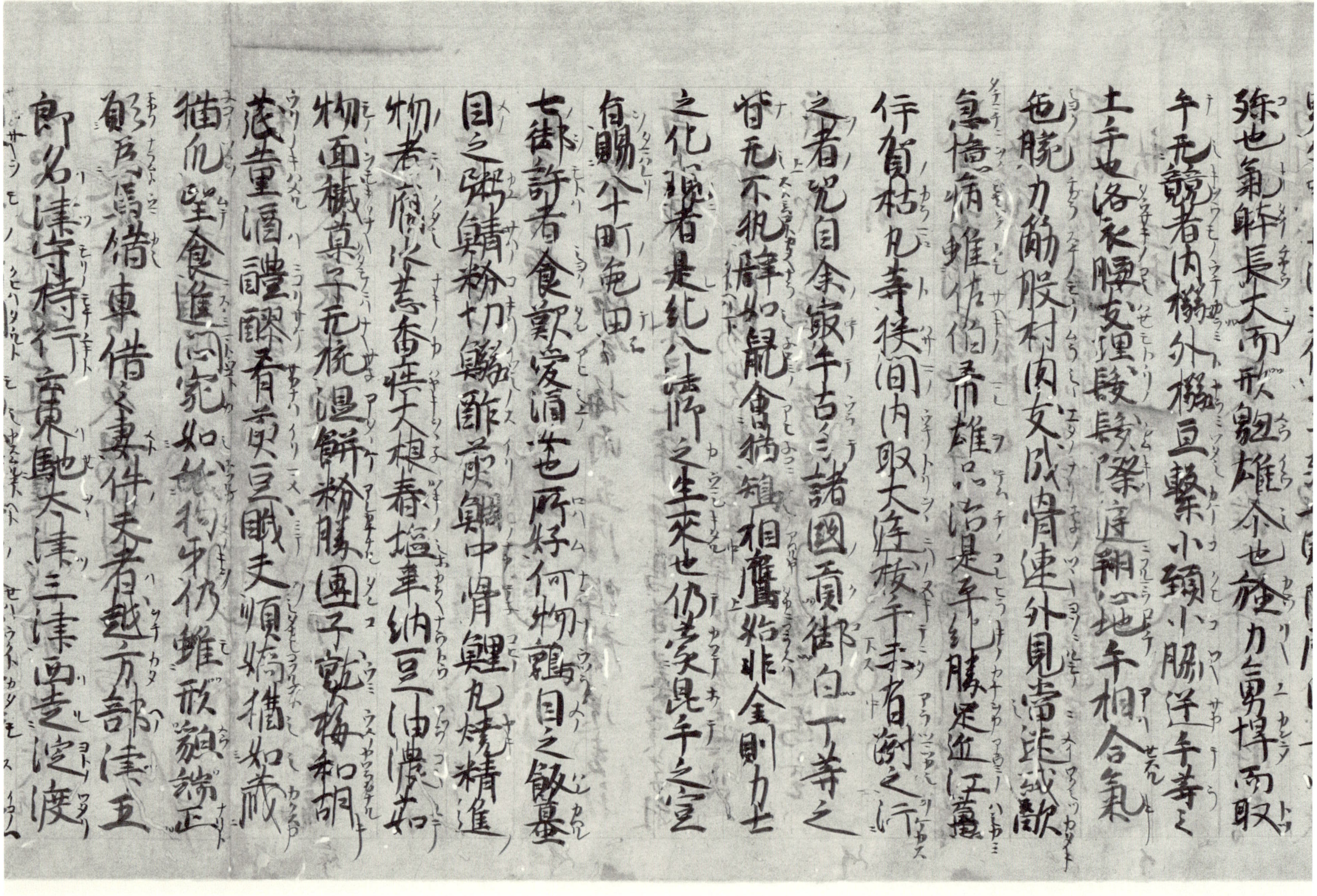

孫也身躰長大而形貌雄介也膂力勇捍而取
手无競者内搦外搦亘繫小頸小脇逆手等之
上手也[illegible]衣腰支[illegible]膝[illegible]心地手相合氣
色腕力筋[illegible]肉[illegible]骨連外見常[illegible]歟
息[illegible]雖佐伯希雄心治是手[illegible]膝足近江[illegible]
[illegible]賀枯丸等徒間内取大庭拔手未有謝之行
之者況自余家手古〻諸國貢御白丁等之
皆无不犯肆如鼠會猫雉相鷹殆非金剛力士
之化現者是紀八法師之生來也仍[illegible]昆手之宣
旨賜八十町免田
七御許者食歎愛酒之女也所好何物鶉目之飯蟇
目之粥鯖粉切鰯酢煎鯛中骨鯉丸焼精進
物者腐水葱香疾大根舂塩辛納豆油濃茹
物面緘菓子无核温餅粉勝團子熟梅和胡
[illegible]量酒醴醪肴煎豆職夫頻嫣猶如蔵
猶飢望食追[illegible]究如[illegible]手仍雖形貌端正
[illegible]為借車借妻件夫者越方部津五
郎名津守持行東馳大津西走淀渡

（6）

郎名津守持行京東馳大津三津西走淀渡
山崎紲牛頸爛一日无休雖馬脊穿片時不治
常論駄賃之多少鎮諍車力之不足等閑ニ
不屈腰蒙如而不辭纫足无腕着菓腹之時手
无椿楉鞭之日湩鋒如山城茄子相霜斷椽如大
和苽日口次牛馬之面肉将勝妻子之身命而已
八御許夫飛騨国人也位大夫大工姓名檜前
杉光傳者豊樂院之本面監造殿造宮寺
之式法成寺造者等堂金堂経蔵鐘楼寶
塔僧房大門中門三面四面車棟回椽並料桁
寝造也或人家作者對寝殿廊渡殿尊司町丈
炊殿車宿御厩又倉甲蔵等之上手也凡桁梁
垂木木舞桃蓑枝首料柎柱鴨柄長押板敷
蔀障子妻戸遣戸高欄日隠破風開枝之様肘
備檐用木之寸利丈尺寸法如懸鏡柞墨因而縄
柱曲直也錯齒而管杙切角也手斧類与鳥工之棟梁格
楔頭而勿道之首長也指者墨総解者曲尺肩者鉸柄
足者鐵槌也都始自身躰得大骨工也

[illegible]足者鐵槌也、都始自身躰得天骨工也、
九御方夫右近衛醫師和氣明治也、毒藥之道介別
術万人許元極者病療之眹之佛也、遣針灸治之神也
知六府五藏、詳脉様、四百四病根源、順方治病、傳術療
疾、椅筏合藥、搗秣吹咀之上手也、不異於耆婆醫王
相同於年濃鶣鵲、彼雪山童子曰々採草、蓬萊方
士之年々採藥、口々驗名无㕝乎
十君夫陰陽先生賀茂道世、金匱經・枢機經・神樞
靈轄等无所不審、四課三傳明々多々也、占覆物者如
見目、推物者如指掌、進退十二神將、前後卅六禽
仕式神、造符法、開閉目之神、出入男女之魂、凡都覽
反閇究術、祭祀解除致驗、地鎮謝罪、咒厭法等之
上手也、吉備大臣七佐法王之道習傳者也、加之注曆天
文圖宿耀地判經、又以了々分明也、所以形雖稟人體、心
通達鬼神、身雖住世間、神經緯天地矣
十一君氣状如人者、一品宮先生大椅本恒之管絃并倭歌
之上手也、有定者吹有絃吹彈箏琴琵琶和琴二方磬石
大人團基雙六、搔將将棊淨局基翻、當包丁料理和歌
[illegible]

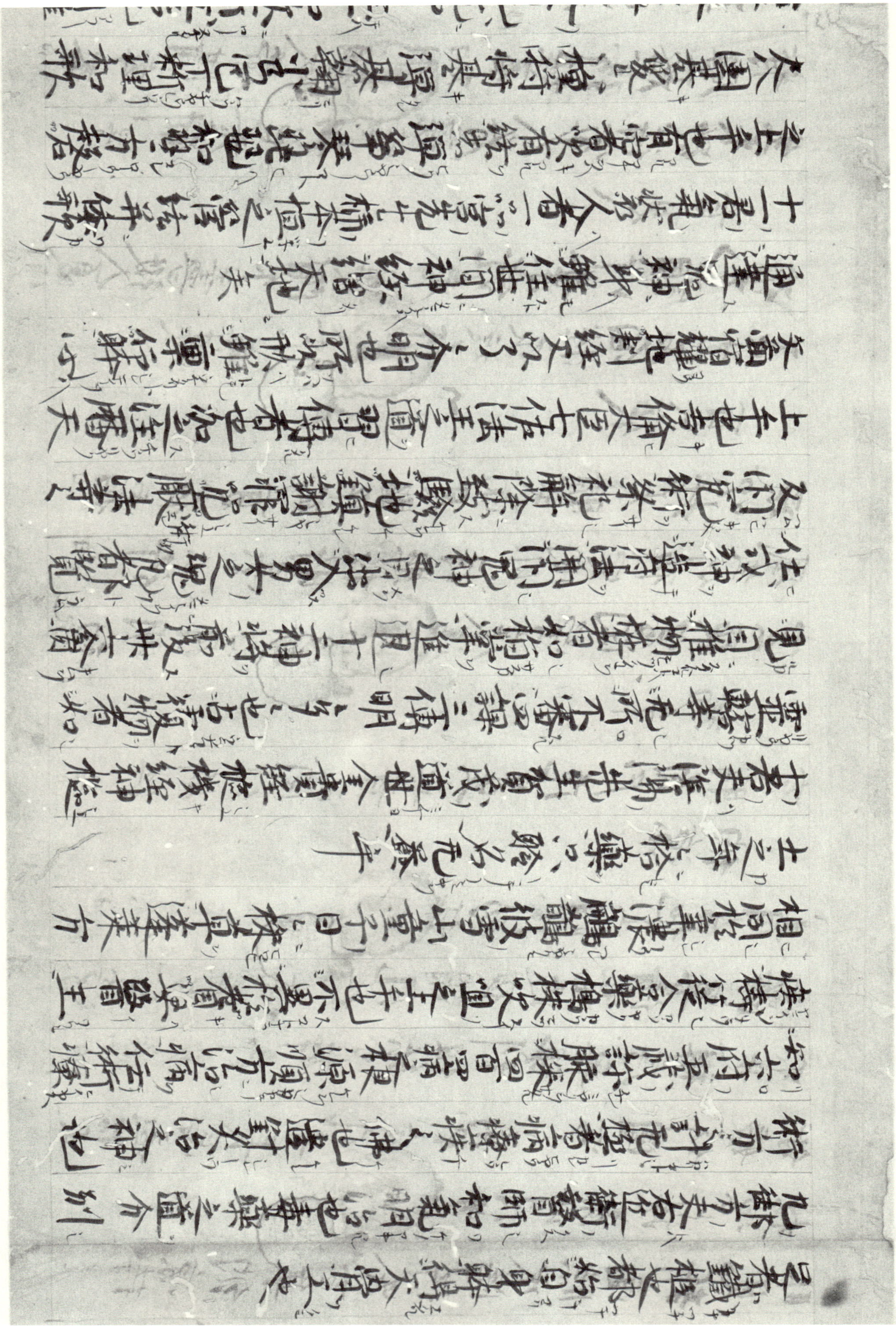

大八国基愛、檀将将基淳基翔当已下斯理和歌
古今天下無双者也、就中、至于和歌所桜花也、扇雄
波濤之古風、波當緒、川々末流長、并短哥櫻頭混本
連哥隠題、廻禮(?)折句、無所淳滞、此素盛為無聖
徳太子御代、定卅一字、撰古万葉集、新万葉集、古
今後撰拾遺抄、諸家集、未盡見了、然之猿丸
大夫、衣通姫、人丸、赤人、躬恒、貫之、小野小町、花山僧正、喜撰氏
道猶有畫女之動人情、雖在原中将之得其名、自稍貫
人者鮮矣、以訓従聲、好此道者於古今及千万乎
雖絶存古風、此君一人而已、温故遍採本人丸末
孫也、問其家、又山邊赤人前後之卅一字、備六義五七五
七々、遊病花實兼備、皆尾相調、声調滑、更人謂(?)
波水之情、縷似一流、縷無異珠、故其家相之寵愛有
恭賤之饗食、應教敢六(?)、主者以之為討之謀、氏充生君
者以之為出身之橋々
十二君舅傍者、侍従宰相頭中将上判官蔵人少将
衛門佐等共或文、付梅枝、随身少舎被賜、或歌書桜花帯
口被送、艶書来々如鋪、貴使集似雲霞、遊砂許蔵未

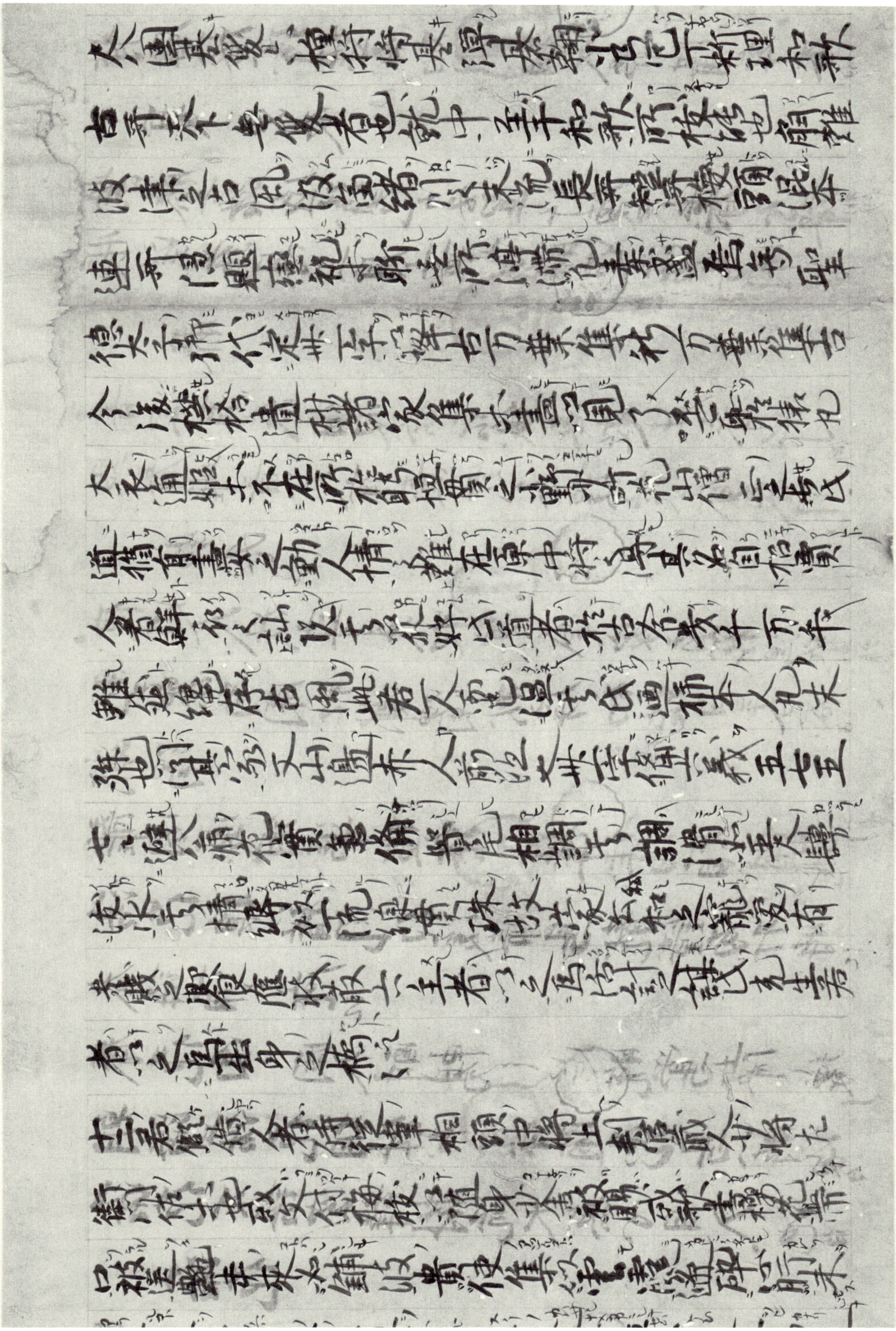

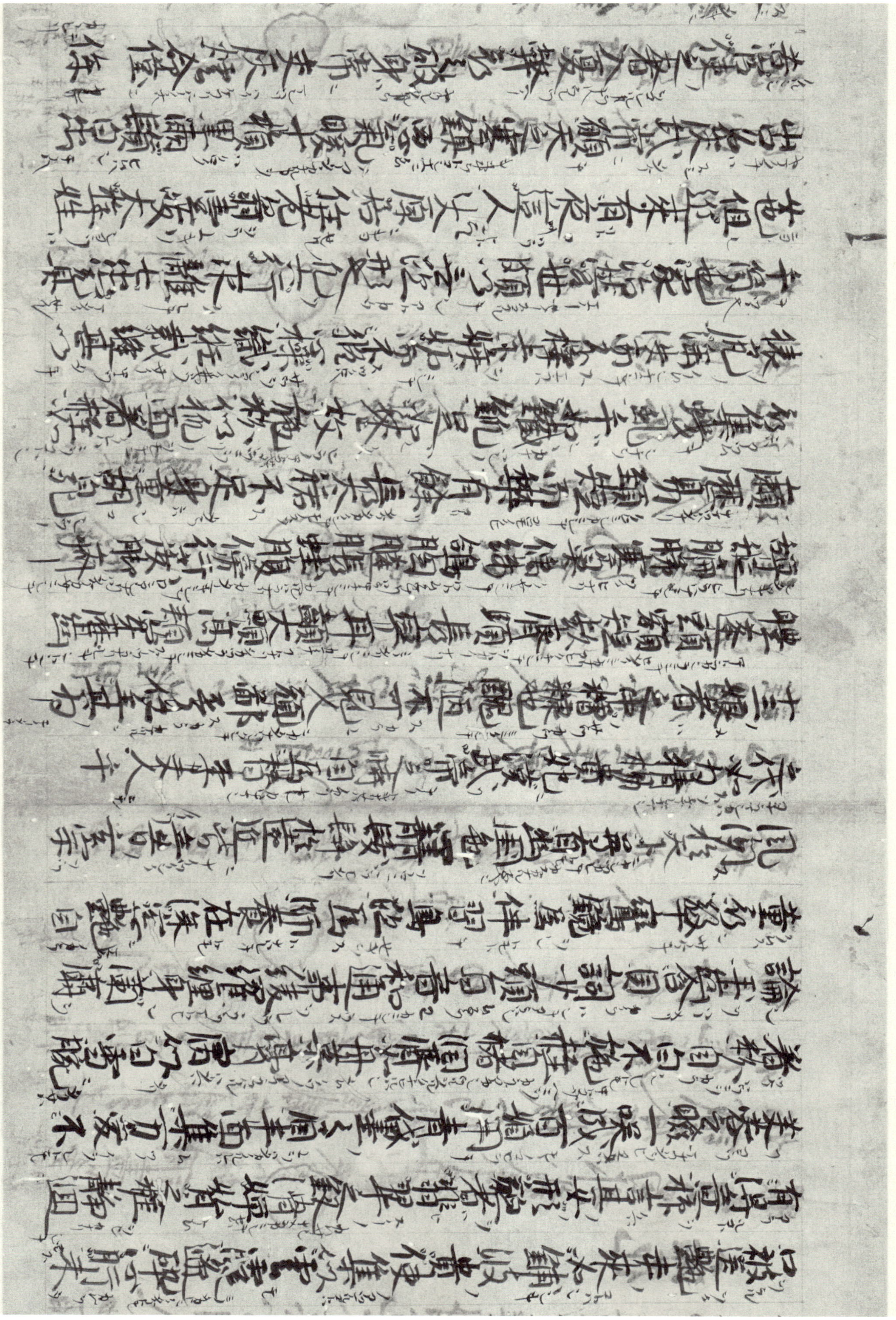

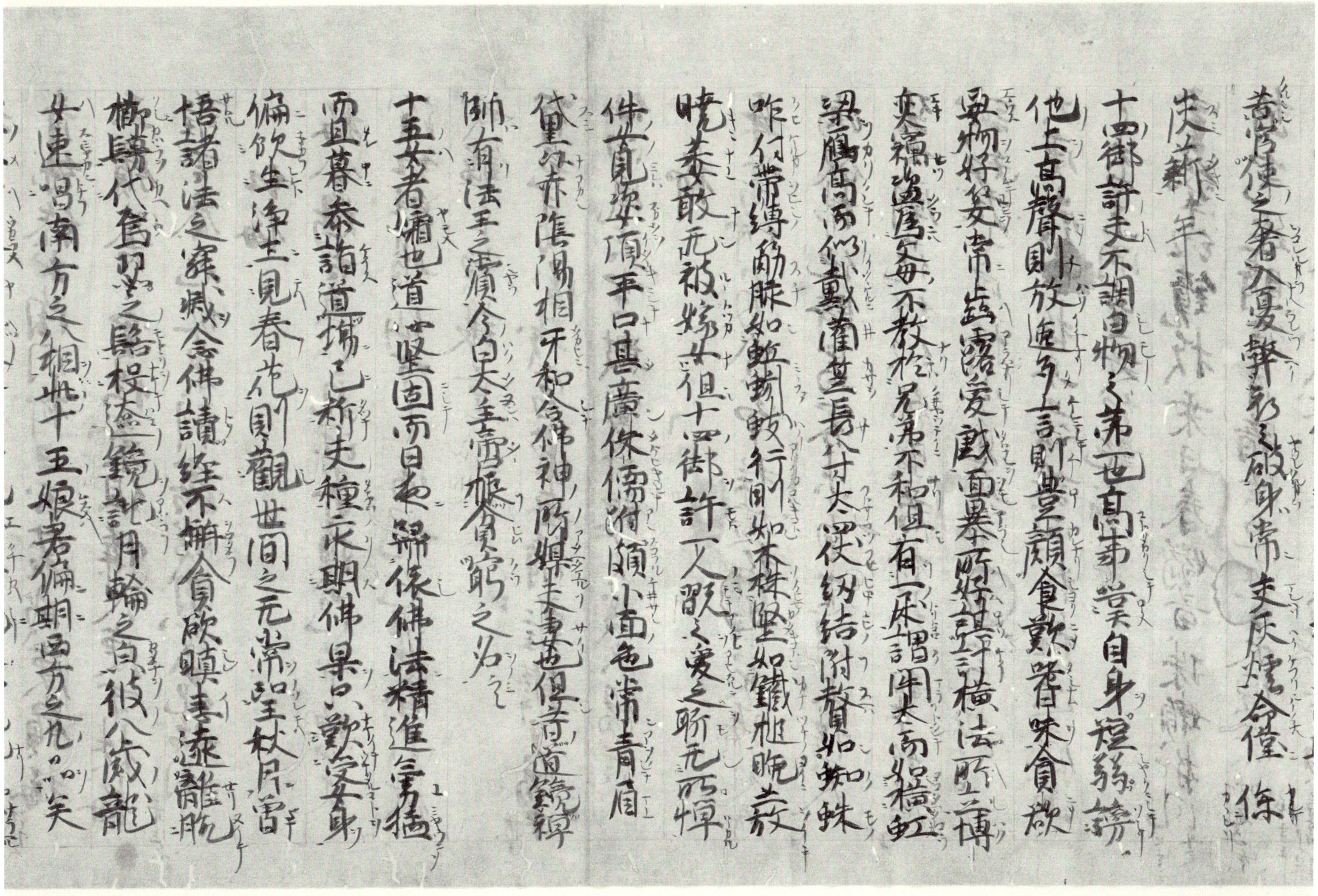

(10)

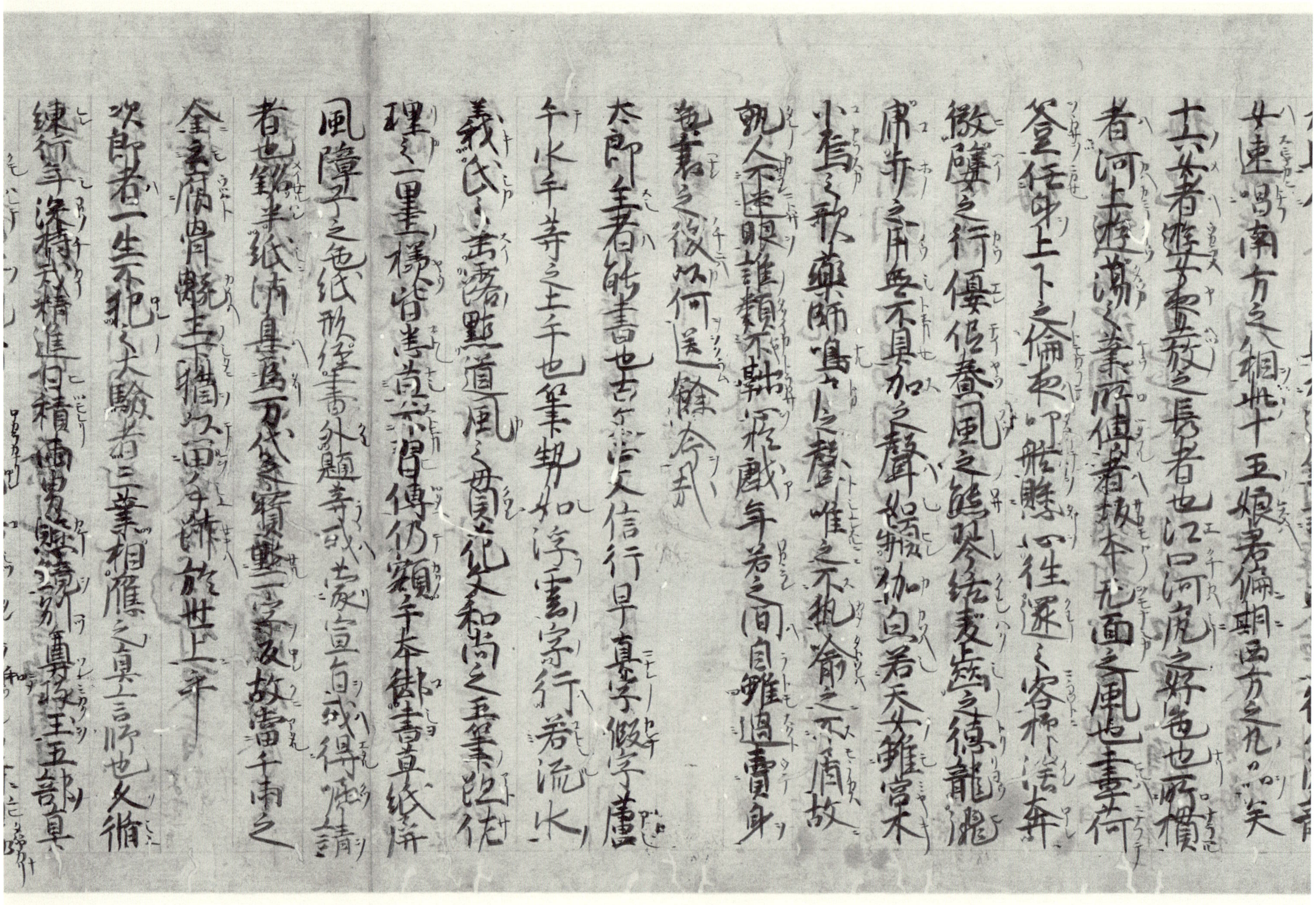
女速唱南方之人相此十五娘君倫朋西方之九品矣
十六女者遊女夜叉之長者也江口河尻之好色也所横
者河上遊蕩之業所傳者枕本孔面之風也晝荷
登住牛上下之倫夜叩船艤以往還之客棹浩奔
徴嬖之行優倡養風之態琴絃麦塵之德龍混
鹿舟之所無不具加之聲娛嬉伽白若天女雖宮木
小鳥之歌藥師鳥人之聲唯之不敢前之不肩故
執人不迷眼誰類不勤耽戲年若之間自雖過賣身
魚書之後以何送餘命哉
太郎主者能書也古今之人信行早真字假字蘆
手水手等之上手也筆勢如浮雲字行若流水
義氏之古落點道風之骨貫之筆跡佐
理之墨様皆悉習傳仍額本御書草紙屏
風障子之色紙形經書外題等或依宣旨或得所請
者也銘半紙納具為萬代之寶點一字及故當千両之
金文府骨骼王下猶以甲乎跡於世上乎
次郎者一生不犯之大験者三業相應之真言師也久修
練行年深持戒精進日積兩[illegible]尊王五部真

練行年深、殊持戒精進日積、両界曼陁羅尊勝王五部真
言雲晴、三密観行月朗、枕上語兼量立印加持指摧
五悔九方便無滞、後夜法不懈、有験護摩天供為阿闍梨
許可灌頂、弟子入真言之道究底、善行之功校倍
遂千無法一洛叉度、通大峯葛木、踏辺路年々
熊野金峯越中立山伊豆走湯根本中堂伯耆大山富
士御峯越前白山高野粉河箕尾葛河等之間無競
行挑験陣者也。昔雖役行者、浄蔵貴所、只一
陀羅尼之験者也。今雖不肖、次郎禅師者智行具足之生仏也
三郎主者細工并木道者也、手選硯筥櫛笥厨子言
横碁帳并屏風骨燈台仏台蓮華机高座礼盤
高坏脇足道敷楉扇骨扇筥大刀鞘東唐笠并花勝
巻之上手也。物風流曲節無比、斧人故円十楢櫛紫檀致
本家絵師土可小刀等員手人未見許
四郎君者受領郎等刺史執鞭之面也。於五畿七道無
所不届、於六十余国無所不見。乗船則測風波之時、騎
馬則達山野之道、於弓箭不拙、於算筆無所暗、着
府之作法神拝着任之儀式治国良吏之支度文

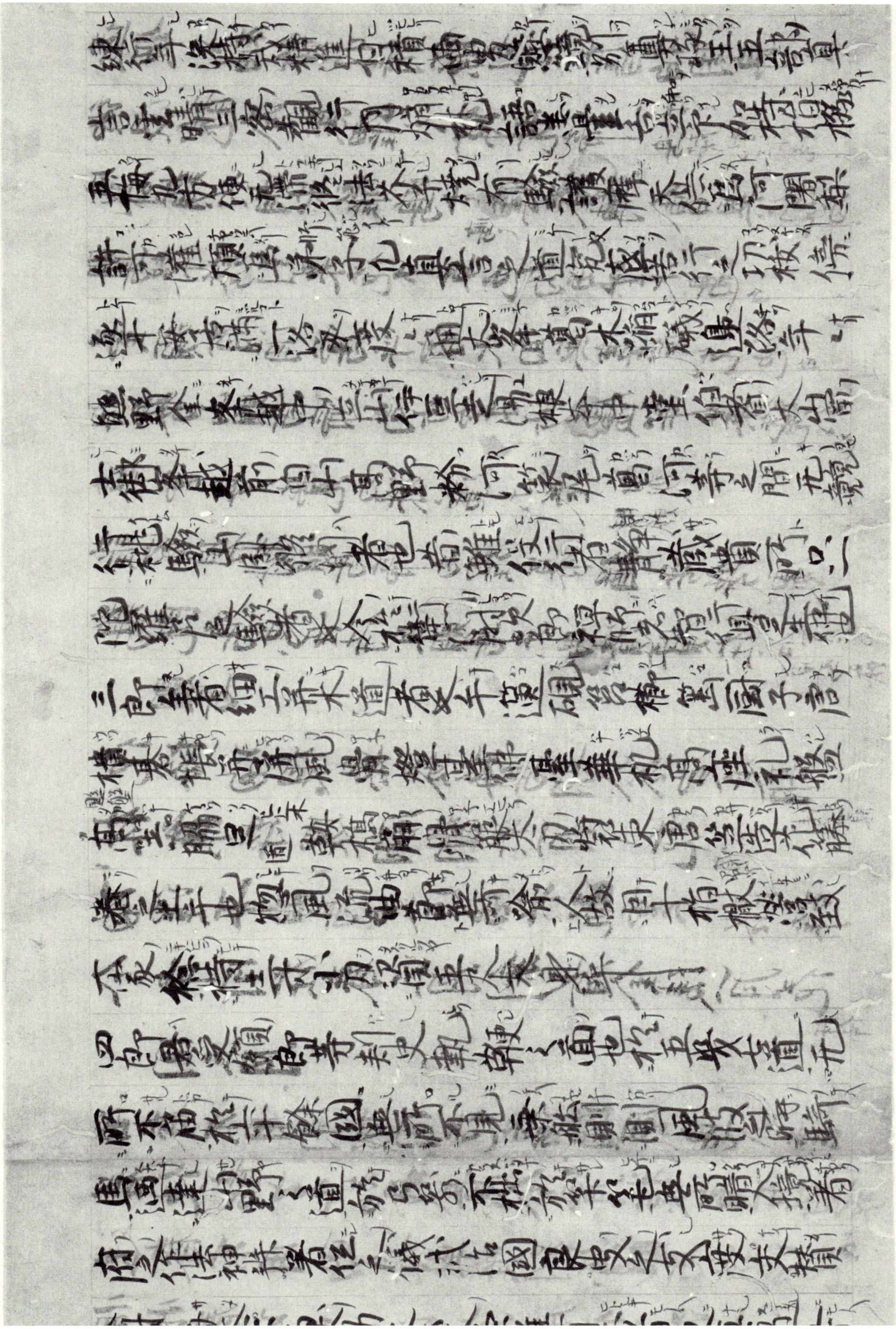

府之作法神拝著任之儀式治国良吏之支度交替
分付之沙汰不与状勘文条里坪付雖有未審者更莫過之者
若是此廳目代若税所検非違所細工所
理所若御厩小舎人所膳所政所或国代若別当乎
検田収納交易国佃臨時雑役之便不堅自所堪頭
但不民諍諸事無君檀有自利土毛也仍得一方
民追従常贈集諸国土産貯甚豊也謂阿波絹越
前綿美濃八丈常陸綾紀伊縑甲斐斑布石見紬但
馬紙淡路墨和泉櫛播磨釘備中刀伊与手筥
出雲筵讃岐円座土佐鰹武蔵鐙能登釜河内鍋
安芸榑備後鉄長門牛陸奥駒信濃梨子丹
波栗尾張粔若狭椎子近江鮒越後鮭備前
海糠周防鯖伊勢鯯隠岐鮑山城茄子大和瓜丹
後和布飛騨餅鎮西米未如此贄菓子𦵔継踵
済々成市故除目之朝不論親疎先被尋求者也
五郎者天台宗学生大名僧也日明内明通達内教
外傳兼学倶舎唯識能台論以観玄義収胸中
謂提婆之内論議第一番宗才博覧而論議決択之吻

講筵之内論議第一番宗才博覧而論議決擇之明
破満座之迷当弁利口而施経教化之辞驚衆会之耳
瞻大意釈名不暁入文判釈分明梵音錫杖之句如花題
名諷誦詞似錦表白神分敬請六種廻向結末加教化
修肩山之著紫腹斜念珠甲指織之袈裟鈍色鮮華如意
香爐之音腹鼻音草鞋勢兢之帽其容貌希才
阿難羅睺羅論其智弁着同身子富楼那一音三
弁三教四徳五要敬更以具足仍市北二京棚名公然請用
不遑但所歴者常行堂衆所明者天台座主□
六郎冠者絵師長者也墨書絲色図作絵丹調山
水野水岸敵末嶺海部之石屏風障子軟障前絵
上手也早色宜是与天之業也若金巳而画舞車
人敵金色絲色白檀造面相開眼衣文並寸之上逆光
七郎者大仏師也太上美身一標手半乗軟念姓王相
天蓋瓔珞蓮花敵座光蓮蔽唐草様更不見人間所
作三十二相造應八十随好刻成是即解開惠解宿命
之玄孫也首眺首羯磨斧鑿鏃至于三十三天之上今直
舅仏師之刀巧治界六天四海之

(13)

覆佛師卯乃巧治寒丰天下四海之畫師
八郎真人者商人主領也重利不知妻子念身不顧他人持
一成万搏壌成金以言誑他心以謀抜人目東臻俘
囚之地西渡貴賀之嶋交易之物売買之種不可称
数唐物沈麝香衣比丁子甘松薫陸青木龍脳牛
頭鶏舌白檀紫檀赤木蘇芳陶砂紅雪紫雪金益
丹銀益丹紫金膏巴豆雄黄可梨勒檳榔子銅黄
紺青燕脂緑青空青丹朱砂胡粉豹虎皮藤茶垸
籠子犀生角水牛如意馬脳帯瑠璃壺綾錦緋襟象眼
繧繝高麗軟錦東京錦浮線綾羅穀呉竹甘竹
吹玉等也本朝物金銀阿久夜玉夜久貝水精琥珀水
銀流黄白鑞銅鉄縑蝉羽絹布糸綿纐纈紺布
紅紫茜鷲羽色革也蓋於泊浦送年月於宅
宿於村邑過日夜交易所賊資貯於波濤之上浮
沈任於風前運命交於街衢之間死生懸於路人
嗜賓客之清談甚無妻子対面已称苦
九郎小童者鳥雅楽寮人之養子高麗大唐新羅大
和之舞楽尽習了生年十五既達此道至草窠

(14)

和之舞楽盡習了生年十五既達此道笙篳篥
簫横笛大鼓羯鼓壹鼓腰鼓鞨鼓鉦鼓銅鈸子
等之上手也言調子者双調平調盤渉調黄鐘調
大食調一越調之上調子等也舞陵王散手還城楽
皇麞甘州万歳楽相夫恋青海波壹徳塩安楽
塩蘇合[illegible]五常楽地久納曽利[illegible]破[illegible]胡飲
酒崑崙八仙等也凡百廿条悉学[illegible]其姿美麗衆人
愛敬具足端正見者歓喜就中数多諸僧遁山行
侶見之或迷目[illegible]著裳或砕肝[illegible]紙衣
抑見物上下雖有其数右衛門尉一家今来為棟梁
仍記之耳

新猿楽記一巻

仁治四年癸卯三月六日此本切之了　康継
[illegible]本写所者法花堂之下板屋之下書之了

[illegible]

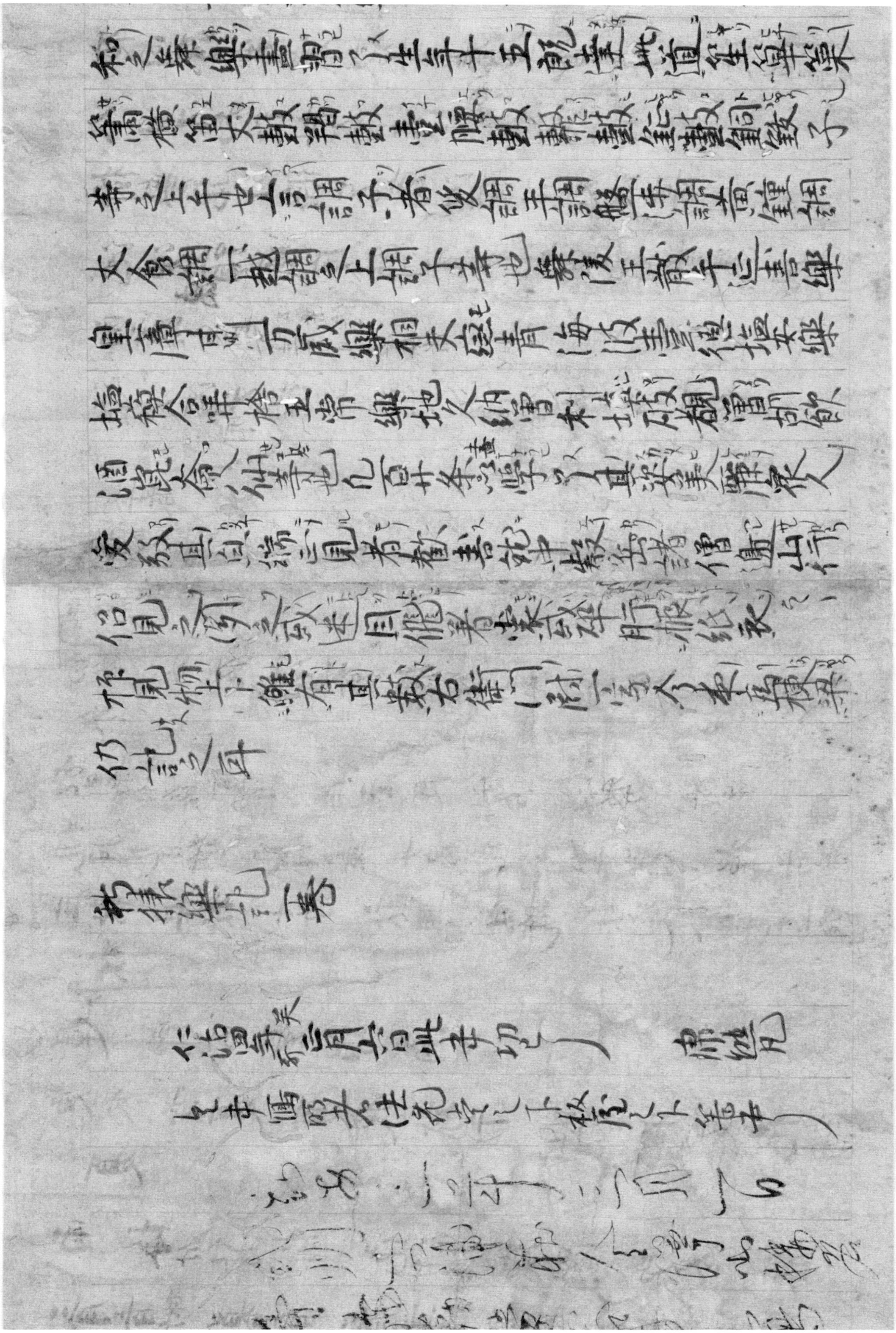

新猿楽記
弘安本紙背
和漢朗詠集上

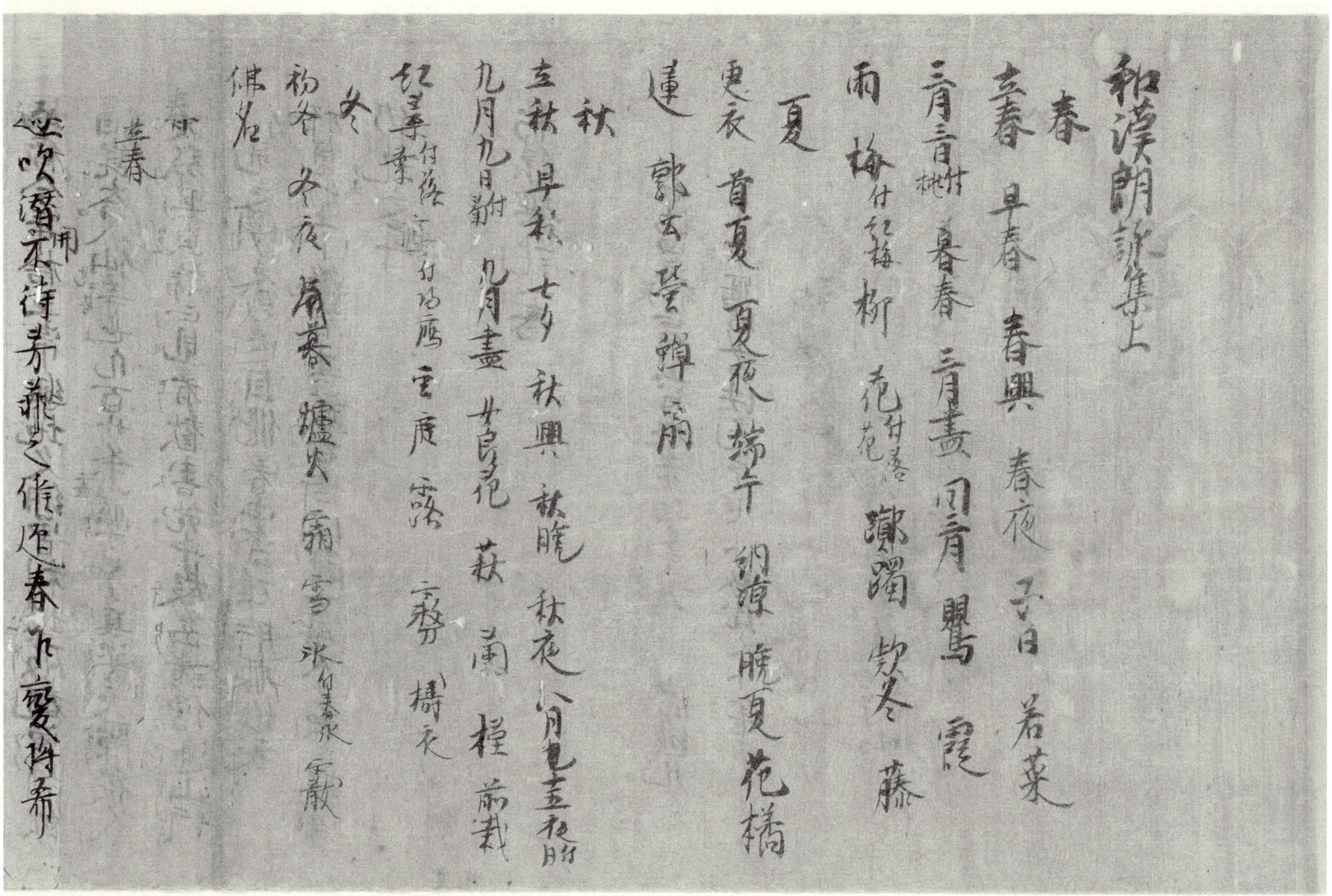
和漢朗詠集上
春
立春　早春　春興　春夜　子日　若菜
三月三日付桃花　暮春　三月尽　閏三月　鶯　霞
雨　梅付紅梅　柳　花付落花　躑躅　款冬　藤
夏
更衣　首夏　夏夜　端午　納涼　晩夏　花橘
蓮　郭公　螢　蝉　扇
秋
立秋　早秋　七夕　秋興　秋晩　秋夜　八月十五夜付月
九月九日付菊　九月尽　女郎花　萩　蘭　槿　前栽
紅葉付落葉　雁付帰雁　虫　鹿　露　霧　擣衣
冬
初冬　冬夜　歳暮　炉火　霜　雪　氷付春氷　霰
仏名
立春
逐吹潜開不待芳菲之候迎春乍変将希

(14)　(15)

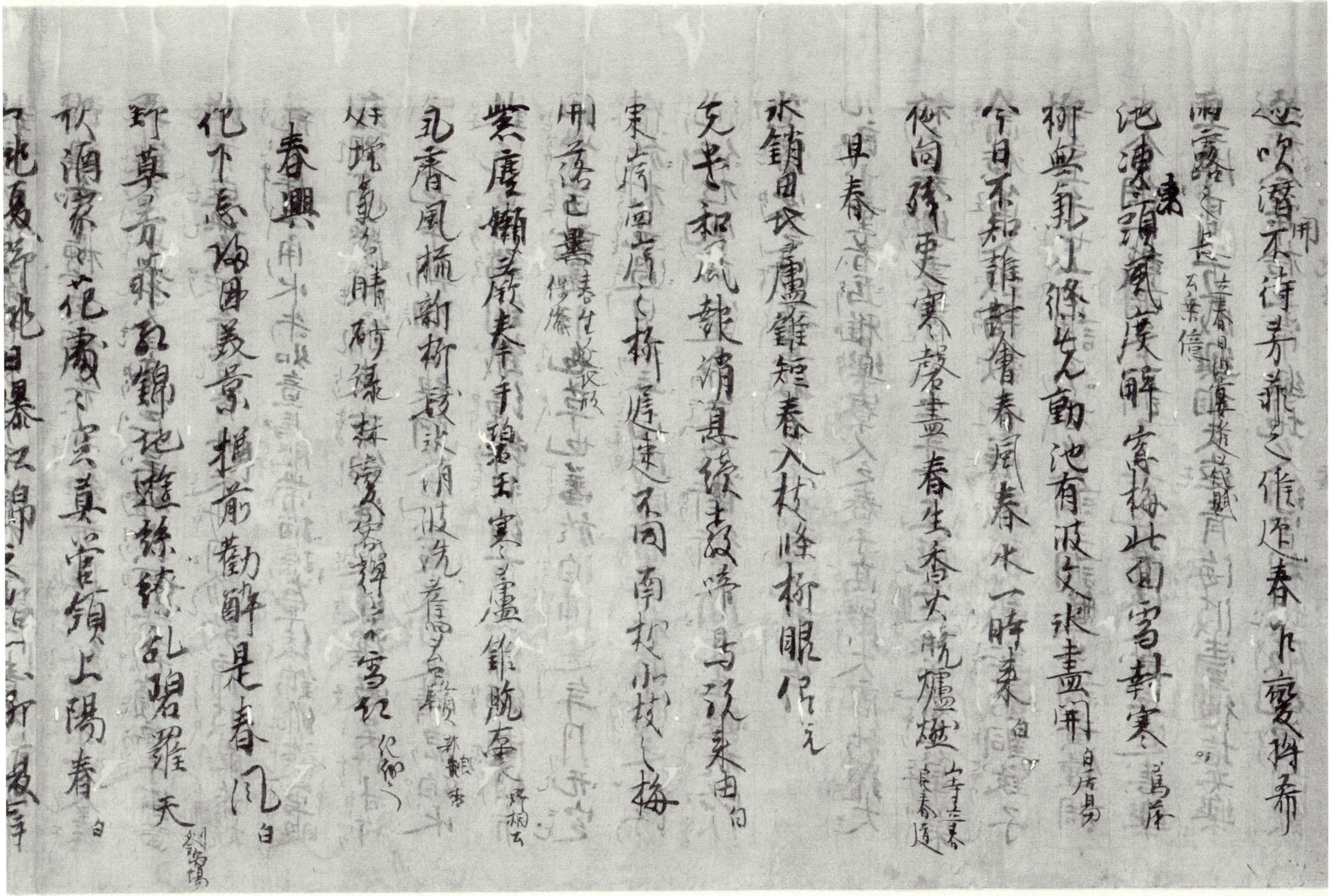

(13)

秋酒家々花處々莫空管領上陽春　白
山桃復野桃日曝紅錦之幅門柳復岸
柳風宛麹塵之絲　紀
着野展敷紅錦繡　當天遊織碧羅綾
林中花錦時開落　天外遊絲或有無　田達音
笙歌夜月家々思　詩酒春風處々情　惟宗
背燭共憐深夜月　踏花同惜少年春
子日
倚松樹以摩腰習風霜之難犯也
和菜羹而啜口期氣味之克調　菅
倚松根摩腰千年之翠滿手折
梅花挿頭二月之雪落衣　尊敬
若菜
野中芼菜世事推之蕙心鑪下和
羹俗人屬之蘭指　菅
三月三日　付桃
春來遍是桃花水　不辨仙源何處尋　王維

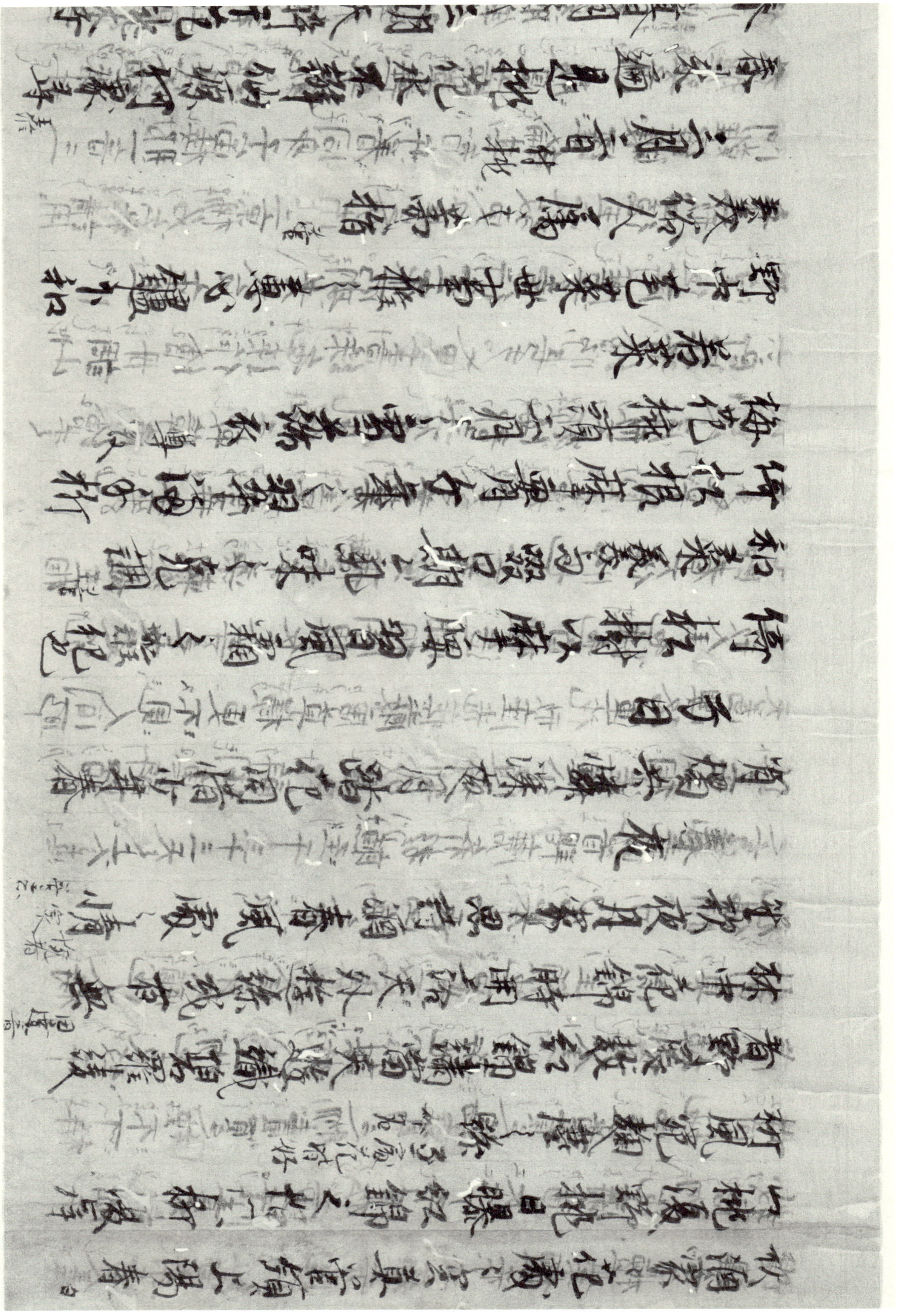

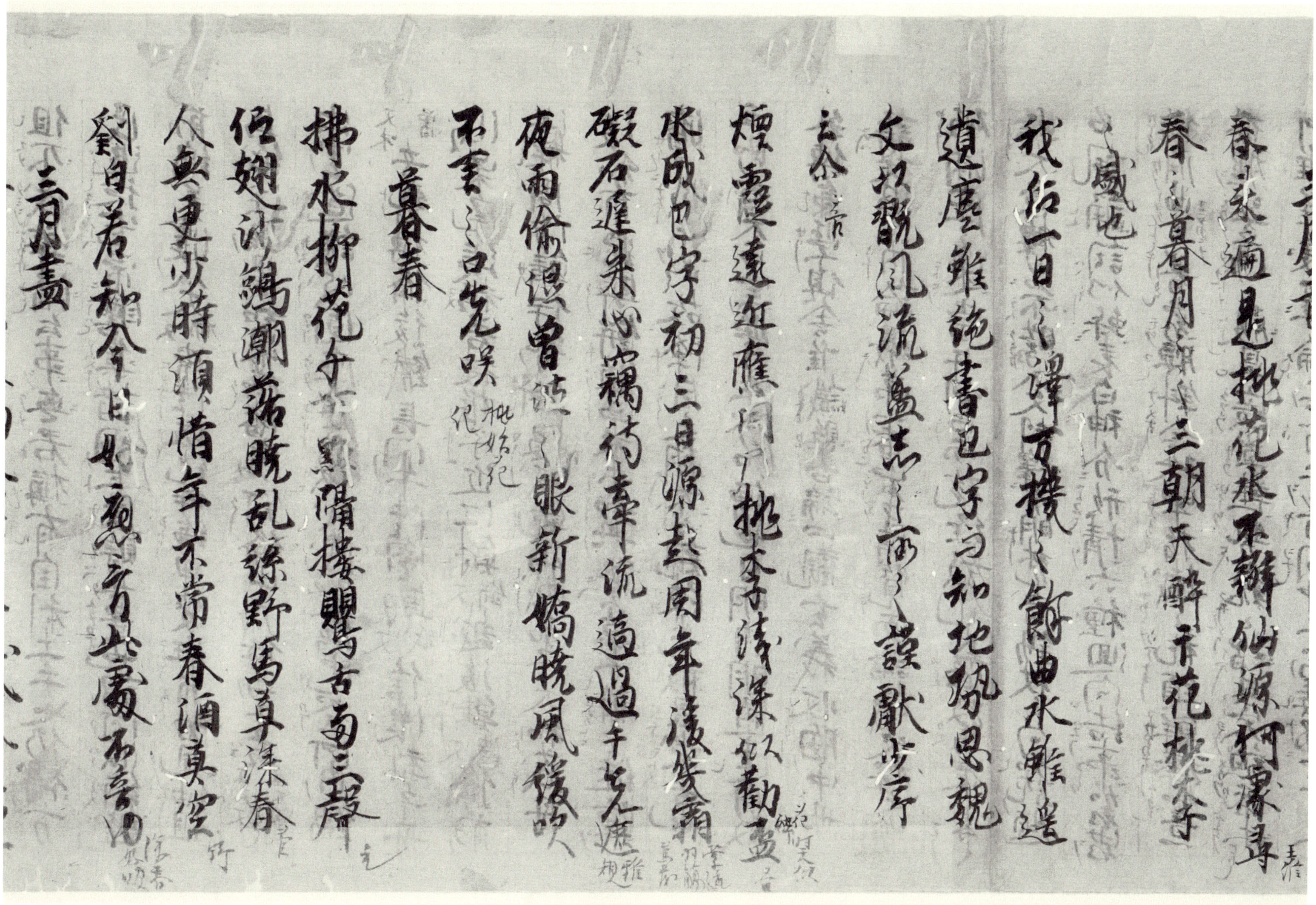
春来遍是桃花水　不辨仙源何処尋
春〻暮春月〻三朝　天酔于花桃李
盛也
我后一日〻沢　万機〻余　曲水雖遥
遺塵雖絶　書巴字而知地勢　思魏
文以翫風流　蓋志〻所〻謹献小序
三介
煙霞遠近応同戸　桃李浅深似勧盃
水成巴字初三日　源起周年後幾霜
礙石遅来心窃待　牽流遄過手先遮
夜雨偸湿曽沾〻眼　新嬌暁風緩吹
不言〻口先咲
暮春
拂水柳花千万点　隔楼鶯舌両三声
低翅沙鴎潮落暁　乱絲野馬草深春
人無更少時須惜　年不常春酒莫空
劉白若知今日好　応為此処不言帰
三月尽

(12)

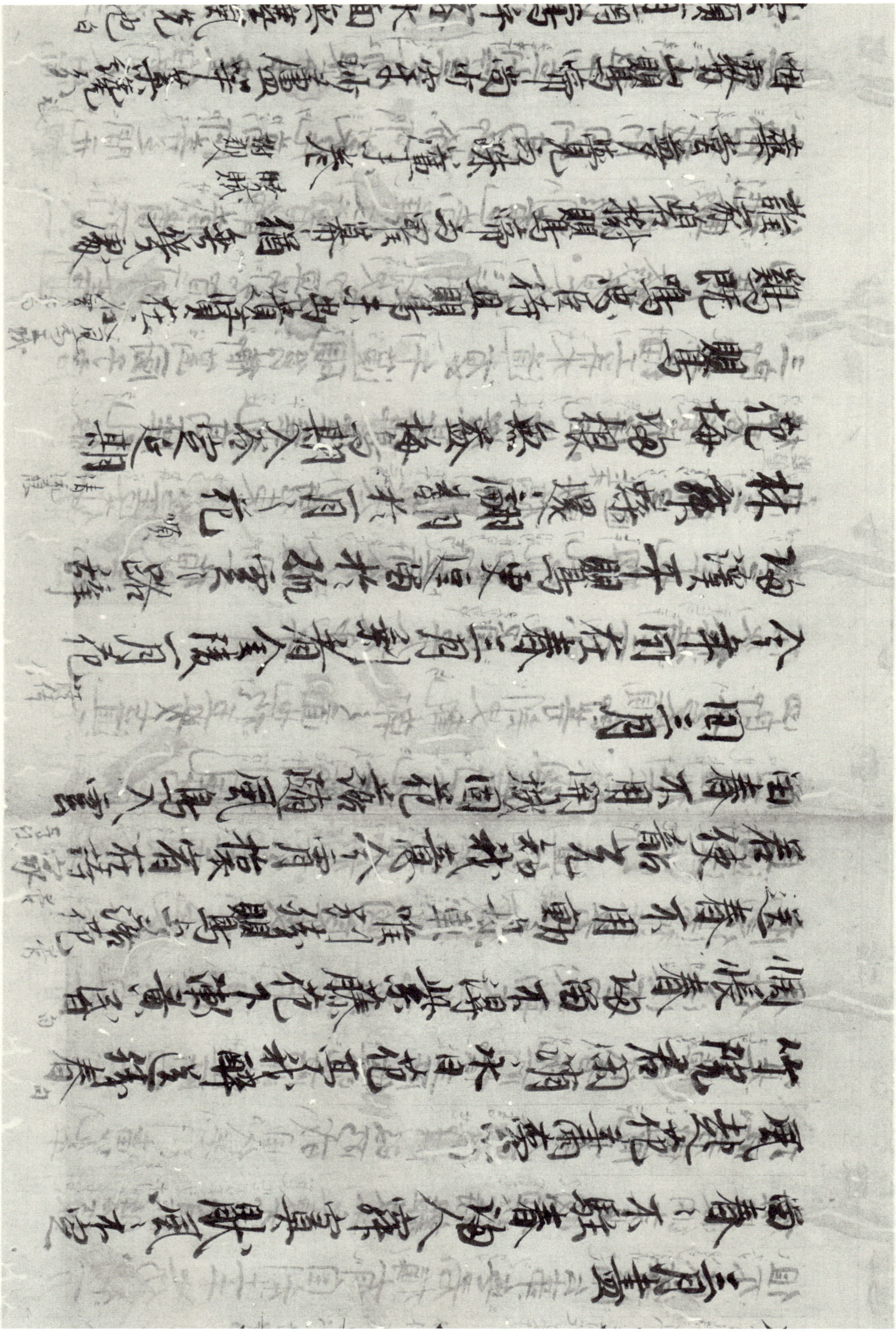

(11)

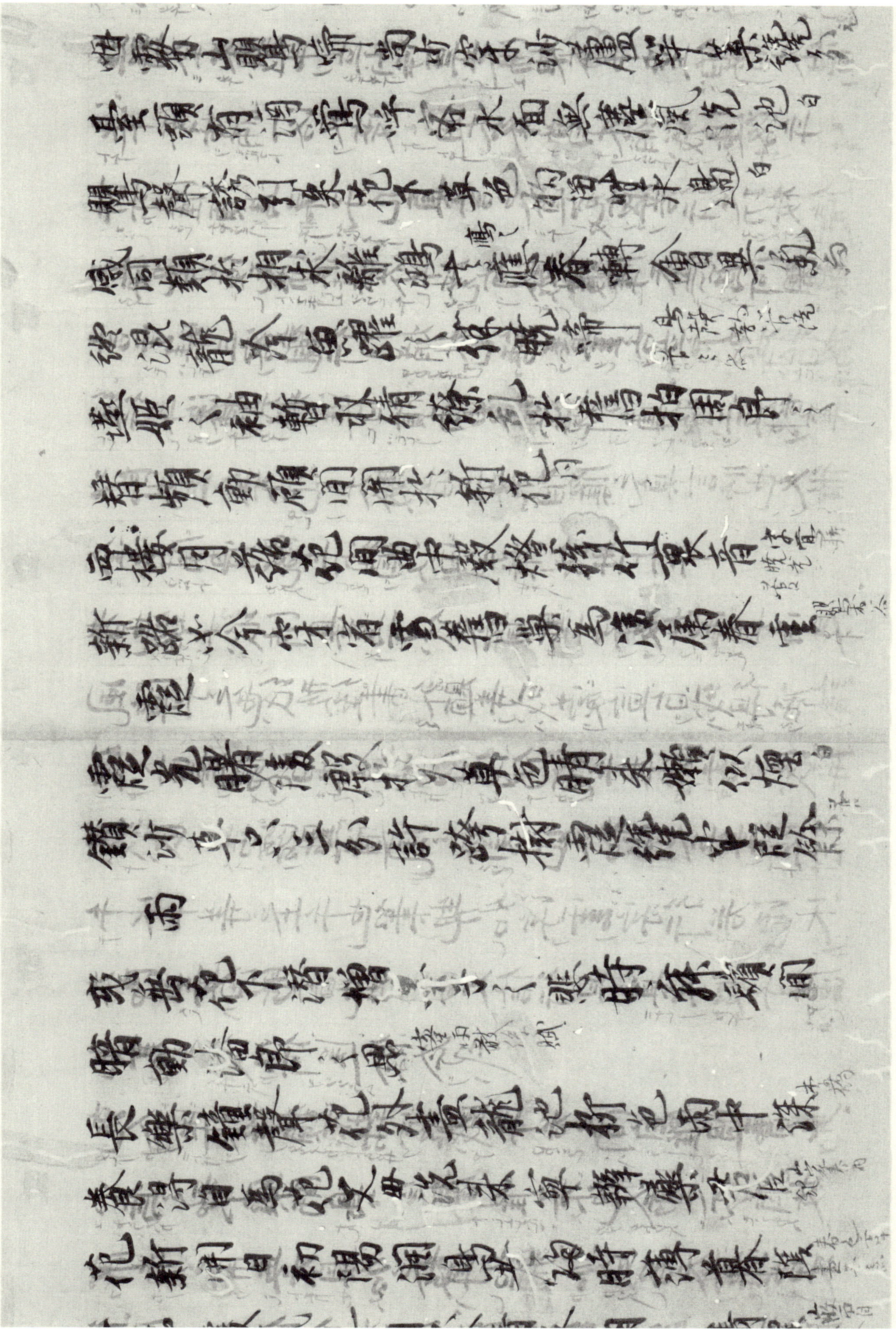

(10)

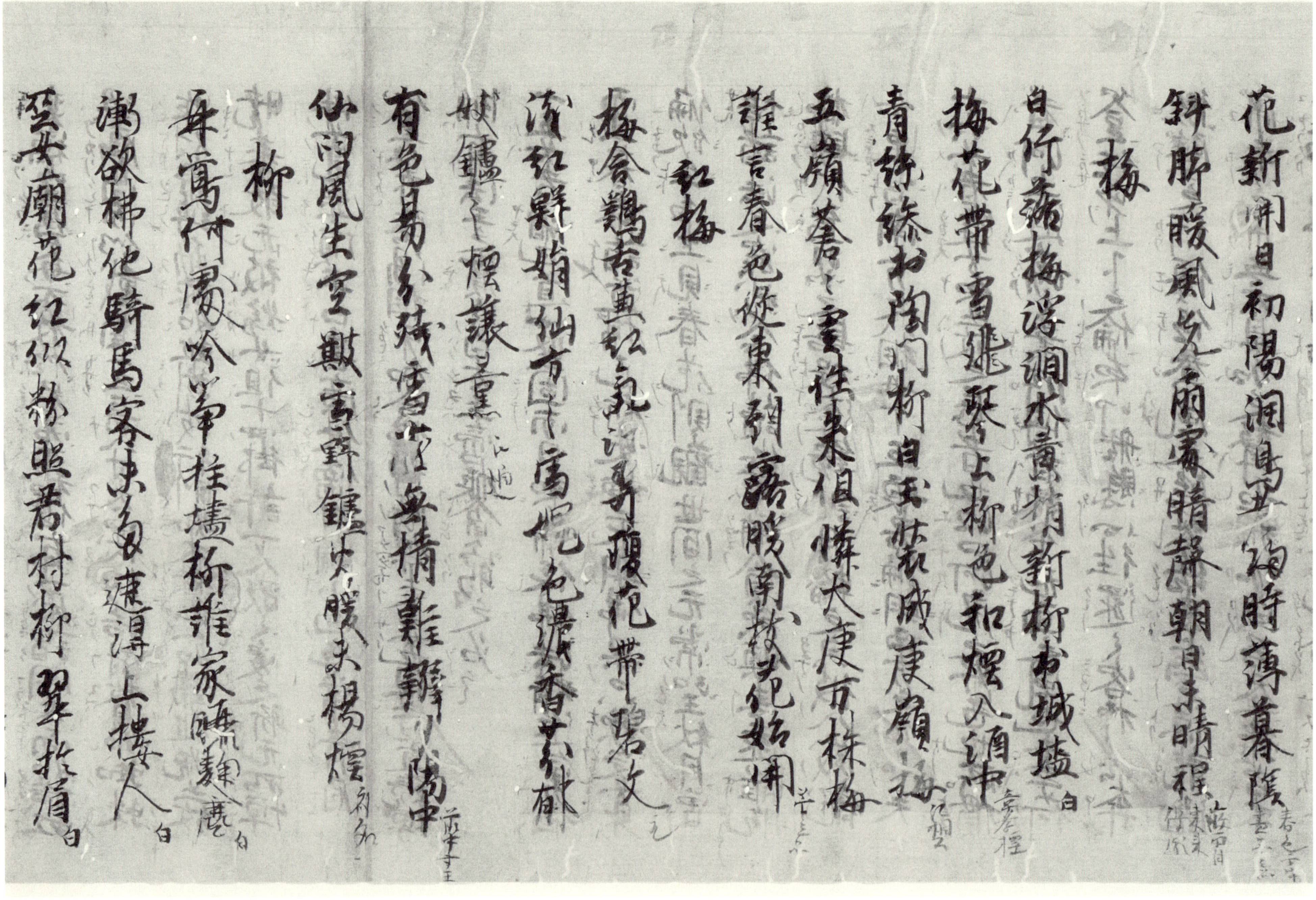

花新開日初陽潤鳥旧啼時薄暮陰

斜脚暖風先扇處暗聲朝日未晴程

梅

白片落梅浮澗水黄梢新柳出城墻　白

梅花帯雪飛琴上柳色和煙入酒中

青絲繚乱陶門柳白玉装成庾嶺梅

五嶺蒼々雲往来但憐大庾万株梅

誰言春色従東到露暖南枝花始開

紅梅

梅含鶏舌兼紅気江弄瓊花帯碧文　元

浅紅鮮娟仙方宮低色濃香杏林

妖艶鑪々煙譲薫

有色易分残雪底無情難弁夕陽中

柳

仙門風生空歎雲野鑪火暖未楊煙

舞鶯何處吟栄桂墻柳誰家酔舞塵　白

漸欲拂他騎馬客未多遮得上楼人　白

巫女廟花紅似粉昭君村柳翠於眉　白

(9)

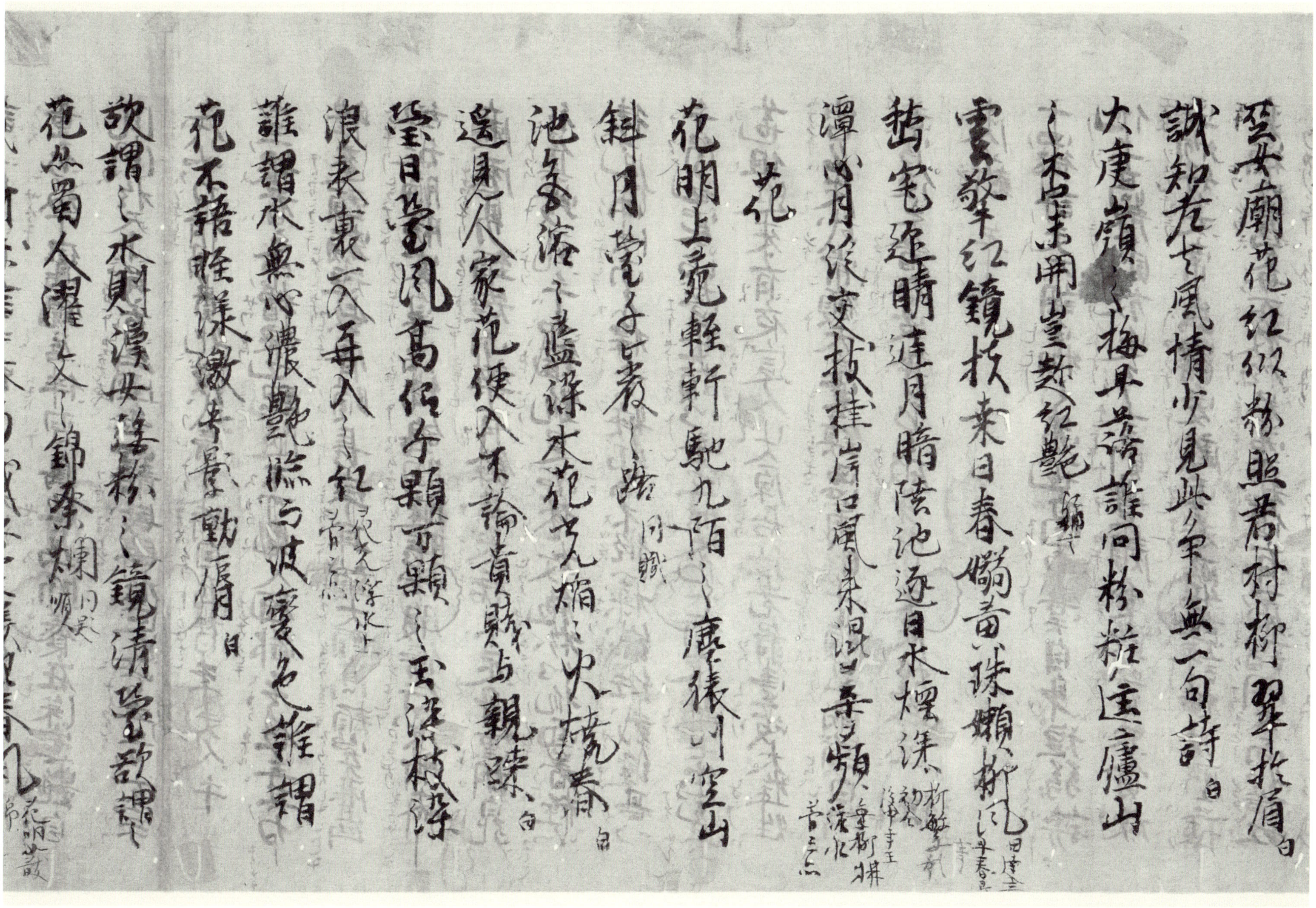

(8)

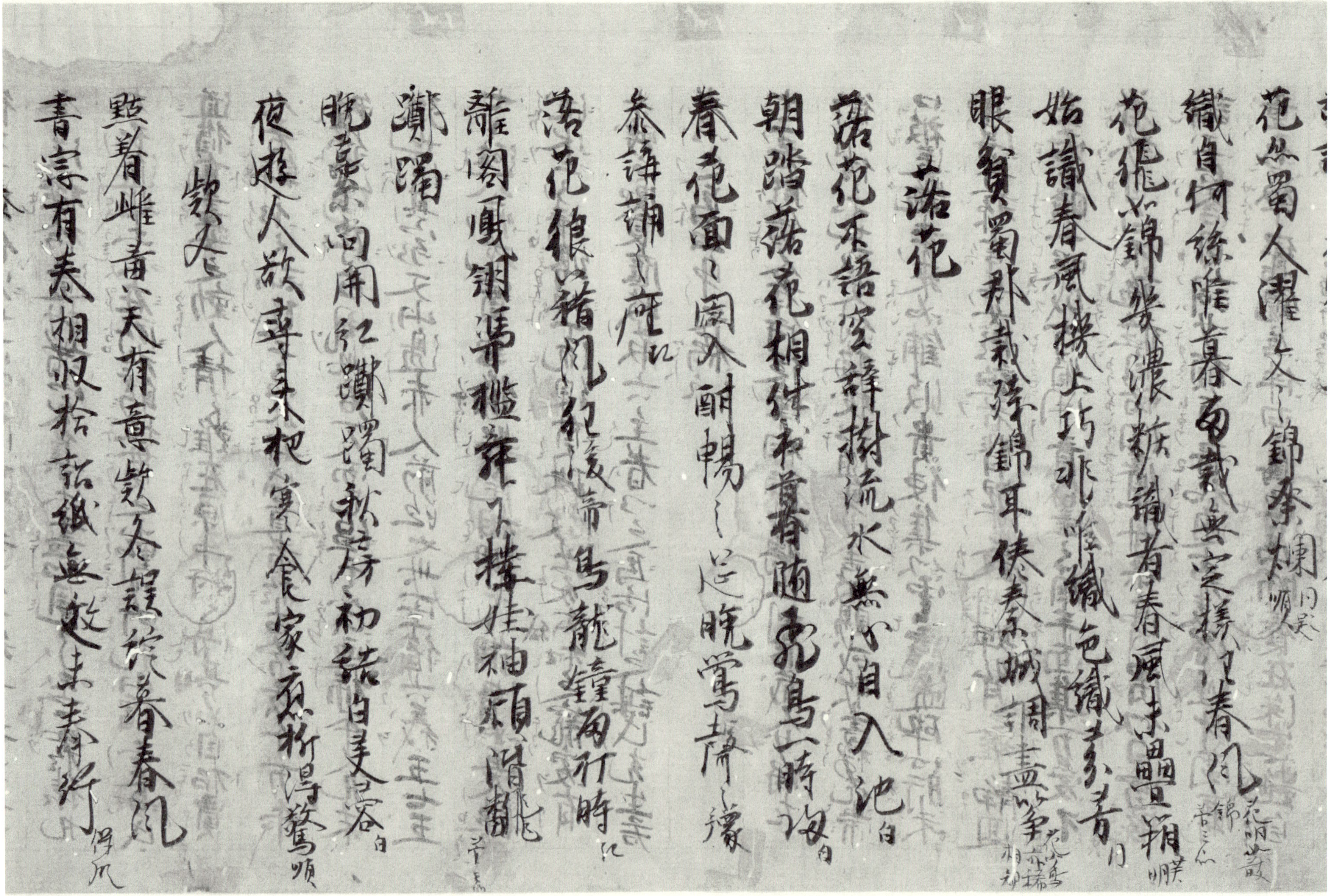

言

花悉蜀人濯文之錦　李嬚周　順

織自何絲唯暮雨之裁無定據只春風　花前有感　錦　菅三品

花飛如錦幾濃粧識者春風未疊翔　明

始識春風機上巧非唯織色織芬芳　同

眼貧蜀郡裁餘錦耳倦秦城調盡箏

落花

落花不語空辭樹流水無心自入池　白

朝踏落花相伴出暮隨飛鳥一時歸　白

春花面々闌入酣暢之筵晩鶯聲々纔

参諷誦之庭　紀

落花狼藉風狂後啼鳥龍鐘雨打時　江

離閣鳳翎馮檻粧下撲佳袖頭消翻

躑躅

晩蘂尚開紅躑躅秋房初結白芙蓉　白

夜遊人欲尋来把寒食家應折得驚　順

款冬

點着雌黄天有意款冬誤綻暮春風

青宮有春相収拾詔紙無數送未春行

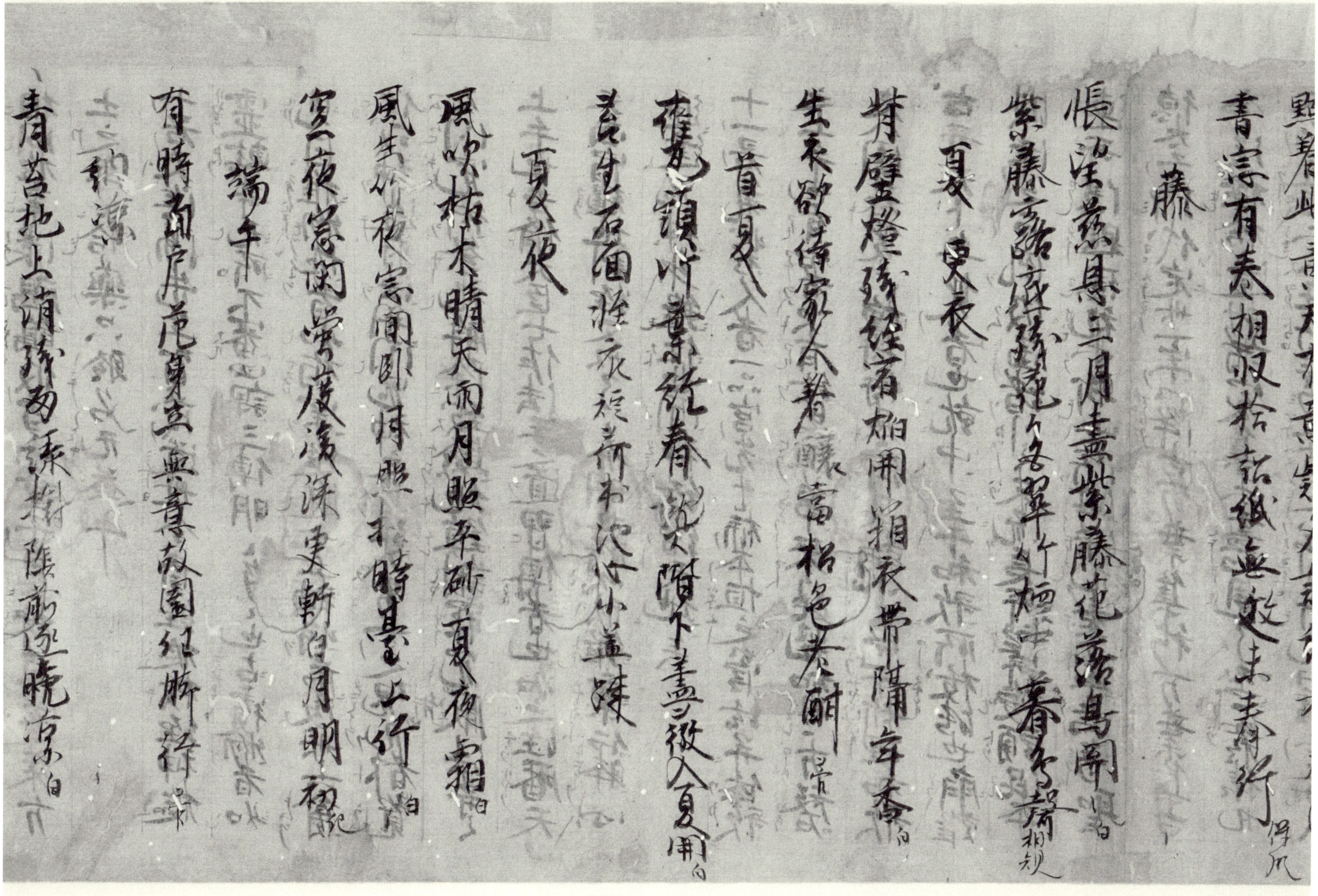
藤
悵望慈恩三月尽紫藤花落鳥関関
夏
更衣
背壁燈残経宿焔開箱衣帯隔年香
首夏
甕頭竹葉経春熟階底薔薇入夏開
夏夜
風吹枯木晴天雨月照平沙夏夜霜
風生竹夜窓間臥月照松時台上行
端午
納涼
青苔地上消残雨緑樹陰前逐晩涼

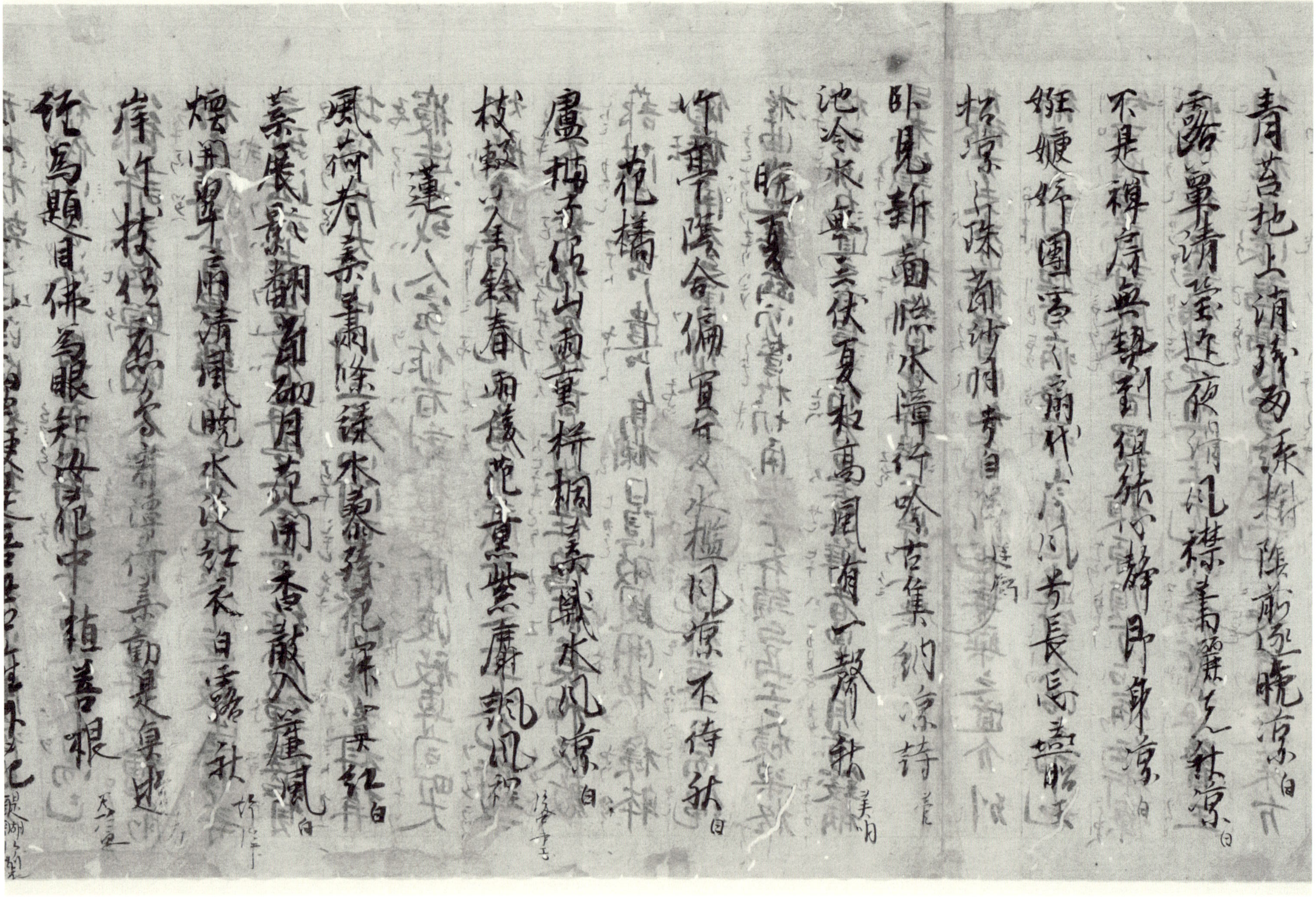
青苔地上消残雨　緑樹陰前逐晩涼　白
露簟清瑩迎夜滑　風襟蕭灑先秋涼　白
不是禅房無熱到　但能心静即身涼　白
班婕妤団雪扇　代岸風兮長忘
招涼珠　当沙月兮自得
臥見新図臨水障　行吟古集納涼詩　菅
池冷水無三伏夏　松高風有一声秋　英明
晩夏
竹亭陰合偏宜夏　水檻風涼不待秋　白
花橘
盧橘子低山雨重　栟櫚葉戦水風涼　白
枝繋金鈴春雨後　花薫紫麝凱風程　後中書王
蓮
風荷老葉蕭条緑　水蓼残花寂寞紅　白
葉展影翻当砌月　花開香散入簾風　白
煙開翠扇清風暁　水泛紅衣白露秋　許渾
岸竹枝低応鳥宿　潭荷葉動是魚遊
経為題目仏為眼　知汝花中植善根

（6）

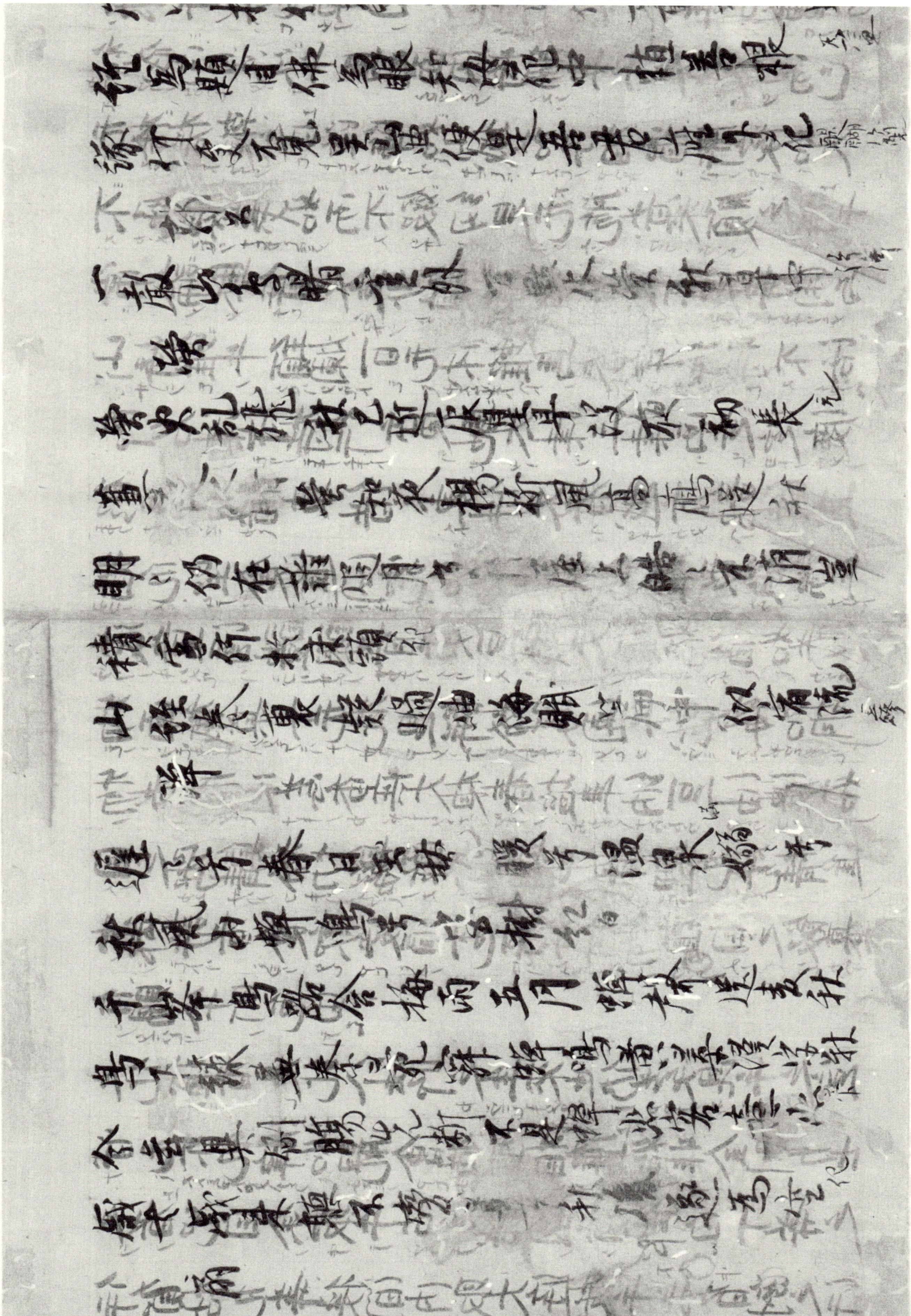

（5）

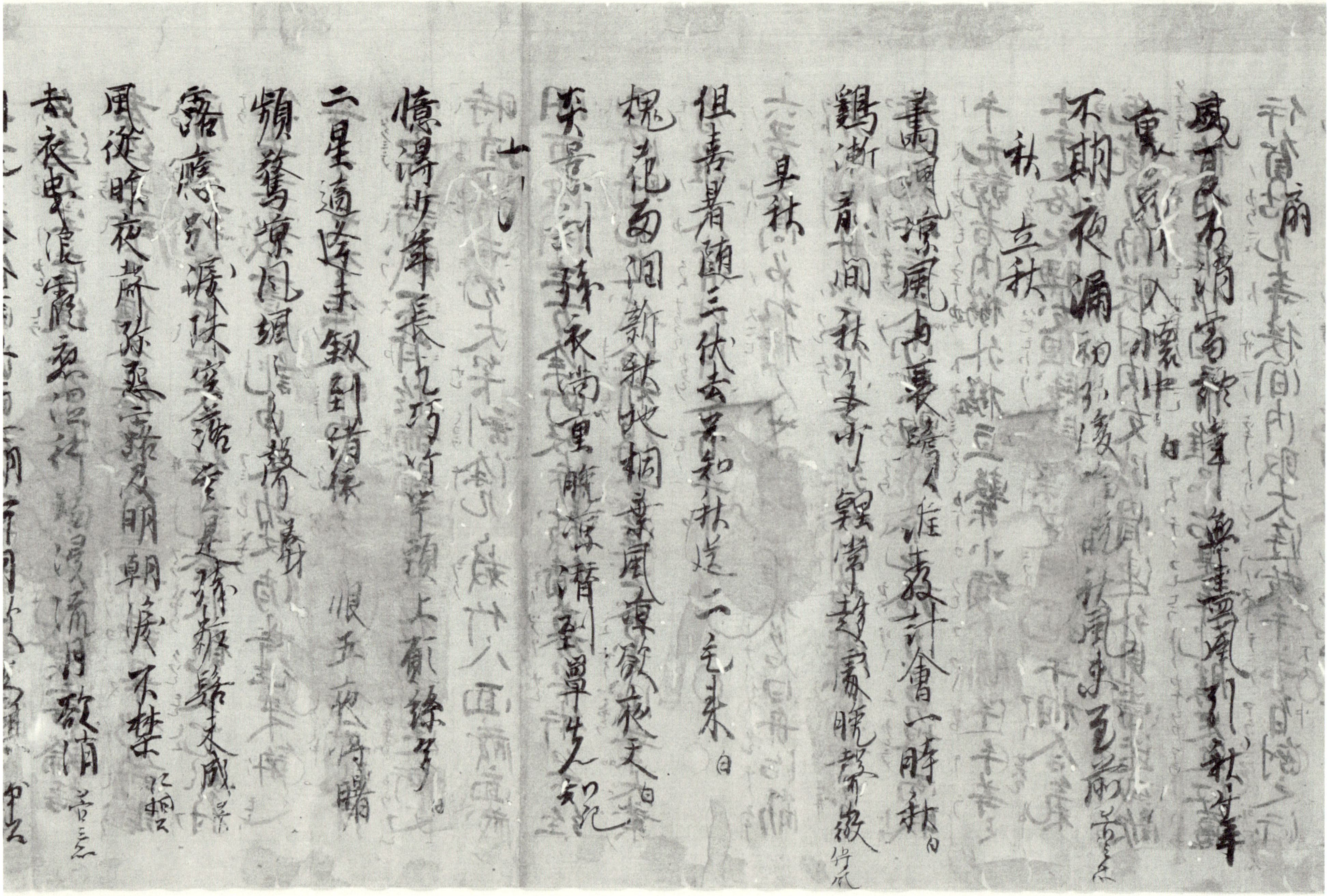

扇

盛夏不消雪終年無盡風引秋生手裏
藏月入懐中　白

不期夜漏初分後　秋風来至扇前　菅三品

秋

立秋

蕭颯涼風与衰鬢　誰教計会一時秋　白

鶏漸散間秋色少　鯉常趨処晩声微　許渾

早秋

但喜暑随三伏去　不知秋送二毛来　白

槐花雨潤新秋地　桐葉風涼欲夜天　白

炎景剰残衣尚重　晩涼潜到簟先知　紀

七夕

憶得少年長乞巧　竹竿頭上願糸多　白

二星適逢　未叙別緒依依之恨　五夜将明　頻驚涼風颯颯之声　美材

露応別涙珠空落　雲是残粧髻未成　菅

風従昨夜声弥怨　露及明朝涙不禁　江納

去衣曳浪霞応湿　行燭浸流月欲消　菅三品

（4）

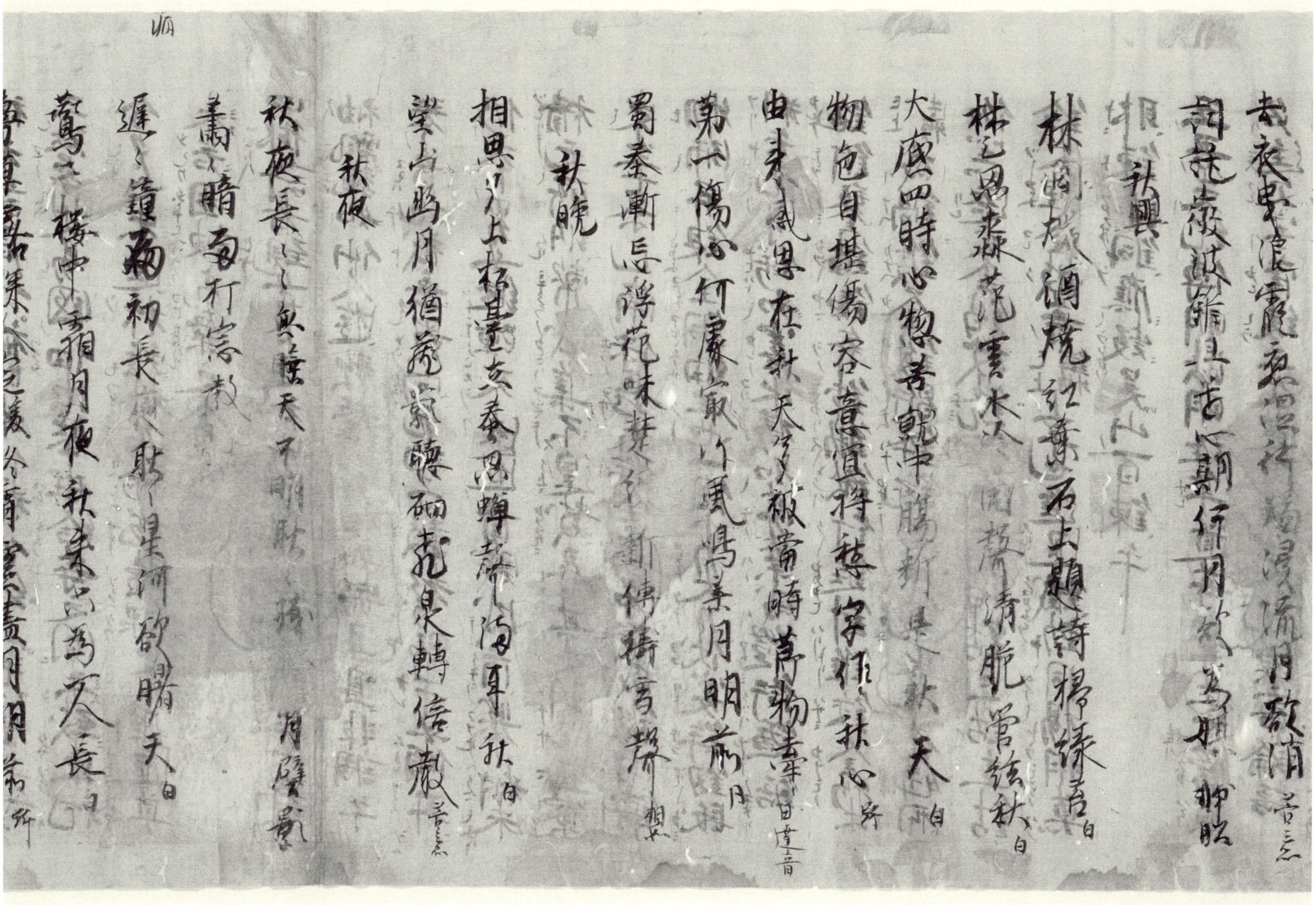

（3）

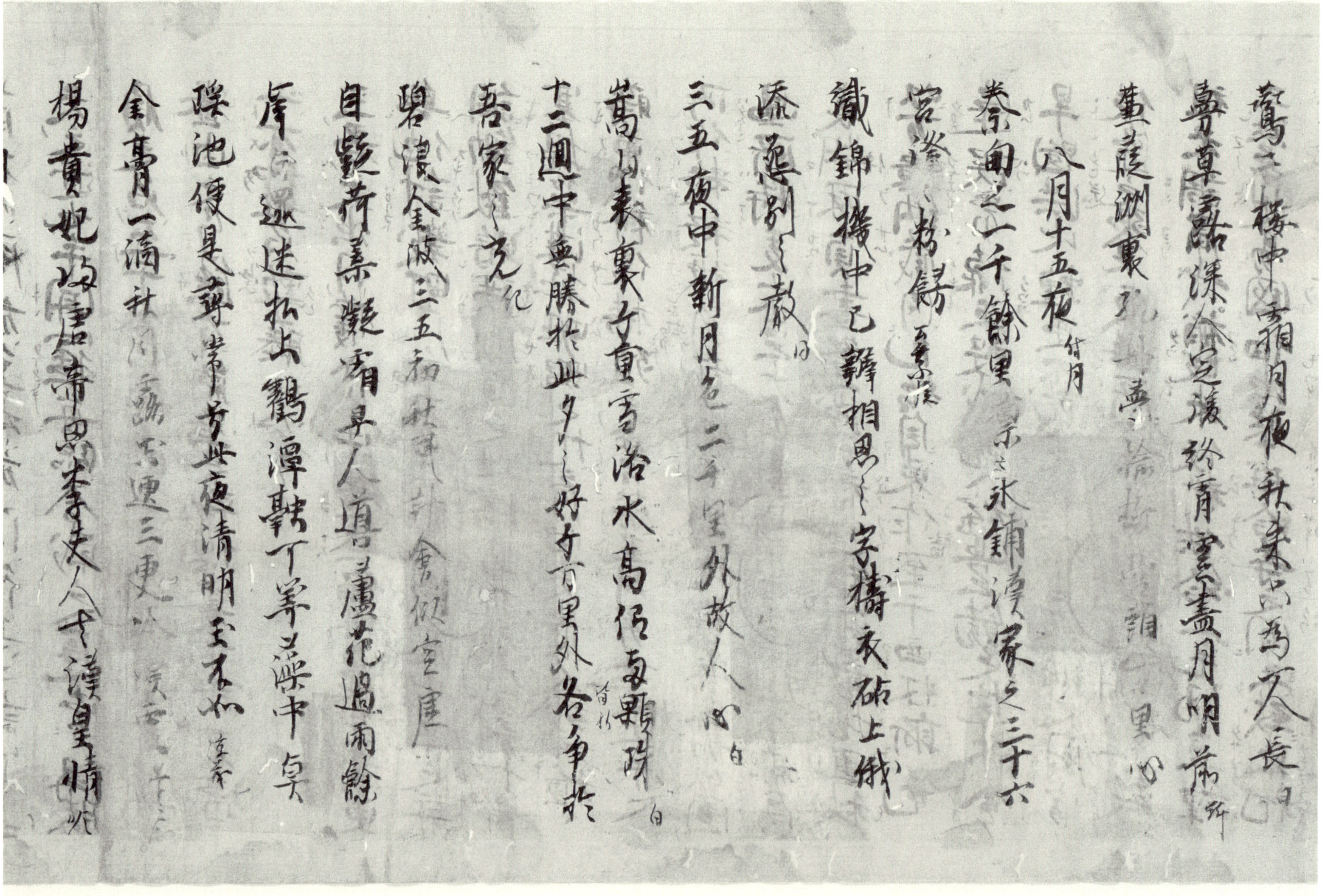

鷰〻楼中霜月夜秋来只為一人長　白
尋草露深人定後終宵雲尽月明前　所
蒹葭洲裏
八月十五夜　付月
秦甸之一千餘里凛〻氷鋪漢家之三十六
宮澄〻粉餝　公乗億
織錦機中已弁相思〻字擣衣砧上俄
添怨別〻声　同
三五夜中新月色二千里外故人心　白
嵩山表裏千重雪洛水高低両顆珠　白
十二廻中無勝於此夕〻好千万里外皆争於
吾家〻光　同
碧浪金波三五初秋風計会似空虚
自疑荷葉凝霜早人道蘆花過雨餘
岸〻還迷松上鶴潭融可算沙中亀
瑤池便是尋常地此夜清明玉不如　淳茂
金膏一滴秋
楊貴妃帰唐帝思李夫人去漢皇情

（2）

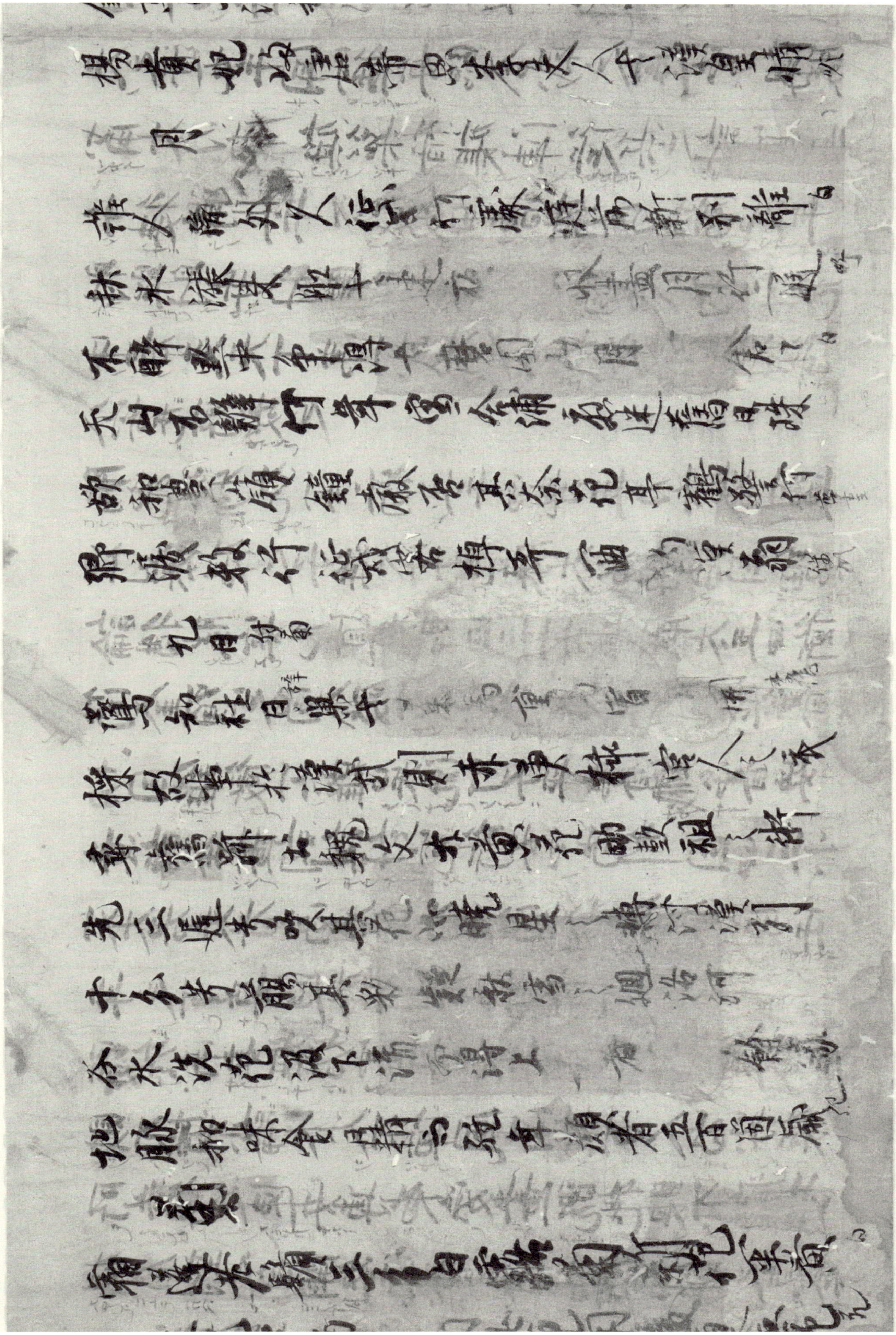

（2）

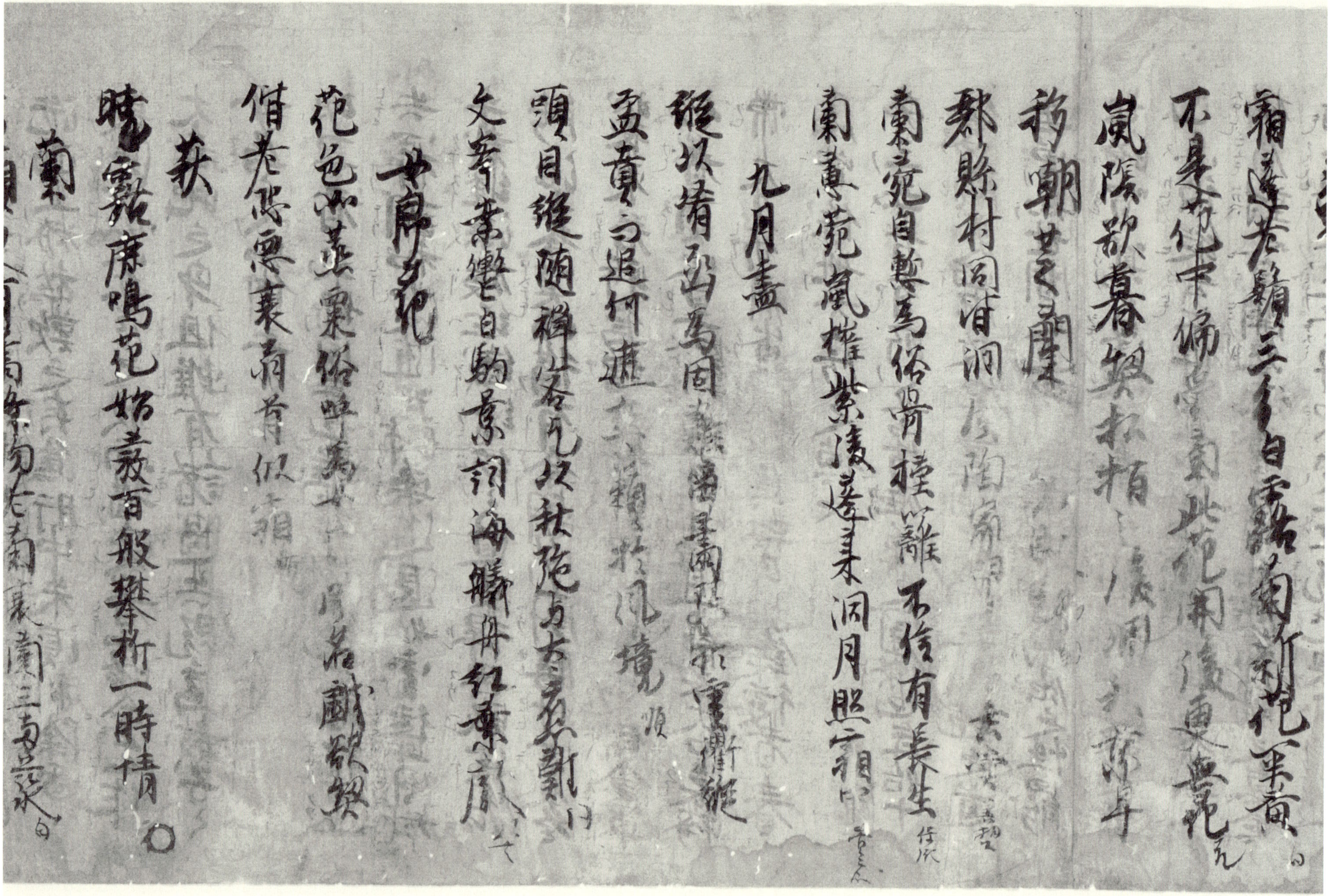

霜蓬老鬢三分白　露菊新花一半黄　白

不是花中偏愛菊　此花開盡更無花　元

嵐陰欲暮契松栢之後凋

移朝芸之塵

酈縣村閭皆潤屋　陶家児子不垂堂　英明

蘭菀自慙爲俗骨　樵籬不待有長生　保胤

蘭蕙苑嵐摧紫後　蓬莱洞月照霜中

九月盡

縱以崔山爲固

孟冬之追何遮　風境　順

頭目縦随禅客乞　以秋施与大家無

文峯案轡白駒景　詞海艤舟紅葉声

女郎花

花色如蒸粟　俗呼爲女郎　名聞戯欲契

偕老恐悪衰翁首似　霜

荻

暁露鹿鳴花始發　百般攀折一時情

蘭

[illegible]

（1）

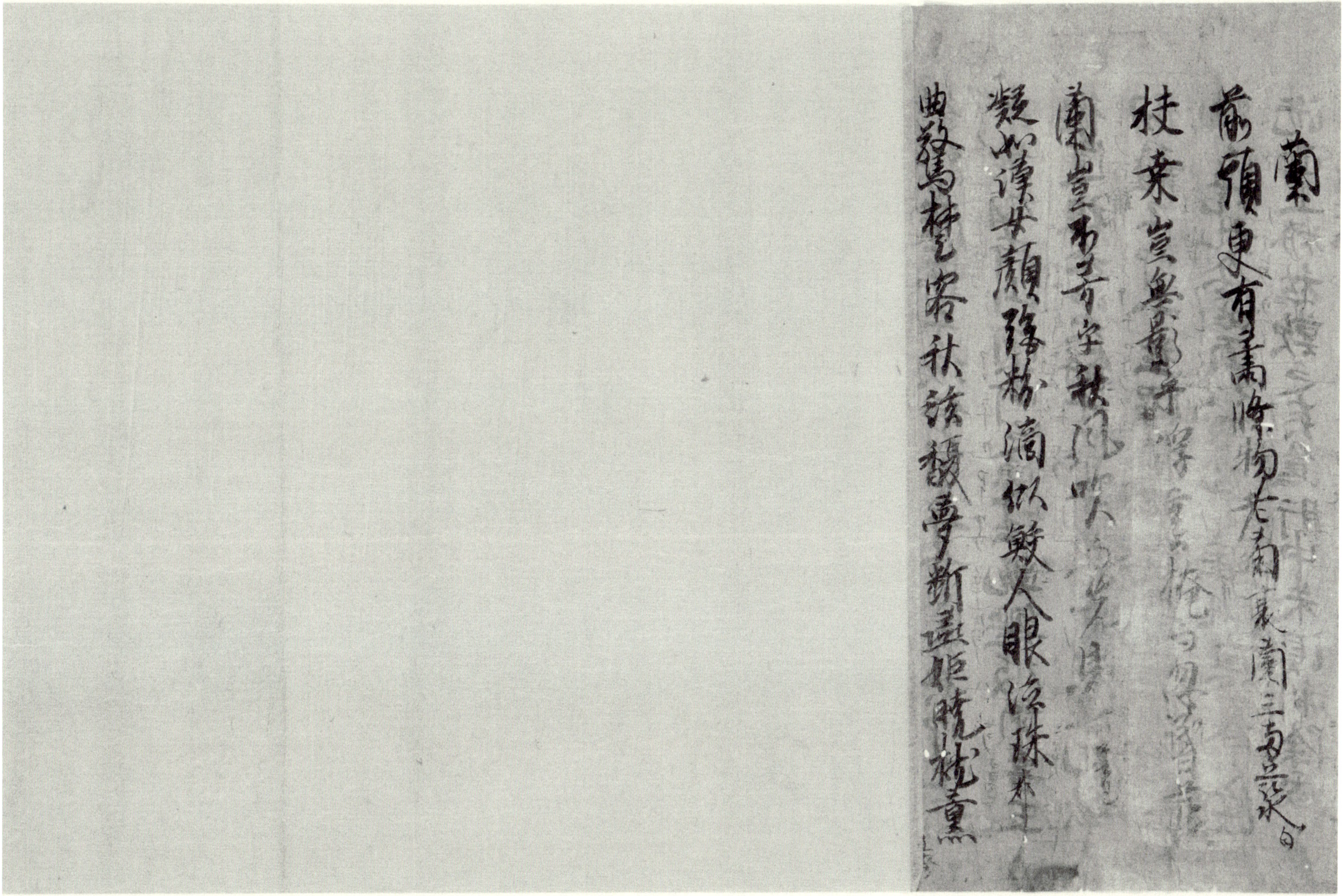

蘭

[illegible]頭東有蕭條物　尤有衰蘭三両叢　白

扶桑豈無影乎　浮雲掩而忽昏

蘭豈不芳乎　秋風吹而先敗

凝如漢女顔粧粉　滴似鮫人眼泣珠　本

曲驚楚客秋絃馥　夢断燕姫暁枕薫

新猿楽記

古鈔本

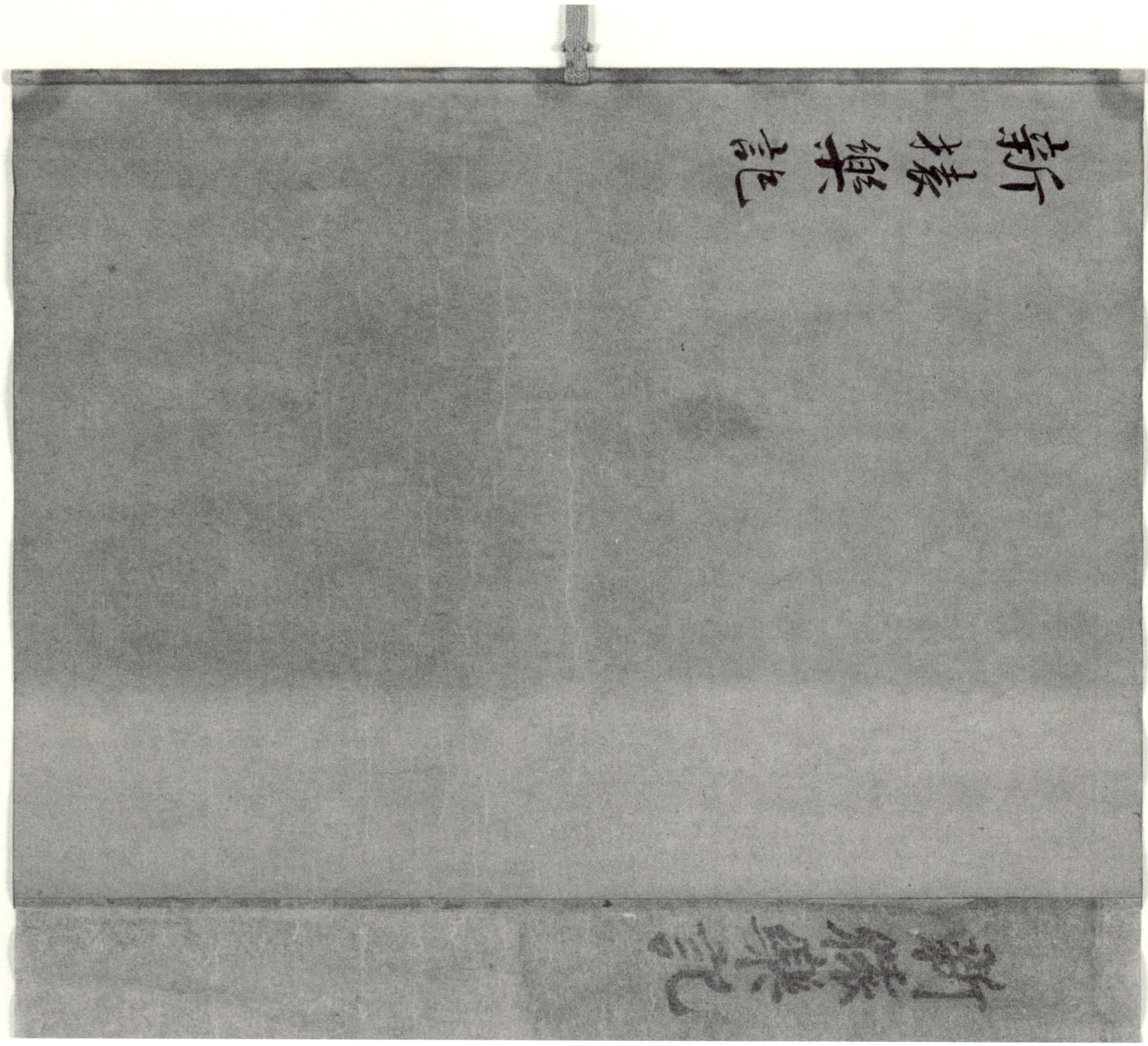
新撰樂記
新撰樂記

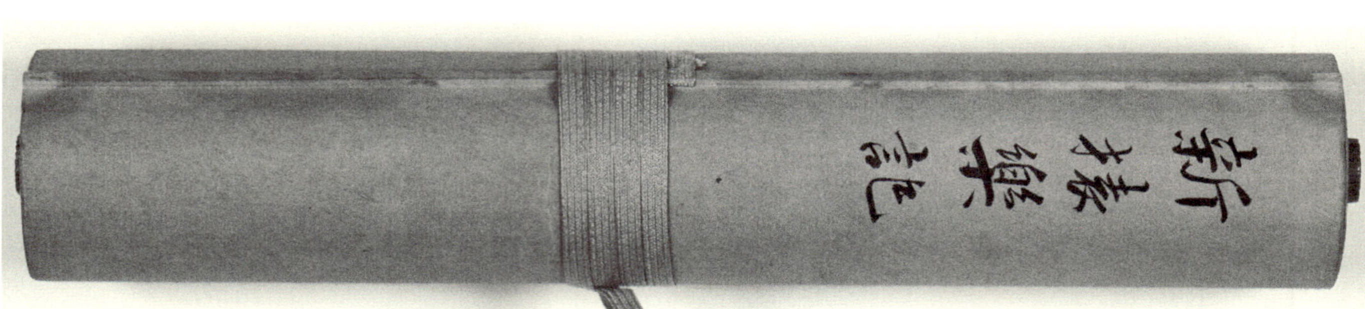
新撰樂記

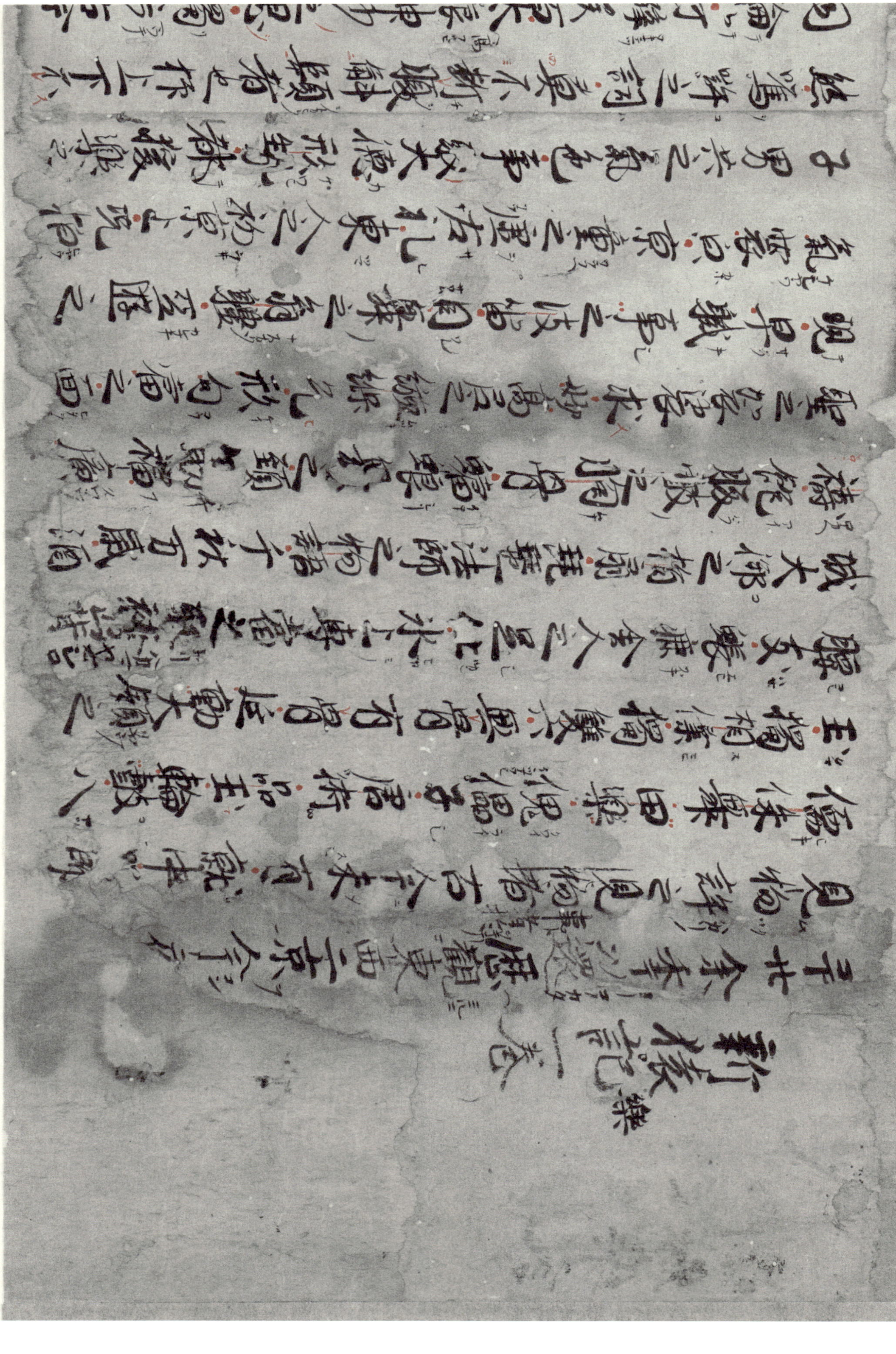
新猿楽記一巻
予廿余年以還歴観東西二京今夜
見物許之見物者古今未有就中呪師
侏儒舞田楽傀儡子唐術品玉輪鼓八
玉独相撲独双六無骨有骨延動大領之
腰支蝦漉舎人之足仕氷上専当之取袴山背
大御之指扇琵琶法師之物語千秋万歳酒
祷飽腹鼓之胸骨蟷螂舞之頸筋福広
聖之袈裟求妙高尼之襁褓乞形勾当之面
現早職事之皮笛目舞之翁体巫遊之
気装貌京童之虚左礼東人之初京上況拍
子男共之気色事取大徳之形勢都猿楽之
態嗚呼之詞莫不断腸解頤者也抑上下不

（2）　（1）

態鳴呼之詞莫不断腸解頤者也抑上下不
同論以可雜矣直太振神妙之思獨歩古今
之間仁南於猿楽之庭必被衆人之寵定縁
者嗚呼之神也先見之形斷一端之腸
形能者猿楽之仙也未出其詞解萬人
之頤縣井戸先生移得其體骨詞甚
詠而持致言矣世尊寺堂達雖學只甚矣
性翔餘多而人〻為只咲被上萬物今而絶
詮興宴還橋德高先瞻未無為句矣
原蘭武無道已丕之也〻已獨榮而敢無
人下愛敬小野福丸甚體甚以非人也係
兄乙而不可衆中一無近代驚耳目者纔
四五人也嶽或道俗男女貴賤上下被
物謙拘如雨如雲仍百之九祿歸万之八
大〻去其明朗天陰雨降絃葉為喪劃

大而去其明朝天陰雨降絃棄為渡剣
唐衣並袴褰壊纏或被袖鶴脛或戴
疊敷臥溪泥或着庭落入厠川見之朝嗤
之人敢不可勝計之中西京右衛門尉者
一家相挙来集所謂妻三人娘十六人男
八九人〻各善悪相頒一〻所能不同云〻
第一本妻者齢既六十而紅顔漸衰夫年
僅及五八而好色甚盛蓋弱劒年云之
首偏就舅姑之勢徳長成顧私之今悔
年齢懸隔見首髪皤〻如朝霜向面皺
疊〻如暮波上下歯缺落如飼猿顔左右
乳下垂似夏牛閭雖施氣裝衰無愛人
窕如蒸寒之月雖為媚親更多厭者猶
為感歎之陽炎不如語力老妻常恨夫心等
閑歎本尊聖天供如元驗持狗道祖祭似力
[illegible]

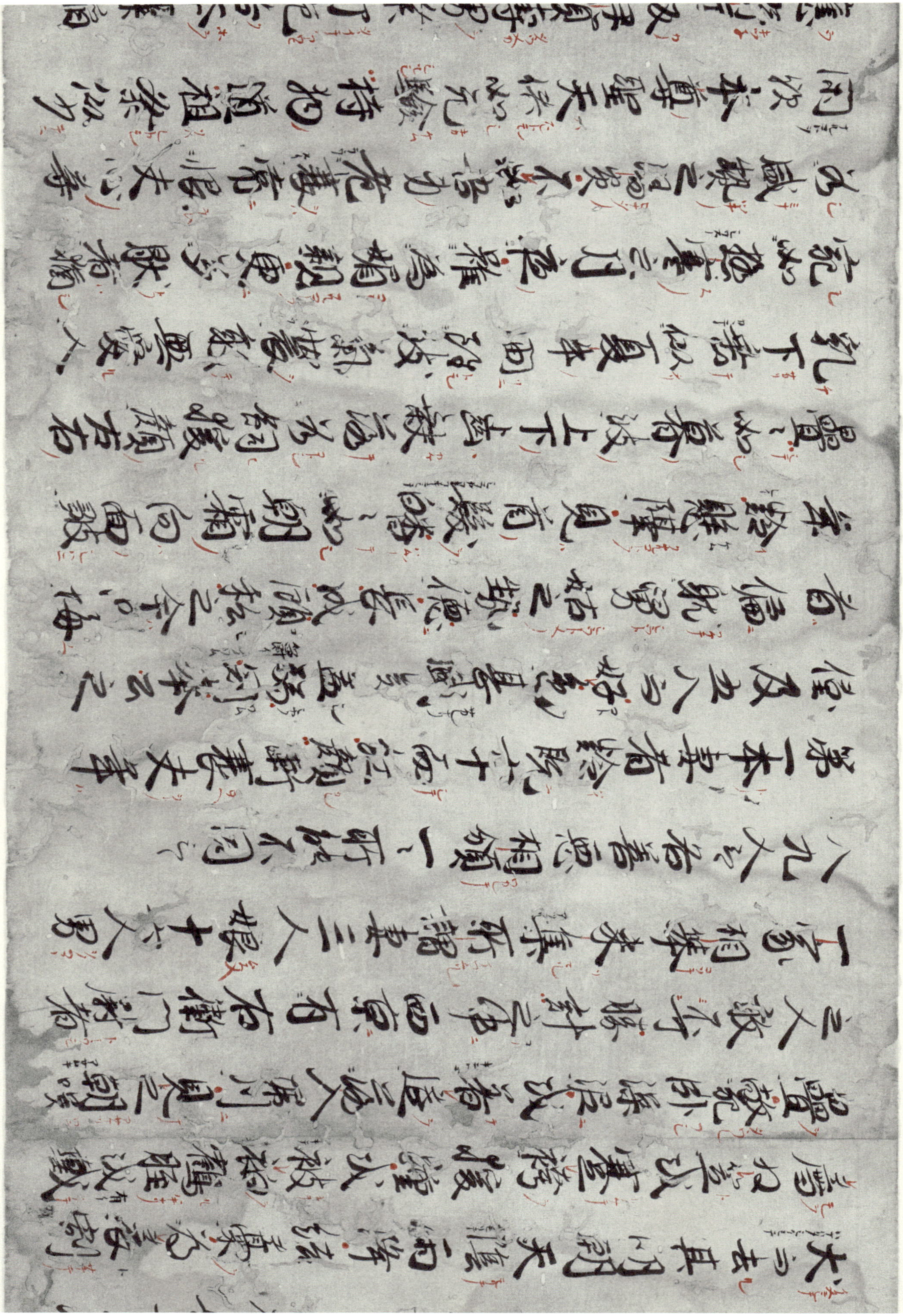

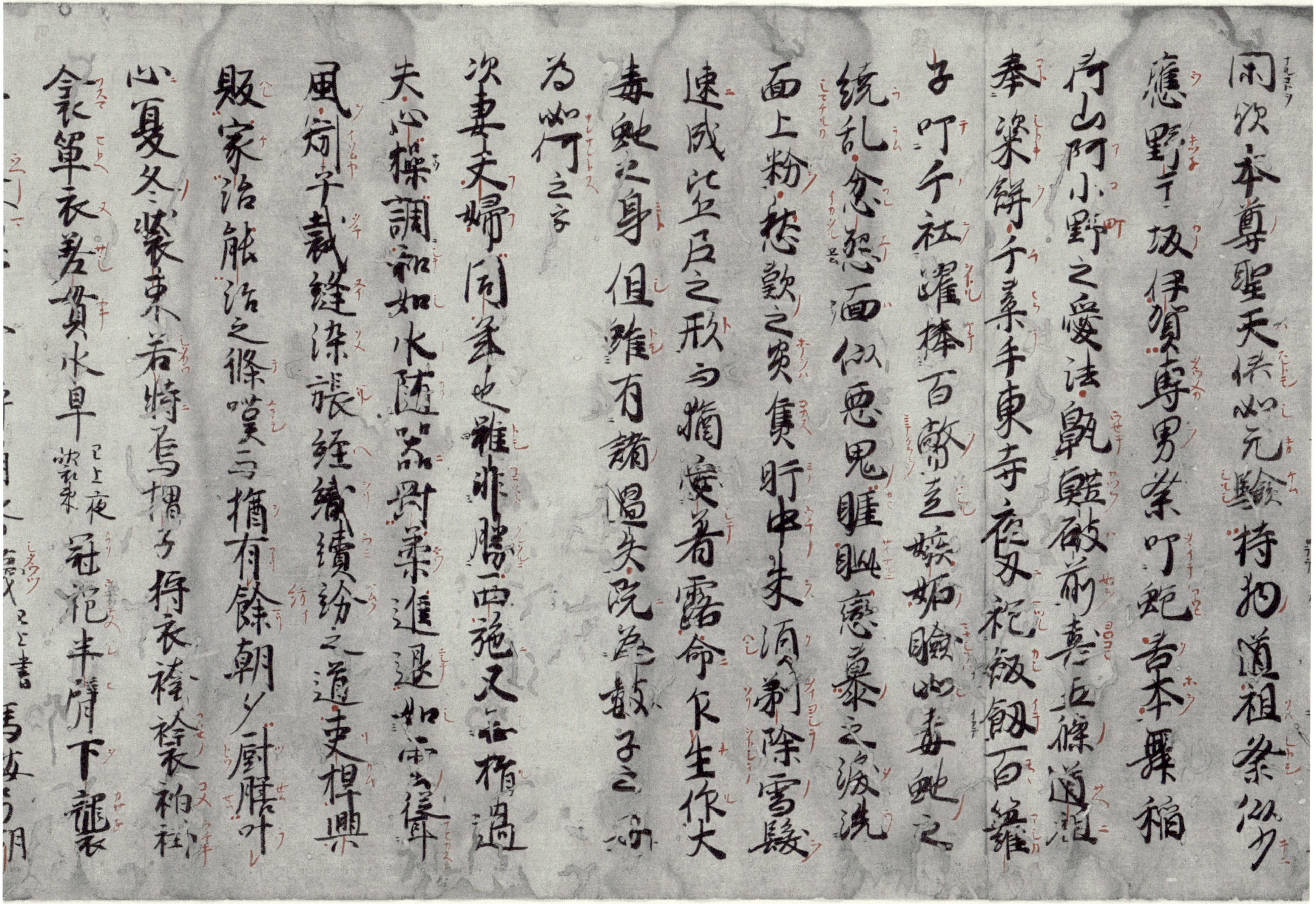

聞次本尊聖天供以元験持物道祖祭以
應野干坂伊賀専男祭叮鮑若本舞稲
荷山阿小野之愛法鶏子破前吉丘條道祖
奉粢餅千菓手東寺夜叉祀飯百羅
子叮千社躍棒百幣豆嫉妬瞼如毒蛇之
繞乱忿怨面似悪鬼瞋瞬恵暴之涙洗
面上粉愁歎之炎焦肝中未須剃除雪鬢
速成比丘尼之形与犄安着露命作生作大
毒蛇之身但雖有諸過失既為敷子之母
為此門之子
次妻夫婦同年也雖非勝西施又無指過
失心操調和如水随器對柔進退如雨從
風消子裁縫染張経織績紡之道吏相興
販家治能治之條嘆与猶有餘朝夕厨膳叶
心夏冬装束着時烏帽子狩衣襖袴衣袖袿
衾單衣着貿水旱　已上夜次衾来　冠袍半臂下襲

（4）

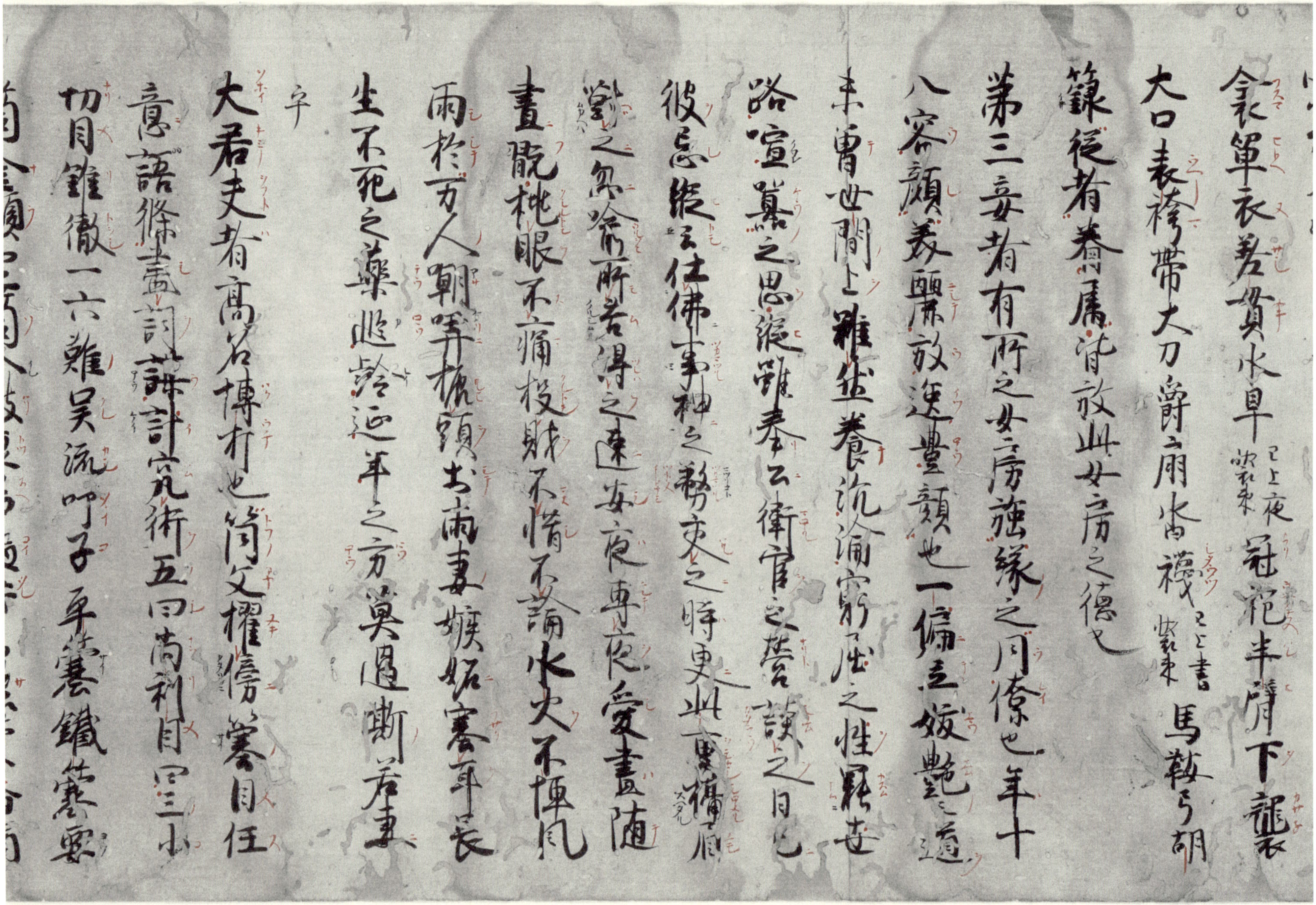
衾單衣若質水旱已上夜裝束冠花半臂下襲
大口表袴帯大刀笏扇沓襪已上晝裝束馬鞍弓胡
簶従者眷属皆依此女房之徳也
第三妾者有所之女房旋縁之同僚也年十
八容顔美麗放逸豊額也一偏立妓艶之道
未曾世間上雖並養流淪窮屈之性顕無
路宣冥慕之思縦雖奉仕衛官之營一謗之日已
彼忌縦云仕佛事神之務更之時更此一累備扇
劉之忽吟所若得之速安夜專夜愛晝隨
晝眺桃眼不痛梭賊不惜不論水火不憚風
雨於万人朝呼撫頭於兩妻嫉妬寒暑長
生不死之藥遐齡延年之方莫過斯者焉
辛
大君夫者高名博打也筒父擢儔器目任
意語條畵詞謀計究術五四尚利目四三小
切目錐徹一六難呉流叩子平塞鐵塞要

切臂錐徹一六雖呉流叮子手塞鐵枉塞要
筒金頭宮筒入破康居頬黄品態塞論猶
勝宴丸道弘那四三一六豊藤太五由衛四竹藤
様之子孫也字尾藤太名傳治目細鼻豚究必
拘捥一心二物三手四势五力六論七盗八害其
所歎之

中君夫天下第一武者也合戦夜討馳射待射
照射歩射騎射笠懸流鏑馬八的三々九手挟
等上手也或被甲冑帯弓箭受干戈用大刀
擁旌楽楯旅陣従兵之計寔与天之道也手
聞心猶每臨合戦之庭常得勝負之名至于會
警之時未取属降之思其養由之弓能有辭
為之敎徳寔可謂一人當千不知姓名字元名
勲藤次云

三君夫出羽權介田中豊益偏耕農為業更
無他計數町戸主大名田堵也兼想水旱之
年調鋤鍬暗度腴迫之地繕馬耙犁或

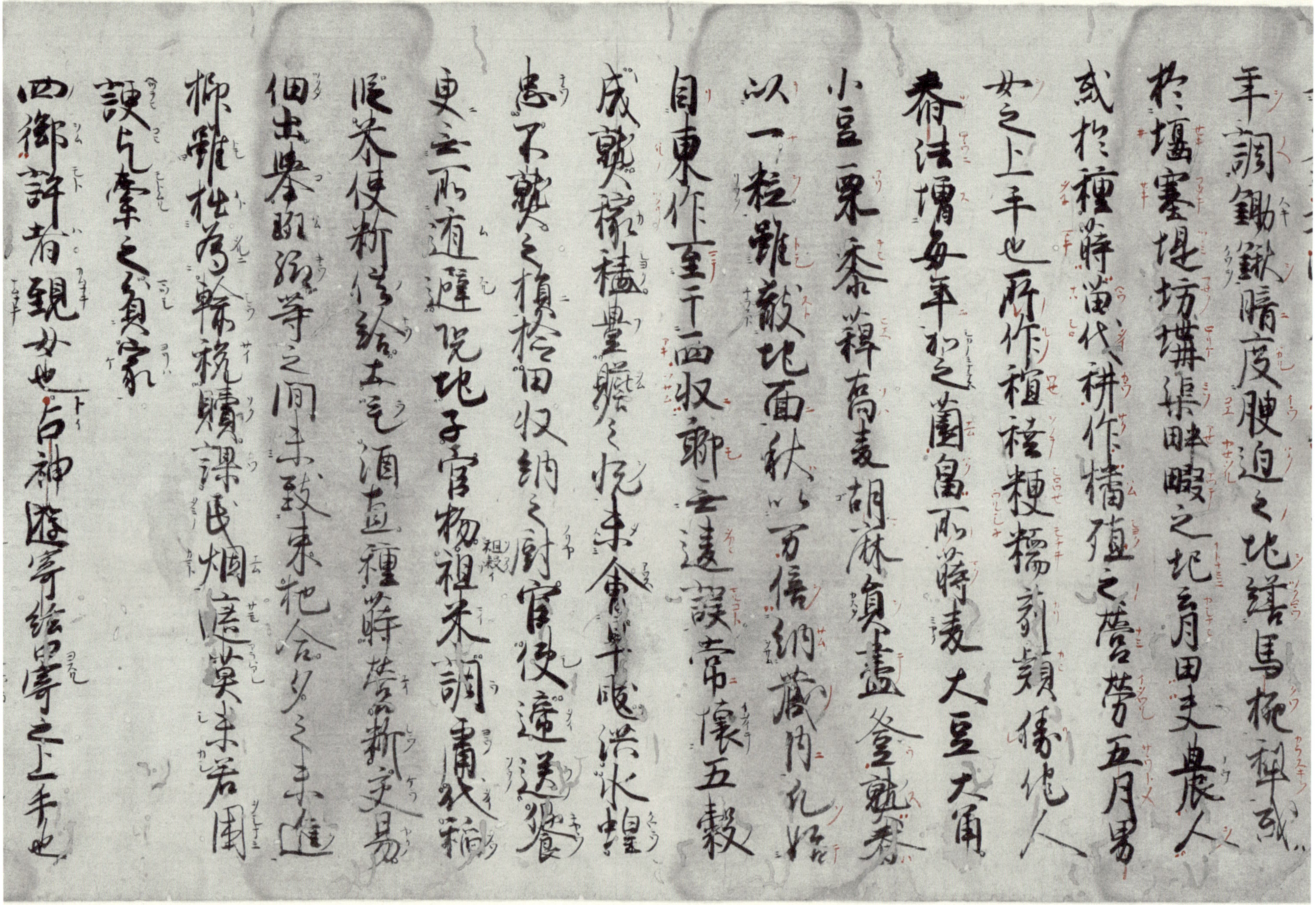

……
手調鋤鍬暗度腴迫之地繕馬杷犂或
於堰塞堤坊堀渠畔畷之地育田夫農人
或於種蒔苗代耕作播殖之営労五月男
女之上手也所作稙穜梗糯苅頴勝他人
春法増毎年之薗畠所蒔麦大豆大角
小豆粟黍稗蕎麦胡麻員尽登熟
以一粒雖蔽地面秋以万倍納蔵内凡
自東作至于西収聊無違誤常懐五穀
成熟稼穡豊贍之悦未曾有旱魃洪水蝗
虫不熟之損検田収納之厨官使逓送饗
更無所遁避况地子官物租米調庸代稲
段米使料供給土毛酒直種蒔営料交易
佃出挙班給等之間未致束把合夕之未進
抑雖為輸税贖課民烟遐莫未若圃
諛凡案之負家
四御許者覡女也卜占神遊寄絃口寄之上手也

（7）

四御許者覡女也卜占神遊寄絃口寄之上手也
飄颻如仙人遊歌声和雅如頻鳥鳴非調子琴
音而也祇悉歎向亜柏子鼓鼓野干必傾耳
仍天下男女継踵来遠近貴賤成市挙
燃米積元所納幣紙集不遑數尋其夫
則右馬寮史生七条已南保長也姓金集
名百成鍛冶鋳物師并銀金細工一偏小刀
大刀伏寞鉾鉞髪剃矢尻鋒如寒氷様似
弟葉戈鐙銜鑣鋸鉇釿鐇鐶斧鋤鍬釘
鏁針鏞鋏金杓木鑰戈鍋鑵釜鑊斵鉢鋺
熨斗鏡水瓶花瓶閼加器香炉火舎錫杖鐃
鈸香爐獨鈷三鈷五鈷鈴大鐘金鼓木鐸
上手也進退鐵動同楊洲莫邪錬沸銅應
鎚呉山百錬手
五君夫紀傳明法明経筭道等之学生也姓菅
原名進文字菅綾三文撰文集史記漢書論
語孝経毛詩左傳令律格式書讀了仍詩

語孝経毛詩左傳令律格式書讀了仍詩
賦序表詔宣旨宣命位記奏状願文呪願符
牒告書教書日記申文消息往来詩文上手
也乃〻分明而悪法不違於格式風月心工而
詩賦不背於韻題並異口言遂御文時直躰
未武況大算剰除九〻竹束八面蔵開方除開
立方除町段歩数積募算術算経無所暗
凡近代給料得業進士秀才成業大業者誰
人有比肩之者乎
六君夫高名相撲人也伯耆権介名曰丹治筋男丸
父方即丹治文佐之子孫也母方則薩摩氏長曽孫
也氣祥長大形貌雄介也強力勇捍而取手
無覚有内搦外搦曲蹴小頸小脇逆手上手也
浴衣纏支理験験除庭翔心地手合氣色腕力勝
腋内支成骨連外見盲迷或相歓忽憶病浅佐
伯耆雄品治丹男丹治是卑紀勝岳近江竜田伊
賀栢丸投闘内取大庭梭手未有〻之汀之

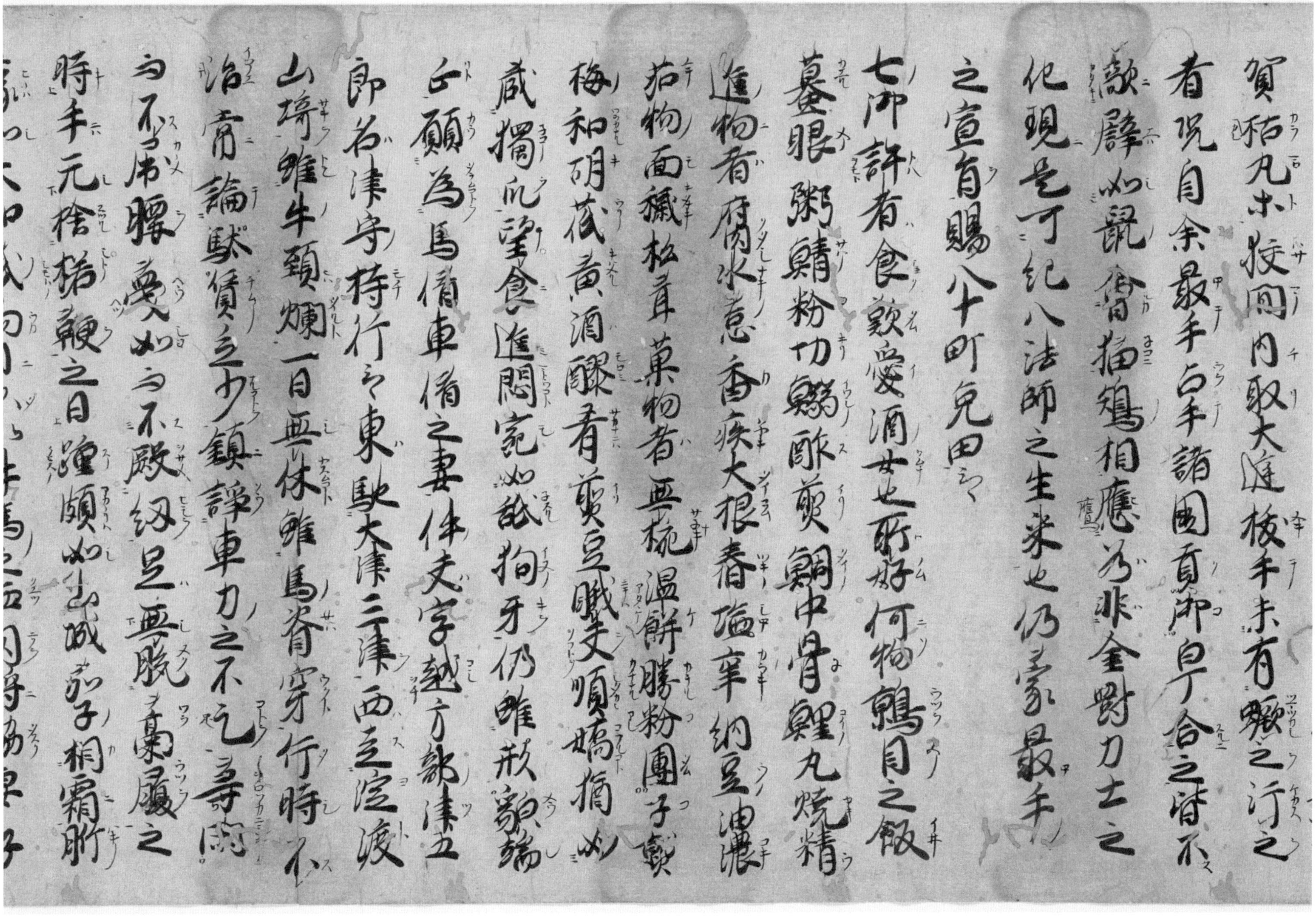
賀栢丸木挍岡内取大庭校手未有雙之行之
者況自余最手占手諸国貢御白合之時不
敵辟如鼠會猫鵰相應為非金剛力士之
化現也丁紀八法師之生来也仍家最手
之宣旨賜八十町免田云々
七御許者食歎愛酒女也所好何物鶉目之飯
蒸眼粥鯖粉切鰯酢煎鯛中骨鯉丸焼精
進物者腐水葱香疾大根舂塩辛納豆油濃
茄物面穢松茸菓物者無核温餅腸粉團子熟
梅和胡蔵黄酒醪肴煎豆膩吏煩嬉猶如
蔵獨飢望食進閉窮如狐狗牙仍雖形貌端
正顧為馬借車借之妻体夫字越方部津五
郎名津守持行東馳大津三津西走淀渡
山埼雖牛頸爛一日無休雖馬脊穿竹時不
治常論駄賃之少鎮諍車力之不足等閑
之不弔腰愚如之不敵紋足無暇藁履之
時手元捨捨鞭之日踵頻如小職鉢子桐霜脚

(10)

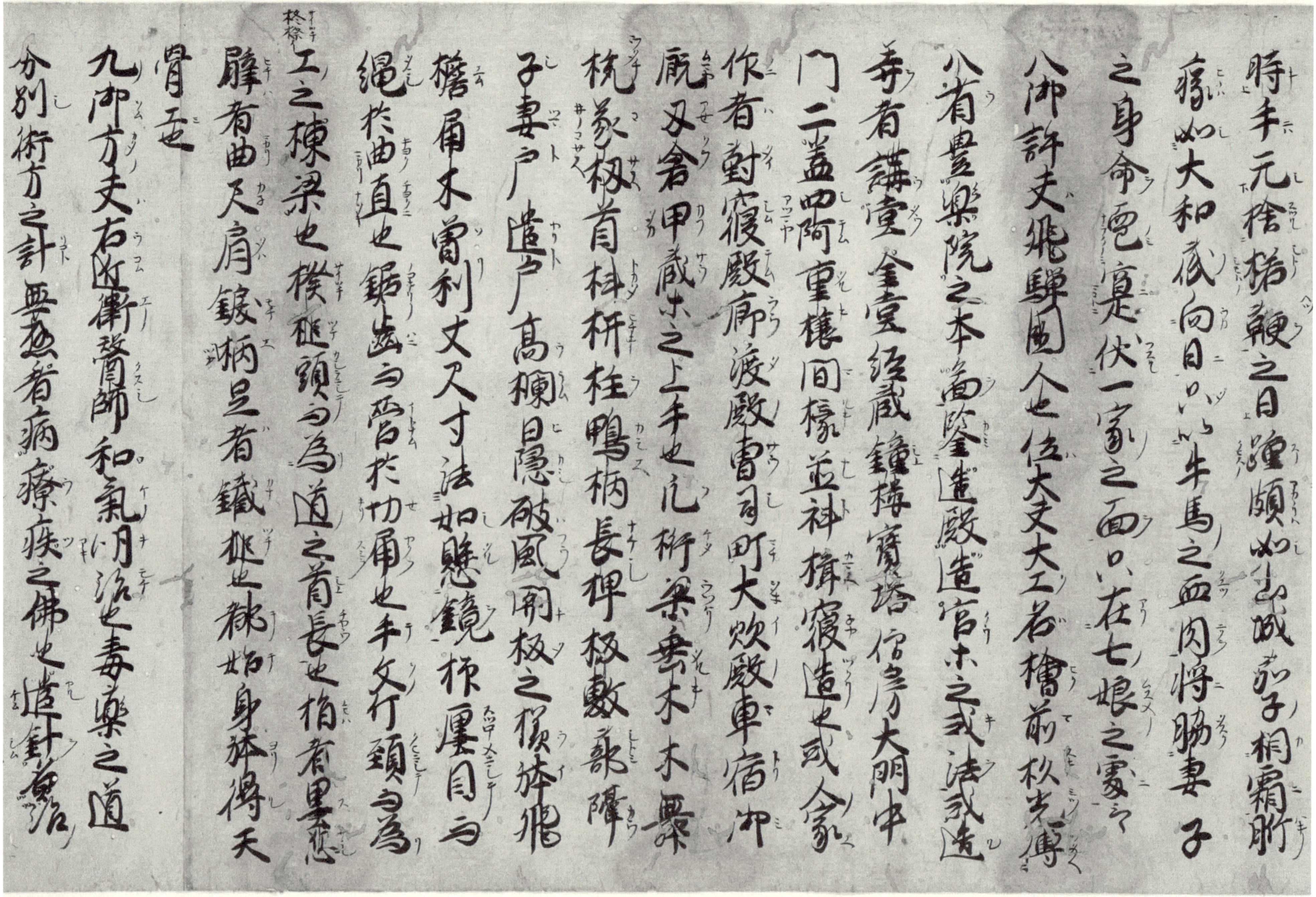
時手元捨揩鞭之日踵頻如打破子梋霜腓
瘡如大和瓜向日以〻牛馬之血肉将腸妻子
之身命邑寔伏一家之西以在七娘之處云
八御許夫飛騨国人也位大夫大工名檜前杉光傳
八省豊楽院之本畜陛造殿造宮木之式法式造
寺者講堂金堂経蔵鐘楼宝塔僧房大門中
門二蓋四阿重樓廻廊並神祢寝造也或人家
作者對寝殿廊渡殿曹司町大炊殿車宿御
厩又倉甲蔵木之上手也凡桁梁垂木木舞
梲叉扠首枓栱柱鴨柄長押极敷蔀障
子妻戸遣戸高欄日隠破風関板之狭棈飛
檐角木曽利文尺寸法如懸鏡標墨目為
縄於曲直也鋸歯為當於切角也手文行頭為為
工之棟梁也撲継頭為道之首長也柏者墨恵
肆者曲尺肩鍰柄足者鐵継也秫始身躰得天
骨也
九御方夫右近衛医師和氣明治也毒薬之道
分別術方之計無双者病療疾之佛也逍針灸治

(11)

分別術方之計無極者病療疾之佛也進針灸治
神也知六府五蔵之脉脈探四百四病之根源顚方
治病任術療疾禱從合藥鳩株文興之上走
不異於耆婆醫王相同神農鵠鶴彼雪山童
子之日〻採草逢来方士之年〻捨藥只聽治
無益乎
十君夫陰陽先生賀茂道世金匱經枢機
經神枢霊轄等之無所不審四課三傳明〻
多也白覆物者如見目推物佐者如指掌進
退十二神将前後三十六禽仕式神造府法
開閉鬼神之目出入男女之䰟凡觀覧反閇
究術祭礼解除鼓験地鎮謝罪呪術厭法
等之上手也吉備大臣七佐法王之道習傳者也
加之注暦天文図宿耀地判經又以〻分明也所以
形路稟仁躰心通達鬼神身雖住世間神經
緍天地矣
十一君氣装人者一宮先生稲本恒之管絃并和
歌上手也有吹者吹有絃者彈笙笛琴琵琶和琴

歌上手也有花有吹有絃者弾箏琴琵琶和琴
方磬尺八囲碁雙六将碁弾碁鞠小弓包丁
料理和歌古歌天下無雙者也就中至于和歌
所得能也扇難波津古風汲富緒河之末流長
歌短歌旋頭混本連哥隠題廻惡禱尋卿無所
沈滞凡索盃為尊聖徳太子御世代已三十
一字以降古万葉集新万葉集古今後撰
拾遺抄諸家集尋盡以見不恥於猨丸
大夫衣通姫亦不在所於躬恒貫之小野小
町尋花山僧正之長此道猶有畫世之動人
情之難在原中将雖得其名自稻買人着鮮
衣之誹皆其以外好此道者於古今幾千万乎
雖並鏡存古風此之一人也温其武逼柿本人
丸未孫同赤家又山邊赤人之前絶也卅一
字備六義五七五七七之句避八病花實兼備
首尾相調其詞滑五尺鴎以浚水其清澤以
一流繡貫珠故其家公卿寵愛有貴賤之

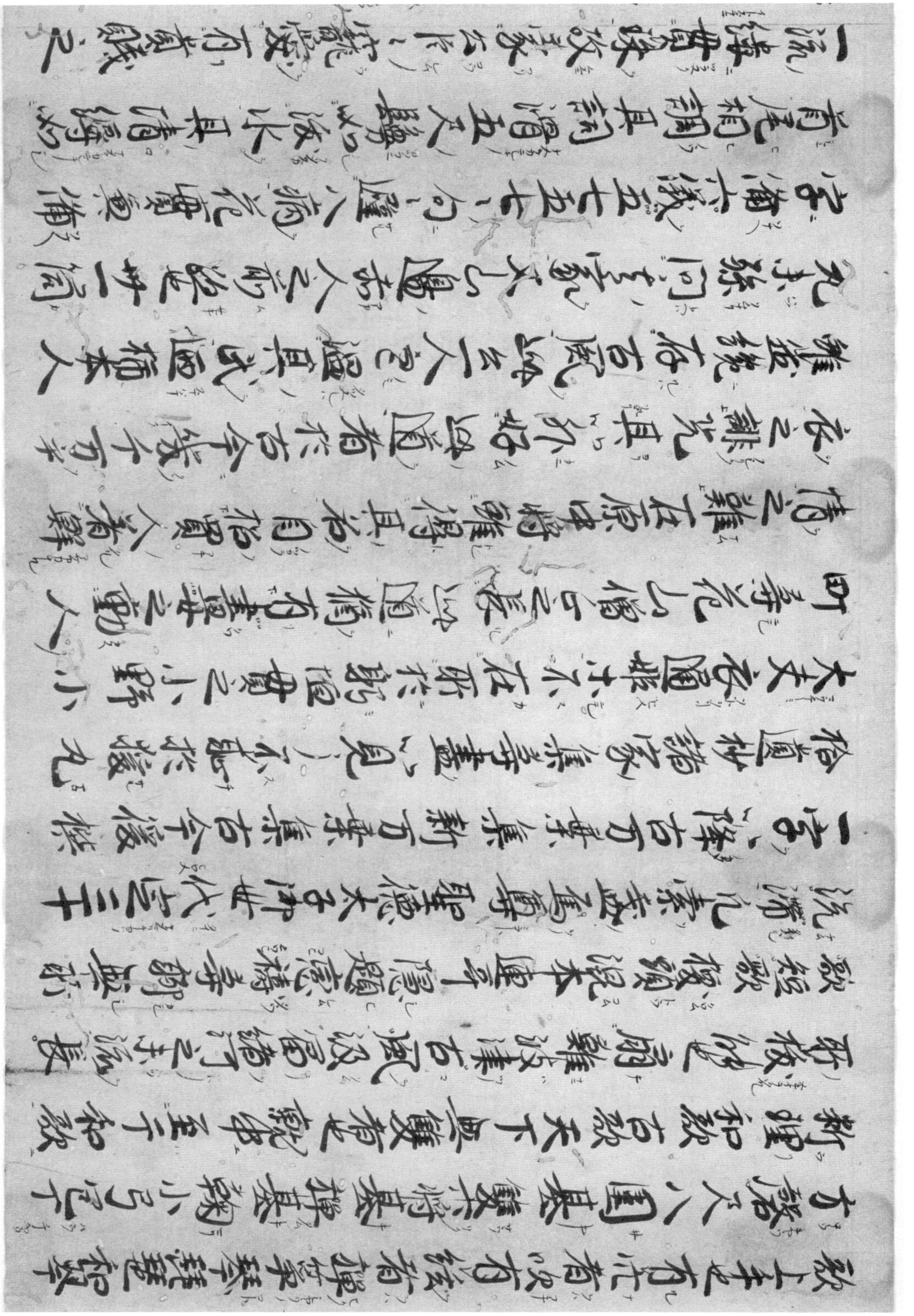

一流纈貫珠故家々寵愛有貴賤之
饗應被藤六主者之為治竹之棋逆先達
君者以之為当世之模云々
十二君假借人者侍従宰相頭中将上判官
蔵人少将左衛門佐式部丞以文付梅枝以随身小
舎人被賜以弄書桜花以幾力瀧口被遣
艶書如鋪被負使集似雲霞随砕心
肝未有得意于女形貌言者翡翠之
釵滑嬋娟之粧靡迴美容之瞼一咲成百
媚開青黛之眉半面集一方愛不著粉自白
不施紅自赭潤脣如丹菓膚似白雪腕
論玉之含貝詞少顕自音和適事綾羅纏
身蘭麝薫衣鶯鳥鏡為伴習鳥迹為師
養在深窓艶自風聞於天下雖有幽閨
色指誹謗於遠近皆知者衆之代必為猜
傷貴妃漢武帝之所自為習李夫人乎

楊貴妃漢武帝之所自為昔李夫人乎
十三娘者中之糟糠也醜陋不可見人頗歎不
仕之耳為體蓬頭額短齞脣顋長鼻耳
顱太頤高頬窊歴齒彈能騙騰褰鼻傴
僂鴿胸膛脹蛙腹傍行屐脚疥癩歴易
短頸而襟有餘長太裾不足身重羽皃衣
集蟣虱手如鐵鈍足如鍬枚施粉似掘面
着裙猶猴尻淫妖不憚上下嫉妬不脩心
褸纖離七尺完具也但近来有夜逢人之
大原居住君翁壹改大椽姓山口名炭武甫
顥天之寒鎮恵氣之腰下楢黒女鬢白出若
宮使者入裏斃衫之破身常交炭煙
命僮係炭薪
十四御許夫不調白物之第一也高事
嗔賞自劣短藉誇他之高名則敵
逆多言則豊顔食歎奢時貪欲要
物子笑常高聲[illegible]賤早面黒聚厭好謀計

逞多言則豊顔食歎咲時貪欲要
物好簺常嵩露愛戯早面暴厭好諍訟
横法所立博奕宮禍盗格文毋不孝於咒
夢不和但是一康謟甲不白如横虹梁鳥鳶
面似戴藺笠長八守不四伏廻結附贅如
蜘蛛咋付帶縛筋肌如蚓蛙行對如栄
木株竪如鐵椎曉發曉萎敢無被嫁女
但十四御許一人觀之愛之卿無所憚仲
女見姿須臾口甚厭傑偏附類小面迦
常青須黛心赤隋相牙和合神所小梯来
寿
寿也但昔道貌院雖有法王之賞之日
不郎主喜振貧窮之名
十五女者孀也道心堅固日来帰依仏
法精懃勇猛旦暮念誦道場已新建
權乘仏界只歎愛女勇偏欣生淨土
りん人春花則觀世間之無常於秋月霄

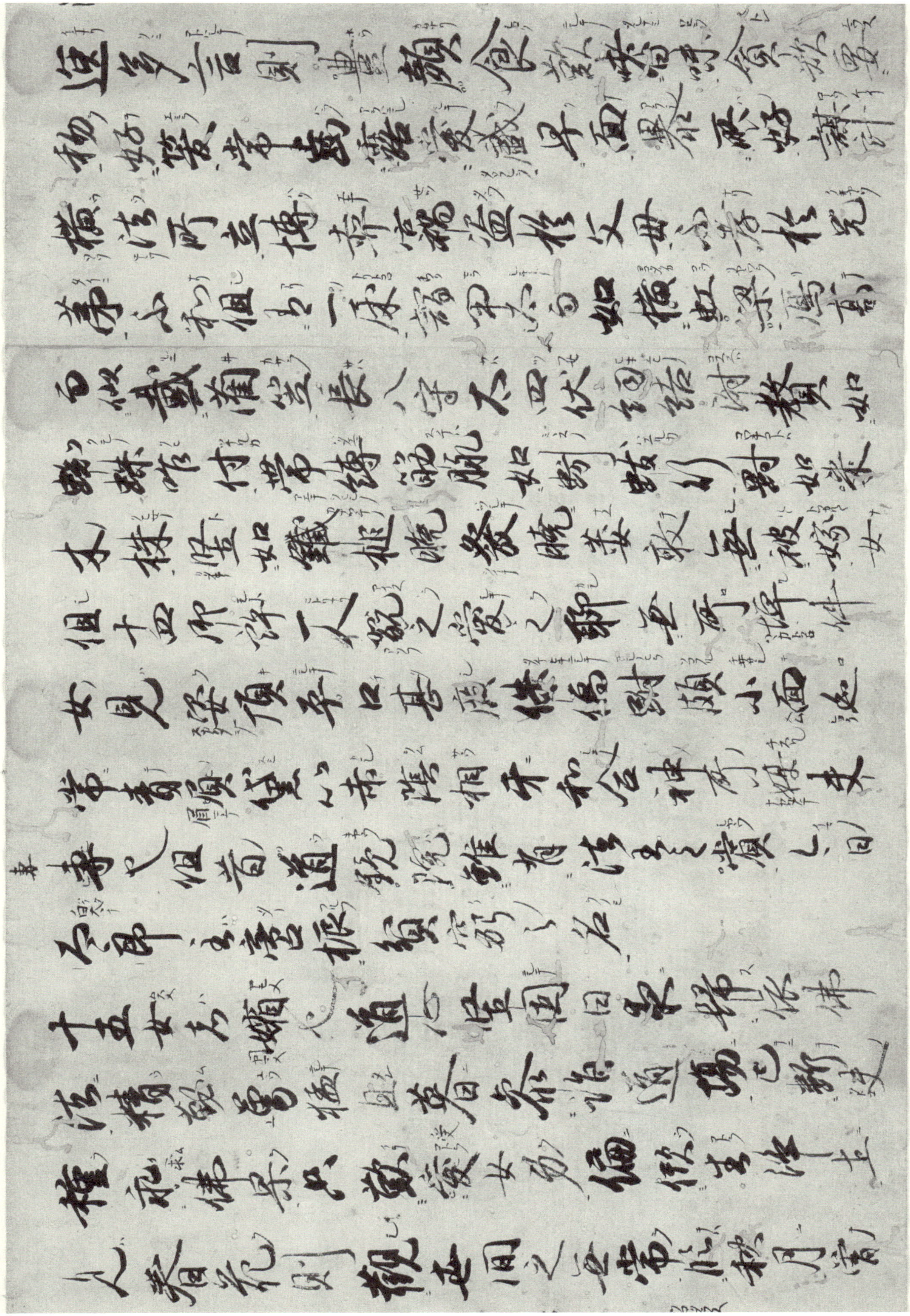

人春花則観世間之無常秋月宵
悟諸法之寂滅念佛讀經不懈貪欲瞋
恚遠離脱柳鬢代烏瑟之髻投遮鏡
眺月輪之貌彼八歳龍女遂圖南方
之八相此十五娘者偏期西方之九品矣

十六女者遊女夜發之長者江口河尻之
好色所慣者河上遊蕩之業所傳者坂下
無面ニ亂也晝荷簦任身上下之
倫夜叩船心懸往還之客粧法子
嫋嬖之行偃仰養風之態琴絃凌
齒德龍飛扇歩之用無不具如之聲
如頻伽負若天女雖宮木小鳥之歌藥
鳴戸之撃雀之不挑蓊之不啇披靡
人不迷眼雖頻不黠猶藏年若之間
自雖過賣身色衰之後以何送餘命

(16)

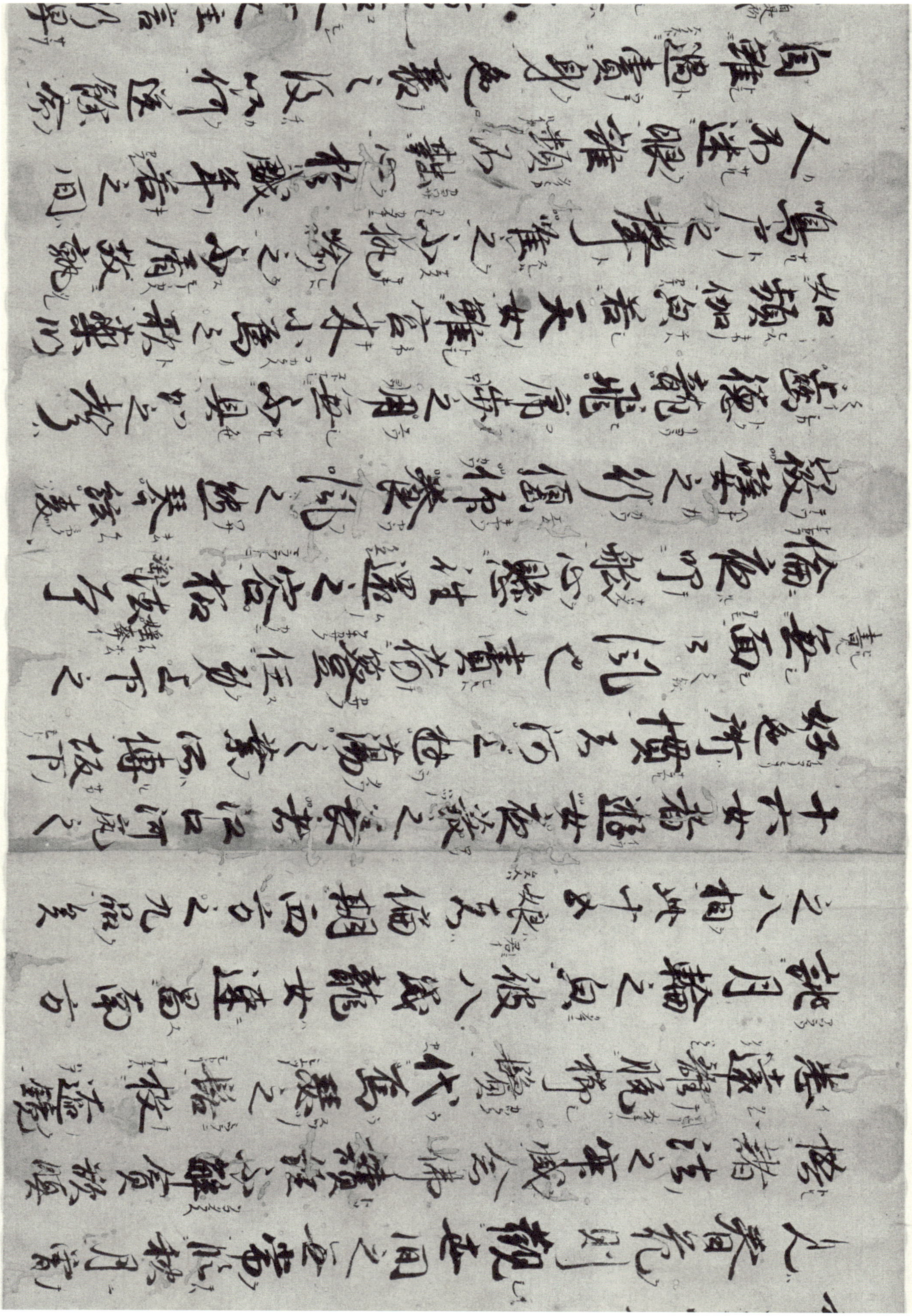

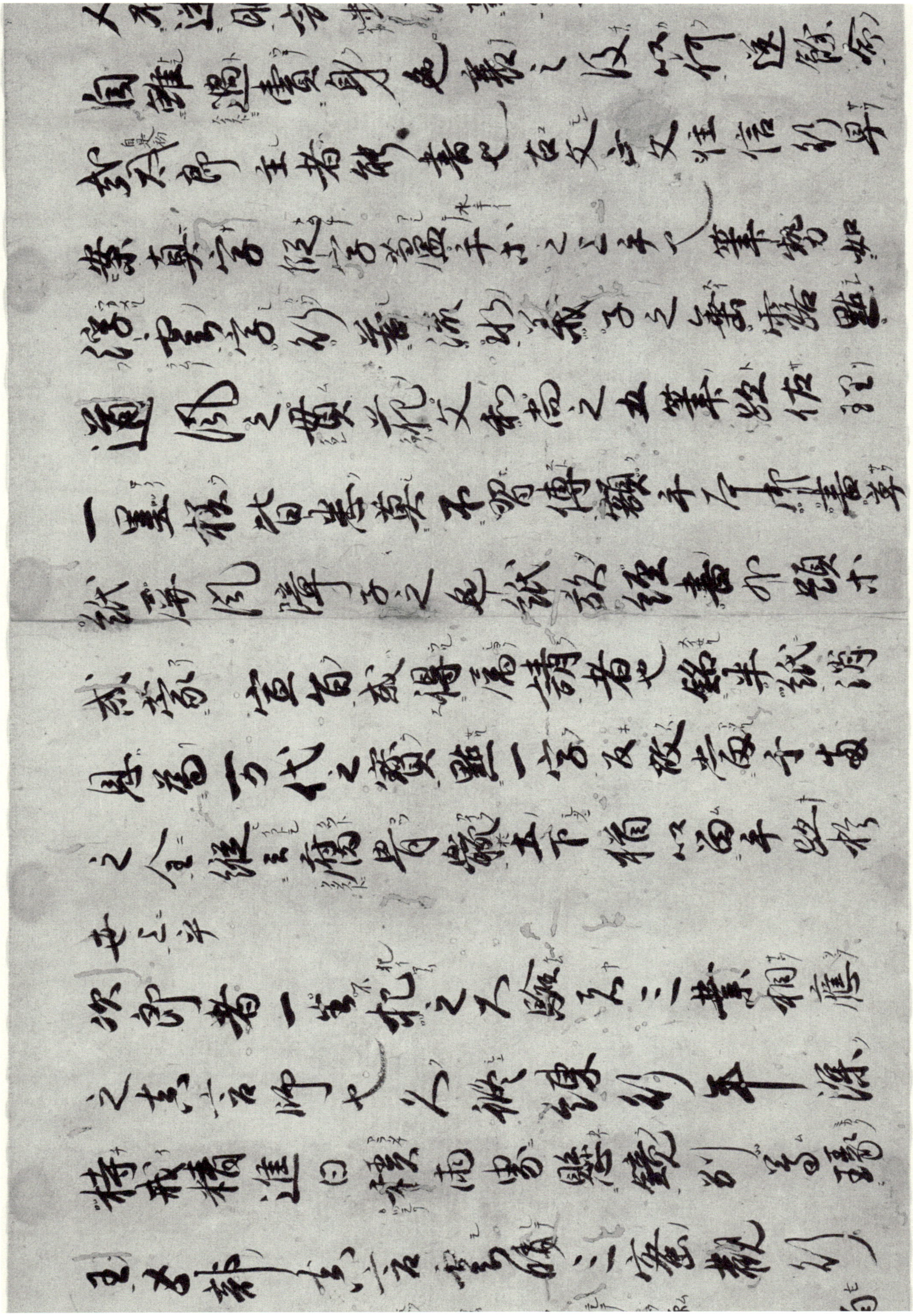

人不送眼…
自雖過壽身色衰以何送餘命
太郎主者能書也古文正文真行草
紫真字假字葦手水手之上手也筆勢如
浮雲字形若流水羲之之垂露點
道風之貴花文和尚之五筆佐理
之一墨様皆悉莫不習傳額手本書草
紙屏風障子之色紙故經書外題木
戒蒙宣旨或得属請者也銘半紙消
息為万代之寶點一字及千金
之金縦云鷹骨龍毛下猶以為手跡於
世之手
次郎者一生不犯之大験者三業相應
之真言師也久修練行年深
持戒精進日積雨男懸鏡別為瑞
王之部真言雲晴三密觀行

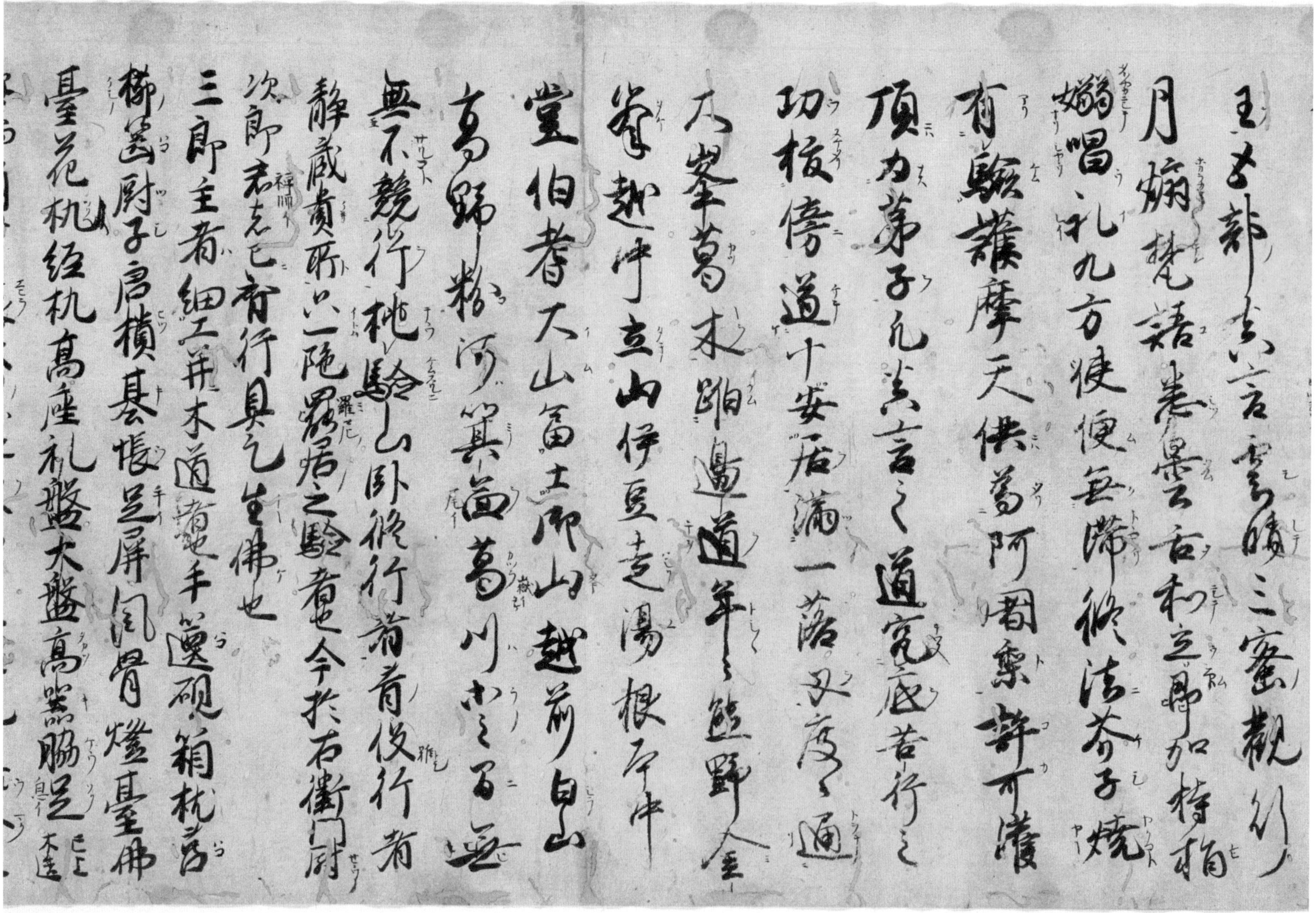
五部真言三密観行
月輪観梵語曼荼羅加持祈禱
嬈唱礼九方便無滞修法奇子焼
有験薩摩天供阿闍梨許可灌
頂弟子也真言之道究底若行
功抜倫道十安居満一落叉通
大峯葛木踏辺道年々熊野金
峯越中立山伊豆走湯根本中
堂伯耆大山富士山越前白山
高野粉河箕面葛川等之間無
不競行挑験山臥修行者昔役行者
静蔵貴所只一陀羅尼之験者也今於右衛門尉
次郎君者已行具之生仏也
三郎主者細工并木道長者手選硯箱枕筥
櫛笥厨子扇横甚張屏風骨燈台仏
台花机経机高座礼盤大盤高坏脇足

(18)

臺花机経机高座礼盤大盤高器脇足之
鞍橋扇骨籠大刀装束唐笠造花籐巻之
上手也惣風流曲節無所丁舎人故自十指檝營
致一家総持三寸小刀資五尺大乃手
四郎君受領郎等刺史執鞭難之図也於五畿七道
無所不届於六十餘國無所不見其形則剛国
波之時騎馬逞山野之道於弓箭不拘於
筆業無暗入境着府之作法神拝着任之儀
式後国皇史之交度受領分付之紀不与状之
文勘文条雖有未着更莫過之者是以
廳目代若済所案主健児所検非違所田所出
納所調所細工所修理所着御厩小舎人所膳所役
或税所或問代或收納所從捨田使收納使所個臨時雜
等之使不望自所懸預但民不繫済年貢無
損自有利上手也仍得万民追従宅常贍集諸
國土産貯甚豊所謂阿波絹越前綿美濃八
丈常陸綾紀伊國縑甲斐斑布石見紬但馬
紙淡路墨和泉櫛播磨針備中刀伊与手筥又砥
又[illegible]出雲莚讃岐円座上総鞦武蔵鐙能登釜
河内鍋又味噌安芸樽備後鐵長門牛陸奥駒

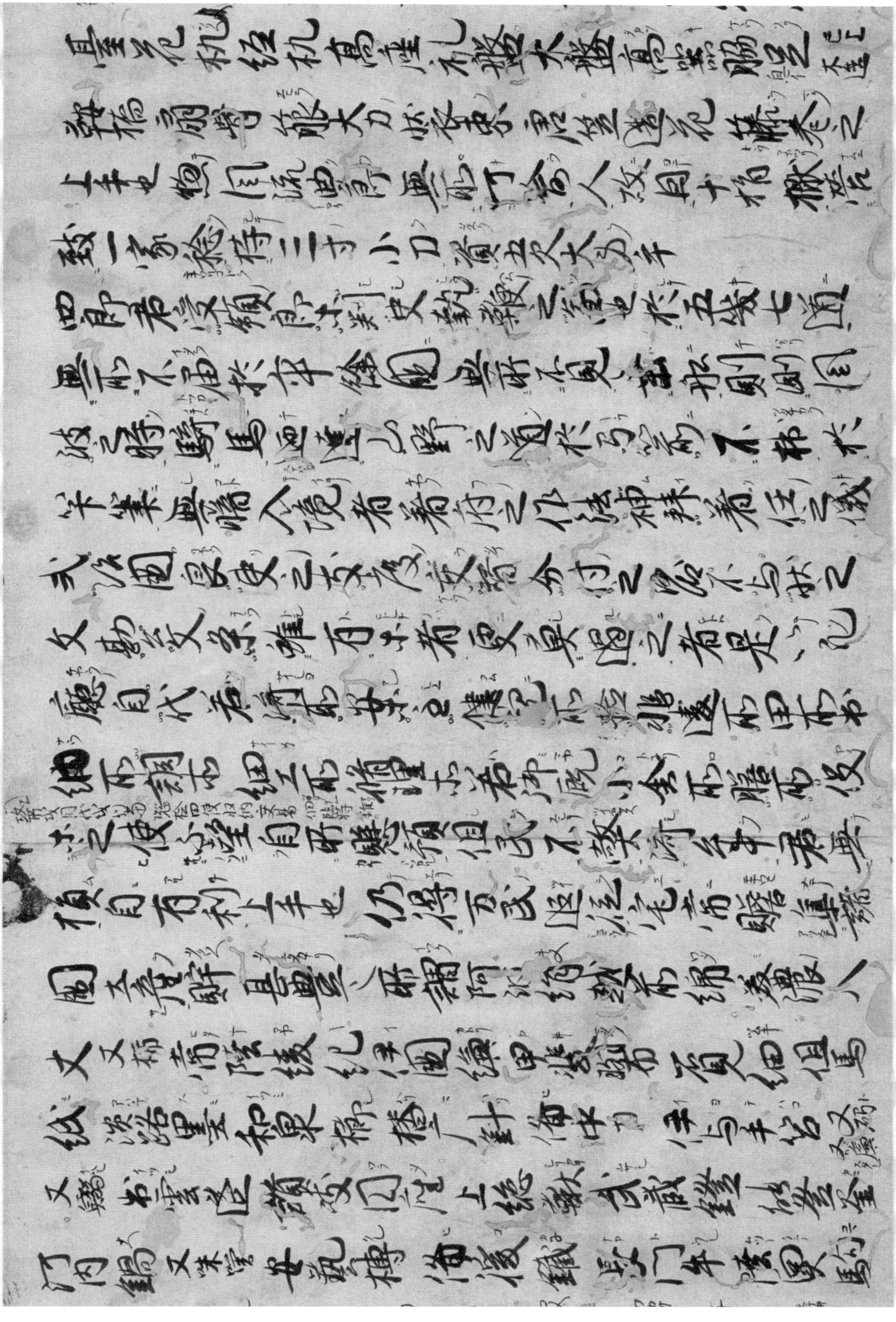

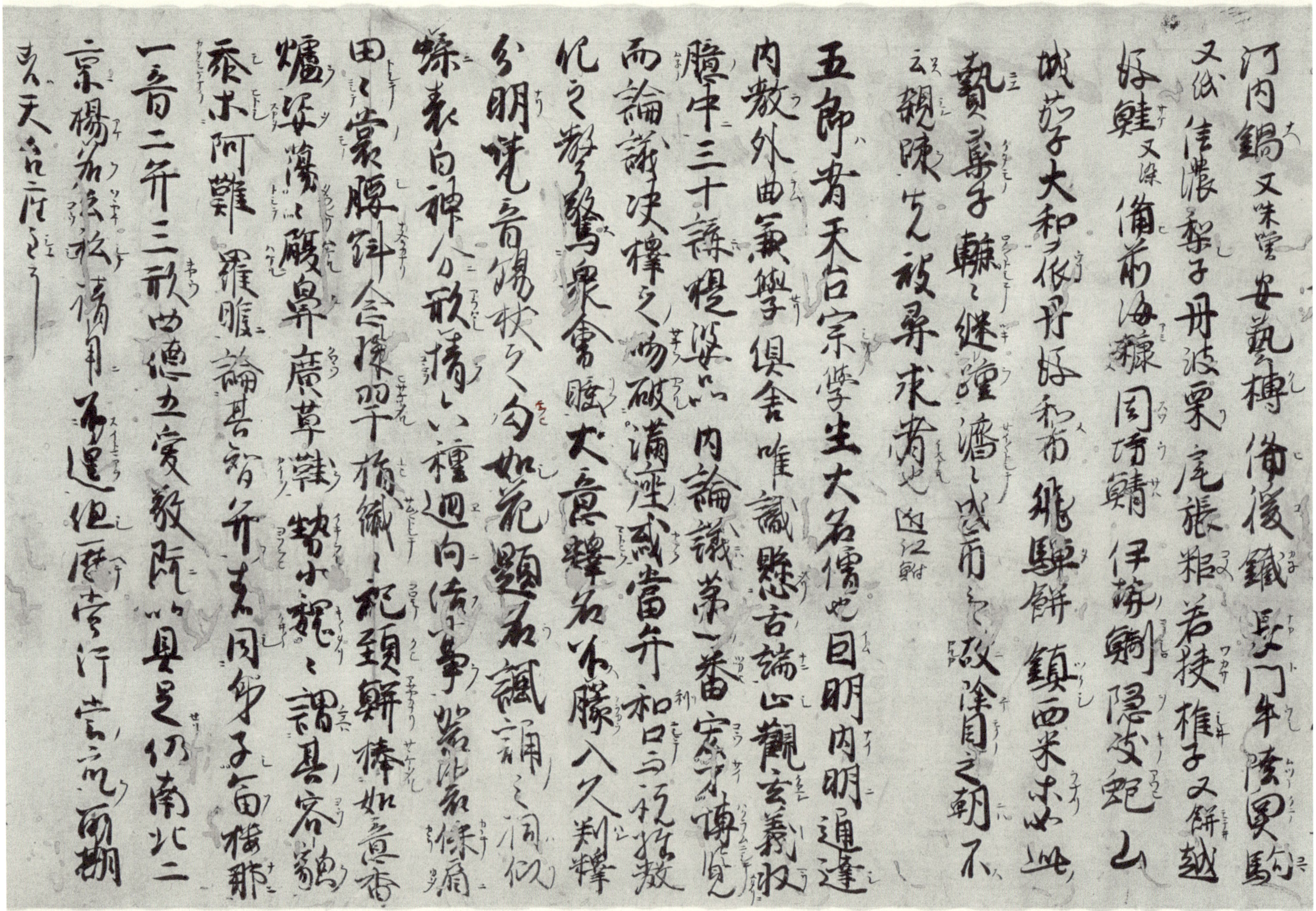
河内鍋又味噌　安藝榑　備後鐵　長門牛　陸奥駒
又伐　信濃梨子　丹波栗　尾張粔　若狭椎子又餅　越
後鮭又鮭　備前海糠　周防鯖　伊勢鯯　隠岐鮑　山
城茄子　大和瓜　丹後和布　飛騨餅　鎮西米　如此
貢賦集ゝ継蹤濟ゝ成市　故除目之朝不
云親疎被昇求者也　凶江
五郎者天台宗学生大名僧也　因明内明通達
内教外典兼学　倶舎唯識懸古端心觀玄義
臆中三十諦悟没内論議第一番宗博覧
而論議決擇之破満座或當弁和尚称
亿之驚衆會睡　大意釋名体藤入文判釋
分明　音錫杖之句如花　題名諷誦之詞似
蜂表白神分歌情之種　廻向法華紫蓋縁肩
田之裳腰斜今條羽扇織之紀頭餅捧如意香
爐沙彌之腹鼻広草鞋塔小龍之謂其容貌
乘木阿難羅睺論甚智弁満同弟子為桜那
一音二弁三微四徳五寿教所以是仍南北二
京楊名松橋角不遑他歴當行當□両欄
まん天台□行□

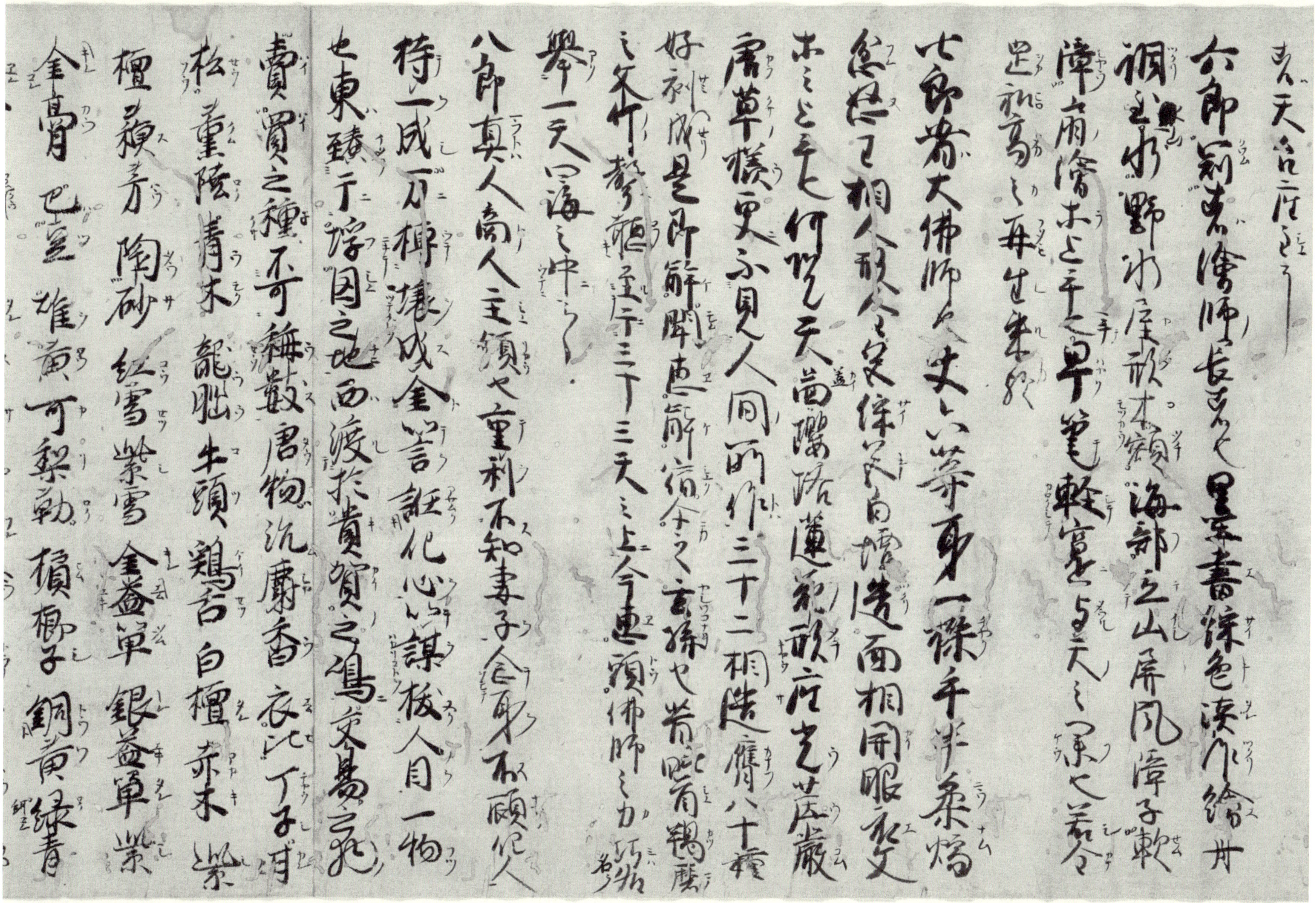

(21)

金膏 巴豆 雄黄 可梨勒 檳榔子 銅黄 緑青
燕脂 空青 丹 朱砂 胡粉 豹 虎皮 藤茶
垸 籠子 犀生角 水牛如意 瑪瑙帯 瑠璃壺
綾 錦 羅 穀 呉竹 甘竹 吹玉等之 本朝物
緋襟 象眼 繧繝 高麗軟錦 東京錦 浮線綾
金 銀 阿久夜玉 夜久貝 水精 琥珀 水銀 流
黄 白鑞 銅 鐵 縑 蝉羽 絹 布 糸 綿 纐纈
紺布 紅 紫 茜 鷲羽 色革等也 為於泊浦
送年月 無定宿 為於村邑 過日夜 之
蓄所財寶 於波濤之上浮沈 任於風前
運命 於街衢之下死生 懸於路頭 賓客
之清談 棄繁妻子 對面己稀与
九郎小童者 為雅楽寮人之養子 高麗大
唐新羅大和之舞楽 盡習異 生年十五 而既
達道 當舞楽 為横笛 大鼓 壹鼓 羯鼓
鞨 摺鼓 鉦鼓 銅鈸子 等之上手也 言調子者 雙
調 平調 盤渉調 黄鐘調 壹越調 大食調 之上調子

[illegible]
調　平調　盤渉調　黄鐘調　壹越調之上調子等
也　陵王　散手　還城楽　皇麞　甘州　万歳楽　想
夫恋　青海波　壹徳塩　安摩　蘇合　弄槍　太
平楽　地久　納曽利　填破　狛曽　胡飲酒　酣酔
八仙等之凡百余曲、学之、妄義靡不入
愛敬無白、端正見者歓喜、朝審岳
諸僧迴山伯俗見之同之戯、迷目乱心
衰或砕肝振紙衣抛、踏湯貴賤田舎道
俗之宗不寵之者不愛之者、抑又我朝雅楽
無数、右衛門尉一家之長為棟梁、仍記之
此行

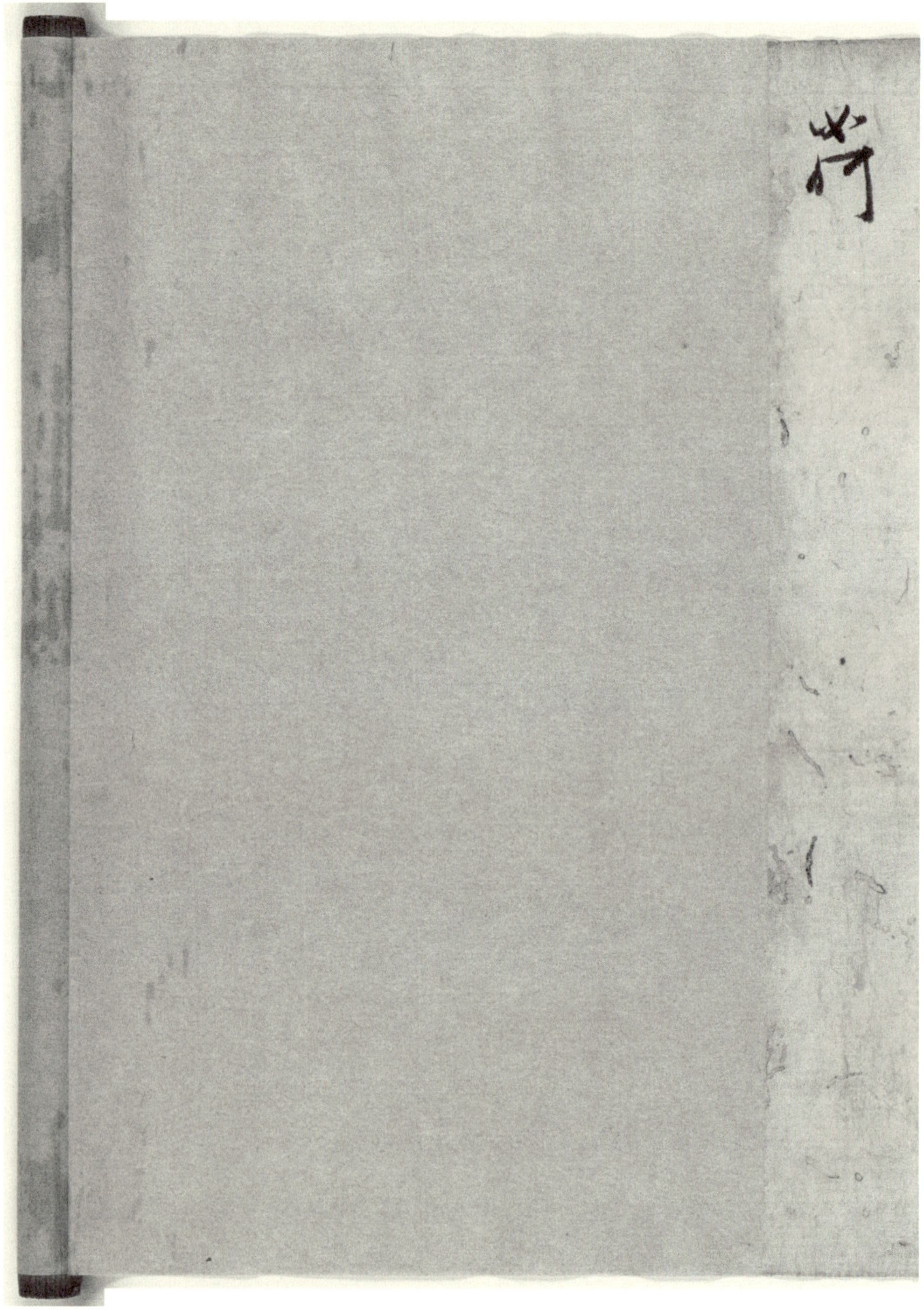

新猿楽記

康永本

新猿樂

新猿樂

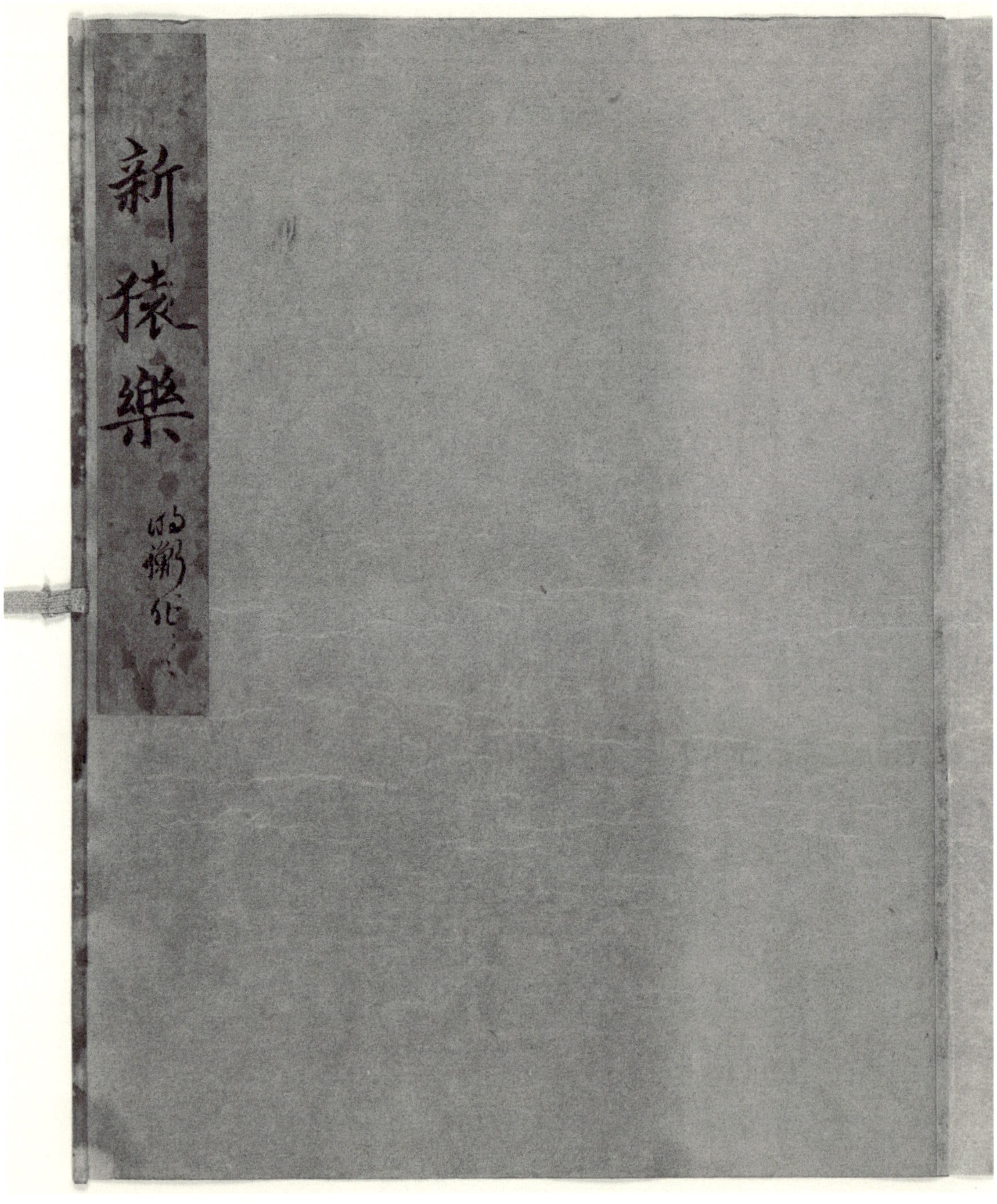

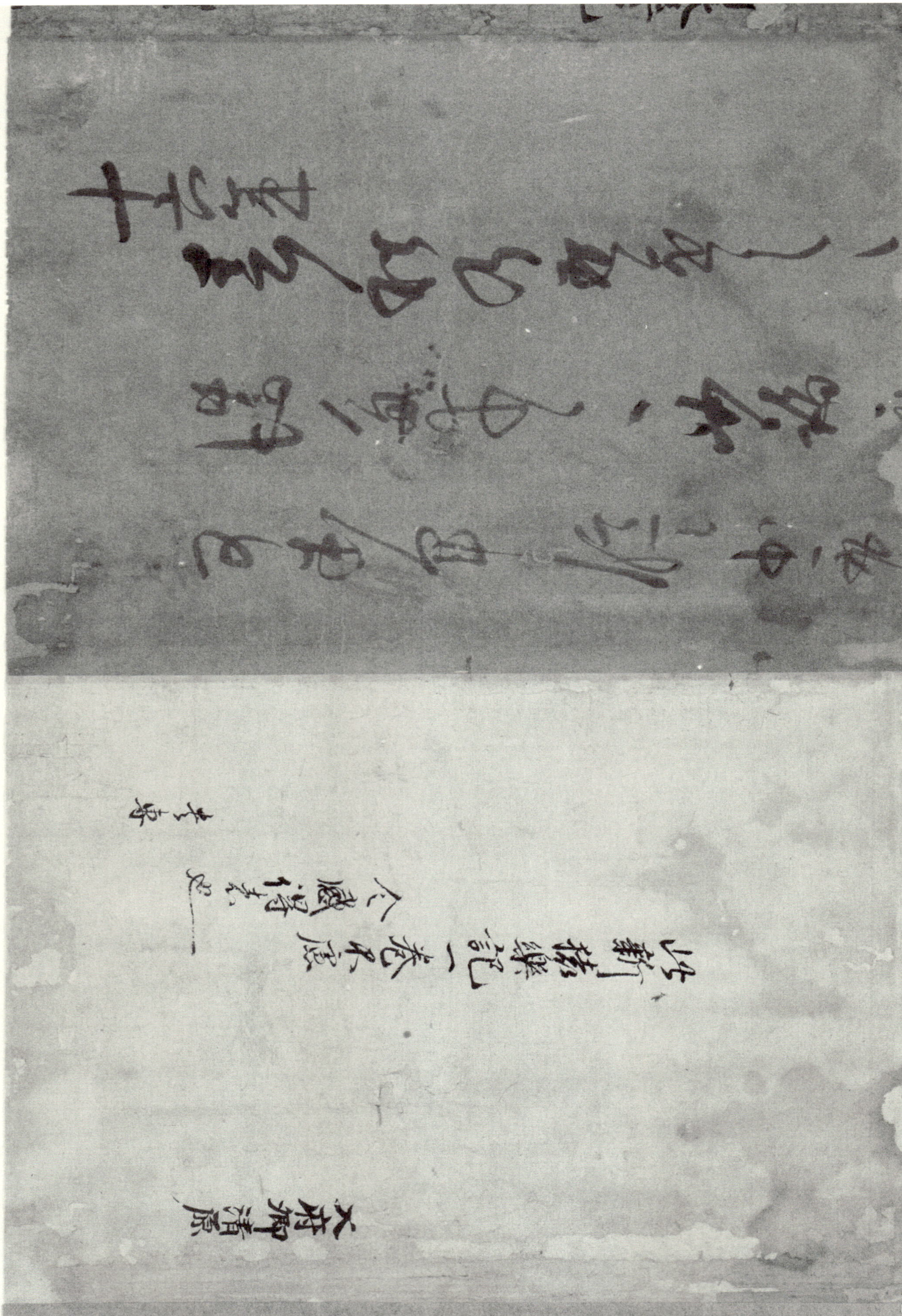

（1）

(1)

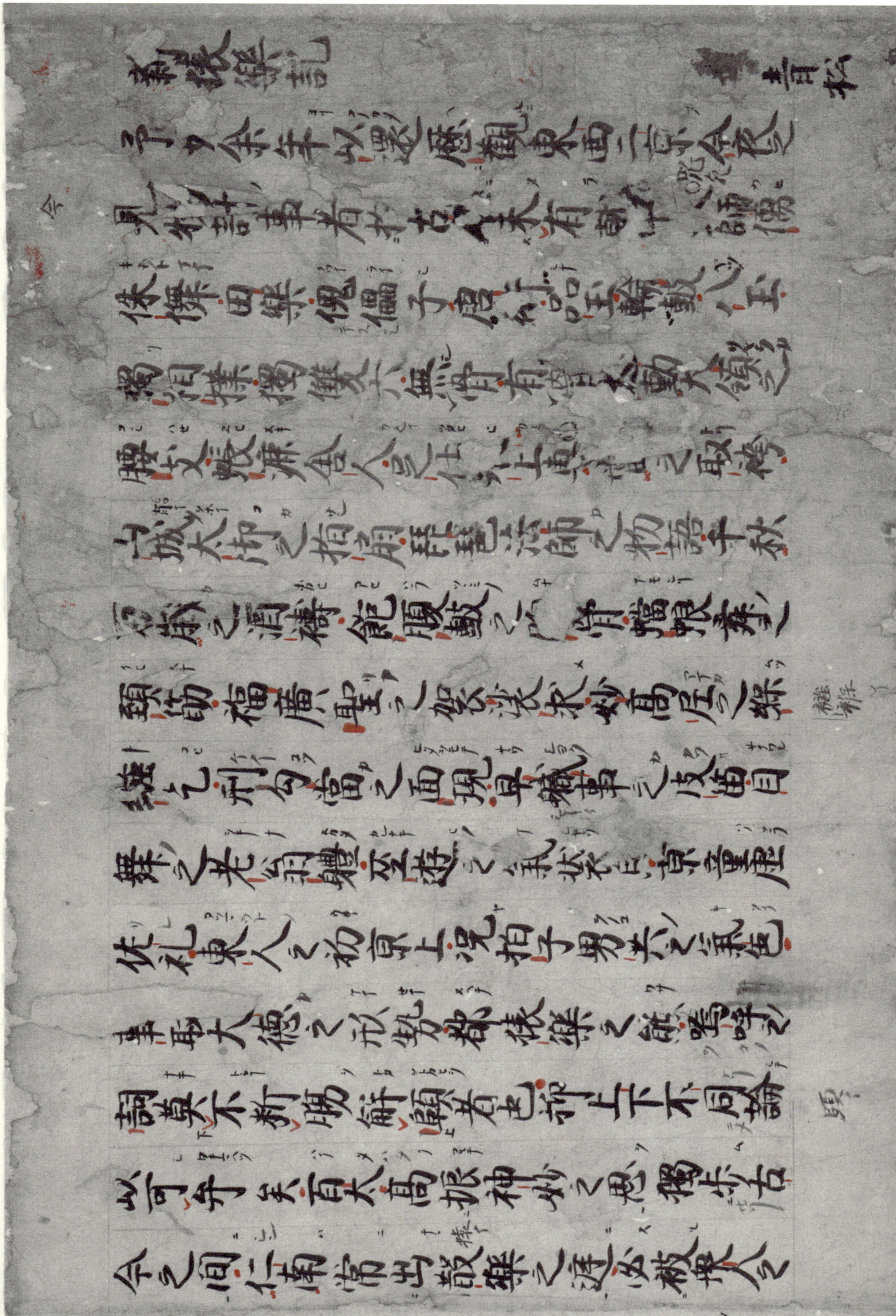

新猿楽記

予廿余年以来歴観東西二京今夜

見物許事者古今未有就中呪師

侏儒舞田楽傀儡子唐術品玉輪鼓八玉

独相撲独双六無骨有骨延動大領之

腰支蝦漉舎人之足仕氷上専当之取袴

山城大御之指扇琵琶法師之物語千秋

万歳之酒祷飽腹鼓之胸骨蟷螂舞之

頸筋福広聖之袈裟求妙高尼之襁褓乞

形勾当之面現早職事之皮笛目

舞之翁体巫遊之気装貌京童之虚

左礼東人之初京上況拍子男共之気色

事取大徳之形勢都猿楽之態鳴呼之

詞莫不断腸解頤者也抑上下不同論

必可争矣百大夫道祖神妙之思独歩古

今之間仁南[illegible]

(2)

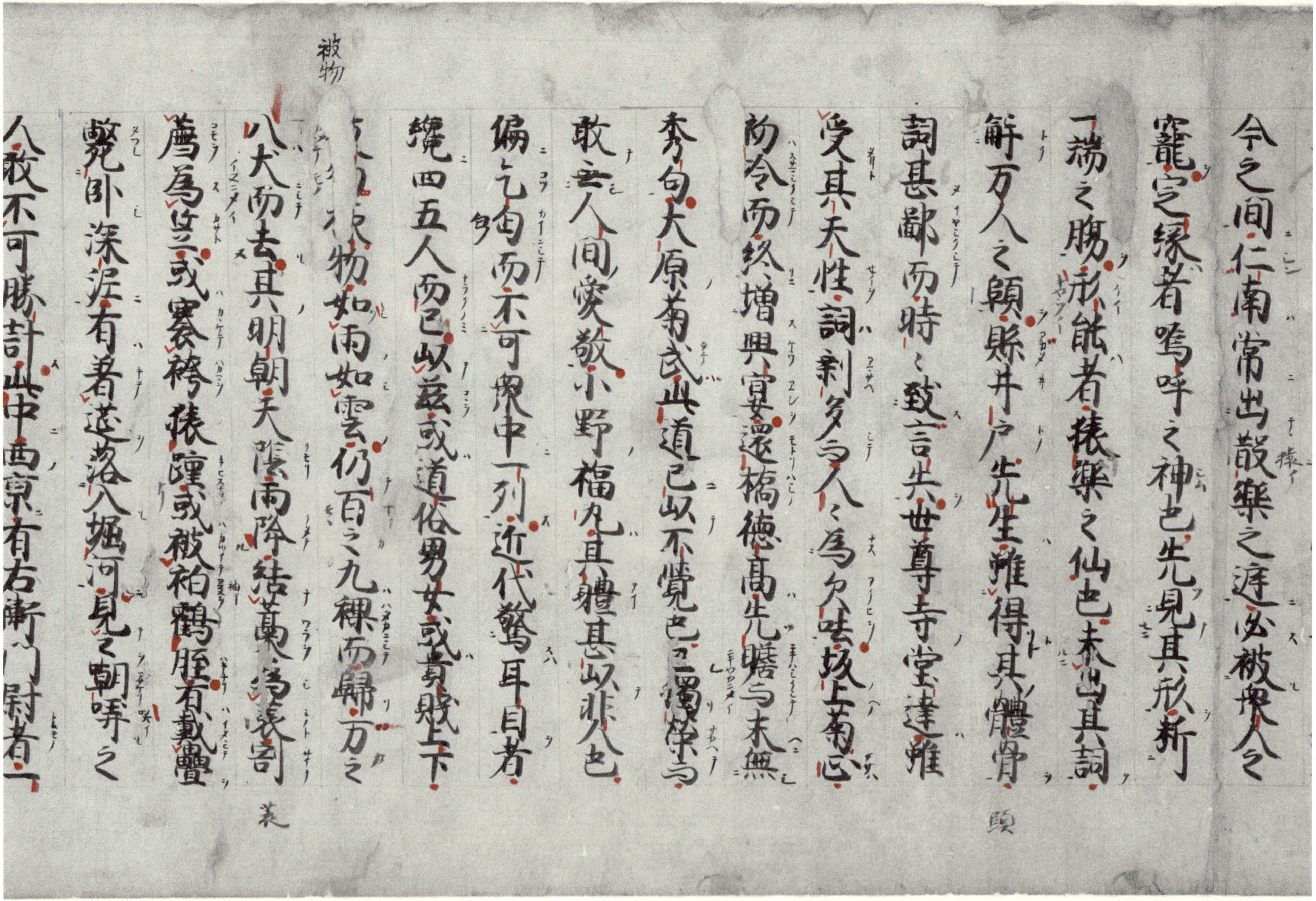
今之間仁南常出散楽之遊必被衆人之
寵定縁者嗚呼之神也先見其形祈
一端之腸形能者猿楽之仙也未出其詞
解万人之頤縣井戸先生雖得其體骨
詞甚鄙而時々致言共世尊寺堂達雖
受其天性詞剃多為人之為久咾坂上菊正
而今而終増興宴還稿德高先膳与未無
秀句大原菊武此道已以不覚也可独楽与
敢無人間愛敬小野福丸其體甚以非人也
偏乞匂而不可限中一列近代驚耳目者
纔四五人而已以茲或道俗男女或貴賤上下
莫不被物如雨如雲仍百之九裸而帰万之
八犬而去其明朝天嶋両降結萬為袞冠
薦為笠或褰袴猿蹬或被袙鸖脛有戴豐
甕卧深泥者遂落入堀河見之嘲哢之
人敢不可勝計此中西京有右衛門尉者一

被物

頤

斃臥深泥有著遂落入堀河見之嘲哢之
人敢不可勝計此中西京有右衛門尉者一
家相挙来集所謂妻三人娘十六人男九
人々々各々善悪相須一々所能不同也
第一本妻者齢既過六十而紅顔漸衰
夫年者僅及五八而好色甚盛是猶蕩冠
奉公之昔偏就舅姑之勢徳長成顧私々
今日悔年齢懸隔見首髪皤々如朝霜
向面皺畳々如暮波上下歯缺落若飼猴
頬左右乳下垂似夏牛閫雖致気装敢
無愛人宛如極寒之月夜雖為媚親更
多厭者猶若盛熱之陽炎不知吾身老衰
常恨夫心等閑本尊聖天供如無驗持
物道祖祭似少應野干坂伊賀専之男
祭叩鮑苦本稲荷山阿小町之愛法
鮿鰹破善喜五条道祖奉粢餅千平手

老女

皺　鈌

鰒鰹破善五条道祖奉粢餅千平手
東寺夜叉神飾飯百雛子叩千杜躍捧
百軒之嫉妬如毒蛇之繞乱忿怒面似
悪鬼之睚眦慿慕之涙洗面上粉愁歎之
炎焦肝中朱雖須剃除雪髪速成比丘
尼之形而猶愛著露命生作大毒蛇之
身但雖有諸過失既為数子之母
次妻者夫婦同年也雖非勝西施之
無指過失心操調和如水随器剛柔進
退如雲従風剗千截縫染殺紝織績
妨之道更捍興販家治能治之余嘆而
猶有餘朝夕厨膳叶心夏冬装束着時
為帽子狩衣袴袷衣袙褌衾単衣
差貫水旱 己上夜装束 冠袍半臂下襲大口
表袴帯大刀爵扇沓襪 己上昼装束 馬鞍
弓胡籙従者眷属皆依此女房之徳也

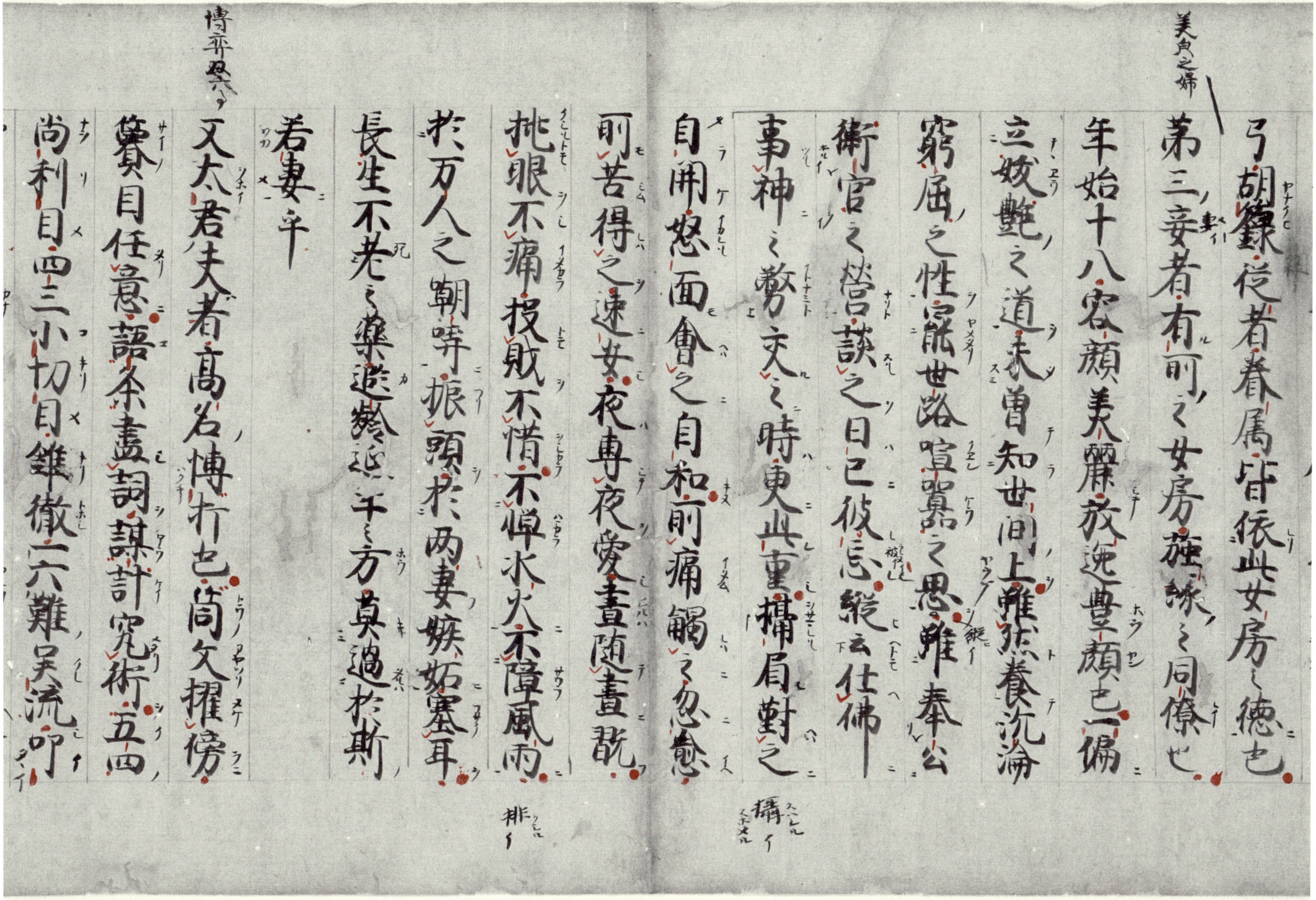
弓胡籙従者眷属皆依此女房之徳也
第三妾者有前之女房旋妬之同僚也
年始十八容顔美麗放逸豊顔也一偏
立妓艶之道未曽知世間上雖然養沈淪
窮屈之性能世路喧嚣之思雖奉公
衛官之営談之日已彼忘縦云仕佛
事神之勢文之時更此重掃眉對之
自開怒面會之自和前痛觸之忽愈
雖苦得之速安夜専夜愛盡随盡翫
挑眼不痛投賊不惜不憚水火不障風雨
於万人之嘲哢振頭於両妻嫉妬塞耳
長生不老之楽遊蟻延千々方莫過於斯
若妻乎
又太君夫者高名博打也尚文擢傍
賽目任意語余盡詞謀計究術五四
尚利目四三小切目錐徹一六難呉流叩
（5）

尚利目四三小切目錐徹一六難呉流叩
子平賽鐵簺要筒金頭宮筒入破
東居擲害品態施論猶勝宴九道放
即四三一六豊藤太五四衛四竹藤燧之
子孫已字尾藤太名傳治目細鼻脇究
如物核心二物三千四五五力六論七盗八害
無所敵之
中君夫天下第一武者也合戦夜討
馳射待射照射歩射騎射笠懸流鏑
馬八的三々九手挟等之上手也或破
甲冑帯弓箭受父干戈用大刀蘇旌
薬楯張陣従兵之計寔与天之道也
手聞心猛毎臨合戦之庭常得勝肩之
名至于會稽之時未取屬降之恩冥
養由之弓態有解烏之翅敏征可謂
一人當千不知姓名字無名勲藤次

（6）

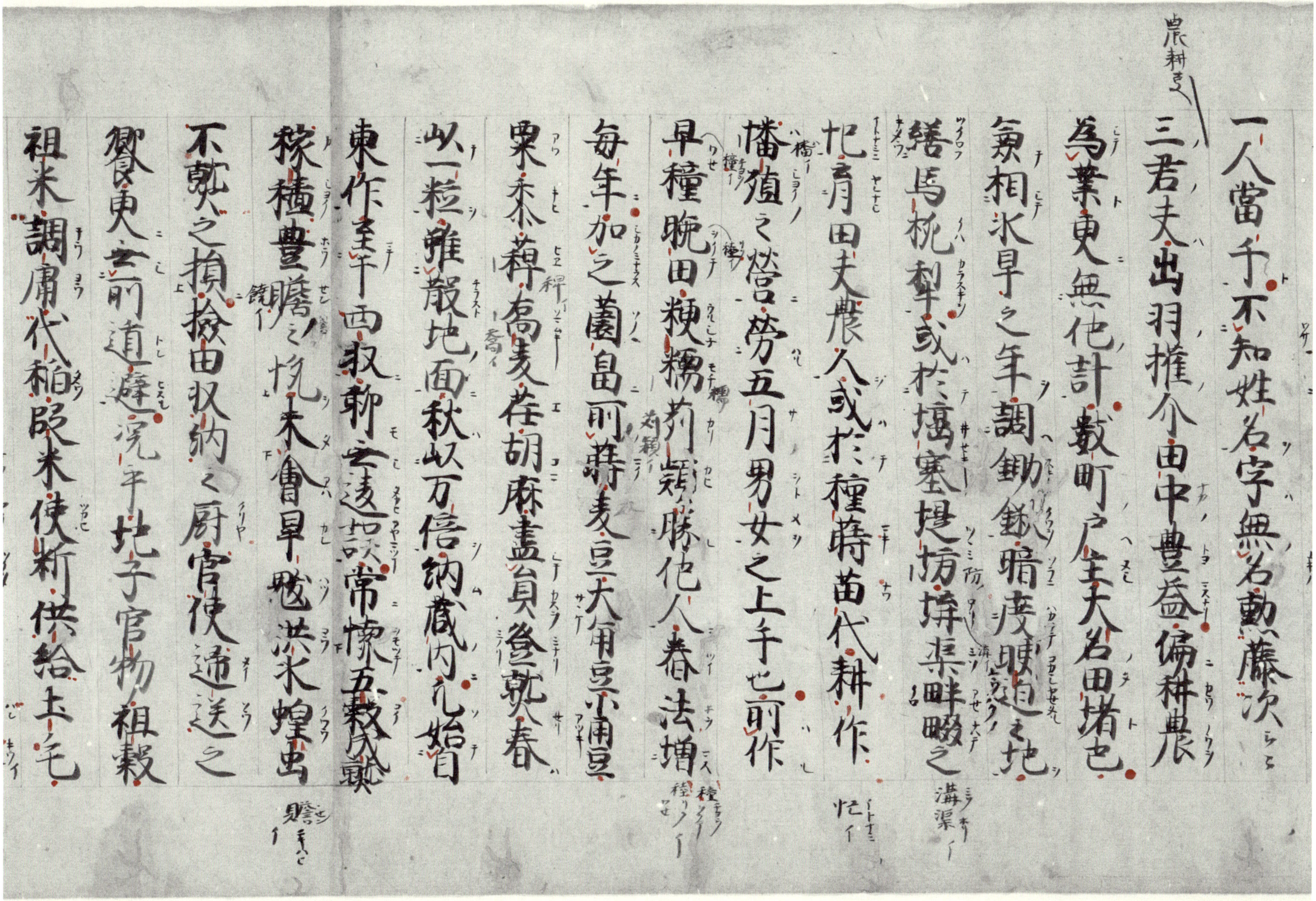
一人當千不知姓名字無動藤次
三君夫出羽權介田中豐益偏耕農
為業更無他計數町戶主大名田堵也
兼相水旱之年調鋤鍬暗度腴迫之地
繕馬杷犁或於堰塞堤防堀渠畔畷之
忙育田夫農人或於種蒔苗代耕作
播殖之營劳五月男女之上手也所作
早種晩田粳糯苅穎勝他人春法增
每年加之薗畠所蒔麥大豆大角豆小豆
粟黍稗蕎麥荏胡麻盡員登熟春
以一粒雖散地面秋以万倍納藏内凢始
東作至于西收聊无違誤常懐五穀成熟
稼穡豐贍之悦未曾旱魃洪水蝗虫
不熟之損檢田收納之厨官使逓送之
饗更无所遁避况乎地子官物租穀
租米調庸代稲段米使料供給土毛

祖米調庸代稲段米使料供給土毛
酒直種蒔営料交易佃出挙班給
等之間未致東把合夕之未進抑雖[illegible]
為輸税贖課之民烟濂莫若困諛
乞食之貧家焉
四御許者巫女也占神遊寄絃口寄之
上手也舞袖飄颻如仙人遊歌声和雅
如頻鳥非調子琴音地祇垂歓向尊
鼓声野干必傾耳仍天下男女継踵
来遠近貴賤成市挙精米積無前納
弊帛集不遑数尋其夫則左馬寮史
生七条已南保長也姓金集名百成鍛冶
鋳物師并銀銅細工也一佩小刀大刀伏突
鉾釼鐙剃矢尻等鍔如寒氷様如菓
或鐙銜鉇鋸鎰釿鑿鐇鑵斧鋤鍬
釘鎹針錐鏑鋏金物等已上造物或鍋鑊

(8)

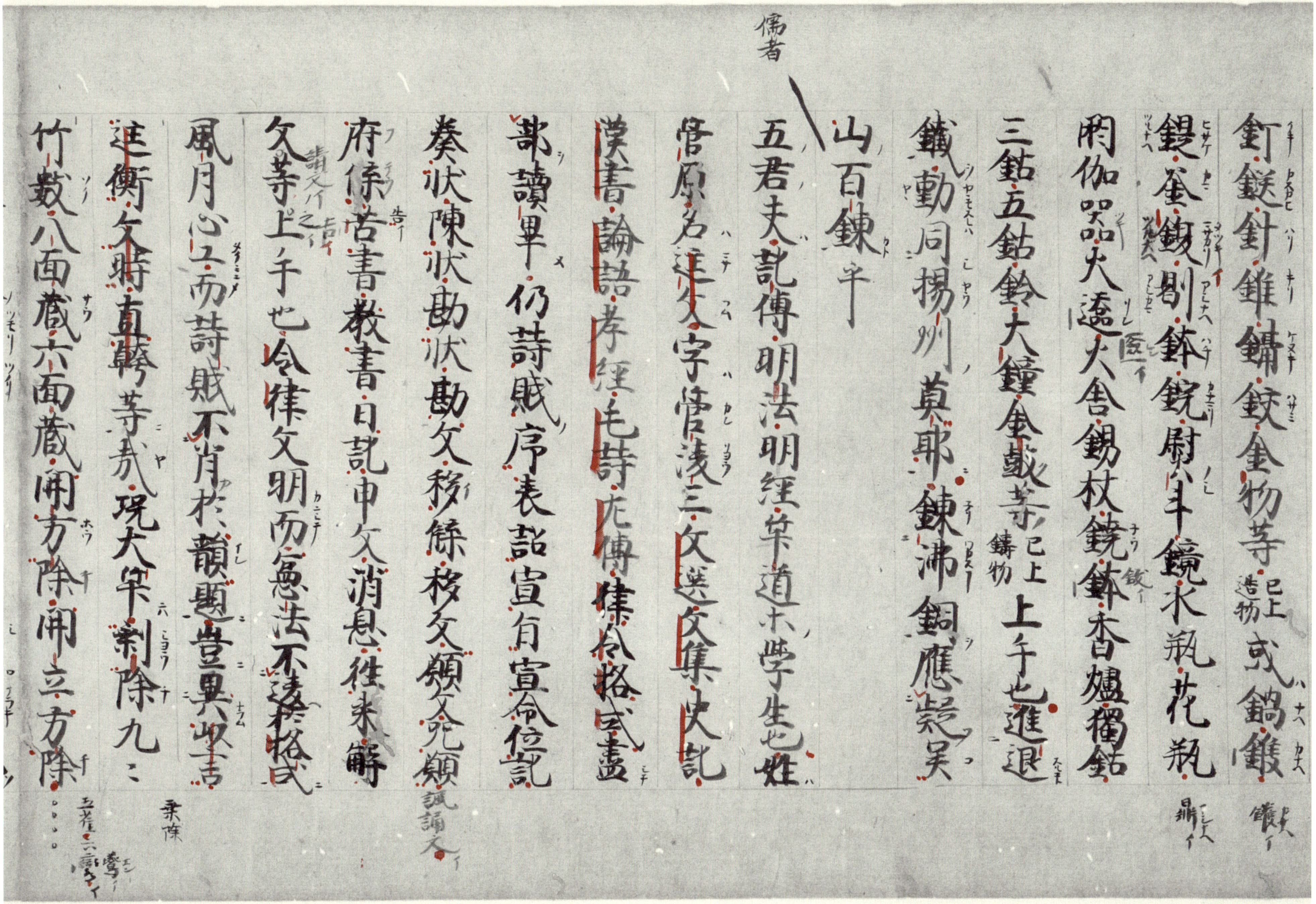
釘鋌針錐鏽鉸金物等已上造物或鍋鑊
鍉釜鍬鍘鉢銑尉斗鏡水瓶花瓶
閼伽器大遙火舎錫杖鐃鈸香爐獨鈷
三鈷五鈷鈴大鐘金鼓等已上鋳物上手也進退
鐵動同揚州莫耶鍊沸銅應疑呉
山百錬千
儒者
五君夫紀傳明法明經算道等學生也姓
菅原名進文字菅淺三文選文集史記
漢書論語孝經毛詩左傳律令格式盡
諳讀畢仍詩賦序表詔宣旨宣命位記
奏状陳状勘状勘文移牒移文願文呪願諷誦文
府條告書教書日記申文消息往來解
文等上手也令律文明而意法不違格式
風月心巧而詩賦不肖於韻題豈異以吉
廷衡文時直幹等哉况大宰剥除九々
竹數八面藏六面藏開方除開立方除

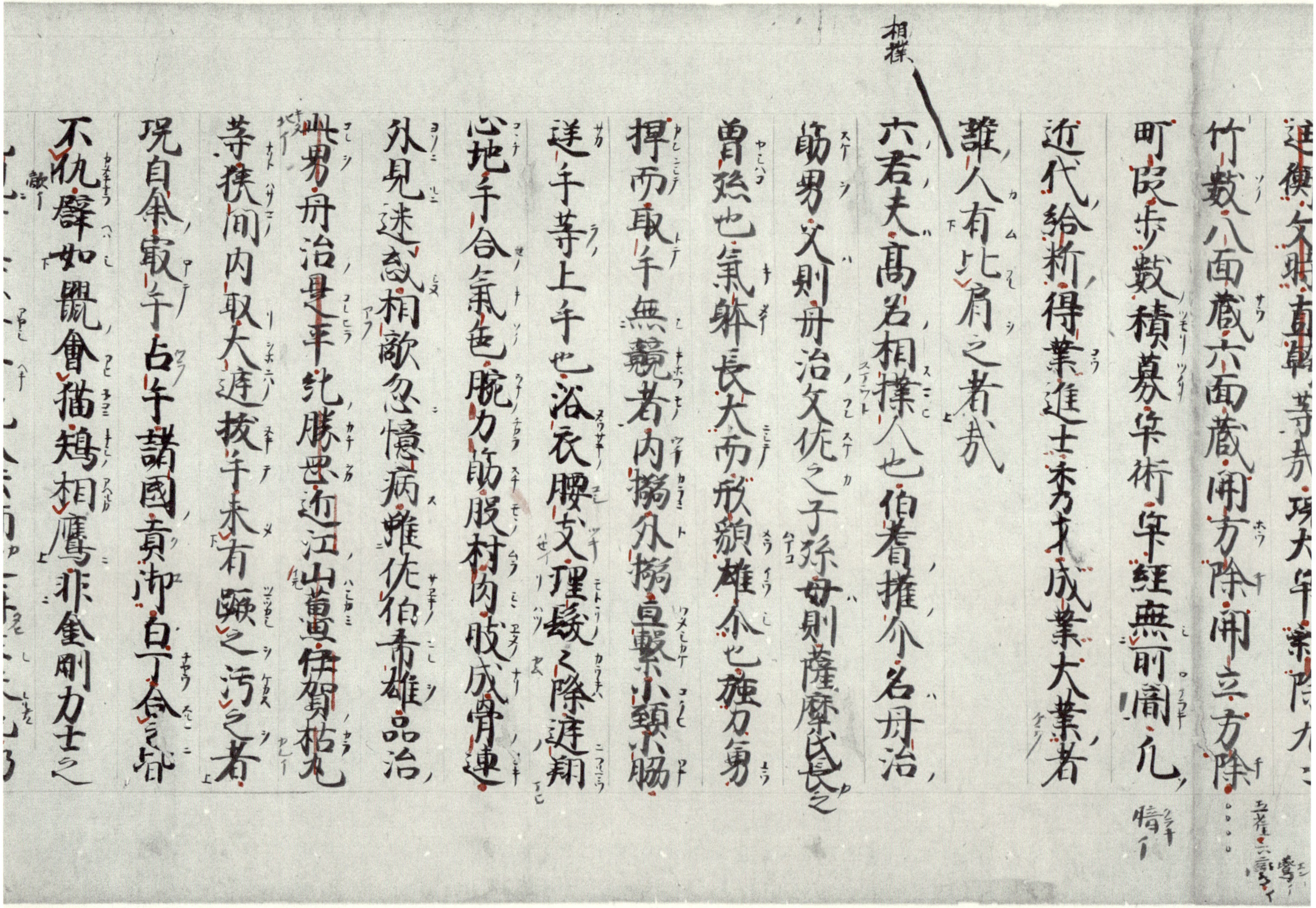
相撲
竹數八面蔵六面蔵用方除用立方除
町段歩數積募傘術傘經無前闇几
近代給料得業進士未才成業大業者
誰人有比肩之者哉
六君夫高名相撲人也伯耆權介名丹治
筋男文則丹治文佐之子孫母則薩摩氏長之
曽孫也氣躰長大而形貌雄介也旋力勇
捍而取手無競者内搦外搦豆繋小頸小腸
逆手等上手也浴衣腰支理懸之除逆翔
心地手合氣色腕力筋服村肉肢成骨連
外見迷惑相歎忽憶病雖佐伯希雄品治
此男丹治是平允勝理近江山邊伊賀枯丸
等挟間内取大遮拔手未有顕之汚之者
況自余最手占手諸國貢御白丁合之皆
不仇譬如鼴會猫鵄相鷹非金剛力士之

不仇辟如鼸會猫鵄相鷹非金剛力士之
化現者乎忿奇可紀八法師之再生未也仍
蒙寵于宣旨賜八十町免田畢
七御許者貪飯愛酒女也所好者何物
鶉目之飯蕪眼之粥鯖粉切鰯酢煎鮒
中骨鯉丸燒精進物者腐水葱香疾大根
舂塩辛納豆油濃茄物面穢菓子無核温餅
粉勝團子熟梅和胡依黄消醴酥肴煎豆
賦夫煩嬌猶如猫蔵爪望食進悶究如秘鉞
牙仍雖形貌端正頗為馬借車借之妻也
件夫者字越方部津五郎名津守持行
東馳大津三津西走之淀渡山崎雖牛頸欄
一日無休雖馬背穿片時不活常論駄餅之
乏少鎮諍車力之不足寺閑而不屈腰
如而殺紐之無脫菓顧之時手無捨揵鞭之
日暲煇如山城茄桁霜脛家如大和依向日

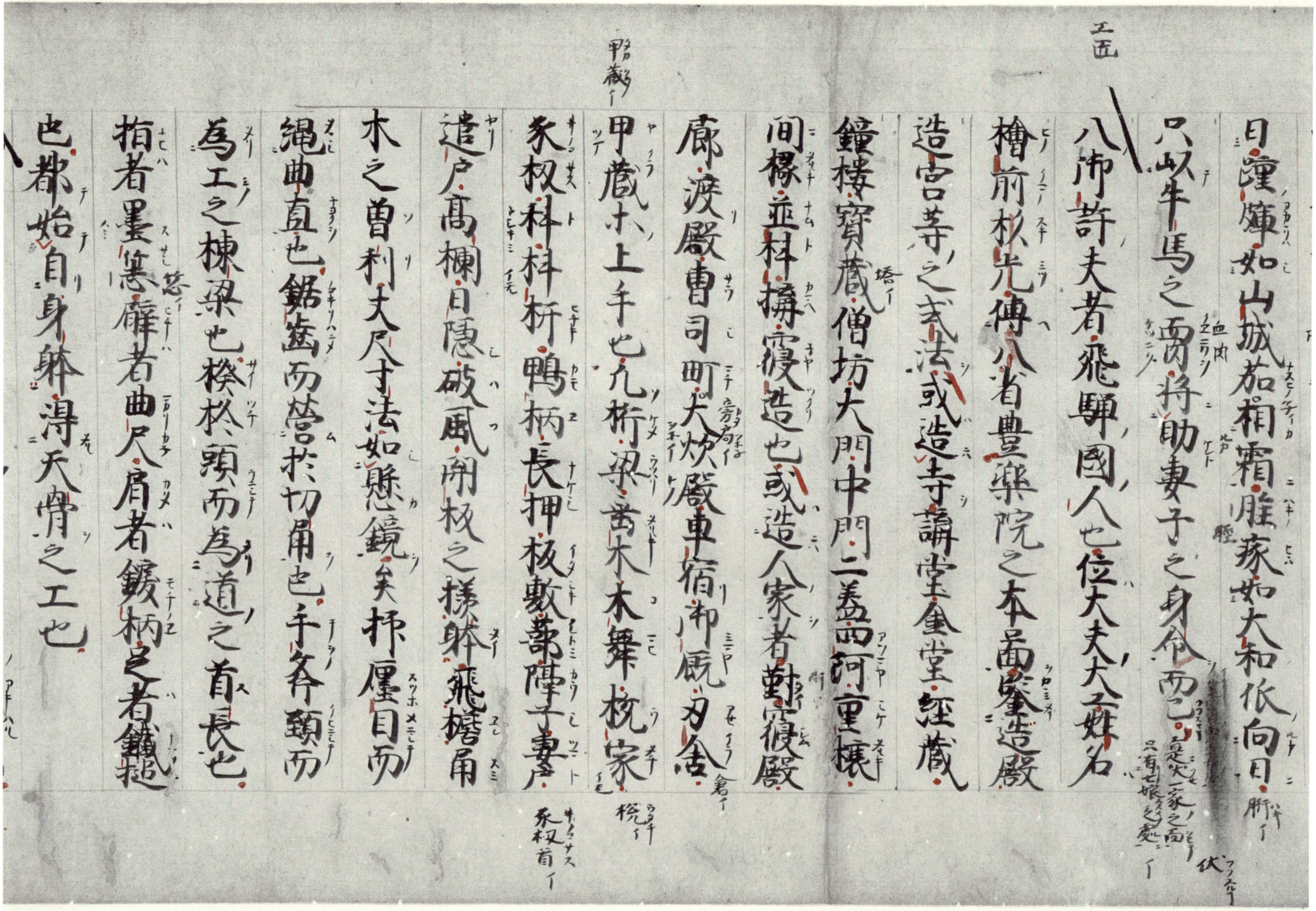
工匠

日暉如山城茄相霜腥豕如大和依向日
只以牛馬之両将助妻子之身命而已
八御許夫者飛驒國人也位大夫大工姓名
檜前杉光傳八者豊楽院之本曲造殿
造宮等之式法或造寺講堂金堂經蔵
鐘楼寶蔵僧坊大門中門二蓋四阿重檐
間樑並科[illegible]寝造也或造人家者對寝殿
廊渡殿曹司町大炊殿車宿御厩刃舍
甲蔵小上手也九桁梁當木木舞梲家
豕扠科枓桁鴨柄長押板敷蔀障子妻戸
遣戸高欄目隠破風閉板之[illegible]躰飛檐角
木之曽利丈尺寸法如懸鏡矣[illegible]釐目而
縄曲直也鋸鑿而營於切角也手斧頭而
為工之棟梁也[illegible][illegible]頭而為道之首長也
指者墨[illegible]縄者曲尺肩者鑁柄足者鐵超
也都始自身躰得天骨之工也

也都始自身躰滑天骨之工也

醫

九御方夫者右近衛醫師和氣明治也

毒藥之道分別術方之計無極者病療拯

佛也遣針灸治之神也六府五藏疏脉四百

四病採源傾方治病任術療疾搏搓合藥

搗抹吹咀之上手也不異於耆婆醫王相同

於神農鶣鵲彼雪山童子之日々採草

蓬萊方士之年々拾藥六聆名無益乎

陰陽

十君夫者陰陽先生賀茂道世也金匱

經枢機經神樞靈轄等無不審察四課

三傳明々多々也占覆物者如見目推物推

者如指掌進退十二神將前後卅六禽仕

式神造符治開閉鬼神之目出入男女之

魂凡都藍反閇究術祭礼解除致驗抱

鎮謝罪咒術厭法等之上手也吉備大臣

七佐法王之道習傳者也加之注暦天文圖

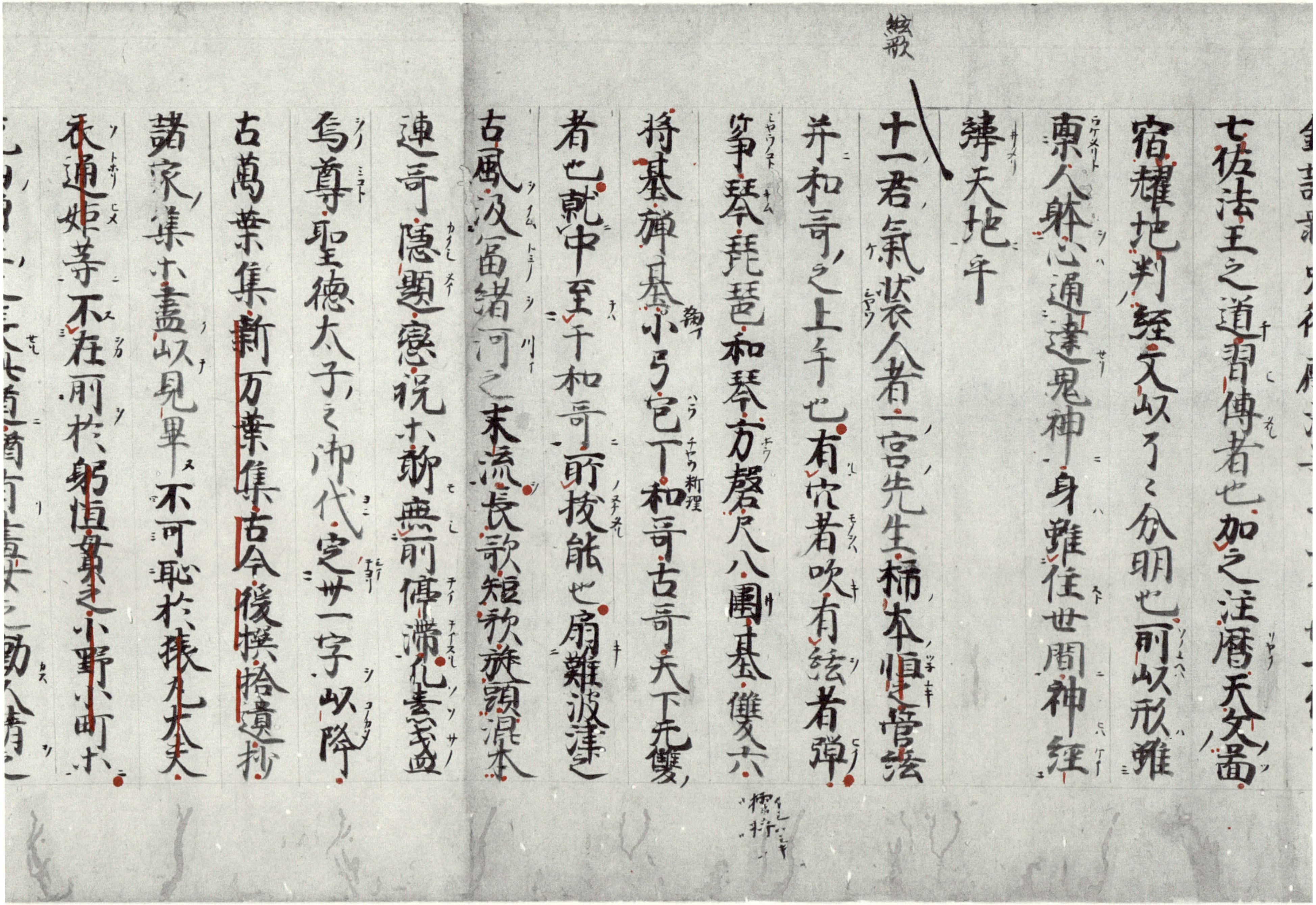
七佐法王之道習傳者也加之注暦天文圖
宿耀地判経文以了々分明也所以形雖
東人躰心通達鬼神身雖住世間神経
緯天地手
十一君氣装人者一宮先生柿本恒之管絃
并和哥之上手也有穴者吹有絃者弾
箏琴琵琶和琴方磬尺八圍基雙六
将基弾基小弓包丁和哥古哥天下无雙
者也就中至于和哥所抜能也扇難波津之
古風汲冨緒河之末流長歌短歌旋頭混本
連哥隠題惣祝小郵無前傳滞化書哉
烏尊聖徳太子之御代定卅一字以降
古萬葉集新万葉集古今後撰拾遺抄
諸家集小盡以見畢不可恥於猿丸大夫
衣通姫等不在前於躬恒貫之小野小町

(13)

衣通姫等不在削於躬恒貫之小野小町
花山僧正之長此道猶有喜女之動人情之
難在原中将之得其名自招貫人者鮮矣之
訕况其外好此道於古今幾千万乎雖然
纔存古風此公一人而已温其氏則柿本
人丸之末孫向其家又山邊赤人之前蹤也
卅一ケ字倫六義五七五七七避八病花實
兼備首尾相調其詞滑如五尺鬘被水
其情纒如一絲縷貫珠故蒙公臣之寵愛
有貴賤之饗應彼藤六主者以之為活計
媒此先生君者以之為出身之觸耳

假借美女

十二公假借人者侍従宰相頭中将上判官
蔵人少将左衛門佐等也或文付梅枝以随
身小舎人被賜或歌書櫻花以帶刀瀧口
被送艶書未如鋪波貴使集似雲霞逾
砕心肝未有得意抑其女形貌者翡翠

(14)

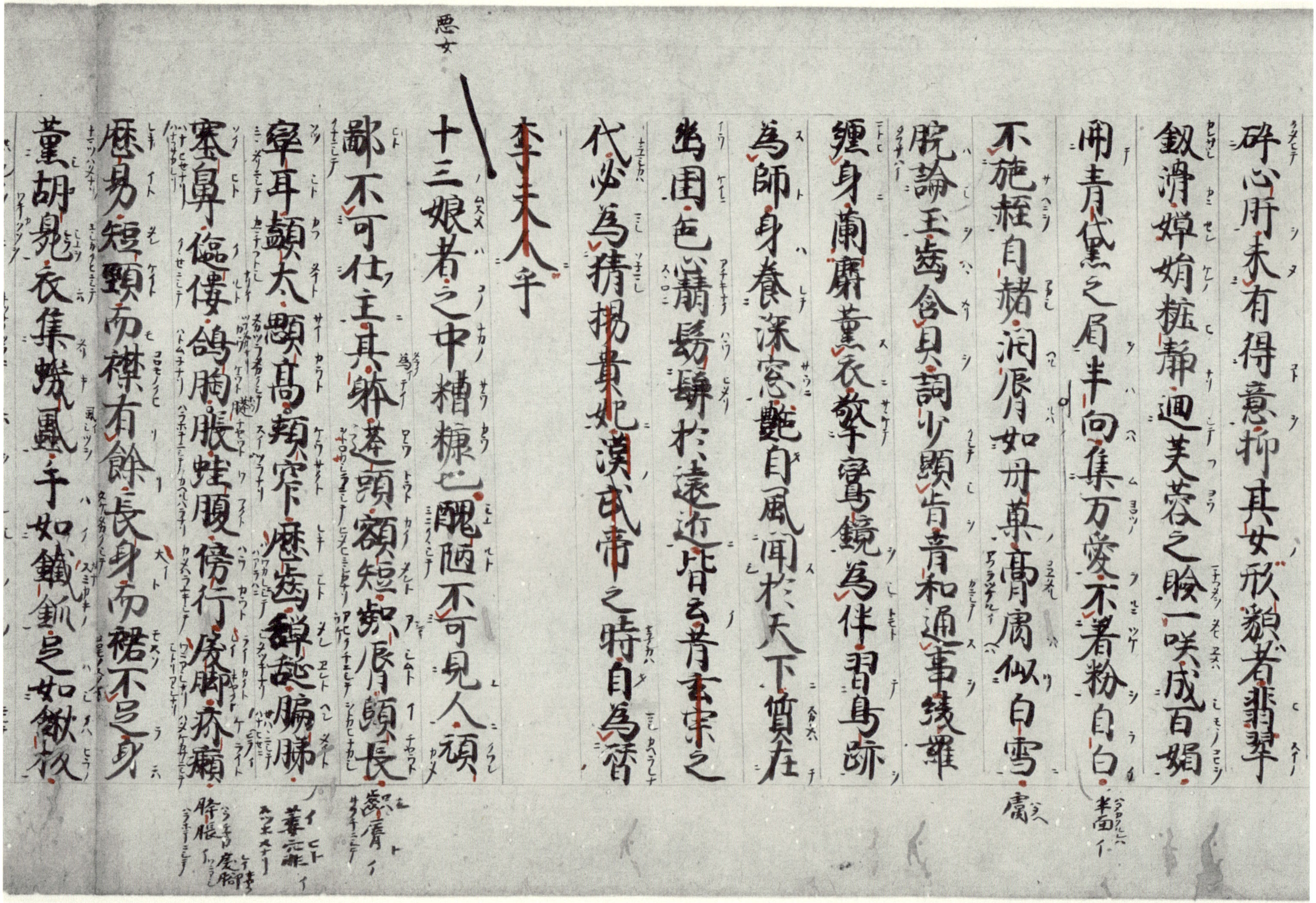
砕心肝未有得意抑其女形貌者翡翠
釵滑嬋娟粧靜廻芙蓉之瞼一咲成百媚
用青黛之眉半向集万愛不着粉自白
半面
不施粧自赭潤唇如丹菓膚似白雪
膚
脘論玉齒含貝詞少顯皆青和通事綫羅
纒身蘭麝薫衣擊鸞鏡爲伴習鳥跡
爲師身養深窓艶自風聞於天下質左
右圍色靍騒驛於遠近皆云昔玄宗之
代必爲楊貴妃漢武帝之時自爲李
夫人乎
悪女
十三娘者之中糟糠也醜陋不可見人頑
鄙不可仕主其躰蓬頭額短齃唇頭長
齃脣
皐耳顴太顋高頬窄歴齒鮔齔騙勝
華元耶
塞鼻偏僂鳩胸脹蛙腹傍行彪脚疥癩
胮脹　彪脚
歴易短頸而襟有餘長身而裙不足身
薫胡臭衣集蟣虱手如鐵鍬足如鍬枚

(15)

歴易短頸而稗有餘長身而稍不足身

董胡兒衣集蛾裏手如鐵鉗足如檄杖

施粉究似抓面者捶摘如張虎媄洪而不

撑上下嫉妬而不終心操織紝裁縫甚以

手筒也家治營世頗以巳乖歟也凡六形　奇

求離七出究具女也但近来有夜這人

大原居住老翁壹岐大掾姓山口名虎武

常顛天之寒鎮悪氣之暖十指黒両頬

白出若官使之者入憂弊衣之破身常

交灰煙命僅係炭薪矣

不調放逸

十四御許夫不調白物之第一也高事歎目

身短猪謗他上高聲則放逸多言則豊頬

食歎而嗜味貪欲而要物好交常齒露

愛蔵早面暴前好謀詐措法前立博奕

竊盗為父母不孝於兄弟不和但有一尿謂円

太而如撫虹梁高高而似戴蘭笠長八寸太

四丈刃吉附資如知咮作付帯博筋振如

太而如横虹梁高而似戴蘭笠長八寸太
四伏紡結附贅如蜘蛛咋付帯縛筋脈如
蚯蚓蛟行胕如木株堅如鐵槌晩發曉萎
敢无被嫁之女但此十四御許一人寵之敢無前
掉件女見姿頗平口甚廣侏儒跰頗小面色常
儒
青眉戴以赤陰相乎和合神非妖夫妻也但背道
鏡院雖有法王賓今見大王曽振貧窮矣

善女

十五女者孀也道心堅固而日夜歸依佛法精進
勇猛而旦暮参詣道場已斷夫種求期佛果
只歎受女身偏欣生極楽見春花則観世間之
無常望秋月曽悟諸法之寂滅念佛讀経
不憚貪欲嗔恚遠離脱柳鬢代烏瑟髻投
遙鏡誂月輪之貞彼八歳龍女速唱南方之
八相此十五娘君偏期西方之九品矣

遊女

十六君者遊女夜叢之長者江口河尻之好色也
閑擯者河上遊蕩之業所傳者故本無面之

所傍者河上遊蕩之業所傳若故本無面之
風晝荷簦任身於上下之倫夜叩艇懸心於
往還之客柳濡奔激之行傷仰養風之
態琴絃麦齒之徳龍飛虎歩之用無不具
加之聲如頻伽貌若天女雖宮木小鳥之謌藥
師鳴戸之聲准之不仇喩之不屑故孰人不
迷眼誰類不動心於戯年若之間自雖過貴
身色衰之後以何送餘命哉

能書

太郎主者能書也古文正文真行草真名
假字蘆手等上手也筆勢如浮雲字行
如流水義之魯露之點道風㒵花之文和尚
五筆之跡佐理一墨之様皆悉莫不習傳仍
額手本御書造紙屏風障子色紙形縫書
外題等或蒙宣旨或得屈請者也銘半紙
消息為万代之寳點一字入故當千兩之金
縱腐骨骸於上下猶留手跡於世上乎

縦磨骨徹於上下猶留手迹於世上乎

真言

次郎者一生不犯之大験者三業相應之真言
師也久修練行年深持戒精進日積両界
懸鏡別尊弥玉五部真言雲晴三密観行
月朗梵語悉曇吉和立印加持指𢪸唱禮九
方便無滞修法芥子焼有験護摩天供為
闍梨許可灌頂為弟子九真言之道究
底苦行之功抜傍遂十安居満一洛叉度
通大峯葛木踏邊地年々熊野金峯
越中立山伊豆走湯根本中堂伯耆大山
富士御峯加賀白山高野粉河箕尾葛河
等之間無競行挑験山臥修行者昔難寝
行者静藏貴所只一陀羅尼験者也於
衛門尉次郎禅師者已智行具足之生佛也

工

三郎主者細工并木道長者也手遍硯箱枕筥

工

三郎主者細工并木道長者也。手逼硯箱枕筥
櫛笥厨子唐櫃几帳手屏風肉骨燈臺佛
臺花机経机高座礼盤懸盤大盤高坏
脇足已上木道 鞍骨扇骨熊大刀裝束唐笠
造花藤奏上手也。惣風流細節無可喩人
故曰十指撚致一家稔持三寸小刀資五尺
大身乎

商

四郎君受領郎等刀史執鞭之圖也。於五
畿七道無所不届、於六十余國無所不見。乗
船則測風波之時、騎馬迺達山野之道。於
弓箭不拙、於筆算无暗。入境着府之作法、
神拝著任之儀式、治國良吏之支度、交替
分付之沙汰、不与状之文、勘公文之条、雖有
等者、更莫過之者。是以凡庭目代若済所
案主所健児所検非違所田所出納所調所
細工所修理所若御厩小舎人所膳所政所或

案主・前 健児・前 検非違所・田所・出納所・調所
細工所・修理所・召使・厩・小舎人所・膳所・政所・或
目代・或別当・況乎検田収納之交易・佃・臨時
雑役士之使・不望自所懸須也・但不弁済事
無君損有自利上・仍得万民追従・家常
贍・集諸国土産・貯甚豊也・謂阿波絹・越前
綿・美濃八丈・又常陸綾・紀伊国縑・甲斐
斑布・石見紬・但馬紙・淡路墨・播磨針・備中刀
伊与手筥・并砥・廣鰯・出雲莚・讃岐円座
上総鞦・武蔵鐙・能登釜・河内鍋・并味噌
安芸榑・備後鉄・長門牛・陸奥駒・又紙・信濃
梨子・丹波栗・尾張粔・若狭椎子・近江鮒・又餅
越後鮭・備前海糠・周防鯖・伊勢鯯
隠岐鮑・山城茄子・大和苽・丹後和布・飛騨
餅・鎮西米等・如此贄・菓子・鰊々迷惶済々
成市・故除目之朝・不云親疎・先被尋来者也

(20)

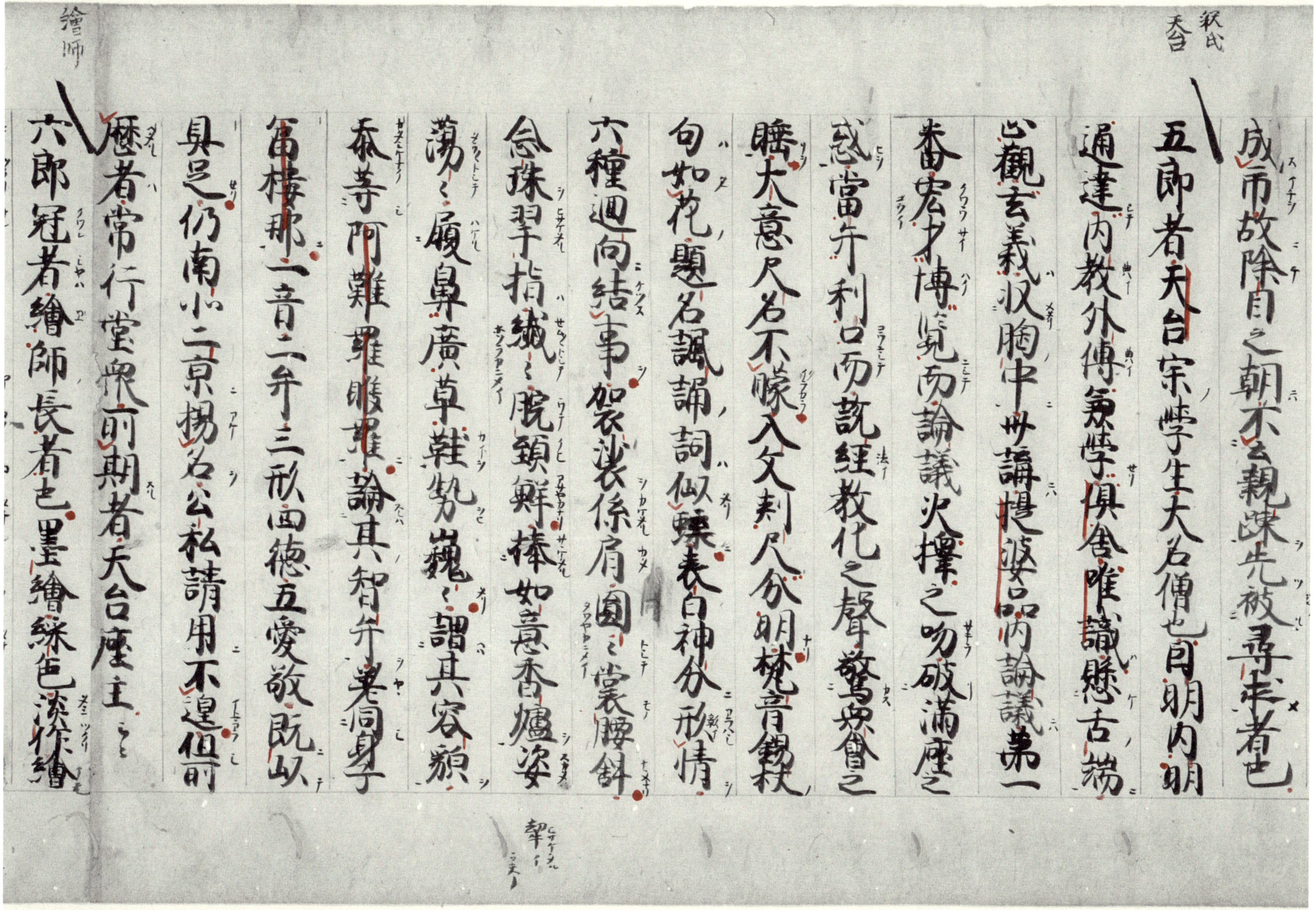

成市故除目之朝不云親疎先被尋来者也
釈氏
五郎者天台宗學生大名僧也因明内明
通達内教外傳兼學倶舎唯識懸舌端
心観玄義収胸中卅講提婆品内論議第一
番宏才博覧而論議决擇之吻破満座之
惑當弁利口而説経教化之聲驚衆會之
聴大意尺名不滕入文判尺分明梵音錫杖
句如花題名諷誦詞似蝶表白神分形情
六種廻向結事袈裟係肩圓〻裳腰斜
念珠翠指繊〻晥頸鮮棒如意香爐姿
蕩〻顏鼻廣草鞋勢巍〻謂其容貌
忝寿阿難羅睺羅論其智弁若同身子
富楼那一音二弁三形四徳五愛敬既以
具足仍南北二京揚名公私請用不遑但前
歴者常行堂衆前期者天台座主也
絵師
六郎冠者絵師長者也墨絵綵色淡作絵

(21)

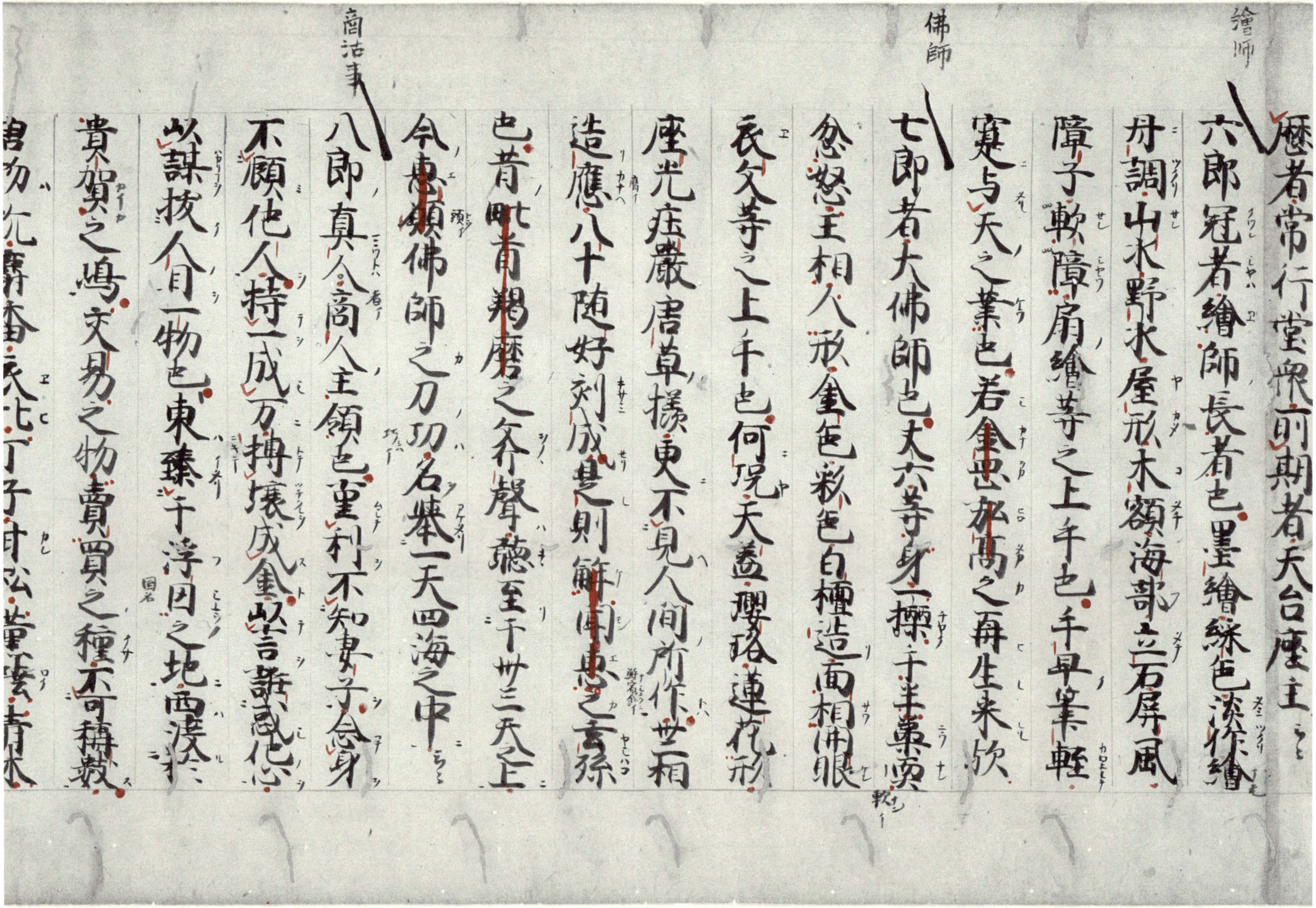

繪師

佛師

商沽事

歴者常行堂衆明期者天台座主ゝ
六郎冠者繪師長者也墨繪綵色淡作繪
丹調山水野水屋形木額海部立石屏風
障子軟障扇繪等之上手也手早筆軽
寔与天之業也若金岡之再生歟
七郎者大佛師也丈六等身一搩手半[illegible]
忿怒王相八形金色彩色白檀造面相開眼
衣文等之上手也何况天蓋瓔珞蓮花形
座光荘厳唐草様更不見人間所作世相
造應八十随好刻成是則解脱思之玄孫
也昔毗首羯磨之斧聲聴至于卅三天之上
今恵頼佛師之刀功名挙一天四海之中
八郎真人商人主領也重利不知妻子念身
不顧他人持一成万搏壌成金以言誑他心
以謀抜人目一物也東臻于浮因之地西渡於
貴賀之嶋交易之物賣買之種不可称数
唐物沈麝香衣比丁子甘松薫陸青木

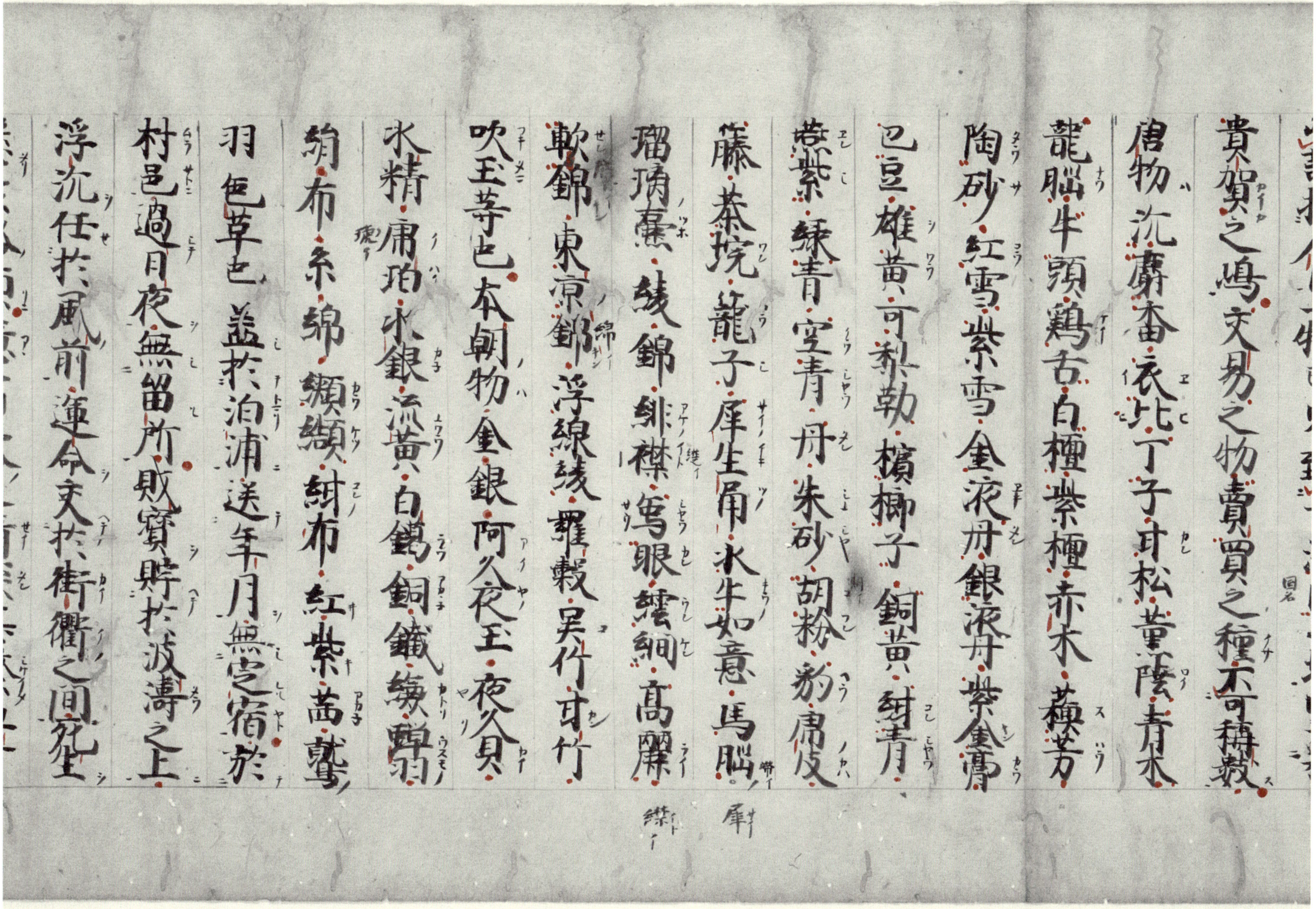
貴賀之島、交易之物、賣買之種、不可稱數。
唐物、沈、麝香、衣比、丁子、甘松、薫陸、青木、
龍脳、牛頭、鶏舌、白檀、紫檀、赤木、蘇芳、
陶砂、紅雪、紫雪、金液丹、銀液丹、紫金膏、
巴豆、雄黄、可梨勒、檳榔子、銅黄、紺青、
燕紫、緑青、空青、丹、朱砂、胡粉、豹虎皮、
藤、茶垸、籠子、犀生角、水牛如意、馬脳帯、
瑠璃壺、綾、錦、緋襟、象眼、繧繝、高麗、
軟錦、東京錦、浮線綾、羅穀、呉竹、甘竹、
吹玉等也。本朝物、金、銀、阿古夜玉、夜久貝、
水精、虎珀、水銀、流黄、白鑞、銅、鐵、縑、鴾羽、
絹、布、糸、綿、纐纈、紺布、紅、紫、茜、鷲羽、
羽、色革也。蓋於泊浦送年月、無定宿於
村邑過日夜、無留所。財寶貯於波濤之上、
浮沈任於風前、運命交於街衢之間、死生

浮沈任於風前運命交於街衢之間生
懸於路頭憶賓客之清淡甚繁妻子
對面已稀ゝ

舞楽事

九郎小童者為雅楽寮人之養子也高
麗大唐新羅大和舞楽盡習卑生年
十五而既達此道笙箪篥簫笛大鼓
鞨鼓腰鼓鼓非鼓揩鼓鉦鼓銅鈸子等
之上手也言調子者雙調平調盤渉調
黄鐘調大食調壹越調上調子等也舞者
陵王散手延喜楽皇麞甘州万歳楽
想夫恋青海波壹徳塩安楽塩蘇合
弄槍五常楽地久納曽利埴破觀曽
胡飲酒崑崙八仙等也九百廿条盡以
學畢其姿美麗衆人愛敬其貌端正
見者歡喜就中寄每諸僧遊山行伯
見之聞之或迷目飛着裳或砕肝振

拘鉾

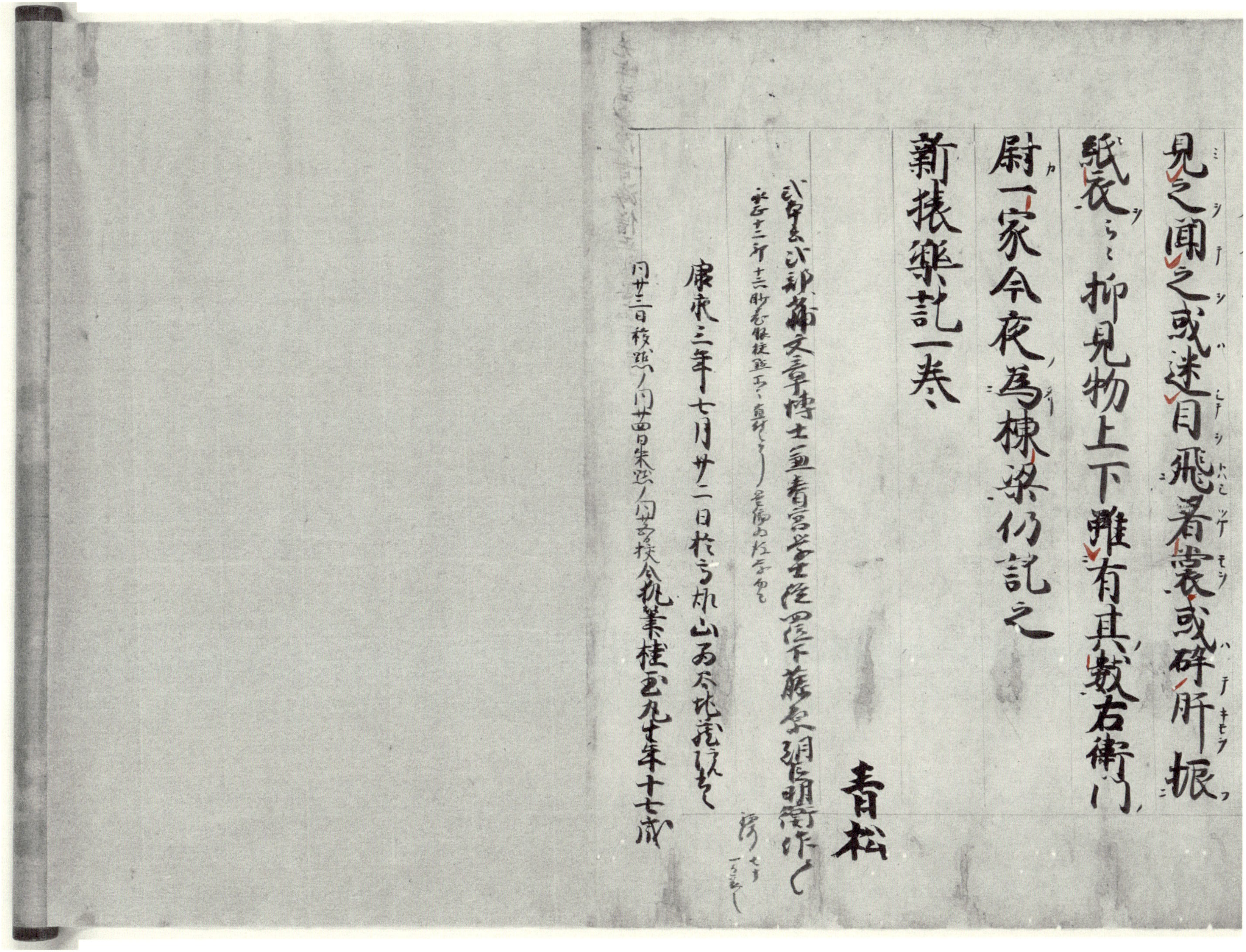
見之聞之或迷目飛著裳或砕肝振
紙衣抑見物上下雖有其數右衛門
尉一家今夜為棟梁仍記之
新猿楽記一巻
青松

新猿楽記

康永本紙背

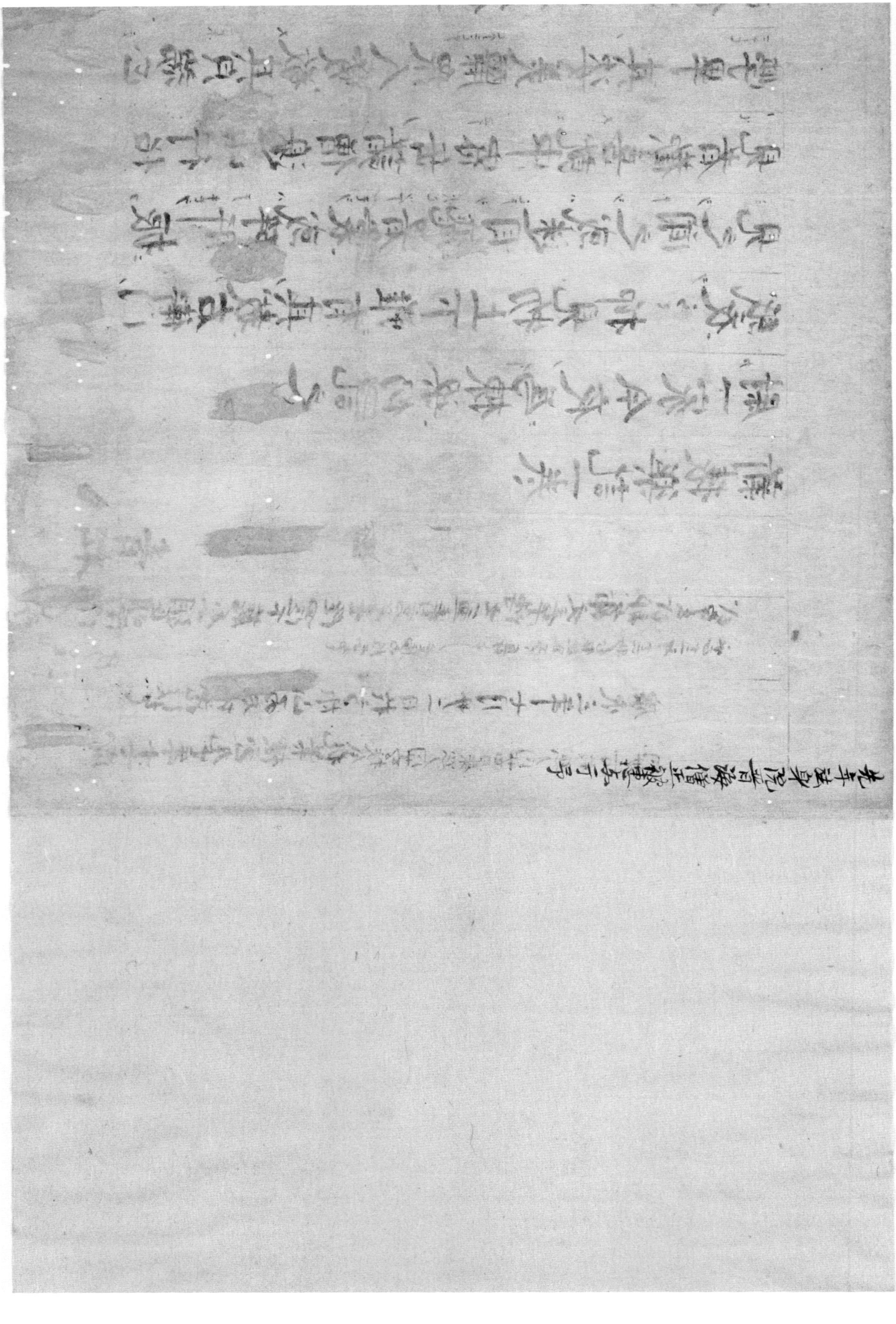

(23)

参考図版

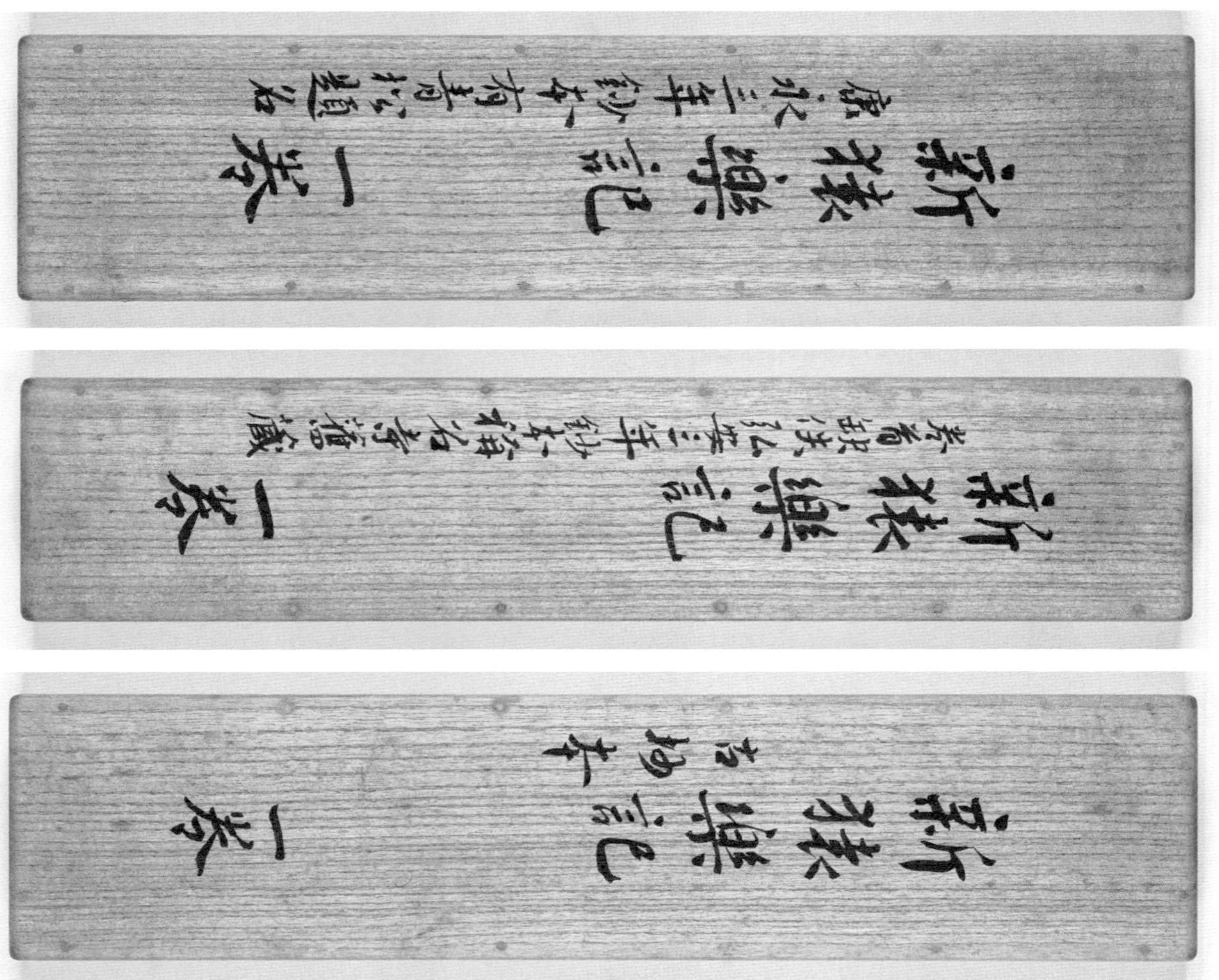

収納桐箱（内箱）の蓋（右から、古鈔本・弘安本・康永本）

収納桐箱（外箱）の蓋

弘安本包紙の上書

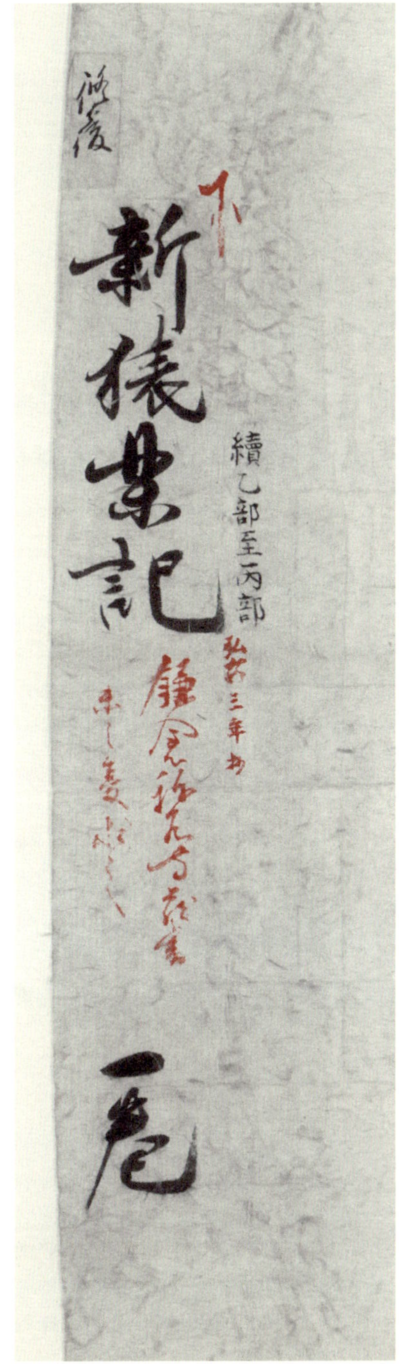

古鈔本包紙の上書

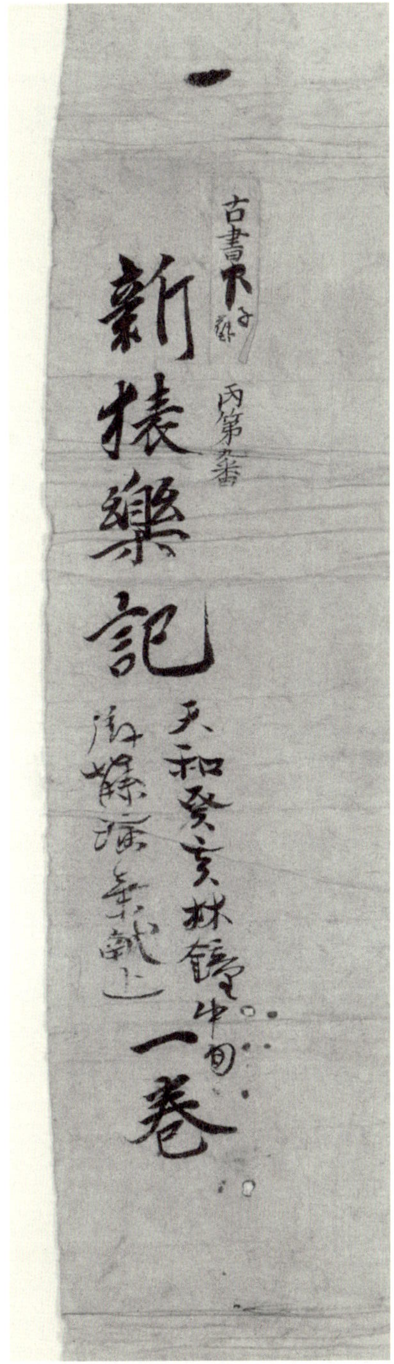

康永本包紙の上書

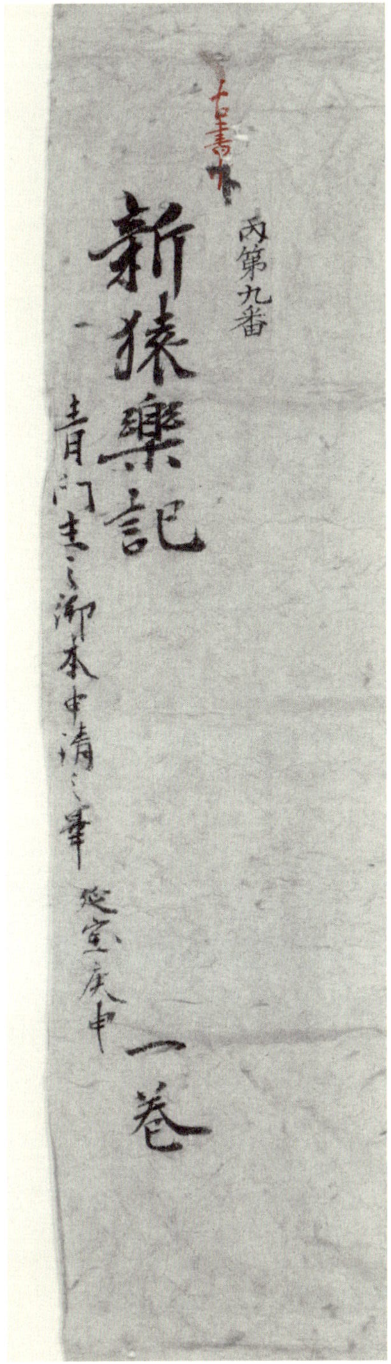

康永本の古題簽

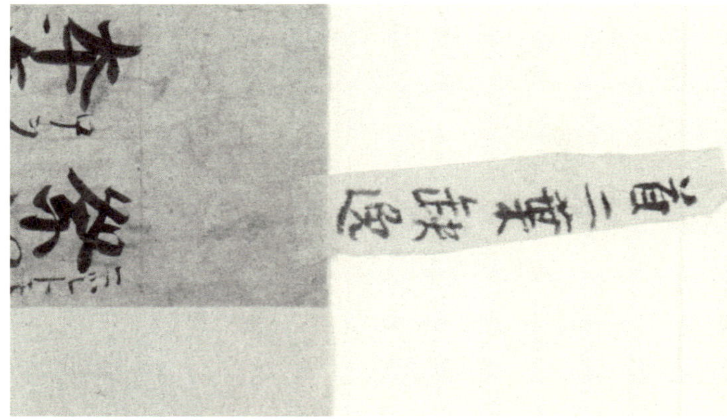

弘安本第一紙右端上の附箋（本文八頁）

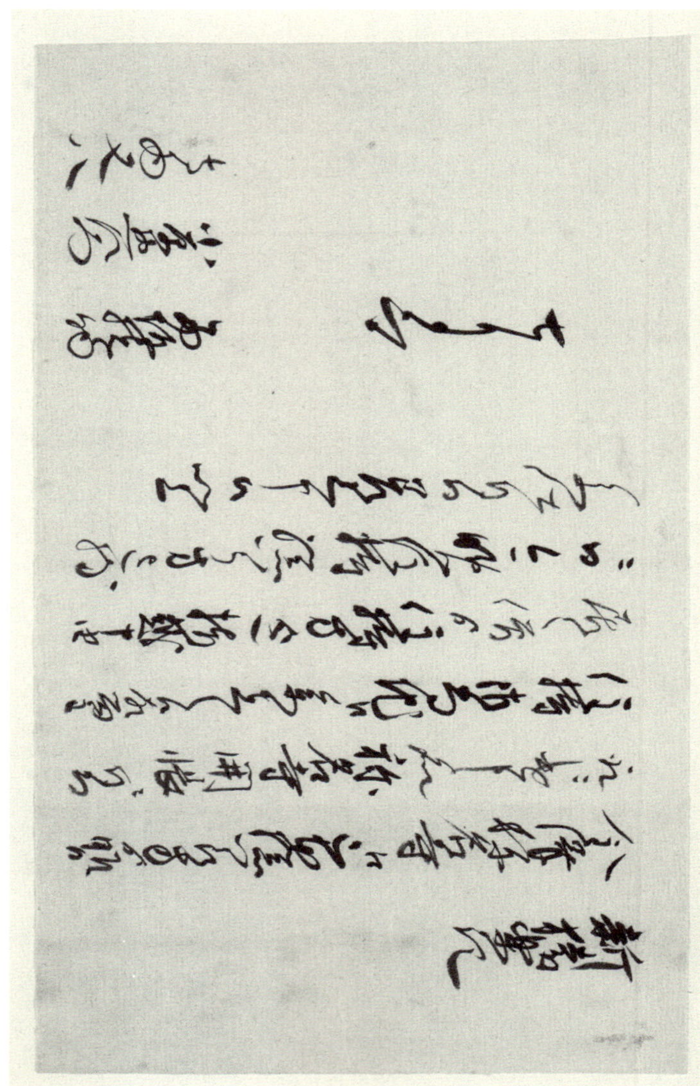

弘安本添付文書（一）覚書

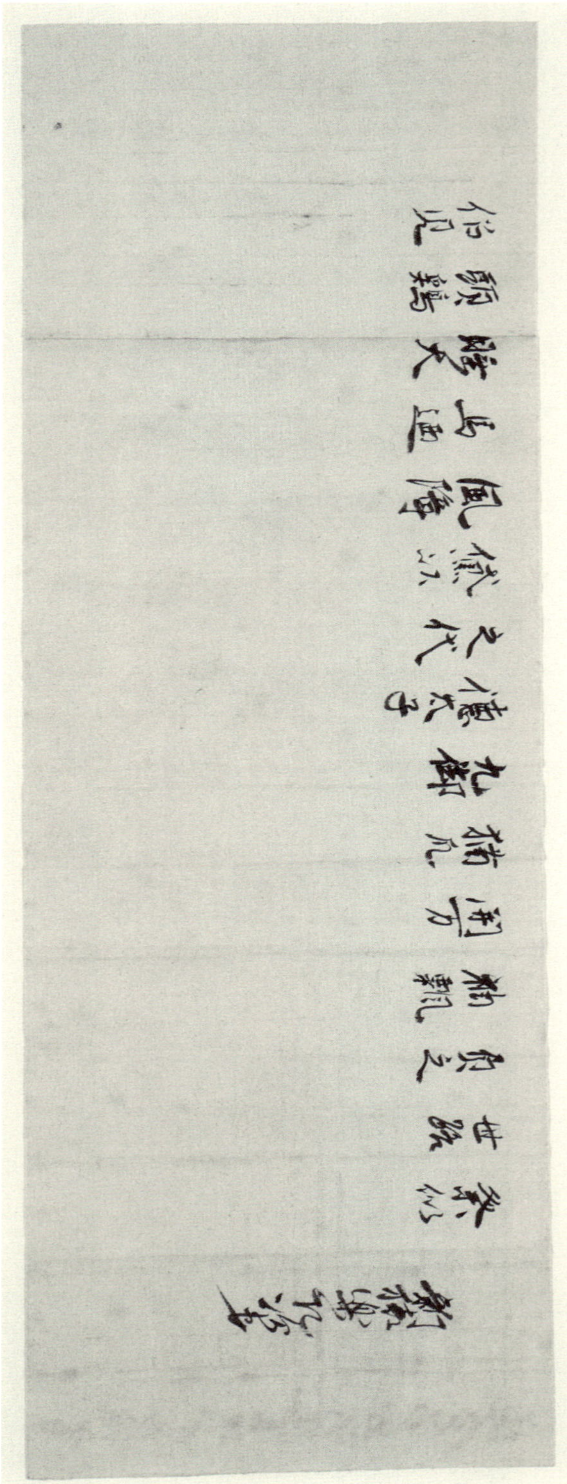

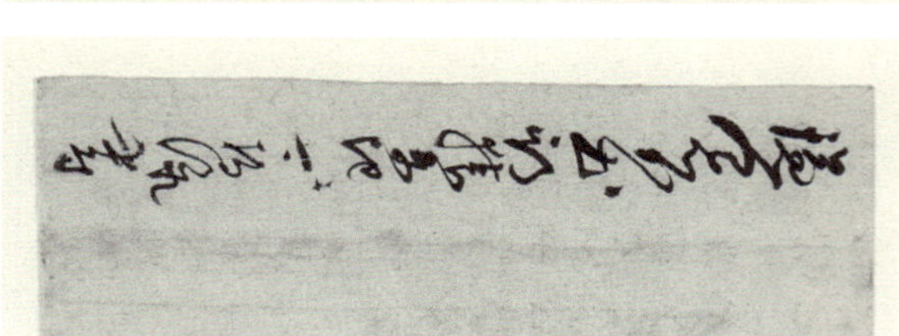

（端裏）

弘安本添付文書（二）料紙覚

尊経閣文庫所蔵

『新猿楽記』解説

山本真吾
石上英一

尊経閣文庫所蔵『新猿楽記』の訓点

山本　真吾

一　はじめに

尊経閣文庫には三種の『新猿楽記』の古写本が蔵されている。いずれも漢文本文には稠密な訓点が施されており、日本漢文学研究のみならず、国語史料としても一顧に値する貴重な文献であると判ぜられる。

本稿では、専らこの方面から考察し、加点状況を把握し、複数次に亘る附訓の類別を試みた上で、国語史料としての価値の一端について紹介してみたい。

二　尊経閣文庫所蔵『新猿楽記』の訓点の概要

『新猿楽記』は、藤原明衡の著述と伝えられる往来物の一種であり、日本語話者相互における記録のために採られた変体漢文体で綴られている。従って、元来、それは無点の本文のままに享受されるべく書かれたものであるはずだが、院政期以降にはこれら変体漢文に訓点の付された文献も見えるようになる。

ここに紹介する『新猿楽記』もその一つであって、訓点資料の中にあっては、変体漢文訓点資料として位置づけられることになろう。

尊経閣文庫には、次の三本が伝わる（名称は石上英一「尊経閣文庫所蔵『新猿楽記』の書誌」に従う）。

（１）弘安三年抄本

（２）康永三年抄本

（３）古抄本

夙に酒井憲二「新猿楽記の語彙　序説―付、語彙索引」（『山梨県立女子短期大学紀要』八、一九七五年三月）において、これら三本を紹介され、訓点に従って語彙索引を公にされており、国語資料としての価値を論じていられる。

（１）は、鎌倉時代の弘安三年（一二八〇）の書写に係る本で、次の奥書を有する。

○仁治四年（本奥書）癸卯正月六日此書功已了　　虎熊丸

令書写所者法花堂之下板屋之下筆書了

「弘安三年三月一日（書写奥書）

武州六浦荘金澤山稱名

寺弥勒堂谷書寫

事了　　　　　　　　」

本文の書写は、右の記事に従って、仁治四年（一二四三）奥書本の写しで、鎌倉時代弘安三年で

あることが判明するのであるが、これと訓点の施された時期との関係が問題となろう。

本文献には、墨点で、仮名、声点、返点及び合符が施されている。その加点は、一見して墨一筆のようであるが、仔細に観察すると、俄には区別し難いものの、別種と認めるべき加点も確認され、その認定には聊か慎重を要する。次項では、この点に留意して、やや詳しく検討してみる。

（2）は、康永三年（一三四四）の書写に係る本で、次の奥書を有する。

（奥書三）「青松」

○

（奥書二）「或本云式部少輔文章博士兼春宮学士従四位下藤原朝臣明衡作云々

永正十二卯十六眇老眼校點所々直付之了是偏為後学而已　　禅阿七十一可哀之」

（奥書一）康永三年七月廿二日於高雄山西谷地蔵院書之

執筆桂玉丸生年十七歳

同廿三日移點了同廿四日朱點了同廿五日校合

（奥書四）先年法身院晋海僧正被恵与于予

本文の書写は、南北朝時代の康永三年であって、この時期に「移點（＝墨点であろう）」（七月廿三日）、その次の日に「朱點」を施し、翌廿五日に校合を行っている。さらに、室町時代後期の永正十二年（一五一五）にも禅阿によって加点がなされている。

康永三年抄本の訓点は、弘安三年抄本に比していっそう複雑な様相を呈しており、墨点は、仮名、声点（胡麻点のものと圏点のものとがある）、返点を認めることができ、朱点は、仮名、声点（胡麻点のものと圏点のものとがある）、返点に加えて合符と朱引が施される。墨点については、複数の筆が見られるようであるが、その一々の区別は容易ではない。

今回の原本調査によって判明した点については、後述する。

（3）の古抄本は、奥書無く、書写年代その他具体的な事情は未詳である。前掲の酒井論文では室町初期頃の書写とされるが、川口久雄『新猿楽記』（『東洋文庫』四二四、平凡社、一九八三年）では、弘安九年以前の書写と推定されている。訓点は、墨点と朱点とがあり、墨点は、仮名、声点（圏点）、返点であり、朱点は、仮名、返点、合符が見られる。墨点は、少なくとも三種存するようである。

右の（1）〜（3）の三本に共通する加点状況は、筆者の言うところの、変体漢文訓点資料の第一類乙群に属するものと見られる。(1) すなわち、必ずしも逐一個々の漢字に読み方を示す訓が施されているわけではないが、左右訓を併記して、一見して、稠密に見える文献であって、集中的に加点が密になる箇所を認めることができるものである。その加点の集中する箇所とは、人事万般の名目や事物の名称を列挙する部分であり、食物関係としては、

○七御許者食　歎愛酒　女也所好一何物鶉　目之飯蟇　目之粥鯖　粉切鰯　酢煎鯛　中骨鯉　丸焼
精進物者腐　水葱　香疾　大根舂　塩辛　納豆油　濃茹物　面穢

（弘安三年抄本、13［所在＝本書影印の頁数で示す。以下同］）

の如くであって、個々の語彙に詳しく読み方を示しており、完全附訓（当該語のすべての音節を略さずに示す）を原則とする。このような箇所は、他にも、装束、農耕、工匠、医術、能書、舞楽等の多岐に亘る。

奥書に見える修行僧の年齢（「十七歳」）や「虎熊丸」「桂玉丸」の童名、また「後学」に資する意図を記しており、初学者への配慮が加点に窺われる点でも、他の、第一類乙群訓点資料と共通の性格を有している。本書と近似した加点の様相を呈する文献資料としては、高野山西南院蔵『和泉往来』文治点や東大国語研究室蔵『玉造小町壮衰書』鎌倉時代中期点などが知られ、往来

物や伝記である点についても、本書と内容上の類縁性を認めることができよう。

三　弘安三年抄本の訓点について

1　加点状況と仮名字体

本書の仮名字体は、ざっと見た限りでは、墨点一筆に見える。しかしながら、仔細に観察すると、別筆と見られる加点によるものが混じっている。主用の墨点は、仮名字体表〔表1〕に示したとおり、ウ・ツ・テ・ン及び踊字の起筆位置等から鎌倉時代中期から後期の様相を呈する。本文の書写された弘安年間をそれほど降らない頃の加点と見て大過無かろうと思われる。＊印の仮名は、別筆の字体であって、墨色ではほとんど見分けがつかないが、主用仮名に比してやや大振で曲線的な字体であり、シ・ヒ・モ・ル等の終画を上にはねているのが特徴的である。又、ケ・テ・ミの字体は古態を留めているように見える。

この別筆は、全体に満遍なく出現するのではなく、特定の箇所に集中するようであり、「三君夫」(10)と「八御許夫」(14)及び「十二君」(16)「十三娘」(17)「十四御許夫」(18)の部分に偏っている。但し、「三君夫」の段には主用墨点も少ないながら用いられており、その中には、「田(テン)(去濁)・夫(フ)」(10)のような例もあるので、注意が必要である。逆に、主用墨点の中にも、「品治(ホムチ)是平(コレヒラ)」(13)のようにまま別筆(この例では「ホム」のみ別筆)も見られる。

なお、両筆の先後関係は、明徴を見出していないが、左右訓の様相から推しておそらく主用仮名がまず加えられ、これを補うべく別筆が加えられているもののようである。

〔表1〕弘安三年抄本の仮名字体　＊ハ別筆

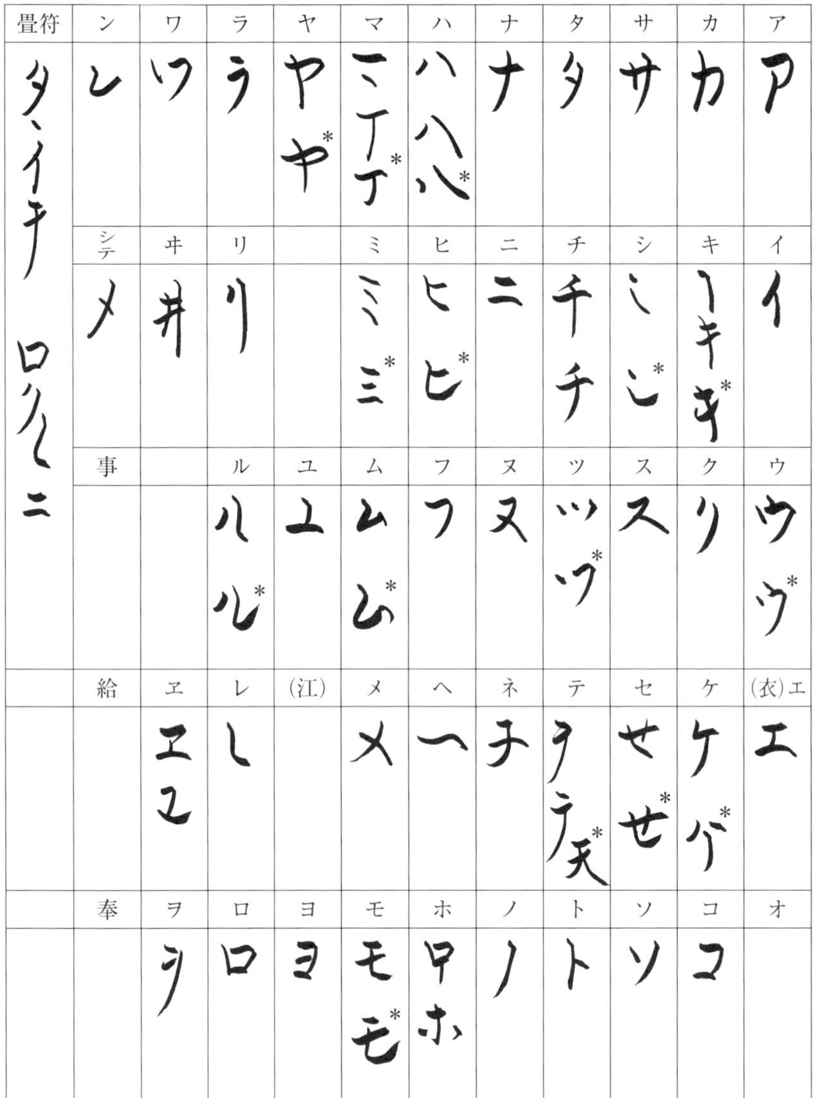

2　注意すべき言語事象

弘安三年抄本の二種の墨点は、字形だけでなく、言語事象としてもやや異なった性格を有するもののようである。その違いが最も顕著に見られるのは、漢字音のm・nの両韻尾の表記である。

主用墨点は、唇内韻尾mも舌内韻尾nも区別せずに「ン」表記（「レ」のように一筆に書く）を採る。

［m］艶（エン）、沈（チン）、談（タンスル）、金（コン）、勘（カン）、賃（チン）、針（シン）、験（ケン）、犯（ホン）、曇（タン）など

［n］忿（フン）、恋（レン）、面（メン）、粉（フン）、歎（タン）、肝（カン）、捍（カン）、膳（ゼン）、旱（カン）、顔（カン）、淪（リン）、願（クワン）など

これに対して、別筆の方は、

［m］品（ホム）、寝（シム）、檐（エム）、艶（エム）、淫（イム）など

［n］播（ハム）、旱（カム）、損（ソム）、遁（トム）、官（クワム）、段（タム）、班（ハム）、殿（テム）、欄（ラム）など

のようであって、両者を書き分けていない点は同様であるが、すべて「ム」表記になっているのである。

先述のとおり、主用仮名と別筆仮名とは、原本に拠っても墨色や字体のみではその弁別は容易ではない。しかし、この両韻尾の表記のあり方を手懸かりにすれば、区別できる例をいくらかは追加することができよう。

なお、国語音については、この限りでなく、「ン」表記を原則とする主用仮名であっても、「年若（ワカ、ラン）之間」（19）のように推量の助動詞を「ン」に表記するものもあるが、「矧-乎（イハムヤ）」（8）、「髪際（カムキハ）」（13）のように鼻音mを「ム」で表記する例も見える。

右の他、漢字音の注記について、弘安三年抄本の訓点（以下、特に断りのない場合には別筆仮名ではなく主用仮名を指す）から知られる事象を挙げれば、合拗音の表記が概ね古用を保っている点を指摘することができる。

［クワ］喧（クワン）（9）、願（クワン）（12）、活（クワツ）（16）、悔（クワイ）（20）

［クキ］匡（クキヤウ）（12）、誑（クキヤウ）（17）、兄（クキヤウ）（18）、曲（クキヨク）（20）、巍（クキ）（22）

［クヱ］血（クヱツ）（14）、怪（クヱ）（15）、絃（クヱン）（19）、外（クヱ）（19）

但し、

○字菅綾（ハカンレウ）（12）

○曲（キヨク）々（ヽトシテ）（22）

のように、僅かではあるが、「クワン」を「カン」、「クキヨク」を「キヨク」の如くに直音化したことを示す例も見える。

また、個別の字音に関することであるが、

○方磬（ホウキヤウ）（平濁）（15）

の「方」の合音表記である点も注意される。開音「ハウ」との意味上の異なりを反映するものとの指摘に従う例である。(2)

さて、抑も、弘安三年抄本のみならず、『新猿楽記』三本は、語彙資料として貴重であることは前掲酒井氏論文に説かれるとおりであって、一般の文学書や史書類に出現しにくい、俗語、生活語彙が豊富に認められる点は、先に引いた食物語彙の箇所を参照するだけでも十分に窺い知ることができよう。

訓点語彙としても、他に類例を求めにくいものが多く含まれており、たとえば、

○専夜（ヨルハ）愛書（シル）翫（ハモチアソフ）（9）

「モチアソブ」は、チとテの字形の類似に基づく誤写とも疑われ慎重を要するが、これが誤りでないとすると、従来、『日本霊異記』訓釈（国会図書館本）や『新撰字鏡』（享和本）等でしか知られていなかった語の使用例が確認されることになる。また、

○母則薩摩氏長　曾孫也（12）
○洛-衣腰支理　髪髪際（13）
○自招下買二人着一鮮衣一之訕上（16）
○八郎真人商人主領也（23）
○雖二牛頸　爛一　一日无休　雖二馬背穿一片時不活一（14）
○十六女者遊女夜發之長者也（19）

「ヒキコ」は「ヒヒコ」の転で、「カムキハ」は「カミキハ」の撥音化した例、「アキント」は「アキヒト」の音変化形と見られる。「マツト」は「マヒト」の促音化した早い例であろう。また、「イコノフ」は『大日経義釈』正保二年点や『法華経単字』に、「ウカラメ」は『南海寄帰内法伝』長和五年頃点（京都国立博物館蔵）、『和泉往来』文治点に見える由であるが(3)、いずれも類例を容易には求めがたい和訓である。

さらに、次の如き例にも気づかれる。

○忿-怨　面　似二悪-鬼之睚-眦一戀(去)暮(平濁)之涙　洗　面-上粉　愁-歎　之炎　焦　肝(平)中(上)朱一（8）

右の「涙」字に対する訓「ナンタ」の例は、すでに『新撰字鏡』（享和本）や『守護国界陀羅尼経』平安中期点にも見え、以降漢文訓読の伝統において用いられたようである(4)。

次に、

○即四三一六豊藤太五四衛曰竹藤様之子孫也字　尾藤太名傅治（9）

この「字」字に対する「アタナ」の訓が問題となる。これもすでに指摘されているように、「沙弥西信田地券」（正応二年正月十三日、高野山文書）や『古文孝経』建久六年点（猿投神社本）に見えるものであって、ザ行がダ行の音に転じた例と思われる。

○講堂金堂経蔵鍾樓寶塔僧房（14）

「鍾」字は、鍾韻照母字で[イ]ヨウ表記が期待される。当該例は「シユ」となっており、オ段拗長音がウ段に転じた可能性がある(5)。

「ナンタ」や「アタナ」の例、また、オ段拗長音がウ段に転ずる事象については、使用域や位相的観点から注意されており(6)、弘安三年抄本が「武州六浦荘金澤山稱名寺弥勒堂谷書寫事了」の奥書を有し、いわゆる東国資料であること、また、「虎熊丸」なる初学と思しい若年の僧による書写に基づくことなどとの関係で注意したい。

さらに、変体漢文中に使用された漢語の例としては、必ずしも珍しい語ではないが、

○手聞心猛　毎二臨二合-戦之庭一常得勝負之名一至二會　稽之時一未取二属(入)降(平濁)之思一（10）

の「會稽」の用法が問題となる。中国古典（『史記』越世家）における会稽山の故事から、我が国では、「恥をそそぐ」の意味に用いることがあり、『将門記』（真福寺本）や『平家物語』などに見える。これが本書『新猿楽記』にも用いられているのであり、本文の漢語の性格を考える上で注目される。

四　康永三年抄本の訓点について

1　加点状況と仮名字体

康永三年抄本の訓点には、その筆跡や記入の箇所等から、少なくとも次の五種の点が確認される。仮名字体は、〔表2〕(墨点。但し、A・C両種点は字形上の区別が困難なため一括した。朱点D・E両種点には仮名は殆ど見えないので省略に従う）に示したとおりである。

〔墨〕

A種点＝小振の字で、墨色濃く丁寧に書かれている。主として右訓に偏している。仮名、返点、声点。

B種点＝A種点に比べて、大振の字でやや薄い墨色で書かれている。左訓仮名に多いようである。また、下欄に大きく記入された異本注記もこれと同じ筆のように見える。

C種点＝異本注記の中に用いられる。墨色濃く丁寧で整っている。仮名本位。

〔朱〕

D種点＝本文中に用いられる。返点、句切、合符、声点、合点、朱引本位であるが、仮名も極く稀に見える。

E種点＝異本注記の中に用いられる。殆どが句切や合符である。

実際に、本文の点のすべてを右の五種に類別することは不可能であって、字形や墨色だけで判断するには限界がある。

〔表2〕康永三年抄本の仮名字体　上段…A種及びC種墨点／下段…B種墨点

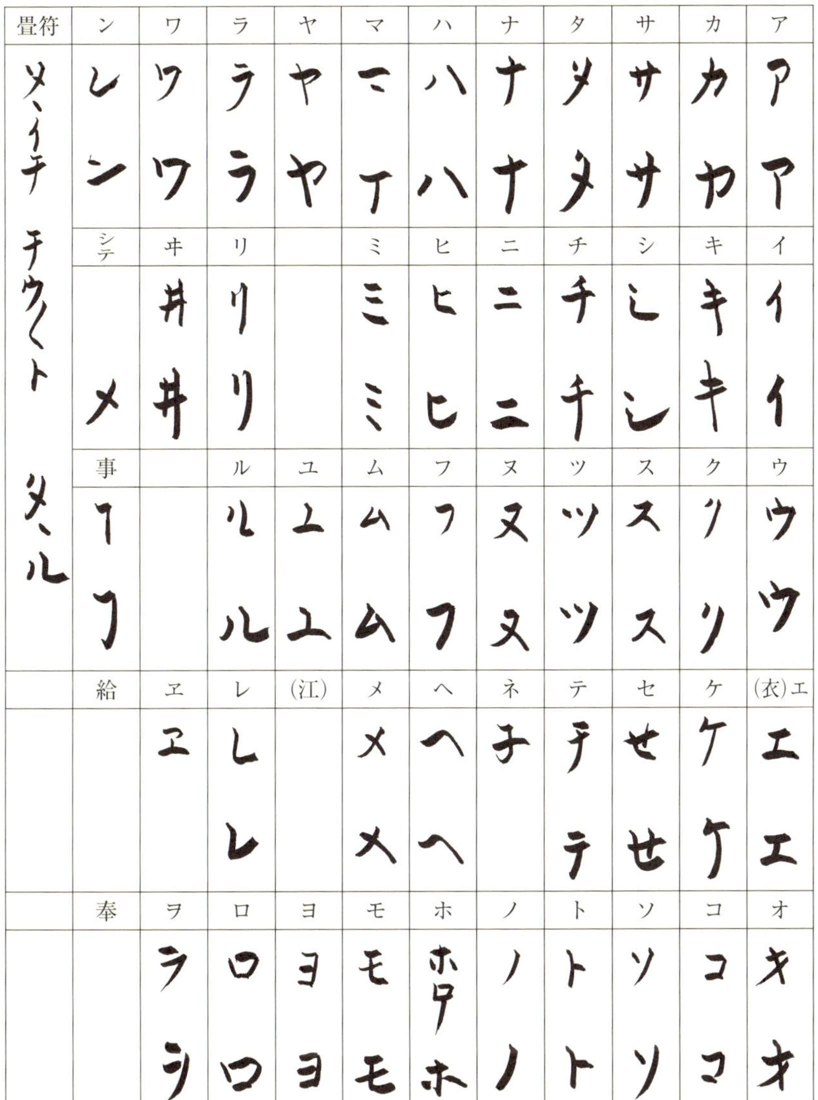

右の五種の点は、先掲の奥書の記事とどのような対応関係にあると認めるべきであろうか。これも、断ずるに困難な部分も多いが、仮に一つの可能性を示せば、次のようになろうか。

まず、全体に亘り、右訓に用いられているA種点は、オ・テ・ホ・ンが端的に示すように仮名字体も古体を呈し、これが、康永三年の七月廿三日の「移點」に相当しよう。

次いで、D種点が翌廿四日の「朱點了」に当たると思われる。

廿五日の「校合」に於ける異本注記は、C種点の筆であって、右傍に本文になじむように丁寧に記入された字句であって、この際の仮名がこれであると認められる。

これらに比して、B種点は、時代が降るように見え、また、内容もこれを補うもののようであって、これが永正十二年（一五一五）に禅阿によって加えられたものではなかろうか。下欄には異本による字句の校合の結果も示し、まま仮名注記等も施す。その際、朱点も必要に応じて加えたもののようであり、これがE種点に該当しよう。

2　注意すべき言語事象

先に見た弘安三年抄本はじめ康永三年抄本、古抄本の三本相互の訓点の比較を厳密に行うことによってさまざまな問題が浮かび上がってくるものと思われ、興味深い課題は山積しているのであるが、ここでは、紙幅の都合上、特に康永三年抄本に独自と見える事象に限定して、若干の気づきを述べてみたい。具体的には、康永三年抄本の中で特徴的な朱のD種点に注目してみる。

まず、D種点として朱引が目に付くが、これは、右側の線が地名、中央が人名、そして、左側が書名を示している。

次いで、D種点には声点の豊富であることが指摘され、字音語の声調を知る上で有意義である。

また、まま和訓にも差されている場合がある。

○雖（レ）為（ナストコ(上)ヒ(上濁)）（二）媚（一）親（ムツフルコトラ）（一）（84）　＊「親」字には左訓「シタシミヲ」（B種点）もあり。

返点と合符、そして A種点の仮名に差された声点が朱のD種点である。「媚」字に「コ(上)ヒ(上濁)」と示す。

○瓢（ウセ(去濁)ツテカツヲノ）（二）鰹（一）破（一）善（ヲ）（84）

和名抄と本書以外には例に乏しい「ウセル」（＝鼻先で獣が物を突き動かす意）訓であるが、D種点に拠れば（但し、当該箇所は墨声点をなぞったようにも見えA種点にも仮名声点があったと認むべきかもしれない）、第二音節は去声濁で「ウゼル」、促音便を生じているので四段活用であると見られる。

○班（ハ(去濁)ン）(去)-給（キ(上濁)ウ イ）(平)　（89）

イ注記の仮名音注について、頭子音の濁音を声調とともに示したようである。

○蓬（ホウ）-頭（トウ）　（97）　＊左訓「ヲト(上濁)ロカ(上)シラニシテ」

「ホウトウ」+「ト」+「ヲドロカシラニシテ」の文選読みの例である。和訓部分のトとカの声調及び清濁表示を行ったものと思われる（カは双点のようにも見え、濁点を示した可能性もある）。

右が全ての例であって、僅かではあるが、総じて濁音表示に主眼を置いた注記のように見える。

さらに、D種点の合符について注意すべき点がある。熟字の左側が和訓、中央もしくは右側が音読みを指示するものはこの時代にあってはごく一般的であるが、康永三年抄本のD種点は、さらに、当該熟字について呉音読みと漢音読みの別も示している可能性がある。

［中央の合符］其-天-性（セイヲ）（83）、興-販（キョウヘン）（85）、花-實（クワ）（96）、蓬-頭（ホウトウ）　＊左訓「ヲト(上濁)ロカ(上)シラニシテ」（文選読み）（97）、傍-行（ハウカウト）　＊左訓「カタハラユキシテ」（文選読み）（97）、歴-易（レキイト）　＊左訓「ナマツ

ハタナリ」(文選読み)(97)

［右側の合符］気ケ-装シヤウ(84)、家ケ-治(85)、得-業コウ(入濁)(91)、形(去濁)-貌メウ(平)(91)

違例も散見するので点の種別の認定とともに慎重を期したいが、おおよその傾向としては認めてよいように思われる。

五　古抄本の訓点について

1　加点状況と仮名字体

最後の古抄本の仮名字体は、〔表3〕〔表4〕に示したとおりであって、康永三年抄本と同様に複雑な様相を呈しており、また、奥書等によって移点事情を推察する手懸かりも無く、容易には整理しがたい。

墨点と朱点とがあり、墨点は、少なくとも三種存するようである。

［墨］

A種点＝小振の字で丁寧に記される。右訓、左訓双方見える。

B種点＝曲線的な字で、大部分が右訓に出現する。

C種点＝大振りで太く奔放な筆致に映る筆。

［朱］

D種点＝現段階では一筆と見て矛盾する事象を見出していない。曲線的な字。

D種朱点を一筆と断ずることはできないが、逆に、明らかに別の筆と見るべき箇所も見出しておらず、しばらく一筆として扱っておきたい。

これらの先後関係を推察する上で注目すべきは、各種点の分布であって、特にD種朱点には偏りが甚だしい。

D種朱点は、仮名と返点、声点、合符及び句切に供される。巻首より用いられるが、「懐五穀成熟稼穡豊贍之悦」(57)以降には仮名が無く、声点、合符のみとなり、それも「誰人有比肩之者乎」(59)からはそれも認められず、D種朱点の例そのものが無くなる。

そして、今度は、B種墨点を詳しく見るに、B種墨点は、その機能が、仮名、返点(「レ」点も中央の同じ位置にある)、合符、声点(但し、D種点が胡麻点であるのに対してB種点は圏点)であって、概ねこのD種朱点と一致する。

このB種墨点は、D種朱点の分布とはほとんど重ならず、主としてD種点の分布する以降に出現する。そして、その目で見ると、B種墨点の仮名とD種朱点とそれとは同じ筆跡のように見えるのである。

筆跡のみで推測することには慎重であるべきであるが、おそらく、D種朱点とB種墨点は色こそ異なるが、同一のものと認めて矛盾しないようである。つまり、当初朱点を用いていたものが、何らかの事情である箇所から墨点に変えたというような事情を想定できそうである。但し、B種墨点は、巻首にも少し混じっているようであり、この推測を妥当とするならば、後半の訓を付け終わってまた巻首に戻っていくらか補足したといった可能性を考慮する必要があるかもしれない。

そして、このB・Dの点以外の点について見ると、次のような例の存することから、A種墨点は、B・D両点の後に施されたようであることが判る。

○仕佛事神之務(55)　＊訓点は省略に従う。

〔表3〕古抄本 A種点及びC種点
上段…A種点／下段…C種点

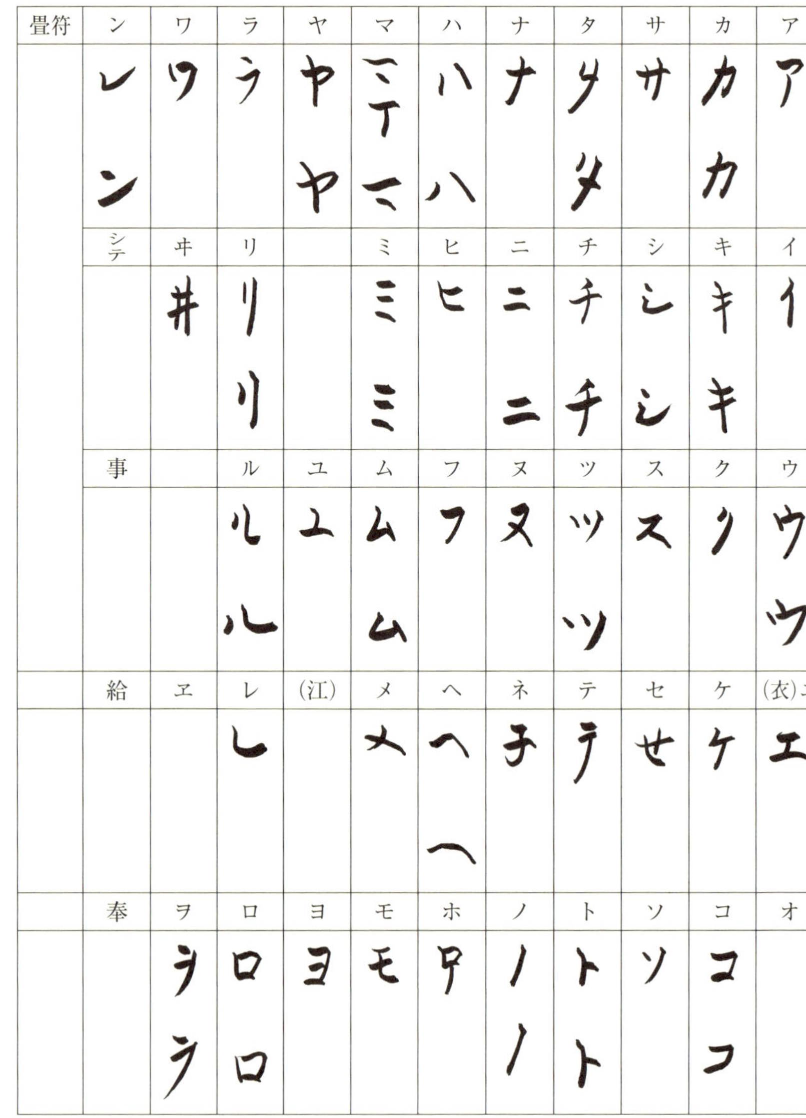

〔表4〕古抄本 B種点及びD種点
上段…B種点／下段…D種点

の「務」字に対して、字の右側にD種朱点で「ツカマツル」とあり、同じくD種点で左側に「ツトメ」またその外側にこれもD種点で「イトナミ」とある。そして、D種点「ツカマツル」のさらに外側に、A種墨点にて「マツリコト」と記されている。この「マツリコト」訓は、訓の位置から推測するに、D種点「ツカマツル」より後に施されたものと考えられる。A種墨点がまま左訓に多く見えるのは、B・D両点とは異なる訓を併記するために後に加えられたものであろう。

そして、残るC種墨点は、冒頭の数行程度にしか見えず、他の点の上に重ねて書かれている箇所が存するので、最後に加えられたものであろう。

要するに、断定するには不安が残るものの、おおよそ加点の順序は、次のように推測される。

D種朱点・B種墨点　→A種墨点　→C種墨点

それぞれの加点年代は、現段階では未詳とせざるを得ない。本文の書写年代が弘安九年以前であるとして、訓点はそれより下るようで、仮名字体や返点の形状等を見るかぎりでは、D種朱点・B種墨点及びA種墨点は鎌倉時代後期頃と判じて差し支えないようであり、C種墨点はそれよりは下って室町時代以降の様相を呈しているように見える。但し、A種墨点の仮名字体については、D種朱点・B種墨点より古く見えるものが含まれるようで、加点の順序はA種墨点よりD種朱点・B種墨点が先行するが、その祖点はこれより遡る可能性がある。

2　注意すべき言語事象

D種朱点の言語事象面での特徴として、まず、気づかれることに、唇内韻尾mも舌内韻尾nも多く「ム」で表記される傾向がある。

［m］験（ケム）、艶（エム）など

［n］乱（ラム）、膳（セム）、丸（クワム）、干（カム）、薗（エム）、播（ハム）など

但し、「苦本（ク ホ）」（54）、「忿怨（フン エ）」（54）のように、稀に無表記（「本」「怨」ともにn韻尾）や「ン」表記（「忿」はn韻尾）も見られる。

この点に注意して他の点を見るに、B種墨点がこの傾向を有することが判る。

［m］瞻（セム）、寝（シム）など

［n］班（ハム）、烟（エム）、遠（ヲム）、近（キム）、文（フム）、菅（カム）、選（セム）、殿（テム）など

先に述べたとおり、D種朱点とB種墨点は、色こそ異なるが同一点であると推定したが、この私見は、右の点からも追認されることになろう。

これに対して、A種墨点はン表記・ム表記両方が見える。

○遠近（ヲム キム）（58）　＊左訓はA種墨点「ヘエンヘキン」とある。

のようであって、A種墨点が「ン」表記であるのに対して、B種墨点は「ム」表記である（「遠」「近」ともにn韻尾）。

これに対して、

○金貴経（コム ク キ）（62）

の例は、「金」字にA種墨点の「コム」の仮名音注が示される。未だ精査を経ておらず、断ずることは控えたいが、古用に従った使い分けを残しているように見える。

この他注意すべき事象としては、A種墨点について、まま仮名に差された声点が見えることがある。

○更此重攝眉對之（55）　＊訓点は省略に従う。

の「攝」字に対する左訓は「スヘタル」であるが、この「ス」に上声、「ヘ」に平声の墨単点が差

されている箇所などは、その一例である。観智院本類聚名義抄にもこの「攝」字について「ス(上)ヘテ（への右傍にフを添える）」（仏下本七七）の和訓を登載し、スの声調（＝上声）も一致している。この古抄本の訓点によって判明する事象は他にも多く存するかと思われるが、後考に俟ちたい。

六　むすび

以上、尊経閣文庫所蔵『新猿楽記』三種の訓点について、国語史研究資料としても甚だ有用であるとの見通しを得て、今後幅広く活用されるべきことを述べてきた。

本稿では、加点状況を把握し、訓の類別を行うことに主眼を置いて論じたため、国語学的な観点からの本書の価値については、ごく一部分しか言及し得なかった。三本相互の訓点の比較を厳密に行うことによって、中世における変体漢文訓点資料として、また日常生活語彙の資料として、さらには、日本漢字音史の資料として、さまざまな方面において興味深い問題の発掘されることを期待したい。

［注］

（1）山本真吾「変体漢文解読の方法と実際―変体漢文訓点資料の諸相―」（ソウル大学校奎章閣韓国学研究院、韓日国際ワークショップ発表論文集『古代韓日の言語文化比較研究』二〇〇八年二月、『韓国文化』四十四、二〇〇八年に再録［韓文］）

（2）池上禎造「「方」字の合音用法」（『島田教授古稀記念国文学論集』（関西大学国文学会、一九六〇年）

福島邦道「四方なる石」（『国語学』四十六、一九六一年九月）

佐々木勇「「方」の日本漢字音ハウ・ホウ続貂」（『国語国文』六十二―六、一九九三年六月）

（3）築島裕『訓点語彙集成』第一巻～第四巻（二〇〇七年～二〇〇八年、汲古書院）

（4）亀井孝「なんだのゆくえ」（『国語学』四十一、一九六〇年八月）

（5）小林芳規『角筆文献研究導論』下巻（二〇〇四年八月、汲古書院、一三六二頁）

（6）小林芳規「中世片仮名文の国語史的研究」第二章国語音韻の変化　二―3ザ行とダ行の問題（『広島大学文学部紀要』特輯号三、一九七一年三月）

尊経閣文庫所蔵『新猿楽記』の書誌

石上 英一

序

『新猿楽記』は、従四位下文章博士を極位極官とした藤原明衡（治暦二年［一〇六六］十月十八日卒）の著作で、永承七年（一〇五二）前後の時期に撰述されたと推定されている（川口、一九八三、三一三・三二〇頁）。『新猿楽記』は、猿楽見物に訪れた西京の右衛門尉の一家の妻三人、娘十六人、男九人を仮りて、当時の様々な習俗を記し、芸能尽し、職人尽しを試みた書である。

前田育徳会尊経閣文庫には、『新猿楽記』の古写巻子本三本が所蔵されている。『尊経閣文庫国書分類目録』（侯爵前田家尊経閣、一九三九年）の第四門・文学・和文（説話・往来）には、左のように記されている（同書、三五一～三五二頁）。

	（数）	（架番号）	（分類）
新猿楽記　藤原明衡撰　紙背和漢朗詠集　弘安三年写	一	一〇　二	書
新猿楽記　藤原明衡撰　康永三年写	一	一〇　二	書
新猿楽記　藤原明衡撰　室町初期写	一	一〇　二	書

これら三本は、『国宝・重要文化財総合目録』美術工芸品編・上巻（文化庁、一九九九年、三二九頁）に、次のように掲載されている。

書　（昭一四・五・二七）紙本墨書新猿楽記　一巻
弘安三年三月一日書写ノ奥書アリ
紙背ニ和漢朗詠集巻上ノ書写アリ

書　（昭一四・五・二七）紙本墨書新猿楽記　一巻
康永三年七月廿二日書写ノ奥書アリ

書　（昭一四・五・二七）紙本墨書新猿楽記　一巻

これらの三本は、国宝保存法（一九二九年制定）により、前田利為氏所蔵として、昭和十四年（一九三九）五月二十七日に国宝に指定された。『国宝・重要文化財総合目録』美術工芸品編（文化庁、一九八三年、三〇八頁）には、「東京　前田利為旧蔵」との注記がある。その後、昭和二十五年（一九五〇）制定の文化財保護法により、昭和二十五年八月二十九日に、前田育徳会所蔵として重要文化財に指定された。以下、これらの三本を、便宜、弘安三年抄本、康永三年抄本、古抄本と称することとする。なお、弘安三年抄本と康永三年抄本は、それぞれ内箱の題に、「弘安三年鈔本」「康永三年鈔本」と注記されているが、外題に従い、「抄本」の称を用いることとする。また、

古抄本は、外箱には「無跋本」と記されるが、「古抄本」と称することとする。

康永三年抄本は、川口久雄訳注『新猿楽記』（『東洋文庫』四二四、平凡社、一九八三年）の底本として翻刻され、弘安三年抄本・古抄本も、同書に対校本として使用され、川口氏の詳細な解説により、学界には周知されている。また、『新猿楽記』は、弘安九年書写本を祖本とする宮内庁書陵部所蔵本を底本として、『日本思想大系』8・古代政治社会思想（岩波書店、一九七九年）に大曽根章介氏により翻刻・注釈されている。今回、『尊経閣善本影印集成』42に、三本を同時に収録することとなり、『新猿楽記』、そして著者の藤原明衡研究に資することができると期待している。

一　三本の様態

1　外箱

弘安三年抄本・康永三年抄本・古抄本の三本は、それぞれ別々に巻子用の箱（内箱）に納められ、更に三つの内箱を並べるための仕切を設けた箱（外箱）に納められている（本書、一一五頁、参考図版）。これらの内箱と外箱は、三本の修補の際（昭和十四年の国宝指定前後の時期か）に新たに調製されたものである。

外箱は、桐の白木の被せ蓋の箱である。箱の蓋の大きさは、縦三四・五cm、横二五・八cm、高さ七・八cmである。蓋の上面には、「新猿樂記　三部／　一弘安三年抄本／　一康永三年抄本／　一無跋本」の墨書がある（本書、一一五頁、参考図版）。蓋の手前の側面には、中央に「新猿樂記　三部」の横書き墨書（右が首）、右に「教訓(貴)(朱丸印)／第二號」と記した隅丸長方形の貼紙（縦三・七cm、横二・六cm）、左に「國／寶」の方形朱印（方二・六cm）を捺した貼紙（縦三・〇cm、横三・〇cm）がある。箱の身の大きさは、縦三三・二cm、横二四・五cm、高さ七・九cmで、板の厚さは〇・六cmである。内部は、縦に仕切り板で三分され、天地の側板には内箱の出し入れのためにそれぞれ三箇所に半円形の刳りが入れられ、右に古抄本、中央に弘安三年抄本、左に康永三年本の内箱がそれぞれ納められている。この外箱の形態は、同様に内箱入りの三本を収納した『古語拾遺』の外箱と似ている（但し、『古語拾遺』の外箱には左右側面に紐が附けられている）。

なお、古抄本は、現状では巻末に奥書が無いので、書写奥書を有する弘安三年抄本・康永三年抄本と対比して「無跋本」（外箱の題）とも表記されている。しかし、巻末料紙の奥が切断されており、原状で奥書を書した料紙が無かったとは、現状からは断定できない。また書写年代については「室町初期」ではなく弘安九年以前の古鈔本と推定する説があるので（川口、一九八三B、三四八〜三四九頁）、本稿では、内箱の題に従い、前述の如くに「古抄本」と表記する。なお、古抄本の書写年代については後述する。

2　弘安三年抄本

(1)箱

弘安三年抄本の箱（内箱）は巻子一本を納めるためのもので、桐の白木の印籠蓋の箱である。大きさは、縦三一・四cm、横六・七cm、高さ六・四cm（蓋の高さは二・三cm）であり、身の内法は縦二九・八cm、横五・一cmである。蓋上面に題として「新猿樂記　一巻／　巻首缺佚弘安三年鈔本稱名寺舊蔵」の墨書がある（本書、一一五頁、参考図版）。手前の小口に、「第二號乙」と墨書された蔵書票（縦二・七cm、横一・八cm）が貼られている。

(2)包紙

巻子は、厚手楮紙の包紙（縦五二・六cm、横三七・二cm）に納められていた。包紙は、現在は、折畳んで内箱の下に収められている。包紙の外面には、左記の上書きがある（本書、一一六頁、参考図版）。包紙の内面は空である。

（朱書）「下」　（追筆）「續乙部至内部」（朱書）「弘安三年抄
新猿楽記　　鎌倉称名寺蔵書　　一巻
（貼紙墨書）「修覆」　　己未之夏求之　」

包書上書きの書名墨書と「弘安三年抄／鎌倉称名寺蔵書／己未夏求之」（朱書は一部飛ぶが実物で判読可能。飯田瑞穂、二〇〇一、二四五頁）は、前田綱紀によるものと考えられる。「修覆」と書す貼紙の大きさは縦三・九cm、横一・二cmである。この包紙は、延宝七年（己未、一六七九）七月に前田綱紀が弘安三年抄本を借用して、同年八月に返却し、後に改めて入手した際に、調えたものである（石上、二〇〇四、四一頁参照）。

(3)添付文書

内箱の中に、次の二つの文書が収められている。

第一は、（延宝七年）七月二日覚書である（本書、一一七頁、参考図版。飯田、二〇〇一、二四五頁）。文書の料紙の大きさは、紙高一七・七cm、紙長二八・六cmである。

新猿楽記
金澤称名寺江山本孫八郎方ら昨日
取ニ遣申候処称名寺開帳ニ付而
住持御当地江参在之候故留主
居之僧ら住持方迄指越申由
ニ而今晩住持孫八郎方迄持
参仕候而差上申候以上
七月二日　　西坂猪之助
　　　　　　小原惣左衛門
　　　　　　寺西又八

この七月二日覚書に対応する「一新猿楽記　一巻／右鎌倉称名寺より七月二日ニ／指越」の記事が『珍書等志』（古筆極札目録等一五、尊経閣文庫所蔵）延宝七年七月二日条にあるとされている（飯田、二〇〇一、二四五頁）[1]。

第二は、（延宝七年七月）新猿楽記料紙覚である（本書、一一七頁、参考図版）。文書の料紙の大きさは、紙高一九・二cm、紙長五五・六cmである。

（端裏）「鎌倉ら出新猿楽記可持添書付」
新猿楽記次第
祭似
世路

負之
袖飄
開万〔方〕
猶凡
九御
徳太子
之代
黛以
風障
馬迺
睡大
頭鶏
侶見

この文書は、弘安三年抄本（巻首二紙欠）の現存第一紙から第一五紙（巻尾）までの各料紙の第一行行頭の文字を記録したものである。

⑷表紙

弘安三年抄本は、近代に、古抄本・康永三年抄本と併せて同体裁で修補されており、新補表紙と軸附けの様態は三本ほぼ同じである。本文の巻首二紙欠失のため、原装訂における表紙の有無は不明である。現表紙は、薄縹色の斐紙で、大きさは縦二七・八cm、横一九・三cmで、表紙の押え竹は幅四mm、表紙の見返し面への折り返しの幅は一・〇cmである。巻緒は、薄黄色地平打紐である。見返しの料紙は無地の楮紙であり、本文料紙と継がれる左端（表紙の右端）の紙高は二七・七cmである。表紙には、打付け書きで「新猿樂記」の外題が書かれている。

見返しと本文料紙の間には、巻首補紙六紙（空）が貼り継がれている。巻首補紙の紙長は、第一紙は四・〇cm（表紙見返しとの糊代分三mmは除く）、第二紙は二三・〇cm（右糊代分除く。以下同じ）、第三紙は二三・〇cm、第四紙は二二・六cm、第五紙は二二・五cm、第六紙二〇・一cmである。この巻首補紙は、ほぼ欠失料紙二枚分に相当する長さ（一一五・二cm）にあてられている。

⑸本文料紙と奥書

本文料紙は一五紙である。料紙は、楮紙である。表1に示した如く、料紙の大きさは、紙高は全一五紙平均で、二七・八cm、紙長は第一紙から第一四紙までの平均で四六・一cmである。本文料紙の欠損部には裏に補修紙が当てられ、第一五紙には全面に薄い裏打ち紙が当てられている。

現存第一三紙（原第一五紙。以下、現存料紙の料紙番号を用いる）右端下部の「如」の訓仮名「之」（シ）の第三画の払いが第一二紙との継目下に入っている。この継目は、もと幅二mmであったが、修補の際の継ぎ直しで幅三mmになっていることがわかる。第一四紙と第一五紙は、補修の際に起請継ぎとされ、第一五紙右端で天地墨界右端が切れ、幅二mmの空白となっている。

〔界線〕

本文料紙には、天界、地界の二本の墨横界線と、墨縦界線が引かれている。表1に示したように、一紙行数は二〇行、平均界高は二三・九cm（約八寸）、平均界幅二・三cm（約八分）である。

表1　弘安三年抄本　本文料紙の大きさ及び界高・界幅の計測値

単位：ミリメートル

料紙番号	紙高	紙長	横界			縦界						備考
			天界	地界	界高	行数	左右行		中間行			
							右端	左端	行数	長さ	平均界幅	
1	275	455	25	260	235	20	24	25	18	406	22.6	紙長は右糊代痕２㎜含まず、巻首本文料紙第１紙・第２紙欠
2	277	459	24	261	237	20	24	25	18	410	22.8	紙長は右糊代分３㎜含まず
3	277	458	24	262	238	20	23	25	18	410	22.8	紙長は右糊代分３㎜含まず
4	276	462	24	262	238	20	23	24	18	415	23.1	紙長は右糊代分３㎜含まず
5	278	462	25	263	238	20	23	24	18	415	23.1	紙長は右糊代分３㎜含まず
6	277	460	25	265	240	20	22	24	18	414	23.0	紙長は右糊代分３㎜含まず
7	278	462	25	264	239	20	22	25	18	415	23.1	紙長は右糊代分３㎜含まず
8	279	464	25	265	240	20	23	25	18	416	23.1	紙長は右糊代分３㎜含まず
9	279	463	25	265	240	20	23	25	18	415	23.1	紙長は右糊代分３㎜含まず
10	278	461	24	264	240	20	23	24	18	414	23.0	紙長は右糊代分３㎜含まず
11	279	461	26	265	239	20	22	24	18	415	23.1	紙長は右糊代分４㎜含まず
12	279	462	27	266	239	20	22	25	18	415	23.1	紙長は右糊代分２㎜含まず
13	278	462	27	266	239	20	20	25	18	417	23.2	右端継直し、紙長は元右糊代分２㎜含まず、現右糊代分３㎜
14	278	460	25	265	240	20	22	25	18	413	22.9	紙長は右糊代分３㎜含まず、左糊代分３㎜含む
15	278	360	25	265	240	16	25	17	14	318	22.7	左端切断
紙高平均	277.7											
紙長平均		460.8										第１紙・第15紙を除く
界高平均					238.8							
界幅平均											23.0	

注（１）料紙番号は、現存料紙の紙番号。
（２）紙高は、右辺で計測した。
（３）紙長は、地辺で計測した。但し、右端の継目糊代下を含めない。修補の際の貼り直しによる糊代幅の0.5～１㎜程度の変化（紙長の増減を生じる）は無視し、現状の糊代を除外した部分の長さを計測した。
（４）横界の天辺からの位置は、料紙右辺（右辺に欠損がある場合はその近傍）で計測した。料紙左端の横界線の天辺からの位置は、修補の際の貼り直しにより１㎜程度の段差が生じている場合もあるが、ほとんどの場合に次紙の右端の位置に一致する。
（５）界高平均は、天界と地界との間の長さ（界高）の平均値を示す。

〔巻首の欠失〕

第一紙の右端上に、「首二葉缺逸」と書かれた附箋（本書、一一七頁、参考図版。縦五・九㎝、横一・〇㎝）が貼り附けられている。現存第一紙の書き出しは「祭似」である。康永三年抄本は、一行一五字前後詰めで、「祭似」の前まで首題を入れて四三行と三字ある。首題を除き一行一五字として概算すると、文字数は六三三字である。弘安三年抄本は一行一七字前後詰めなので、欠失行数を推算すると三七行、余り四字となる。現存の第一紙が二〇行なので、原第一紙一九行、原第二紙二〇行とすると、首題一行を除いて本文三八行となり、第一本妻の段での改行を考えれば、三七行余り四字が二紙分となる。したがって、弘安三年抄本の巻首欠失料紙数は二紙であることが確認される。

第一紙（原第三紙に相当）の右端は、巻首補紙第六紙の上にのり（裏に新継目糊代四㎜あり）、上部に幅二㎜の継目剥がし取り痕があり（天墨界が右端より二㎜欠ける）、下部に継目剥がし残りがある。原第二紙の左端下部に当たる剥がし残りには、第一紙第一行下部の「専」「祭叩蚫」の訓仮名「タヲ」（「タ」は残る）と「マツリ　タ、イテ　アハヒ」（右半部は継目剥がし取りにより欠）が残る。

〔紙背〕

本文一五紙の裏には、巻末第一五紙（原第一七紙）裏を首にして、漢詩のみよりなる『和漢朗詠集』巻上が書かれている。『和漢朗詠集』巻上は、秋の蘭の途中までで、後欠である。したがって、『和漢朗詠集』巻上は、『新猿楽記』の裏面に二次的に書かれていることがわかる。

第一五紙裏右端から第一四紙裏右端より左へ三・五㎝の位置まで（首題・目録及び本文冒頭の「春／立春」まで）、全面に薄い裏打ち紙が当てられている。また、第一四紙裏から第一三紙裏まで、天辺に幅三・二㎝程の薄い補修紙が当てられている。第一二紙裏から第一〇紙裏には地辺に、第七紙裏から第五紙裏には天辺に、さらに第三紙裏から第二紙裏の半ばまで地辺に、それぞれ幅二～三㎝の補修紙が貼られている。

裏面の墨書は、第一五紙裏・第一四紙裏では細い線で書かれているが、進むに従い次第に線が太くなる。裏面の『和漢朗詠集』巻上は表面の『新猿楽記』と同一人により書写されたと見てよい。

〔巻末と奥書〕

第一五紙は(2)、第五行に尾題「新猿樂記一巻」（本文と同筆）が書かれ、一行空けて第七行～第一二行に、本文と同筆で本奥書（第七行～第八行）、本文及び本奥書と筆跡を変えて崩した書体で書写奥書が書かれている。本文及び本奥書と書写奥書は同一人が書いたものと見てよい。

（本奥書）
仁治四年癸卯正月六日此書功已了　　虎熊丸
令書寫所者法花堂之下板屋之下筆書了

（書写奥書）
「弘安三年三月一日
武州六浦荘金澤山稱名
寺弥勒堂谷書寫
事了　　　　　　　　」

奥書の左方の第一三行から第一六行（幅一・七㎝分残る）までは空白で、第一六行の途中で切断されている。紙背の『和漢朗詠集』巻上は、第一五紙裏右端（表からは左端）から五㎝（本文二行分にあたる）の空白を設けて、「和漢朗詠集上」の首題を記しているので、紙背を『和漢朗詠集』

に転用した際に、切断されたことがわかる。第一五紙左端の虫損の穴の間隔は三・一㎝、その右方が三・九㎝である。第一五紙は残存紙長三六・〇㎝で、第一四紙までの平均紙長四六・一㎝に比較して九・九㎝短い。しかし、現状の左端で巻径が一㎝弱になるので、軸径が八㎜程度として、軸附けは現在の左端のすぐ左でなされていたと推定される。紙背に『和漢朗詠集』を書写する際に、軸巻き附けで糊汚れのあった部分のみ数糎切除されたと推定される。

現在は、長さ約二三㎝（第一五紙との継目糊代分〇・三㎝除く。軸巻き附けまで一六・七㎝）の新補の軸附け紙に、新補軸（径一・二㎝）が取り附けられている。

3　古抄本

(1)箱

古抄本の箱（内箱）は巻子一本を納めるためのもので、桐の白木の印籠蓋の箱である。大きさは、縦三一・八㎝、横七・四㎝、高さ六・九㎝（蓋の高さは二・三㎝）であり、身の内法は縦三〇・二㎝、横五・八㎝である。蓋上面に題として「新猿樂記　一巻／　古抄本」の墨書がある。手前の小口に、「第二號丙」と墨書された蔵書票（縦二・七㎝、横一・八㎝）が貼られている。

(2)包紙

巻子は、厚手楮紙の包紙（縦四二・〇㎝、横二八・三㎝）に納められていた。包紙は、現在は、折畳んで内箱の下に収められている。包紙の外面には、左記の上書きがある（本書、一一六頁、参考図版）。包紙の内面は空である。

一　（貼紙）「古書中子下藝」（追筆）「丙第九番」
新猿樂記　天和癸亥林鐘中旬　後藤演乗献上　一巻

包書上書き（貼紙と右傍書を除く）は、前田綱紀によるもので、この包紙は、天和三年（癸亥、一六八三）六月中旬に、前田綱紀が、後藤演乗より古抄本を入手した後に、調えたものであると考えられる。

(3)表紙

古抄本は、近代に、弘安三年抄本・康永三年抄本と共に同体裁で修補されている。現表紙は、薄縹色の斐紙で、大きさは縦二八・四㎝、横二一・八㎝で、表紙の押え竹は幅四㎜、表紙の見返し面への折り返しの幅は一・一㎝である。巻緒は、薄黄色地平打紐である。見返しの料紙は無地の楮紙であり、本文料紙と継がれる左端（表紙の右端）の紙高は二八・五㎝である。表紙には、打ち付け書で「新猿樂記」の外題が書かれている。原装訂における表紙の有無は不明である。

(4)本文料紙

本文料紙は、一部欠失があり二片に分かれる第一紙を含めて、二二紙である。料紙は、楮紙である。表2に示した如く、料紙の大きさは、紙高は、右半部に欠失部があり地辺に欠損のある第一紙を除いた平均で二八・四㎝、紙長は第二紙から第二一紙までの二〇紙の平均で四三・〇㎝である。

〔第一紙の二紙片〕

第一紙は、第一紙片（右側）と第二紙片（左側）に分かれる。二紙片は、それぞれ上部と下部の欠失部の裏に補修紙が当てられ、突合せ状態で接合されている（接合部に一㎜程度の重なりが生じている部分もある）。さらに第一紙片と第二紙片が、天地辺の補修紙を含めて、総裏打ちをなす台紙に貼り込まれている。第一紙・第二紙には、裏に一定間隔の染み汚れがある。第一紙第一紙片と第二紙片の分離部分は、染み汚れに伴う料紙の朽損により生じたと考えられる。二紙片からなる第一紙は、二紙片を合わせた残存紙長三九・一㎝であり、第一紙の復元紙長は、本文料紙の平均紙長四三・〇㎝と比べて三・九㎝短い。

第一紙第一紙片には、首部に約七㎝の空白があり、ついで首題「新猿○記一巻」（○の右傍に「樂」）が墨書される。「樂」は補筆であるが、本文と同筆の追筆と見てよい。巻首の端裏には、外題「新猿樂記」があり、首題と同筆である。但し、外題文字列の左端と料紙端（裏面の左端）の間は「樂」のところで〇・七㎝しかなく不自然であり、修補の際に一㎝前後の幅で、第一紙右端が調整切除されていると推定される。第一紙の破損前の紙長が約四〇㎝であったとすると、平均紙長との差が三㎝程度となり、第一紙の紙長は他の両紙より一行分程度短いことになる。巻首第一紙の紙長が一行程度、第二紙以下より短いことは、巻子の作成・書写の際にはありうることである。

本文第二行（第一紙第二紙片右端）行末の「咒師」の「咒」（下部の「儿」は料紙欠失）の右下に縦横各一㎝弱の逆凸形の紙片が、第一紙片上に貼り込まれている。この小紙片には、微少な墨痕があるが、これは「師」の「巾」の右肩部分にあたる。

〔第一紙第一紙片の形状〕

次に、第一紙第一紙片の形状を説明する。第一紙片は、右半部は台紙の天から〇・九㎝より一五・八㎝の位置まで残り、右端は直線状である。右端は幅三㎜の糊代で新表紙の下に入る。右端は、巻子の続紙の第一紙右端が一行程度切除されることがよくあるが、本書の場合その上にさらに補修の際に僅かに調整のために切除されている可能性が、前述の如くにある。料紙右端の空白（現存長約七㎝）を除き、首題と本文第一行、及び端裏の外題が記される（前述）。下半部は左端部を残し欠失している。右端が残る上半部の最大紙長は、補修天辺より八・二㎝下（本文第二行目「之見」の字間位置で、「之」の第三画の右下の払い〔微欠〕の右）で、一三・五㎝である。上端部の残存長は一三・一㎝（本文第二行行頭の「見」の右上方まで）である。上部は、天辺に欠損があり、右端より左に一三・二㎝残り、途中、右から九・五㎝から一〇・六㎝までの位置に、幅一・三㎝で補修天辺より三・三㎝下方までの欠損部がある（「予」の下半部の「了」の右端微欠）。残存する上半部の下縁部は右端から八・五㎝までで、その左方は、地辺は欠失しているが、下方まで残る。下部残存部の最も左の縁は、補修天辺より二二・二㎝の位置（本文第二行「就中」の字間）で、残存上半部の右端相当位置から左方へ一四・一㎝である。また、下部残存部の左の縁で、残存紙高は、二六・三㎝（補修天辺より二六・五㎝の位置）である。したがって、第一紙片の残存紙高は二六・三㎝、残存紙長は一四・一㎝である。

〔第一紙第二紙片の形状〕

第一紙第二紙片は、上部の左端より右へ一・八㎝から九・一㎝の位置まで天辺が残るが、地辺は波状に欠失している。残存最長紙高は、左端より右へ二・五㎝の位置で二八・一㎝である。したがって、第二紙以降の二一紙の平均紙高二八・四㎝と比較して、地辺は三㎜程度欠失していることがわかる。第二紙片の残存紙長は、右縁の補修天辺より二・八㎝下（本文第二行行頭「見」の傍訓「ム」の右方）のところで、二七・一㎝である。第二紙片左端から第一紙片右端までは、上部

表２　古抄本　本文料紙の大きさ及び界高・界幅の計測値

単位：ミリメートル

料紙番号	紙高	紙長	行数	備考
1	281	391		右半部に欠失あり、右下部欠失、紙高は残存部（左端より35㎜）の最長値、紙長は左右２紙片を接合した長さ（天辺より65㎜下）
2	283	425	16	紙長は右糊代分４㎜を除く
3	283	426	16	紙長は右糊代分３㎜を除く
4	284	429	17	紙長は右糊代分４㎜を除く、第17行は第３紙との継目上に書さる
5	284	429	17	紙長は右糊代分４㎜を除く、第17行は第６紙との継目上に書さる
6	284	430	17	紙長は右糊代分３㎜を除く、右端は継直さる、第17行は第７紙との継目上に書さる
7	284	430	17	紙長は右糊代分４㎜を除く、第17行は第８紙との継目上に書さる
8	284	430	17	紙長は右糊代分４㎜を除く、第17行は第９紙との継目上に書さる
9	285	431	18	紙長は右糊代分４㎜を除く、第18行は第10紙との継目上に書さる
10	285	429	18	紙長は右糊代分４㎜を除く、第18行は第11紙との継目上に書さる
11	284	432	18	紙長は右糊代分４㎜を除く、右端は継直さる、第18行は第12紙との継目上に書さる
12	283	431	17	紙長は右糊代分３㎜を除く
13	284	429	17	紙長は右糊代分４㎜を除く
14	285	431	16	紙長は右糊代分４㎜を除く
15	285	429	16	紙長は右糊代分４㎜を除く
16	284	431	16	紙長は右糊代分３㎜を除く
17	285	432	15	紙長は右糊代分５㎜を除く
18	285	431	20	紙長は右糊代分５㎜を除く、第20行は第19紙との継目上に書さる
19	286	432	19	紙長は右糊代分３㎜を除く、第19行は第20紙との継目上に書さる
20	285	432	19	紙長は右糊代分４㎜を除く
21	285	430	17	紙長は右糊代分３㎜を除く、第17行は第22紙との継目上に書さる
22	285	331	12	左端切除
紙高平均	284.2			
紙長平均		430.0		第１紙・第22紙を除く

注（１）紙高は、第１紙を除き右辺で計測した。
（２）紙長は、第１紙を除き地辺で計測した。但し、右端の継目糊代下を含めない。修補の際の貼り直しによる糊代幅の0.5～１㎜程度の変化（紙長の増減を生じる）は無視し、現状の糊代を除外した部分の長さを計測した。

で三九・一cm（右糊代下〇・三cm含む）である。第二紙片の本文第二行から左端の第一一行までは、行の心心で二三～二三・五cmであるので、無界ではあるが、一行の幅は二・五（八分強）～二・六cm（九分弱）となる。

〔第一紙の補修紙上の補筆〕

第一紙片左端及び第二紙片右端の補修紙には、料紙欠損により生じた筆画の欠損部分についての補筆がなされている。例えば、第二紙片上の第五行の下から二字目の「領」（「令」は「ミ」の上に重書）の左上隅の料紙欠損に対して、補修紙の上に「令」の左上部分が補筆されている。第二紙片上の第六行行末は、「取袴山背」の大半が欠失しており、縦五・二cm、横三・〇cmの大きさの欠損部に、「之」の下半部から地辺にかけて山形の補修紙が裏に当てられている。この補修紙の表に現れた部分に、「取」の「又」の右下払い、「ト」の「、」の右下、「リ」、「袴」の「夸」の右半部、「ハカマ」（「カ」の右上隅と「マ」の右上隅は料紙上に墨痕あり）、「山背」（「背」の「北」の第一画の左端は料紙上に墨痕あり）が、補修紙の上に書かれている。第一紙片と第二紙片の欠損部に補修紙を当て接合した補修は、補修紙に補筆の文字が載ることから、総裏打ちによる台紙貼り込みによる補修よりもかなり前に施されたものであると考えられる。第一紙片右半部の欠損部の補修紙の裏面（表紙面）には、首題の下方の位置に、「□」（本文第一行「京」の右方）、「□」（同「夜」の右方）の墨写りがあるが、『新猿楽記』首部に該当する文字はなく、判読できない。

〔料紙の継目と行〕

第二紙第一行の右傍に加えられた墨書訓仮名は、第一紙の左端に渡って書かれている。第三紙最終行の左端は第四紙に渡る。第四紙と第五紙の継目上には一行が書かれている。以下、料紙の継目を渡る行が多く見られる。第二紙以下においても、行の心心の長さは二・五～二・六cmと一定している。第一〇紙と第一一紙は、継目上の「骨工也」の左右が僅かにずれているので、修復の際に継ぎ直されていることがわかる。

⑸巻末と軸

巻末第二三紙は紙長三三・一cmで、墨付一二行（但し、第二二紙左端にあり第二三紙との継目に左端が渡る行は含めない）で、本文最終行（「如何」）の左に〇・八cmの余白を残して、左端は切断されている。古抄本は、現存料紙上には奥書が記されていない。

第二三紙左端の中央部（「夜」の左方）にある虫損は、右方に五・四cm、五・五cmの間隔で繰り返されるので、この虫損の間隔によれば、料紙左端の巻径は一・七cmとなる。これらの虫損の下方、第一一行「仍記」右端にある虫損の次の虫損は、右方に五・八cm隔てられているので（第九行と第八行の間）、この虫損が生じた時の巻径は一・八cmとなる。いずれにしても、第二三紙の現状の左端のすぐ左に軸が取り附けられていたとすると、軸の直径が一・七cmとなってしまう。一・七cmの直径の軸は想定しにくい。したがって、第二三紙左端と軸（原軸で現在は逸失）までの間にはなお、距離があったと考えられるので、第二三紙左端は切断されていることがわかる。したがって、現在は失われた第二三紙の左端部やさらにその左方に継がれていた料紙に、尾題や奥書が書されていたことが推測される。

現状は、第二三紙の次に、補修の際に加えられた軸附け紙（楮紙）が貼り継がれている。軸附け紙は、紙高は二八・二cmで、紙長は軸巻き附けの手前まで一六・三cm（右糊代分〇・三cmを除く）、軸巻き附け部分は六・四cmで、合計二二・七cmである。新補の軸は直径一・四cmである。

4　康永三年抄本

(1)箱

康永三年抄本の箱（内箱）は、桐の白木の印籠蓋の箱である。大きさは、縦三一・八cm、横七・四cm、高さ六・九cm（蓋の高さは二・四cm）であり、身の内法は縦三〇・二cm、横五・八cmである。蓋上面に題として「新猿樂記　一巻／　康永三年鈔本有青松題名」の墨書がある。手前の小口に、「第二號甲」と墨書された蔵書票（縦二・七cm、横一・九cm）が貼られている。

(2)包紙・題簽

巻子は、厚手楮紙の包紙（縦四一・六cm、横五五・五cm）に納められていた。包紙は、現在は、折畳んで内箱の下に収められている。包紙の外面左端には、左記の上書きがある（本書、一一六頁、参考図版）。包紙の内面は空である。

（貼紙墨書）「内第九番」
（朱書）「古書中」（墨書）「下」
新猿樂記　　　　　一巻
青門主之御本申請之畢延宝庚申

包書上書き（貼紙と右上傍書を除く）は前田綱紀によるもので、この包紙は、延宝八年庚申（一六八〇）に、前田綱紀が、「青門主」より康永三年抄本を入手した後に、調えたものであると考えられる。

内箱の下に包紙と共に、題簽が保存されている。題簽は、薄褐色の楮紙で、紙高二八・六cm、紙長五・七cmであり、表に「新猿樂記　青松」と墨書がある（本書、一一六頁、参考図版）。題簽には、虫損があり、裏打ちが施されている。題簽には、「新」の左下に「亡」の如き墨痕（左文字）があり、裏面には下半部に数字分の墨痕がある。後述のように旧装訂の巻子の表紙の題簽であったと推定される紙片が現在の新補表紙に使用されているので、この題簽は、旧装訂の巻子の表紙に貼り附けられていた題簽ではなく、箱か帙に用いられていたものであろう。

(3)表紙及び巻首貼継紙

康永三年鈔本は、近代に、弘安三年鈔本・古抄本と併せて同体裁で修補されている。現表紙は、薄縹色の斐紙で、大きさは縦二八・八cm、横二二・五cmで、表紙の押え竹は幅四mm、表紙の見返し面への折り返しの幅は一・一cmである。巻緒は、薄黄色地平打紐である。見返しの料紙は無地の楮紙であり、左端（表紙の右端）の紙高は二八・五cmである。表紙には、題簽がある。題簽は、楮紙で、紙高一六・九cm、紙長二・八cmで、「新猿樂　明衡作云々」の墨書がある。この題簽は、現表紙に続かない虫損の穴があるので、旧装訂の表紙に使用されていたものを新補表紙に転用したものであることがわかる。

新補表紙の見返しの左には、本書の伝来に関わる二枚の紙が本文料紙との間に継がれている。巻首貼継第一紙は、楮紙で、紙高二八・七cm、紙長二一・〇cm（右糊代分〇・五cmを含む）で、右端から左に約一cmのところに縦筋がある。この幅一cmの部分には、剥がし取り跡風の傷みが見られる。また、料紙の中央には、左端から右方約一一cmのところ（「此新猿樂記一巻不慮」の行の右

側）まで横の押界がある。第一紙には、左のような墨書がある。なお、「大府卿清原」と「此新猿楽記」以下の間は約七・五糎の空白がある。

大府卿清原
（別筆）「此新猿樂記一巻不慮
令感得者也
貴専」

巻首貼継第一紙の左には巻首貼継第二紙が貼り継がれている。第二紙は、黄褐色の楮紙で、紙高二八・七cm、紙長二一・二cm（右糊代分〇・三cmを含む）である。右端から左に約一cmのところに第一紙と同様の縦筋がある。第一紙と第二紙を貼り継いだ後に、第一紙に裏打ちが施されている。第二紙は、天地の欠損部に補修紙が当てられている。第二紙の表面には天地逆に次の墨蹟（下欠、左欠）がある。

十六年
春秋乃返せし□
儒多幸〳〵必論□
可述聞段々少取
□　□

また、第二紙右端下部の裏面には、正立して「青松」の墨書がある。第一紙と第二紙が、康永三年抄本の旧装訂において果していた機能については後述する。

(4)本文料紙

本文料紙は、二三紙である。料紙は、楮紙である。表3に示した如く、料紙の大きさは、紙高は平均二八・九cm、紙長は第二紙から第二三紙までの二二紙の平均で四五・七cmである。

〔第一紙と第二紙〕

第一紙は、紙長四二・三cm（巻首貼継第二紙との糊代分〇・三cmを含む）、一六行で、首題の右に空白がなく詰まっており、他の料紙より一行、平均紙長より三・四cm短い。第一紙の紙長が短いのは、料紙を継いだのち、書写・成巻の過程で右端が一行分切除されたことによるのか、原装訂から旧装訂に改装された際に切除されたのかの、いずれかと考えることができる。

第一紙から第二紙にかけては紙面に欠損があり、裏から補修紙が当てられ、補修紙の裏にさらに新しい補修紙が当てられている。例えば、第一紙の第三行から第四行の上方が欠損しており、第三行上端の「見物計」の右半部に料紙の欠損が及ぶ。「見」の「目」と「儿」の上部、「物」の旁「勿」（古い補修紙も破損し「勿」の中央部が欠損している）、「計」の旁の「十」は欠損部に当てた古い補修紙の上に墨で補筆されている。「計」は、料紙の上の「言」の右側に残る墨痕三点から旁が「牛」であったことがわかり（「牛」の第一・三画左端と第四画縦棒の撥ね）、もと「許」と書かれていたことが判明する。第三行八字目の「今」（重書きされている。下の文字はあるいは「未」か。欠損部に補筆が加えられるよりも前の本文書写時の重書きと考えられる。第一画「ノ」の左下に返点の「一」の如き墨書あり）には文字の中央部に虫損があり、補修紙が当てられているが、補修紙の上

表３　康永三年抄本　本文料紙の大きさ及び界高・界幅の計測値

単位：ミリメートル

料紙番号	紙高	紙長	横界			縦界						備考
			天界	地界	界高	行数	左右行		中間行			
							右端	左端	行数	長さ	平均界幅	
1	284	423	35	250	215	16	25	29	14	369	26.4	右端は１行分切除か、紙長は右糊代分３㎜含む
2	286	452	33	251	218	17	26	23	15	403	26.9	紙長は右糊代分２㎜含まず
3	287	455	35	252	217	17	27	26	15	402	26.8	紙長は右糊代分３㎜含まず
4	288	456	35	251	216	17	25	31	15	400	26.7	紙長は右糊代分４㎜含まず
5	289	456	33	252	219	17	27	30	15	399	26.6	紙長は右糊代分３㎜含まず
6	288	457	35	252	217	17	25	25	15	407	27.1	紙長は右糊代分３㎜含まず
7	289	455	35	252	217	17	24	33	15	398	26.5	紙長は右糊代分５㎜含まず
8	289	456	35	252	217	17	27	27	15	402	26.8	紙長は右糊代分３㎜含まず
9	289	458	35	254	219	17	27	25	15	406	27.1	紙長は右糊代分３㎜含まず
10	289	459	35	253	218	17	32	23	15	404	26.9	紙長は右糊代分３㎜含まず
11	289	457	34	253	219	17	28	27	15	402	26.8	紙長は右糊代分３㎜含まず
12	289	456	35	254	219	17	26	27	15	403	26.9	紙長は右糊代分４㎜含まず
13	289	458	33	250	217	17	29	24	15	405	27.0	紙長は右糊代分３㎜含まず
14	289	458	35	252	217	17	25	27	15	406	27.1	紙長は右糊代分３㎜含まず
15	289	458	35	253	218	17	27	26	15	405	27.0	紙長は右糊代分３㎜含まず
16	289	458	36	252	216	17	24	29	15	405	27.0	紙長は右糊代分３㎜含まず
17	289	458	35	252	217	17	25	29	15	404	26.9	紙長は右糊代分３㎜含まず
18	289	459	34	252	218	17	25	25	15	409	27.3	紙長は右糊代分３㎜含まず
19	289	458	35	252	217	17	27	28	15	403	26.9	紙長は右糊代分３㎜含まず
20	289	457	35	255	220	17	27	24	15	406	27.1	紙長は右糊代分３㎜含まず
21	289	458	35	254	219	17	25	29	15	404	26.9	紙長は右糊代分５㎜含まず
22	289	454	35	253	218	17	28	25	15	401	26.7	紙長は右糊代分５㎜含まず
23	289	453	35	252	217	17	26	20	15	407	27.1	紙長は右糊代分３㎜含まず
紙高平均	288.5											
紙長平均		456.6										第１紙を除く
界高平均					217.6							
界幅平均											26.9	

注（１）紙高は、右辺で計測した。

（２）紙長は、地辺で計測した。但し、右端の継目糊代下を含めない。修補の際の貼り直しによる糊代幅の0.5～１㎜程度の変化（紙長の増減を生じる）は無視し、現状の糊代を除外した部分の長さを計測した。

（３）横界の天辺からの位置は、料紙右辺で計測した。料紙左端の横界線の天辺からの位置は、修補の際の貼り直しにより１㎜程度の段差が生じている場合もあるが、ほとんどの場合に次紙の右端の位置に一致する。

（４）界高平均は、天界と地界との間の長さ（界高）の平均値を示す。

に補筆はなされていない。そのかわり、天辺の欠損部の補修紙の上に「今」の墨書が加えられている。また、第三行の下から三字目（呪）は料紙の欠損で文字の中央部が失われ（裏に補修紙あり）、僅かに虫穴の下方に「ハ」、左中央に「丶」の字画が残るだけである。下から四字目の「中」は、破損により表面がもやもやとなった料紙の上に中央より上部を欠いて残る。破損の及ぶ「中□」の右傍に「○○」（墨丸）が附されている。ついで下から三字目の残画に対して、文字の右側に横墨線（この線のタッチは後述の「褵褷」の左傍の縦墨線と同じと見られる）を附して「咒抃」と墨書されている。「咒抃」は、第一紙でみると、第九行下方の「褵褷イ」、第一三行右傍の「啇イ」、第一四行下方の「頤イ」、第一六行右傍の「猨イ」などの校異注と同筆と見られる。なお料紙欠損の及ぶ文字の右傍に「○」を附す例に第六行一一字目の「専」がある。第一紙第五行下から六字目の「骨」の下半部の「月」と、五字目の「大」は、欠損部に当てられた補修紙の上に書かれている。「大」の下方には本紙の欠損部の縁に「一」の如き残画がある。この「一」は、古抄本を参照すると「延」の「廴」の下部であることがわかる。第一紙第八行行頭の「万歳之酒」の右半部（「酒」は右上隅）は補修紙の上に補筆されている。第二紙第一一行行頭の「被物」も本紙の欠損があり補修紙が当てられており、天辺に「被物」の補筆がある。

第一紙と第二紙の継目は、第二紙右端の継目糊代（幅三㎜）の幅二㎜ほどの部分が天辺から七㎝下方まで現われており、修復の際に継ぎ直されていることがわかる。

〔界線〕

本文料紙には、天界、地界の二本の墨横界線と、墨縦界線が引かれている。表3に示したように、一紙行数は一七行、平均行幅は二・七㎝（九分）である。第一紙と第二紙の継目を渡る地界について、第一紙第一四行の下方に界線の上下に重なるところが見えるので、本書は料紙貼り継ぎの後に界線が引かれたことが明かである。このような横界線の重なりは、第三紙天界の左方、第五紙地界の左方などにも見える。

第二紙左端の一四・一五・一六本目の縦界線の天界との接点には、縦界線のアタリの墨点が見える。同様のアタリは、第三紙左端上部、第四紙左端上部・下部など多くの料紙に見られる。

⑸ 奥書

第一三紙は紙長四五・三㎝（右糊代分〇・三㎝は含まず）で、平均紙長四五・七㎝と比較して〇・四㎝短いが、天界と地界の左端に横墨線がなく左に続く本文料紙がなかったことがわかるので、ほぼ当初の形状を残していると考えられる。ただし、現状の左端には軸巻き附けの糊痕や糊汚れがないので、第一三紙の左に軸附け紙が継がれていたと考えられる。したがって、改装の際に旧軸と軸附け紙が除去されたとすると、第一三紙の左端は若干切除された可能性もある。

第一三紙の第一三行に尾題「新猿楽記一巻」が本文と同筆で書かれている。第一四行〜第一七行に、次の奥書がある。

（奥書三）「青松」

（奥書二）「或本云式部少輔文章博士兼春宮学士従四位下藤原朝臣明衡作云々
永正十二卯十六吵老眼校點所々直付之了是偏為後学而已　禅阿一七十可哀之」

（奥書一）康永三年七月廿二日於高雄山西谷地蔵院書之
執筆桂王丸生年十七歳
同廿三日移點了同廿四日朱點了同廿五日校合

奥書一の「同廿三日移點了同廿四日朱點了同廿五日校合」は、「執筆桂玉丸生年十七歳」の上方の空いた部分に同筆で追記されている。

第二三紙奥裏上部に、次の奥書が記されている。

（奥書四）先年法身院晋海僧正被恵与于予

奥書一は康永三年（一三七七）七月書写・墨朱加点・校合奥書で本写本の書写年を示し、奥書二は禅阿が永正十二年（一五一五）四月に「校点」を「直付」けたことを示し、奥書四が晋海から某（「予」）に「恵与」したことを示す。これら奥書と巻首貼継第一紙・第二紙の記載との関わり、伝来については後に考察する。

(6) 軸

第二三紙左端の地墨界の一cmほど下に、左から右へ続く虫穴がある。奥書一の下端「歳」の左下の料紙左端から右に一・二cmのところに小さな虫穴があり、その右方、奥書二「阿」の右に料紙左端から五・八cmのところに虫穴があり、二つの虫穴の間は四・六cmである。したがって、この部分の巻径は一・五cm弱となる。したがって、直径一cm程度の軸であったとすると、第二三紙の左には、軸附けまで一〇cm程度の長さの軸附け紙が継がれていたと推定される。

5 称名寺所蔵「金沢文庫断簡集」所収『新猿楽記』断簡

称名寺に伝来した弘安三年抄本との関係で、現在も称名寺所蔵聖教の中に伝わる「釈摩訶衍論私見聞」第四之巻紙背の『新猿楽記』断簡について検討しておきたい。

『新猿楽記』の「釈摩訶衍論私見聞」第四之巻紙背断簡については、酒井憲二「新猿楽記の語彙―付、語彙索引―」が、「現存最古の弘安三年写本は首部二葉を欠くが、うち一葉は近年金沢文庫において発見され「金沢文庫断簡集」（仮題）に収められている」（酒井、一九七五、七五頁）と、その存在を紹介している。しかし、早くに、関靖は、「新猿楽記」の「断簡一葉」について、「金沢文庫旧蔵の「新猿楽記」一巻は、今、尊経閣文庫に所蔵されてゐるが、それには首の一葉を闕いてゐる。処が今度発見の分は、丁度その首部に当る部分であるが、その筆は全然相違してゐるから、これも二種の旧蔵書があつたことが想像される」（関、一九五一、三〇九頁）と述べている。したがって、「釈摩訶衍論私見聞」紙背断簡と弘安三年抄本の関係については、別途検討されねばならない。

武蔵国久良岐郡六浦荘金沢（横浜市金沢区）の称名寺に伝えられた「称名寺所蔵聖教」（神奈川県立金沢文庫保管）中にある「釈摩訶衍論私見聞」は、劔阿（弘長元年［一二六一］生、暦応元年［一三三八］十一月十六日寂）が、「弘安八年（一二八五）五月から八月にかけての時期に鎌倉甘縄無量寿院で行われた「釈摩訶衍論」の談義の内容を筆録したもの」である（福島金吾、一九九八、一七頁）。現在、「称名寺所蔵聖教」には、八冊あった「釈摩訶衍論私見聞」（巻一～巻十六）のうち、「第七第八之巻」（第四十四函三番一）と「第九第十之巻」（第四十四函三番二）の二冊が残る（『称名寺聖教目録』一、文化庁文化財部美術学芸課、二〇〇六年三月。福島、一九九八、一六頁）。「釈摩訶衍論私見聞」第七第八之巻・第九第十之巻は劔阿の手元にあった「金沢氏関係の地方寺院の「沙汰」をめぐる一連の文書群」等を反故にして書写されており、それら紙背文書は「弘安七年から弘安八年にかけての一年間の文書である可能性が極めて高い」とされている（福島、一九九八、二二頁）[3]。

新猿楽記断簡及び紙背聖教　称名寺所蔵（神奈川県立金沢文庫保管）

「釈摩訶衍論私見聞」第四之巻紙背断簡

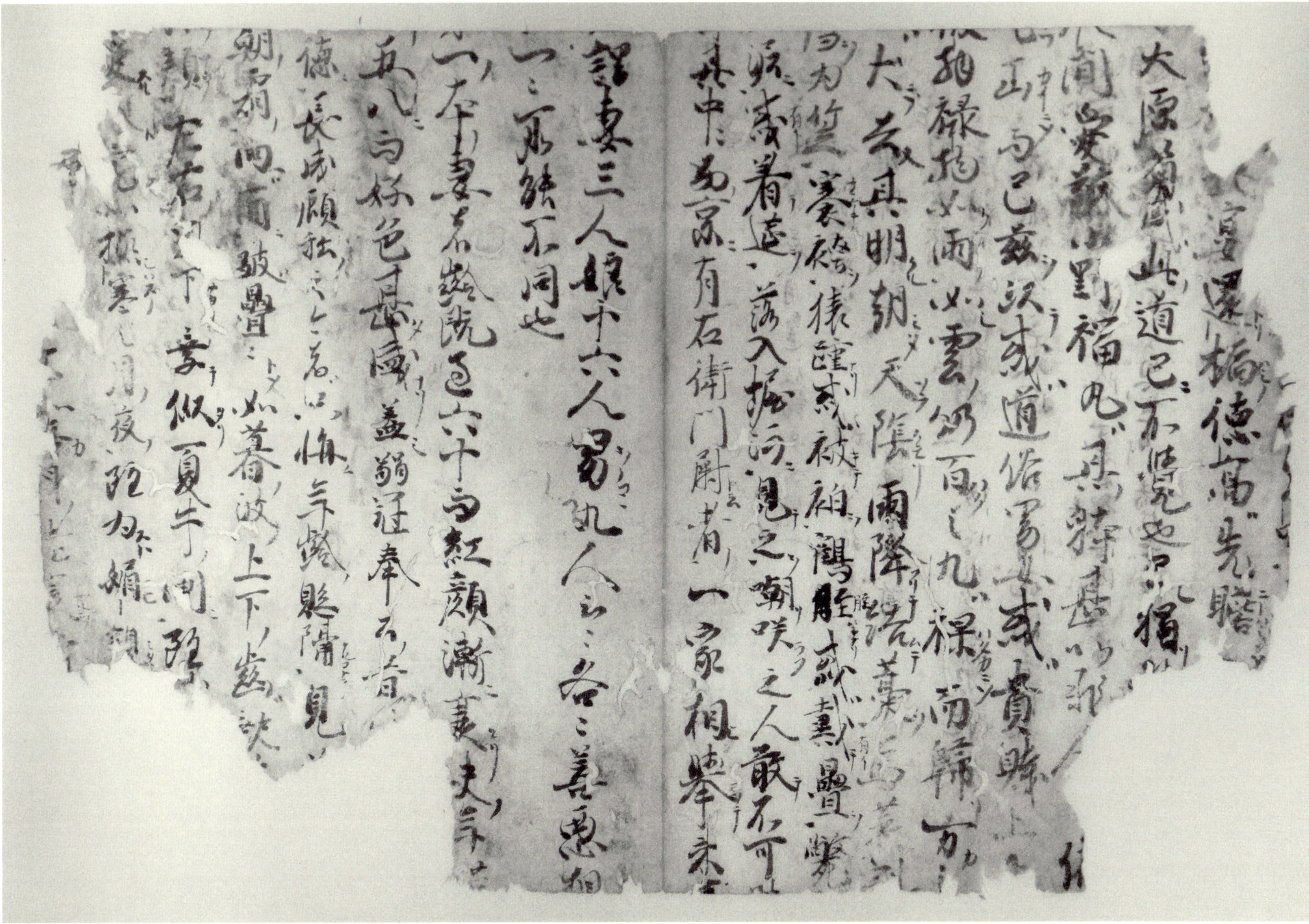

「釈摩訶衍論私見聞」第四之巻　表紙

「釈摩訶衍論私見聞」には、第七第八之巻及び第九第十之巻の二冊のほかに、さらに「金沢文庫断簡集」8に収められる「第四之巻」の表紙一紙が残されており、その紙背（一次利用面）に『新猿楽記』が記されているのである。以下、この『新猿楽記』を、「釈摩訶衍論私見聞」第四之巻紙背断簡と称することとする。

『称名寺聖教目録』三（文化庁文化財部美術学芸課、二〇〇六年三月）には、『新猿楽記』を表として、次のように記されている。

12093【(函)401 (番)0019 ★別置断簡集8】外題〔新猿楽記〕／釋摩訶衍論私見聞〈第四／之巻〉〔表紙〕 内題 他題 年代鎌倉時代 装丁袋綴 紙数1丁 縦寸25.6 横寸38.2 識語（釋摩訶衍論私見聞〈第四／之巻〉表紙裏剱阿筆記）　或寺方丈流罪唐人用途被訪事、彼状云」初謁異朝客誰不哀孤哀」雖壊小賎恥只憐無身資」彼唐人返状云」唐朝万里海難帰　愁怕風吹木葉飛」夜眠切冷無人問　只得求僧去誰知」古人云、眼若睡夢自除心、若起心源（傍記／異万法）空寂」達磨□□要□諫法ノ有ハ、即自心ノ之有ナリ、諸法ノ無ハ即自心ノ無」

「釈摩訶衍論私見聞」の面には、次のように記されている（本書解説、三一頁参照）。

○表紙（料紙右半丁）

（右上）

□⺇　⺆□談義所内聞了

尋問□〔法〕□房若ハ是問己及云々

（右下）

「八号」（同筆ノ後筆カ）

（中央）

（外題）釋摩訶衍論私見聞第四之巻

（左下）

明忍

○表紙見返し（料紙左半丁）

或寺方丈流罪唐人用途被訪事彼状云

始謁異朝客　　誰不哀孤哀

雖懐小財恥　　只憐無身資

彼唐人返状云

唐朝万里海難帰　　愁怕風吹木葉飛

夜眠切冷無人問　　只得求僧告佛知

古人云　眼若不ゝ眠（睡）　諸夢自除　心若不ゝ起（異）　ゝ心ゝ源（万法）ゝ空（一）ゝ寂（如）

達广慜法安云　諸法ノ有ハ即自心ノ之有ナリ　諸法ノ無ハ即自心ノ之□ナ〔無カ〕

「或寺方丈流罪唐人」云々からの五行分は、森克己「日宋文化交渉における人的要素」（森、一九七五、八八頁）に、「金沢文庫所蔵称名寺二世剱阿筆の釈摩訶衍論私見聞巻四の表紙裏に剱阿の筆をもって」として紹介されている（唐人返状の七言絶句の第三句・第四句は引用していない）。

『新猿楽記』断簡は、両面に文字が記されているので、虫損の部分などを繕った上、天地左右の四辺に補紙を当てて修補されている。四辺に補紙を当てた外寸は縦二九・五cm、横四〇・五cmであり、料紙の大きさは縦二五・六cm（料紙中央の縦折目位置の長さ）、横三八・五cm（料紙中央部分の長さ）である。料紙の四辺は、紙背に「釈摩訶衍論私見聞」を書写し冊子に仕立てられた際に切除され、『新猿楽記』の毎行行頭第一字と行末の文字が、それぞれ全てまたは殆ど欠損し、表（袋綴装のために折った料紙の右半部）の右端の行（表面第一行）と裏（同じく料紙の左半部）の第九行（裏面の最終行）のほとんどが切除されている。すなわち、『新猿楽記』料紙が反故として「釈摩訶衍論私見聞」第四之巻に再利用された際に、四辺はそれぞれ二cm以上切除されたのである。よって、「釈摩訶衍論私見聞」第四之巻紙背断簡の料紙の元の大きさは、縦は約三〇cm（一尺）、横は約四五cm（一・五尺）であったと推定される。なお、この『新猿楽記』は、料紙中央に右半部や左半部の行間よりも幅の広めの空隙があるので、この空隙部分が小口の折目に当たり、袋綴装であったことがわかる。料紙には、書記のための天地・縦の墨界線はない。改装により四辺が切除される前の『新猿楽記』の一行の墨付きの高さは約二七cm（九寸。天地の余白はそれぞれ約一・五cm）、一行の幅は右半丁において一・八cm（六分）程度であったと推定される。

弘安三年抄本は、巻子装で天地と縦の墨界があるので、袋綴装で墨界線のない「釈摩訶衍論私見聞」第四之巻紙背断簡とは明かに別本である。

称名寺から前田綱紀が入手したことが明かである弘安三年抄本と、弘安八年頃に反故とされ「釈摩訶衍論私見聞」第四之巻の書写に利用された「釈摩訶衍論私見聞」第四之巻紙背断簡は、直接には接続するものではないが、弘安年間の同時期に称名寺に所蔵されていた『新猿楽記』写本として、何らかの関連がある可能性を検討することは、後述の如く必要である。そこで、「釈摩訶衍論私見聞」第四之巻紙背断簡の記載内容を示しておこう（本書解説、三〇頁参照）。

○表（料紙の右半丁）

（行）

1 □□□□‐□‐□〔人〕〔為欠〕〔呟〕〔坂〕

2 □□□宴還橋徳高先瞻□〔終増興〕〔而〕

3 □大原菊武此道已不覺也己獨□〔句カ〕〔榮〕

4 □‐間愛敬小野福丸其躰甚以非人□□〔人〕〔偏〕

5 □丐　而已茲以或道俗男女或貴賤上下〔乞〕

6 □‐物禄‐物如雨‐如雲仍百之九裸　而歸万□〔被〕〔之〕

7 □犬　去其明　朝　天陰　雨降　結　嚢為蕢割□

8 □為笠　褰　袴　猿踵　或被袙　鶴脛　或戴　疊‐甃□〔薦〕

9 □泥‐或着莚‐落入堀河‐見之‐嘲咲　之人敢不可□〔勝〕

10 □其中西京有右衛門尉　者‐一家相擧　来□〔計〕〔集〕

（「脛」ハ偏重書）

○裏（料紙の左半丁）

1 □謂妻三人娘十六人男　九人云々各々善悪相〔所〕

2 □一々所能不同也〔須〕

3 □一本妻者齢既過六十而紅顔漸衰　夫年□〔第〕〔僅〕

4 □五八而好色甚盛　蓋弱冠奉公昔□〔偏〕

5 □徳ニ長成顧私之今者只悔年齢懸隔見〔首〕□
6 □朝霜向面皺畳々如暮波上下歯缺〔落〕□
7 〔猿〕□頬左右乳下乗似夏牛閭雖〔致〕□
8 □愛人宛如極寒之月夜雖為媚親□
9 □　□不知吾身老衰〔常カ〕□〔恨〕□

右半丁の右端と左半丁の左端は、それぞれ「釈摩訶衍論私見聞」第四之巻の料紙に転用された際に切除されている。右半丁第一行は、上部と下部が料紙の破損により欠失し、中央部のみ行の左三分の一が残されている。右半丁第一行は、一行一七字として「天性詞剰多而人々為欠呿坂上菊正初冷」と復原される。「釈摩訶衍論私見聞」第四之巻紙背断簡は、序の後半部から「第一本妻」の前半部の内容が記されていることが明かである。そこで、本断簡の『新猿楽記』の冒頭部における位置を確認しておこう。康永三年抄本は、一行一五～一六字で、「釈摩訶衍論私見聞」第四之巻紙背断簡右半丁第一行に相当する行の前には、巻首首題より二〇行ある。したがって、『新猿楽記』は、巻首に首題一行、本文との間の空一行、本文一八行からなる料紙を第一丁として、第二丁である「釈摩訶衍論私見聞」第四之巻紙背断簡に間断なく連なることとなる。『新猿楽記』本文料紙第一丁・第二丁が反故とされ、第二丁裏（現存する断簡）が「釈摩訶衍論私見聞」の表紙、第一丁裏が「釈摩訶衍論私見聞」本文第一丁（表紙から数えて二丁目）に再利用されたのである。『新猿楽記』が一次利用で、「釈摩訶衍論私見聞」が二次利用により書かれたことは、『新猿楽記』の面の料紙天地左右が切除されていること、「釈摩訶衍論私見聞」が、完存するのは二冊であるが、現在まで写本として残されていること、から確認される。

「釈摩訶衍論私見聞」第四之巻紙背断簡を含む『新猿楽記』が反故とされ得たのは、「釈摩訶衍論私見聞」を書した明忍房劔阿が所持しており、劔阿が不用と判断したからである。劔阿が、手元の『新猿楽記』を不用と判断したのは、よりよい内容の『新猿楽記』写本を入手することができたからと考えられる。ただし、劔阿が手にすることができたよりよい内容の『新猿楽記』が、弘安三年本そのものか、あるいはその写本またはその親本か、または全く別の系統の写本であったかについては、後に改めて考えてみたい。

「釈摩訶衍論私見聞」第四之巻表紙紙背断簡と古抄本・康永三年抄本などとの異同を、表4に示す。

表4　新猿楽記断簡と古抄本・康永三年抄本との比較

東洋文庫本		釈摩訶衍論私見聞第四之巻紙背			古抄本			康永三年抄本		
頁	行	料紙	行		料紙	行		料紙	行	
二二	五	右	一	（欠損）	二	八	餘、右傍朱仮名「アマサへ」、左傍「剰イ」	二	五	剰、右傍仮名「アマサへ」
二二	六	右	一	〔人〕〔為欠呿　坂〕□□□□□・□（僅存）、「欠呿」字間左側ニ墨訓合符	二	八	人々為吹咲坂、「為」右傍朱仮名「ナス」、「吹咲」字間中央ニ朱合符ト右傍朱仮名「アクヒヲ」	二	五	人々為欠呿坂、「為」右傍仮名「ナス」、「欠呿」朱訓合符ト右傍仮名「アクヒヲ」
二二	七	右	四	已ノ下、ナシ	二	一〇	ナシ	二	七	以、右傍仮名「テ」

東洋文庫本 頁	東洋文庫本 行	釈摩訶衍論私見聞第四之巻紙背 料紙	行		古抄本 料紙	行		康永三年抄本 料紙	行	
二二	九	右	五	丏〔「山」ノ上ニ「一」ヲ加エタ如キ字形〕、右傍仮名「カイニメ」	二	一二	丏〔「山」ノ上ニ「ノ」ヲ加エタ如キ字形〕、朱去濁声点、右傍朱仮名「カイニシテ」	二	九	丏〔「勹」ノ中ニ「止」〕、右傍仮名「カイニシテ」、左傍「丏」〔「勹」ニ「丂」ノ如キ字形〕
二二	九	右	五	而ノ下、ナシ	二	一二	不可衆中一烈近代驚耳目者纔四五人而（声点・仮名・返点略ス）	二	九	不可衆中一列近代驚耳目者纔四五人而（仮名・合符・返点等略ス）
二二	九	右	五	ナシ	二	一二	烈、右傍中央朱点（入声点カ）、右傍朱仮名「レッス」	二	九	列、右傍仮名「ス」
二二	一〇	右	五	茲以、右傍仮名「ヲ」「テ」	二	一三	以茲、「茲」右傍朱仮名「レヲ」	二	九	以茲、右傍仮名「ヲ」「コ、ヲ」
二二	一〇	右	五	或（「女」ノ下）	二	一三	ナシ	二	一〇	或、右傍仮名「ハ」
二二	一一	右	七	犬ノ下、ナシ、「犬」右傍仮名「ニメ」	二	一五	而	二	一二	而、「犬而」右傍仮名「ニシテ」、左傍仮名「イヌニメイ」
二二	一一	右	七	蓑	二	一五	衣、右傍仮名「ト」	二	一二	蓑、右傍仮名「ミノト」、左傍ニ墨線ヲ附シ地ニ「衣」
二二	一二	右	八	褰、右傍仮名「カ、ケテ」	二	一六	蹇、右傍朱仮名「カ、ケテ」	二	一三	褰、右傍仮名「カ、ケテ」
二二	一二	右	八	袙、右傍仮名「ヲ」	二	一六	袙、右傍朱仮名「ヲ」、左傍仮名「ア□メヲ」（半存）	二	一三	袙、右傍仮名「アコメヲ」、ソノ右「袖イ」
二二	一二	右	八	脛〔「月」重書〕、右傍「脛」、右下仮名「ハキナリ」	二	一六	脛、右傍朱仮名「ハキナリ」	二	一三	脛、右傍仮名「ハキナリ」
二二	一二	右	八	或、右傍仮名「ハ」、「戴」右傍ニ「有イ」	二	一六	或、右傍「有イ」	二	一三	有、右傍仮名「ハ」
二三	一	右	九	河、右傍仮名「ニ」	三	一	川、右傍朱仮名「ニ」	二	一四	河、右傍仮名「ニ」
二三	一	右	九	嘲咲、右傍仮名「リ」「ラフ」	三	一	朝〔「亨」ヲ「草」ニ作ル〕咲、右傍朱仮名「アサケリワラ」、「朝」左傍仮名「アサムキ」	二	一四	嘲哢、朱音合符、右傍仮名「アサケリ」「ル」、「哢」ノ右傍「咲イ」（右肩朱合点）
三〇	一	右	一〇	其	三	二	之、右傍仮名「コ」「ノ」（朱）	二	一五	此
三〇	二	左	一	男ノ下、ナシ	三	四	八	二	一六	八
三〇	二	左	一	々（各ノ下）	三	四	ナシ	二	一七	々
三〇	二	左	二	也	三	四	云々（小字）	二	一七	也
三〇	二	左	三	過	三	五	ナシ	三	一	過、右傍仮名「テ」
三六	一	左	三	年ノ下、ナシ	三	五	ナシ、「年」右傍朱仮名「ハ」	三	二	者、「年」右傍仮名「ハ」
三六	二	左	四	盛ノ下、ナシ	三	六	矣	三	二	矣
三六	二	左	四	弱	三	六	弱、朱入声点、右傍仮名「シヤク」、左傍「爵イ」	三	二	弱〔異体〕、朱入濁声点
三六	二	左	四	公ノ下、ナシ	三	六	之	三	三	之

東洋文庫本		釈摩訶衍論私見聞第四之巻紙背			古抄本			康永三年抄本		
頁	行	料紙	行		料紙	行		料紙	行	
三六	四	左	六	鈹、右傍仮名「ハ」	三	八	鈹〔「翁」ヲ「ヨ」「ヨ」「ノ」ヲ合セタ字形ニ作ル〕、右傍朱仮名「シハニ」	三	五	鈹〔「翁」ヲ「ヨ」「ヨ」ヲ合セタ字形ニ作ル〕、右傍仮名「シハニ」、地ニ「鈹イ」（右傍仮名「シワ」）
三六	四	左	六	□〔缺〕	三	九	缺〔「缶」ヲ「乗」ニ作ル〕、右傍朱仮名「カケ」	三	五	缺〔「缶」ヲ「垂」ニ作ル〕、右傍仮名「カケ」、地ニ「缺イ」（右下仮名「カケ」）
三六	四	左	七	頬、右傍仮名「早早」	三	九	頰、右傍朱仮名「ノ」	三	六	頬、右傍仮名「ホウノ」、左傍仮名「ツラ」
三六	四	左	八	乗（草書体）、右傍仮名「テ」	三	一〇	垂、右傍朱仮名「テ」、左傍仮名「カ、テ」	三	六	垂、右傍仮名「テ」、左傍仮名「タテ」

二　三本の伝来

1　弘安三年抄本

(1)「釈摩訶衍論私見聞」第四之巻表紙紙背『新猿楽記』残簡と弘安三年抄本

劔阿が、弘安八年（一二八五）の五月（あるいはそれ以前。第九第十之巻は五月五日より六月二十五日の談義）から八月（あるいはその後の時期に及ぶ。第七第八之巻は七月九日より八月九日の談義）にかけての時期に鎌倉甘縄無量寿院で催された『釈摩訶衍論』の談義を筆録したものが「釈摩訶衍論私見聞」八巻（袋綴装、八冊）であり、かつ冊の全体が残る第七第八之巻と第九第十之巻の「紙背文書は弘安七年から弘安八年にかけての一年間の文書である可能性が極めて高いと考えられ」（福島、一九九八、一七・二三頁）、かつそれらの文書は劔阿の手許にあった書状であった。したがって、第七第八之巻・第九第十之巻の僚巻である第四之巻の紙背の『新猿楽記』も劔阿の手許にあり反故にされたものと考えてよい。そこで、「釈摩訶衍論私見聞」第四之巻に使用された『新猿楽記』は、劔阿自身が書写し不用となった写本である可能性が生じる。

「釈摩訶衍論私見聞」第四之巻と紙背の『新猿楽記』の文字を比較すると、両者の筆致が極めて似ていること、仮名にも異同がないことがわかる。一般に、同一人の聖教・典籍書写でも、その楷書・行書の筆致には、書写対象により謹直に書く場合、書写対象の書風や書体に倣う場合があることが想定されるので、書写者の記名のない場合は書写者の同定は慎重でなければならないことは、言うまでもない。しかしながら、劔阿の弘安年間以降の積極的な聖教、さらには古筆や図書の収集（納富、一九八二、三七三―三八九頁。福島、一九九八、一九頁）の姿勢からみて、劔阿の手許に自ら書写した『新猿楽記』の写本があった可能性がある。したがって、「釈摩訶衍論私見聞」第四之巻紙背『新猿楽記』断簡（冊子本の巻頭の本文第一紙に相当）の文字が劔阿の楷書・行書（僅かに右上がりで太目の筆遣い）に似ていることから、『新猿楽記』断簡は、劔阿が書写し所持していたもので、不用となり反故として「釈摩訶衍論私見聞」第四之巻の料紙に転用されたものであるとみてよい。

このように考える場合、注意しておくべきことは、『新猿楽記』冊子本巻頭本文第一紙の反故と

しての使用のされ方である。現在「釈摩訶衍論私見聞」第四之巻表紙に使用されているのが冊子本『新猿楽記』の巻頭の本文第二紙（表紙は除く）にあたり、首題と本文冒頭を書した本文第一紙の紙背は第四之巻の本文第一紙（欠失）として使用されたことになる。そうすると、「釈摩訶衍論私見聞」第四之巻の表紙の次の本文第二紙以降は、『新猿楽記』料紙反故ではない料紙が使用された可能性が生じる。一方、『新猿楽記』本文第三紙以下は、巻頭二紙と順を逆にして「釈摩訶衍論私見聞」第四之巻の第三丁以下に使用されたのか「釈摩訶衍論私見聞」の他の冊に使用されたか、全く別のものに転用されたかまたは使用されなかったか、あるいは第三紙以下は存在しなかったことになる。

次に考えねばならないのが、称名寺寺内で書写され称名寺に伝えられたことが明かである弘安三年抄本（巻子本）と、「釈摩訶衍論私見聞」紙背『新猿楽記』残簡（冊子本）との関係である。弘安三年抄本の書写奥書には、既に紹介したように、「弘安三年三月一日、武州六浦荘金澤山称名寺弥勒堂谷書寫事了」と記されている。そこで、検討しなければならないのは、弘安年間の史料に現われる称名寺弥勒堂と弘安三年抄本の書写との関係である。

納富常天「称名寺の基礎的研究」によれば（納富、一九八二、三〇四頁）、正嘉二年（一二五九）から元亨三年（一三二三）の結界までの称名寺の堂塔の成立過程は、次の三期となる。

第一期は正嘉二年（一二五八）から弥勒堂が現われない弘安二年（一二七九）までの二十二年間であるが、この期はもっぱら実時堂＝阿弥陀堂（称名寺堂北廊・称名寺南廊・称名寺東面・称名寺潅頂道場）が中心であったことが知られる。

第二期は、弥勒堂が現われる弘安三年（一二八〇）から、方丈が現われない永仁五年（一二九七）までの十八年間で、弥勒堂（弥勒院・知足院・知足之梵宮・慈尊之梵閣・潅頂道場・弥勒院道場・真言道場）・講堂及び僧房（南僧房・西僧房）が中心であった。

第三期は方丈が現われる永仁六年（一二九八）から、称名寺の結界が行われた元亨三年（一三二三）までの二十六年間で、（中略―石上）伽藍結構の上からは金堂・講堂が中心であったことはいうまでもない。

第一期の阿弥陀堂の呼称である称名寺が伽藍全体の総括的呼称となったと思われ、称名寺の草創は阿弥陀堂の草創であり、その時期は正嘉二年以前であるとされる（納富、一九八二、三〇五頁）。阿弥陀堂は、「称名寺絵図並結界記」の称名寺絵図において、金堂前の池の西側に描かれている「稱名寺」の位置にあった。

弘安年間の弥勒堂及び東谷に関わる史料は、次頁の表に掲げたように紹介されている（納富、一九八二、一九九―三〇四頁。正応三年までの史料。弥勒堂・東谷に関わらない史料は除く。若干の語句を追加し文字を統一した）。

弘安三年抄本が書写された「弥勒堂谷」とは、称名寺東谷であることがわかる。すなわち、「東谷」とは、阿弥陀堂を本堂とし称名寺伽藍の中心とする景観認識による、阿弥陀堂の東方の谷筋の表現である。また「称名寺東谷弥勒院」「称名寺東谷知足院」の表現から、弥勒堂（知足院）が谷の北の奥に建立されたので「東谷」が「弥勒堂谷」とも称されたことがわかる。すなわち、東谷・弥勒堂谷とは、金堂伽藍、すなわち「称名寺絵図並結界記」の称名寺絵図の中央に描かれる金堂と池のある地域であり、阿弥陀堂（第一期における称名寺の中心となる堂舎）の東方の地であることがわかる。そして、弥勒堂の本堂を含む弥勒院には、僧坊（東谷僧坊、南僧坊・南僧坊知客寮、西僧坊）もあった。

西暦	年月日	場所	事項	典拠
一二八〇	弘安三年　三月　一日	武州六浦荘金沢山称名寺弥勒堂谷	某、新猿楽記書写	識一三五三
	十月二十五日	武州称名寺弥勒院	劔阿、如法尊勝口決書写	識一九一三
	十月二十五日	武州六浦庄称名寺弥勒院	劔阿、如法尊勝法私記書写・一枚	識一九一五
	十月二十八日	武州六連金沢弥勒院	劔阿、題未詳聖教書写校合	識二六七四
一二八一	弘安四年　三月　十三日	武州六浦荘金沢之郷称名寺東谷弥勒院之南僧坊知客寮	劔阿、駄都法口伝集上書写	識一六五六
	三月二十四日	武州六浦荘金沢郷称名寺弥勒院	某、駄都口伝書写	識一六五一
	六月　十一日	武州六連荘金沢山称名寺東谷知足院南僧坊	某、愛染明王口伝書写・校合	識　三五
	六月二十四日	武州六浦荘金沢之郷称名寺弥勒院	劔阿、両頭八臂愛染王記書写	識二五六八
	七月　十六日	武州六浦荘金沢之郷称名寺東谷知足院	劔阿、舎利行法次第書写	識一〇六〇
	閏七月　七日	武州六浦金沢称名寺知足院	劔阿、口伝云并緒勲真言書写	識　四二九
一二八二	弘安五年　三月　八日	武州六浦之荘金沢〔　〕弥勒院之南僧坊知客寮	劔阿、駄都法口伝集中書写	識一六五六
	九月　二十日	武州六浦之荘金沢郷称名寺弥勒院西僧坊	見阿、玄秘鈔下書写	識　五九一
	十月　十五日	武州金沢称名寺僧坊	明忍、諸尊護摩抄書写・校合	識一二九七
一二八三	弘安六年　二月二十二日	武州六浦荘金沢称名寺東谷僧坊	円阿、秘鈔第一書写・交点	識二〇〇一
一二八六	弘安九年　四月　四日	武州六浦庄金沢称名寺知客寮	劔阿、不動法書写	識二一四九
	閏十二月　三日	金沢称名寺僧坊	随音、維摩経略疏書写	識二四六八
一二九〇	正応三年十一月――	金沢幽谷知足梵宮	劔阿、題未詳聖教書写	識二八七四

典拠欄の「識」は、『金沢文庫古文書』第十輯・識語篇㈠、第十一輯・識語篇㈡、第十二輯・識語篇㈢（金沢文庫、一九五六・五七・五八年）を示す。

右に掲げた一七例のうち、一二例が劔阿（見阿、明忍を含む）の書写校合識語であり、そのうち弥勒院（知足院）における書写が、僧坊（弥勒院之南僧坊・弥勒院西僧坊）も含めて一〇例である。「知客寮」を弥勒院南僧坊知客寮とし、「僧坊」を弥勒院僧坊すると、一二例全てが弥勒院での書写識語となる。参考までに、『新猿楽記』弘安三年抄本書写奥書（再掲載）と、劔阿書写聖教の二つの弘安三年識語を掲げておこう。

○『新猿楽記』弘安三年抄本書写奥書

弘安三年三月一日、武州六浦荘金澤山稱名寺弥勒堂谷書寫事了

○称名寺聖教　二九〇　「如法尊勝法私記」（識語篇　一九一五）

弘安三年初冬廿五日、武州六浦庄金澤郷稱名寺彌勒院書寫了

（朱）「同月廿五日子時、一交了」

金剛末資「kaM-a」（劔阿）

○称名寺聖教　二九八　「如法尊勝口決」（識語篇　一九一三）

弘安三年初冬廿五日子時、於武州金澤稱名寺彌勒院書寫了　金剛仏子　金剛名資「kaMa」（劔阿）

劔阿が称名寺に入寺した時期は不詳とされているが、「弘安二・三年頃には既に称名寺に止住又は出入してゐたことが察せられる」（関靖、一九五一、一〇一頁）とされ、弘安二年（一二七九）正月には、文永四年（一二六七）九月下旬に称名寺に入寺し長老となった審海（寛喜元年［一二二九］生、嘉元二年［一三〇四］六月十三日寂）に不動潅頂を受けている（納富、一九八二、三三一・三七三頁）。劔阿は、称名寺に入り、弘安年間、弥勒院の僧坊に住していたと推定される。初期の称名寺聖教の中で、弥勒院での書写を示す聖教（現在まで伝えられているもの）の多くのものが劔阿によるものであることは、逆に弥勒院に関わる識語を有する聖教・典籍については、劔阿が書写者・所持者と明記されていなくても、劔阿との関係を検討する必要があることがわかる。そこで、改めて、称名寺に延宝七年（一六七九）まで伝来していたこと、および弘安三年に称名寺弥勒堂谷で書写されたことが明かな弘安三年抄本『新猿楽記』を、劔阿との関わりの有無の視点から見直す必要がある。

劔阿書写・所持であった「釈摩訶衍論私見聞」第四之巻表紙紙背『新猿楽記』残簡（冊子本の本文第二丁）と、弘安三年抄本とを比較してみると、書写時の違いや界線の有無を考慮しても、少し右上がりで正方形に近い形を占める文字、行書体を交える書き方、太目の線、仮名が全体としてよく似ている。展覧会図録などで紹介されている劔阿の筆になる聖教の表紙の題や本文などの、やや右上がりで太目の線の文字の雰囲気は、弘安三年抄本にもうかがえる。もちろん、両本には同じ部分がなく直接の比較はできない。また弘安三年抄本の書体のほうが「釈摩訶衍論私見聞」第四之巻紙背本よりも墨が濃く見えるなど、雰囲気の異なるところもある。さらに、弘安三年抄本の書写奥書はわざと草書体で書かれており、劔阿の楷書体・行書体との比較ができない。

ところで、弘安三年抄本の親本は、本奥書によれば、仁治四年（一二四三）正月に虎熊丸が書写したもので、その書写の場は「令書寫所者、法花堂之下板屋之下筆書了」とあり、法花堂に附属する板屋であったことがわかる。仁治四年に『新猿楽記』が書写された板屋がそのもとにあった法花堂とは、鎌倉の大倉の法華堂か、鎌倉の佐々目谷の法花堂のいずれかと考えられる。佐々目谷の法花寺は、弘安の頃の別当は公寛（元仁元年［一二二四］生、永仁三年［一二九五］寂）であり、北条一門と深い関係があったとされる（櫛田、一九六四、六五六頁）。劔阿は、永仁三年（一二九五）・正安三年（一三〇一）に定祐が文永七年（一二七〇）に法花寺で書写した聖教を転写している。[4]このような劔阿と法花寺との係わりと、法花堂に伝来していた可能性のある仁治四年書写本『新猿楽記』の転写本である弘安三年抄本が劔阿筆である可能性との関係について検討の必要があると考えている。[5]劔阿の書に詳しい識者の教示を得たい。

⑵傍書・仮名・声点・合符・返り点

弘仁三年抄本においては、本文文字と、脱字を挿入符（小さい墨圏点）を附して右側に補った文字や、右傍に訂正のために書した文字とは同筆と見てよい。それらの例は、第一紙第四行「百離」、第三紙第三行「字」、同第九行「糯」（「モチ」の仮名も前後の仮名と同筆であり、本文書写時のものである）、同第一二行「倍」、同第一三行「穡」（「ショク」の仮名も同筆）、同第一五行「送」、第四紙第一三行「姓」（「ハ」の仮名も同筆）、第六紙第五行「乏」（初め本文を「立」と書き左上に「ノ」を加えて「乏」に改めたが、念のために右傍仮名「コトヲ」を書いた後に「乏」を傍書したもの）、第七紙第一

一行「術ヲ」、第八紙第九行「私」(右肩に墨合点。本文の「和」は右に「シ」の仮名が振られ「私」の誤記であるので、書写者が底本が「和」と誤写していることを明示するために傍書したものであろう)、第一一紙第六行「和」(仮名「ニメ」)、同第八行「師範ィ本」(仮名「シハン」)、同第一六行「懸盤」、第一四紙第一九行「盡」である。第二紙第六行の「齢」(偏「歯」の下部の「凵」がない字形)の左傍「齢歟」、同第七行の「万」から墨線を引いて天に書いた「方歟」は、本文文字に比べて線が細いが、これらも本文と同筆の後筆と見てよい。おそらく、書写者が、書写後に通覧した際の注記であろう。

傍書文字に仮名が添えられていることは、底本に既に仮名が振られていたことを示している。また、第一二紙第一八行「識」の右傍仮名「カケ」と左傍仮名「ニ」が墨線で抹消されているのは、その下の「懸」の左右仮名を誤まって前の文字に振ってしまったためである。このことも、底本に既に仮名が振られていたことを示している。ただし、本書収載の山本真吾「尊経閣文庫所蔵『新猿楽記』の訓点」によれば、弘安三年抄本の仮名には、鎌倉時代中期から後期の様相を呈する主用墨点の仮名と、主用仮名を補うべく加えられた字体の異なる別筆の仮名の二種があり別筆仮名は特定の話に使用されるとされている。山本説に従えば、主用仮名が書写時に底本の仮名のある部分を転写したもの(仮名字体は書写者が書写時に使用していた主用仮名の字体に改められたことになる)、別筆仮名が書写後にある程度の時を経て書写者か閲読者により底本から転写できた仮名の少ない部分に補われたもの、ということになる。

第九紙第二行「不可仕」は、「可」と「仕」の間にレ点が加えられており、さらによく見ると「可」の文字上にもレ点が見える。これは、底本で「不可」が明白に二字に分かって書かれ字間にレ点が附されていたのを、書写者が「不可」を続けて書いてしまったので「可」の上にレ点を書いたものであると考えられる。このことから、底本に既に返り点が附されていたことがわかる。

別筆字体の仮名の書き入れを別とすれば、底本の仁治四年書写本には、仮名、返り点(上・中・下、レ、一・二・三・四)、声点(小さい圏点を使用)、熟語を示す音訓合符(字間中央の合符が多い)が附されていたことがわかる。それらが、仁治四年書写時のものか、それ以後、弘安三年までの間に添加されていたものであるのかは不明である。

⑶紙背『和漢朗詠集』

弘安三年抄本の現状の紙背には、漢文のみからなる『和漢朗詠集』上の目次と本文が書写されている。目次は春夏秋冬の四季、本文は秋の蘭の第五首(橘直幹の詩)までである。一紙には、現状の表面の『新猿楽記』の墨縦界線による行と同じ行数で書かれている。一行の行頭は、表面の天界線に揃えられているが、行末は表面の地界線をはみだして地辺まで利用して書かれている行がある。『和漢朗詠集』は、現状表面の界線を利用して書写されていることから、一次利用が現状表面の『新猿楽記』、二次利用が現状裏面の『和漢朗詠集』であることがわかる。

『新猿楽記』の巻首欠失料紙は二紙であり、二紙分四〇行では秋の「槿」以下一八項の詩句は収録できない。不足の料紙数紙を左方に貼り継ぎ『和漢朗詠集』上を全て一巻に収めたのか、不足分は別巻に書写したのかはわからない。『和漢朗詠集』を紙背に書写することにより『新猿楽記』が反故となった様子はなく、紙の節約のために巻子の両面に二種の典籍が同一人により書写されて利用されたと考えられる。『新猿楽記』の書写者が劔阿であれとするならば、それと同筆の『和漢朗詠集』も劔阿の書写ということになる。

2　古抄本

(1)書写年代

古抄本の書写年代について、川口久雄「『新猿楽記』の世界」は「弘安九年以前の古鈔本」という重要な指摘をしている（川口、一九八三、三四八～三四九頁）。その論拠は、八郎真人の段の第二一紙第七行の「綾錦」の次に補うべき「緋襟象眼繧繝高麗軟錦東京錦浮線綾」を、弘安九年（一二八六）一阿書写本奥書を有する本（群書類従本の祖本）から派生した写本では、誤って行末の「本朝」の次に組み入れていることによる。そこで、川口は、古抄本を、「弘安九年に一阿が書写した時の祖本と言うべく、しからば本書の書写年代は弘安九年以前に遡りうることとなる」と評価した。また、川口は、弘安九年書写本奥書を有する写本の本奥書を、彰考館所蔵天和元年（一六八一）写本（後述の如く、陽明文庫所蔵古写本も同様）により次のように紹介している。

本ニ弘安九年正月下旬書写畢
　　　　上醍醐寺求法沙門一阿之判
正応六年卯月十八日重以多本点之了
応永卅年卯月十八日
　　　　快　賢（花押）

すなわち、上醍醐寺沙門一阿が、弘安九年正月下旬に書写し、さらに正応六年（一二九三）四月十八日に「多本」をもって加点した写本が弘安九年一阿書写本ということになる。川口は、弘安九年に一阿が書写した写本の親本が古抄本である可能性を論じている。一方、川口は、弘安九年一阿書写奥書と正応六年一阿校点奥書（応永三十年快賢奥書については「快賢」のみ採録）を有する宮内庁書陵部所蔵谷森善臣旧蔵について、室町末期頃の古写本であり、その本文第一行「今夜」の下の二字分空白と第二行「師」の下の二字分空白にそれぞれ「虫クイ」と注記されていることに関して、「二箇所に「虫クイ」とある部分は、まさしく前田家無跋本の虫蝕の部分を指していると思われる」（川口、一九八三、三五〇頁）と指摘している。谷森善臣旧蔵本の当該部分の写真版は、『平安朝日本漢文学史の研究』三訂版・下篇（明治書院、一九八八年、八〇六頁）に掲載されている。古抄本で第一次の補修紙が当てられその上から文字の欠損部分が補筆されている第一紙第六行下端の「取袴山背」は、谷森善臣旧蔵本でも「取袴山背」と書写している（但し古抄本第六行行頭の畳字「城」は採用していない）。また、古抄本第一紙第三行下端の「師」の上の、下半部が欠損している「呪」は、谷森善臣旧蔵本では、「加」と「儿」を合わせた字形に書し、「本ノマヽ」と注記している。このように谷森善臣旧蔵本またはそれが書写した写本が、弘安九年・正応三年一阿奥書を転写し、かつ古抄本冒頭本文第一・二行の欠損と同じ様態を伝えているということは、古抄本冒頭欠損と同じ状態を有する写本が弘安九年・正応三年一阿奥書と応永三十年快賢奥書を有していたこと示していることにほかならない。すなわち、古抄本こそが、上醍醐寺沙門一阿が弘安九年正月下旬書写し、正応三年四月十八日校点し、その後、応永三十年（一四二三）に快賢が一見したか入手したらしい写本そのものと考えられるのである。

「応永卅年」の奥書を記した快賢に関して、東京大学史料編纂所歴史情報データベースで検索すると何人かの候補者がいる。河内国の金剛寺の真言僧快賢は、文中二年・応安六年（一三七三）十一月十七日書写「釈論開解鈔第十七」（金剛寺所蔵聖教）に「四十二歳」、文中三年（一三七四）十

二月十八日書写題未詳聖教に「四十三」とあるので正慶元年（一三三二）生まれであり（『大日本史料』第六編之三十九・四十二）、応永元年（一三九四）十二月十三日印信に権少僧都法印大和尚位とあるときは六三歳、応永五年（一三九八）正月十一日印信・同年四月五日印信并血脈に法印大和尚位・天野寺学頭とあるときは六七歳であり（『大日本古文書』金剛寺文書。『大日本史料』第七編之一・応永元年雑載、三・応永五年雑載）、応永三十年（一四二三）には九二歳となるので、別人と考えられる。山城国の感神院の僧快賢は、明徳四年（一三九三）正月日感神院政所返抄に上座法眼和尚位とあり（『大日本史料』第七編之一・明徳四年雑載）、応永三十年に現役であった可能性はある。大和国の法隆寺の応永十五年（一四〇八）二月日時講田数注文（法隆寺文書）に証人として大法師快賢が見える（『大日本史料』第七編之十一・応永十五年雑載）。『看聞日記』（『続群書類従』補遺）の永享四年（一四三二）八月十四日条から嘉吉三年（一四四三）四月三日条、『親長卿記』（『増補史料大成』）の文明三年（一四七一）四月三・六日条に見える快賢は、承仕法師であり、別人であろう。

川口は、陽明文庫所蔵本は、上醍醐沙門一阿の弘安九年書写・正応三年校点奥書と快賢の応永三十年奥書の写を有する写本を書写した東寺光明院本を延宝八年十一月三日に近衛家で書写したものであると指摘した（川口久雄、一九八三、三五一〜三五二頁）。古抄本は、奥書部分が離脱・欠失した上醍醐寺の沙門一阿の弘安九年書写・正応三年校点本であり（上述）、京都の後藤演乗が天和三年（一六八三）に前田綱紀に献上したものであった（前掲の包紙の銘）。したがって古抄本は、京またはその周辺に伝来していた写本である。奥書が離脱・欠失する前の段階の弘安九年書写・正応三年校点本の写本が、延宝八年（一六八〇）時点で東寺光明院に所蔵されていたことも、弘安九年書写・正応三年交点本が京あるいはその周辺に伝来した写本であったことを推測させるので、応永三十年奥書の快賢も京かその周辺の寺院の僧であったと想定される。しかし、残念ながら、現在のところ、人物を同定することはできない。

⑵朱訓点と墨訓点

古抄本の訓点の特徴は、山本真吾「尊経閣文庫所蔵『新猿楽記』の訓点」により明かにされているところである。

古抄本の訓点の特徴は、朱訓点（仮名・声点・音訓合符・朱引・返点）と墨訓点（仮名・声点［仮名声点も少数あり］・音訓合符・返点）が加えられているところにある。そして、それらの訓点（ヲコト点はない）が本文に書き加えられている状態を、今一度、確認しておこう。

まず、朱訓点のうち、朱仮名は第一紙第三行から第六紙第一六行まで振られている。朱仮名は、原則として本文文字の右傍に書かれる。また、右傍に加えて左傍にも朱仮名が加えられる例もある。なお、第一九紙第一七行「勾」（左傍仮名「ク」）の右傍に朱仮名のようなものが見えるが、これは墨仮名「ニヲヒ」を朱でなぞり抹消しているものと見られる。朱声点・朱合符・朱引の類は第八紙第一三行まで加えられている。第六紙第一七行（第七紙との紙継目上）以降は、朱仮名と同筆の墨仮名が加えられている。朱仮名と同筆の墨仮名は、原則として文字の右傍に書かれ、右傍に加えて左傍に書き加えられることもある。朱声点は、第六紙第一六行「収」に加えられ、その左方七行には書かれず、第七紙第八行、第八紙第三行〜第一三行に書かれて終わる。第六紙第一七行から後述のように朱仮名と同筆の墨訓点としての墨声点（圏点）が、墨の仮名・合符とあわせて多数書き加えられるようになり、巻末まで続く。朱訓点と同筆の墨訓点は、一方で、朱訓点に混じり巻首より文字の右傍に加えられているが、これは朱訓点の書き込みが終わり後続部に同筆の墨で訓点を書き加えた際に、補われたものと考えられる。以上の朱墨の訓点を第一次朱墨訓点

と称することにしよう。

墨仮名には、朱仮名と同筆ではないものもある。そのうちの一類は、巻首第一紙の破損部に補修紙（古い補修紙）を当てた後に、原料紙上の第一種朱墨訓点のうちの墨仮名の欠損文字に大き目の文字で補筆し字形を整えた仮名である。これを仮に補修後墨仮名と称しよう。欠損文字に補筆して字形を整えたものの例には、次のものがある。第六行「取袴山背」の右傍仮名「トリハカマヤマシロ」は、「ト」上部、「マ」右端のみ本紙に残存し、他は補修紙に補筆されている。なお、「背」は、古抄本では第七行行頭の「城」と重なるので、修補して補筆した際に依拠した写本に「山背」とあったので（康永三年抄本の「城」には「背イ」の傍書があり、「山背」と表記した写本があったことがわかる）、本紙上の「一」（欠失文字の左端の部分）を「背」の「北」の左上端と見て補修紙に書き加えられた文字である。残画「一」は、「山」の左下隅である可能性もある。第八行「筋」の右傍仮名「スヂ」は、「ス」の右端のみ本紙上に残存し（補筆なし。あるいは、伝来過程で「ス」の上半部の料紙が欠脱か）、「ヂ」は本紙上に残る下半部（おそらく第一種朱墨訓点の墨仮名）の上に大き目の文字で「チ」を重書してある。補筆の仮名と同様の仮名に、第五行の「領」の右傍仮名「リヤウ」、第八行の「福廣」（「福」の旁は「富」または「畐」）の右傍仮名「フクワウ」がある。なお第一行・第二行の右傍墨仮名も文字が大きいが、第二行行頭の「見物許」の右傍仮名「ム」「ツ」「ハカリノ」は第一紙が左右に断裂した第一紙片と第二紙片の境の上にあり（「ツ」は左右に分裂）、補修以前から本紙上に書かれていた仮名であることがわかる。したがって、第一行・第二行の大き目の墨仮名は、補修後墨仮名ではないことになる。

墨仮名には、第一次朱墨訓点の朱墨仮名よりも一回り小さいものがあり、一巻全体に書き加えられている。この種類の仮名は、第一次朱墨訓点の朱墨仮名が既に右に書かれている場合には左傍に（最初の例が第一紙第四行の「傀儡」の左傍仮名「クヽツマワシ」。「ワ」の字形が右傍の「ワ」と異なる）、両側に書かれている場合はそれらのさらに外側に書かれている（第五紙第二行「務」の右傍朱仮名のさらに右の墨仮名「マツリコト」）。したがって、この種の墨仮名は、第一次朱墨訓点よりも後に書き加えられたものと見ることができる。ただし、補修後墨仮名よりは古いものである。第一次朱墨訓点の仮名は朱墨通じて、「ウ」「テ」「ノ」「ヲ」「キ」などの最終画縦棒が下方に、「シ」「レ」「ン」などの最終画が右に、ゆったりと流れるように書かれているが、第二次墨仮名は全般的に見て小さ目の仮名である。

ここで問題となるのは、巻首部分にのみある大き目の墨仮名である。第一紙第二行・第三行の仮名がこれに当たる。ただし、第三行「見止物止若」の右傍「事(コト)若於(ヲキテ)」の校訂傍書も料紙の断裂境界にのっているので補修以前から本紙にあった文字列であり、後述のように抹消符「止」による校訂は、その多くが書写時に親本より転写したものであるので、書写後に他本との校合で書き加えたものではないと考えられるので、その仮名もおそらく第一次のものであろう。巻首部分にある大き目の仮名のうち、第一行「歴」の右傍仮名「ヘ」は、第二次墨仮名である第一一行「童」の右傍仮名「ワラウヘ」の「ヘ」と似た弧状を呈するが、同筆とまでは言えない。巻首部分の大き目の墨仮名は、第一次墨仮名より後次のもので、第二次墨仮名の前後の時期のものと考えておきたい。

(3) 本文校異注

次に、古抄本の各所に見える本文文字についての校異注記（本文文字の傍書による補入・置き換え、異本注記）を通覧し、それらが書き加えられた時期について検討しておこう。

A　右傍書（一―2は第一紙第二行を示す。以下、同じ）

A1　右傍書による文字補入

①一―2　太○〔（高〕　②八―4　也○〔（姪ハ〕　③一五―11　永○〔ク（求ム〕

④一七―5　一。生〔。不〕（「生」去声点、「不」上声点）　⑤一八―3　昔○役〔ノ（羅トモ〕

⑥二〇―7　至○水。。〔水（山。〕〔止〕（「山」平声点、「水」平濁声点。「水」墨抹シ「至水」ヲ「山水」ニ改）

⑦二〇―8　上手也○早〔（手テ〕〔ハヤク〕　⑧二一―13　命○於〔タリ（交二〕〔ヘテ〕（「二」返り点）　⑨二二―2　調○壹〔。大食。調シキ〕〔イチ〕

A2　右傍書による異本における文字存在表示

①二―3　南○〔ハ常イ〕　②三―15　野〔「町」（朱書）〕　③七―2　物。○。祖米〔ソコク租穀イ〕〔ソマイ〕（「物」入声点、「祖」上声点）

④七―7　也○・占・神・遊〔トイ〕（朱読点。合符ハ墨ノ上ニ朱）

⑤七―16　針○鑷〔キリ錐イ〕〔ケヌキ〕　⑥一六―12　蘆○手〔アシテ水手イ〕

A3　右傍書による別字表示

①一九―15　和〔利リ〕　②二〇―12　圖〔蓋カイ〕（「口」ノ無イ異体）

A4　右傍書による異本（「イ」）表示

①二―16　或〔有イ〕　②八―11　竹束〔ソクチク數竹イ〕　③一三―16　中之〔コノナカノ之中イ〕　④一四―1　偶〔クヘ偏イ〕

⑤一五―8　太郎〔ハクタ白太イ〕　⑥一五―16　娘〔ミハ君イ〕〔ムスメハ〕　⑦一六―4　法。〔イムホム姪。奔イ〕〔淫止止〕（「止」ハ文字ノ上）

⑧一七―5　犯。。〔犯イ〕〔ヲム〕（平濁声点）　⑨一八―5　次郎君者〔禅師イ〕

A5　本文文字抹消（抹消符「止」による）と右傍書による文字置換

①一―2　見止物止者〔コトヲキテ事者於〕　②一四―8　止恵〔悪ム〕

③一五―11　止愛二〔コトヲ止受〕（「二」返点。右傍「止」ハ右傍仮名ノ後ニ加エル）

④一七―9　立○即止〔印ム〕〔止〕　⑤一八―4　罷居〔羅尼ノ〕

A6　左傍墨線附与と右傍書による別字表示

①一六―3　面一々〔モ之歟〕〔ヲモ〕（「一」返点）　②一九―11　者也近江鮒〔イ本无〕（「也近江鮒」同筆ノ追筆カ）

B　左傍書

B3　左傍書による別字表示

①一一―3　胗。脉。〔サム〕〔ミヤクヲ〕〔診チム〕（「胗」平声点、「脉」入声点）

②二〇―15　功名〔ロク名ヲ〕（本文「名」ハ「夕」ト「口」合セタ字形）

③二一―4　緑〔。紺コン〕（「紺」去声点）

B4　左傍書による異本表示

①二―8　餘〔「アマサヘ」（朱）〕〔剰イ〕　②三―6　弱●●冠。〔爵イ〕〔クワム〕（「弱」朱去声点、「冠」朱平声点）

③四―9　紛〔「ツムク」（朱）〕〔「紡イ」（朱）〕　④一八―1　山〔タキ〕〔嶽イ タケ〕　⑤一八―8　足〔ソク〕〔息イ〕

⑥二一―5　紫。。〔。。脂イ〕（「紫」平濁声点、「脂」去濁声点）　⑦二一―10　若〔ハ〕〔蓋イ ケタシ〕

B5　本文文字抹消（抹消符「止」による）と左傍書による文字置換

①九―7　應止二〔鷹〕（「二」返点）　②一五―6　負〔止ノ〕〔眉止マユノ〕

③一六―4　（再掲）法止〔イムホム姪イ奔イ〕〔淫止〕（「止」ハ文字ノ上）

C　本文文字抹消（本文文字に抹消符「止」を伴う）

①一六—11　住信（「信」ガ正シイ）　②一七—10　使便（「便」ガ正シイ）

D　行中字間への文字補入

①一七—3　骸(カイヲ)一於土ノ（「一二」返点、「於」補筆）

E　行の左右への脱文補入

①一四—6　織○離（絍(ツムキ)裁(タチ)縫(ヌフ)甚(コト)以(ツキ)テ筒也家治營。世頗(スコフル)以无跡形也凡六。行(リクカウ)永ク）

②一八—19　所○役（政(マン)所或日代或別當況檢(ハンヤ)田使收納交易佃(ツクタ)臨(リン)時雜(サウ)（行左傍、天ヨセ）

③二一—7　錦（緋(ヒ)襷(アケノコロモ)　象(シヤウカン)眼　繧(ウンケン)繝　高麗　軟(せムキム)錦　東(リヤウキン)涼錦　浮(フセムレウ)線綾（声点略ス））

F　天辺への追筆

F2　天辺への追筆による別字表示

①一六—3　（本文）晝(ヒルハ)　（天辺）書(ヒル)歟

F3　天辺への追筆による異本表示

①一〇—16　（本文）楪(サイツチ)・槌　（天辺）柊(サイツチ)槢イ　②一六—6　（本文）○。歯(シカ)　（天辺）「之イ」

F5　本文文字抹消（抹消符「止」による）と天辺への文字書き入れによる文字置換

①一五—7　（本文）専（「妻」ノ「女」ヲ「寸」ニ作ル字形）　（天辺）妻

Cの①②の抹消符「止」は、本文文字の左上に書かれ、本文文字と墨線の色・筆致が似ており（A5・B5で使用されている「止」とは字形が異なり、二の字点に近い）、書写時に親本に基づいて本文文字と一緒に転写したものか、書写時の誤写をその場で修正せんとしたもの（衍字・誤写見せ消ちの指示）と考えられる。

E①②③は、同筆で、かつ行間に補筆された小字のゆえに線が細いが、本文文字と同筆である。E②の「或」は、第二紙第一六行の「或」と同じ崩し方である。一行分前後の文字数となる行間補筆は、第一次朱墨訓点附加の際に親本との対校によって脱漏に気付き書写して補ったものである。D①の行中字間へ補われた「於」はE①②③と同筆である。E①②③が補写本文と同筆の仮名を備え、またE③が声点を備えているように、親本は仮名・声点を有していたことがわかる。

B4の③は、「紛」の右に第一次朱墨訓点の朱仮名、左に朱による異本注記があり、左傍の朱「紡イ」は最初に朱訓点を附した時に右傍の仮名と一緒に書いたものであることがわかる。したがって、親本に「紡イ」の校異注記があったことがわかる。また、本文校異注記に使用される異本注記の「イ」は、各書き入れの前後の第一次朱墨訓点の仮名の「イ」と比べると、第二画目の縦棒の頭が僅かに右に打ち込んだ形を呈し、第一次朱墨訓点の「イ」と同じ字形であることがわかる。

本文文字の校異注は、第一次朱墨訓点による仮名が、右傍にない場合に校異注（補入、異字など）は右傍に記され（分類A）、右傍にある場合には左傍に記され（分類B）、一行前後に及ぶ書写時の脱漏は行の右傍または左傍に補われる（分類E）。第一次朱墨訓点は、大部分が親本の訓点の転写から成り立つと考えられるので、B4③のような右傍仮名も朱、左傍校異注も朱である事例は、親本が仮名と共に校異注を既に有していたことを示している。

古抄本の本文文字の校異注記のほとんどは、親本書写時の誤写を親本に従い訂正したものか、親本に備わっていた校異注記を一部は書写過程で、大部分は第一次朱墨訓点転写過程で転写した

ものと考えられる。

本稿では、上述のように、古抄本こそが上醍醐寺求法沙門一阿による弘安九年書写・正応六年重点本である可能性（ただし、奥書部分の料紙が欠失）を想定した。この場合に、第一次朱墨訓点と本文校異注記の多くは弘安九年書写時のもの、第二次墨仮名と一部の本文校異注記が正応三年重点時のものとなる。巻頭の大き目の墨仮名の書き入れ時期が第二次墨仮名の前後とすれば、古抄本の訓点・校異書き入れは、あまり年数を隔てずに二段階で行われたことと見ることができると考える。もちろん、写本伝来の過程で、奥書に現われない仮名附与がなされることは十分に可能性があり、応永三十年の快賢奥書が校合を行ったことを示すものである可能性もある。ただし、右の見解は、第一次朱墨訓点と第二次墨仮名の訓点史研究による年代比定により検証されなければならないのであり、仮説であることを再度確認しておきたい。

3　康永三年抄本

(1)地蔵院における書写と校合と神護寺における伝来

康永三年抄本は、康永三年（一三四四）の桂玉丸による書写、永正十二年（一五一五）の禅阿による校点と、一六世紀末または一七世紀初頭の伝来について検討しなければならない。

前掲の康永三年抄本巻末奥書の書写奥書である奥書一によれば、本写本は、京の北郊、高雄山神護寺の西谷の地蔵院において、桂玉丸（おそらく稚児）が、康永三年七月二十二日に書写し、翌二十三日に移点し、二十四日に朱点し、二十五日校合したものである。同奥書の奥書二によれば、永正十二年四月十六日に、老僧禅阿が「校点」し「所々直し付け」た、すなわち校合した。禅阿は、奥書二の冒頭に「或本」を引いて作者が藤原明衡であると記しているが、この「或本」とは対校に使用した写本であろう。

高雄山神護寺の西谷（本堂の西北方の地区）の地蔵院は、貞永元年（一二三二）から応永二十三年（一四一六）までの神護寺の交衆の記録である「神護寺交衆任日次第」（神護寺所蔵。東京大学史料編纂所所蔵影写本による）には、正嘉元年（一二五七）、弘安八年（一二八五）、正和四年（一三一五）、暦応四年（一三四一）、延文三年（一三五八）、応永年間の各記に見える。ここでは、康永三年（一三四四）前後の地蔵院について確認しておきたい。

康元二年（正嘉元年）記には、隆寛が「三月二十八日理趣三昧初参」と記され、住坊は地蔵院、入寂が正安四年（一三〇二）五月十日と注記されている。弘安八年記には、盛忠が「六月一日例時初参」と記され、住坊は地蔵院、入寂が貞和三年（一三四七）十月十一日、享年七十九と注記されている。ついで、正和四年記には、隆盛が「正月廿七日陀羅尼初参」と記され、住坊が地蔵院、入寂が貞治五年（一三六六）三月六日と注記されている（『大日本史料』第六編之二十七、正平二十一年・貞治五年雑載では、享年を「年満七□(十カ)歳」と読み取っている）。暦応四年記には、詮忠が「正月十八日陀羅尼初参」と記され、「貞治五丙午三月十五日評定被補地蔵院之後坊供僧了」と注記されている（『大日本史料』第六編之二十七、正平二十一年・貞治五年雑載参照）。貞治五年三月六日に隆盛が入寂したことと、同年三月十五日に詮忠が「地蔵院之後坊供僧」に補せられたことは関係があろう。康永三年の時点で、地蔵院には盛忠がおり、隆盛・詮忠も住僧であったと考えられる。

したがって、康永三年（一三四四）に地蔵院が存在したことは確認される。また、禅阿も神護寺の僧であろう。なぜならば、後述の如く、一六世紀末～一七世紀初の時期まで康永三年抄本は神護寺に伝えられていたからである。

(2)晋海、青松の所持

巻末奥書で奥書三としたのが「青松」の署名である。「青松」の署名は、巻頭の首題の下にもあり（首題・本文とは別筆）、また巻首貼継第二紙の裏にもあり、さらに巻子とは離れているが写本に附随して伝えられる題簽にも「新猿楽記　青松」の如く署名がある。ある時期に青松なる人物が康永三年抄本を所持していたことがわかる。さらに、巻末奥書とは別に、巻末左端紙背上部に「先年、法身院晋海僧正、被恵与于予」との伝来に関わる記載がある。また、巻首貼継第一紙右端に「大府卿清原」の署名がある。そこで、次には、晋海と青松、大府卿清原の関係について検討する。

「大府卿清原」とは、清原氏の人物で大蔵卿に任じられた者である。「舟橋家譜」（東京大学史料編纂所所蔵。明治八年舟橋康賢差出）を見ると、大蔵卿に任じられた者には、清原業忠（応永十六年［一四〇九］生、長禄二年［一四五八］十月二十日出家、応仁元年［一四六七］四月二十八日薨）と清原国賢の二名がいる。清原業忠の薨伝は、『大日本史料』第八編之十の応仁元年四月二十八日条に見える。業忠は、康正元年（一四五五）六月二十一日に大蔵卿にあって従三位に叙された。

「大府卿清原」に相当する人物には、もう一人清原国賢がいる。清原国賢については、『大日本史料』第十二編之十七、慶長十九年十二月十八日第一条に薨伝がある（綱文「前侍読舟橋国賢薨ズ」）。清原国賢は、「舟橋家譜」、「清原系図」（『続群書類従』巻百七十三［第七輯上］）、『諸家伝』、『公卿補任』等によれば、父は清原枝賢（永正十七年［一五二〇］生、天正十八年［一五九〇］十一月十五日薨）、天文十三年（一五四四）誕生、慶長六年（一六〇一）三月十九日大蔵卿、同年十二月二十四日、清原を本姓とし舟橋の名字を使用することとし、同十二年（一六〇七）十一月二十七日、従三位に叙され、同日、薙髪した。法名は、続群書類従本『清原系図』に「常貞」とされている。(6) 国賢は、曾祖父清原宣賢以来の明経道の儒者として、正親町天皇・後陽成天皇・御水尾天皇三代の侍読を務め、典籍の書写とともに清原家相伝の典籍の保存に努め、『日本書紀』勅板神代巻上下（慶長十年板行）の刊行にも携わり慶長四年跋を記している。

国賢の号は「青松」であった。このことは、舟橋家に伝えられた清原家相伝の典籍によっても明かであるが、(7) また、国立歴史民俗博物館所蔵「田中穣氏旧蔵典籍古文書」の「祓八ケ口訣・諸神系図譜・神道」の奥書にも明示されている。「祓八ケ口訣・諸神系図譜・神道」は、寛永十一年（一六三四）九月三日に賀茂県主氏之（寛文二年［一六六二］九月十一日卒、六十八歳）が弟賀茂氏庸（氏縄に改名）に天正十五年清原国賢書写本をもって謄写・校合させた写本である。(8) 本奥書に、「青松軒法名常貞明経博士従三位清原国賢朱印」とあるのは、国賢の書写奥書の最後に捺されていた「国／賢」方形重郭朱印に対して加えられた注記である。これにより、「青松軒」が国賢の雅号であったことがさらに明かとなる。法名常貞は、京都大学附属図書館所蔵「清原家家学書」中の『拾芥抄』巻中の裏表紙見返し右端に「常貞　「國／賢」（方形陰刻墨印）」と用いられている。同じ裏表紙見返しの左端には「青松」の墨書がある（注7参照）。上述の如く、国賢が薙髪したのは慶長十二年十一月二十七日であり、常貞の法号はそれ以降に使用されたものである。

『公卿補任』後陽成天皇・慶長十三年条（慶長十二年条に記されるのが正しい）に「非参議従三位　船橋　清　国賢六十四　十一月廿七日叙、元大蔵卿」と記され、慶長十二年十一月二十七日以前に大蔵卿の任は解かれていたことがわかる。国賢が大蔵卿であった時期は、慶長六年三月十九日より任期四年として慶長十年三月までとなる。ただし、慶長十年春に県召除目が行われたかは不詳であり、国賢が任期により大蔵卿を解かれたのか、あるいは従三位の叙位により解任されたのかはわからない。

国賢が、諸書に「大府卿清原」「大府卿国賢」「大府卿清原国賢」「大府卿清原朝臣」「大蔵卿清原朝臣国賢」と書き入れるのは（注７参照）、当該典籍の所蔵者であることを明示するための署名で、その書き入れがなされえた時期は慶長九年三月十九日以降、慶長十二年十一月二十七日以前となる。一方、「青松」の墨書も典籍の所蔵者であることを明示するための署名であり、多数の典籍の表紙及び巻末に書かれている。[9]ただし、「青松」の号をいつから使用したのかはわからない。「青松」の筆致や大きさは諸書を通じてほぼ同じであり、ある時期に清原家相伝本と自らが書写したり入手した諸本を整理した際にまとめて書かれたと推定される。清原家相伝本を国賢が管理するのは、父枝賢が天正十八年（一五九〇）十一月十五日に薨ずる前後の時期より以降と考えられる。

康永三年抄本巻末第三三紙左端裏にある墨書「先年法身院晋海僧正被恵与于予」は、清原国賢の書き入れである。晋海は、『大日本史料』第十二編之七、慶長十六年三月二日第一条に綱文「山城高雄山法身院晋海寂ス」により、『伝灯広録』高雄山法身院僧正槇尾山大僧正晋海伝をもって伝が立てられている。「舟橋家譜」には、枝賢の次子、国賢の兄弟として「真海」とあり、「高尾山法身院権僧正、天正十六年、大覚寺新宮御得度御戒師、槇尾平等心王院律宗中興檀主也」と記されている。続群書類従本「清原系図」には、「改晋海」と法名の改名が注記され、同別本の一本には「嵯峨宝幢院兼帯」と記されている。『伝灯広録』によれば、「一品太王仁和助公」（仁和寺門跡任助法親王。大永五年［一五二五］七月二十二日生、天正十二年［一五八四］十一月二十九日寂）に灌頂を受けている。任助法親王の伝は、『大日本史料』第十一編之十、天正十二年十一月二十九日第一条にある。『伝灯広録』大日本国僧統録惣法務大内山仁和寺二十代一品太王任助伝に、「付法晋海、高雄山」と記されている。

巻末紙背書き入れ（奥書四）により、康永三年抄本は、神護寺法身院晋海より兄の清原国賢（予）に贈与されたものであることがわかる。康永三年抄本は神護寺地蔵院で書写されたものであり、永正十二年の禅阿の校点を経て、一六世紀末または一七世紀初まで神護寺に伝えられていたのである。晋海から国賢への贈与の時期は、巻首貼り継ぎ第一紙に「大府卿清原」の国賢による署名があるので、国賢が大蔵卿であった慶長六年（一六〇一）三月十九日以降、遅くとも慶長十二年（一六〇七）十一月二十六日までの時期であったことになる。

国賢は、晋海から康永三年抄本を受贈すると、巻首・巻末に所蔵者として「青松」と書き入れた。また、現在、巻首に貼り継がれている二紙は、第一紙に「大府卿清原」、第二紙裏に「青松」と書かれていること、本文料紙の巻首部分とは重ならない欠損が第一紙と第二紙のそれぞれ右上と右下にあることから、第一紙裏と第二紙表を合わせて重ねて巻子の仮表紙の如くにされていたことが考えられる。なお、本文料紙第一紙の上部の縦長の欠損部分は、本文第三行と第八行の欠損部の間隔が約一三糎なので、巻径は首部で四糎余となり、長さ二一糎（現在の装丁がなされた際に左右は多少の調整切除されていると思われる）の料紙で仮表紙としての機能を果たすことができる。すなわち、巻首貼継第一紙が表紙見返し、同第二紙が表紙であり、表紙の左下に「青松」の墨書があったことになる。なお、巻首貼継第二紙は反故であり、現在、表に現われている天地逆の墨蹟は表紙見返しに覆われて見えなかったのである。巻首貼継第一紙・第二紙のそれぞれには、右端から左へ一糎のところとそのさらに左に縦の筋が二本見えるが、これらは表紙の端を折り返していたことを示している。巻緒取り附け痕は不明だが、あるいは表紙の押え竹取り附けのための折り返しの痕かもしれない。

次に問題となるのは、巻首貼継第一紙（国賢が付けた表紙見返し）に記される「此新猿樂記一巻

不慮／令感得者也／貫専」の所持に関する書き入れである。貫専の人物については、明かにできなかったが、この書き入れには、清原国賢の歿後に康永三年抄本を貫専が入手したことが記されていると考える。後述の如く、康永三年抄本は、包紙に「青門主之御本申請之畢　延宝庚申」とあるので、延宝八年（一六七九）に青門主、すなわち青蓮院門跡尊證親王（慶安四年［一六五一］生、元禄七年［一六九四］十月十五日薨）から前田綱紀が入手したことがわかる。したがって、神護寺に伝来した康永三年抄本は、晋海から清原国賢に慶長六年以後に贈与され、国賢が表紙を附けるなどして所持し、慶長十六年に国賢が薨じたのちに貫専が入手し、ついで青蓮院門跡に伝えられ、延宝八年に前田綱紀が入手するという過程で伝来したことがわかる。

⑶書き入れの層序

桂玉丸は、康永三年（一三四四）七月二十二日に本文を書写し、翌二十三日に移点し、二十四日に朱点し、二十五日に校合したと奥書に記す。「移点」で加えられたのは、墨の返り点、墨仮名（小さい文字で主として右傍に書かれている）、墨声点、墨引き（左傍）である。第一紙第五行「動」左下の墨圏点（上に朱が重ねらている）は、「移点」の際に加えられた平声点と考えられる。第一紙第四行「唐」の平声点、「術」入濁声点は大きめの墨点で、筆致が異なるので、或いは禅阿の「校点」によるものかもしれない。「朱点」とは、合符、返り点、読点・句点、左傍の朱引、声点である。第一本妻の段の最期の部分の第四紙第一行の「以下或無之」と行末の「或本有之」「為(三)如(二)何(□□イ)之(ヲ)耶」の書入も書写時のものである。また、第一紙には、第七行「背(シロ)イ」、第一三行「辭イ」の如く、右傍に多く附された小さめの仮名と同じ筆致で、禅阿の校異注記よりも小さい文字の校異注記がある。これらは、康永三年書写時に親本から転写されたものである。

次に禅阿が永正十二年（一五一五）四月十六日に校点した様子を本文中に見よう。本文中の墨色が薄く右肩上がりの大きめの仮名や異本注記が、禅阿の奥書の筆致と似ているので（奥書の「或本云式部少輔文章博士兼春宮学士従四位下藤原朝臣明衡作云々」も禅阿が書いたものである）、禅阿が永正十二年四月十六日に加えた校異（文字の異同と仮名）であることがわかる。禅阿の書き込んだ文字の異同は多数でありまた諸本対校の表4・表5にも掲げたので、第一紙の例を掲げよう（料紙番号・行を、一―9の如く記す）。

①一―9　襁褓ィ（字間左ニ合符。左傍に墨線）

②一―14　頤ィ（本文「顊」ノ如ク作ル。左傍ノ墨線ノ上ニ朱線ヲ引ク）

③一―16　猿ィ（本文「散」ノ左傍ニ墨線ヲ附シ、右傍ニ書ス）

また、禅阿は、仮名も書き加えている。第一紙で明確に禅阿の加筆と判定できる仮名は、第三行「侏儒」右傍仮名「キウトマイ」、同行「傀儡」左傍仮名「テス」「シ」などである。禅阿は、墨ばかりでなく朱も使用したことは、第二紙第二行「形」の左傍の禅阿筆の仮名「キヤウイ」に朱合点が附されていることからもわかる。

第一紙の料紙欠損により欠けた文字については、補修紙の上に残された文字と似た筆致で加筆しているが（第三行の「物計」の右半部、第五行の「骨」の下半部とその下の「太」［欠損した文字は「延」］、第八行の「万歳之酒」の右半部）、これらの補筆は禅阿によるものではない。第一紙第三行の八字目の「今」（重書）についての天辺の「今」の注記、同一二字目「中」（中央部欠損）の右傍の「〇」と一三字目の「呪」（上部欠損）の右傍の「〇」と傍書「呪歟」も禅阿の筆ではなく、補修紙上の補筆とも筆致が異なり、国賢が巻首を再度修補して表紙を附した際に書いたものの可能性がある。また、天辺に書かれる「老女」などの各段名も、巻末裏の晋海から国賢が写本を受贈

したことを記す書き入れと筆致が似ているので、国賢が書き加えたものの可能性がある。
　康永三年本の書き入れは大量なので、逐一、分類して示すことはできないが、訓点・校異には康永三年のものと永正十二年のものとの二種があることは確認できる。

4　尊経閣文庫三本からみた写本系統

　川口「『新猿楽記』の世界」が提示した写本系統図は、尊経閣文庫所蔵三本に限って図示すれば、次の如くである（川口、一九八三、三五八頁）[10]。

『新猿楽記』
- 古本系
  - 康永本
  - 弘安本
- 流布本系
  - 禅阿校点所拠本
  - 前田家無跋本 ― 図書寮本

　表4・表5を作成して写本系統分析について得た理解を記しておきたい。使用されている文字であるが、特に弘安三年抄本は、またそれについで古抄本も、行書体・草書体で書かれている本文文字が少なくない。さらに、草書体または行書体を楷書体で書き起こしたような字形の文字が多数ある。『新猿楽記』のような漢文学作品は、多様な名辞、語彙を明解に提示するためにも、本来楷書体で書かれるものと思われるが、弘安三年抄本と古抄本は、転写を繰り返すうちに崩れた字形を写しとっていると見られる。また、『新猿楽記』のように、ある分野の語彙を羅列することを特徴にしている文学作品では、転写の過程で、書写者の創意工夫による語彙の追加や変更が加えられる可能性が考えられる。したがって、文の存否や異同は、転写による写本の派生過程で多様に展開する。
　本稿では、「前田家無跋本」（古抄本）こそが弘安九年書写・正応六年重点本であると推定した。しかし、表5の右欄の三本の関係表に示したごとく、弘安三年抄本・古抄本・康永三年抄本の相互関係の解明、すなわち、三本のうちどれとどれが近い関係にあるかということの確定は容易ではない。川口説の如く、弘安三年抄本と康永三年抄本が兄弟関係で、古抄本（前田家無跋本）が別系（流布本系）の古い写本であるとは、簡単には結論できない。そこで、本稿では、次のような試案の写本系統図を掲げておきたい。「　」で囲んだ写本は伝存しないものであることを示す。

『新猿楽記』
- 「鎌倉法花堂所在本」――「仁治四年書写本」――弘安三年抄本
- 「醍醐寺所在本」――古抄本（弘安九年写本）
  - 「正応六年対校本」
- 「神護寺所在本」――康永三年抄本
  - 「永正十二年禅阿対校本」

　弘安三年抄本が鎌倉の法花堂またはその関係者が所持していた本の孫本であって、一三世紀中葉に鎌倉の寺院に写本が流布していたことがわかる。また、武蔵国六浦荘称名寺にも弘安三年抄本以外に、劔阿が書写した写本があった。鎌倉周辺にまで写本は流布していたのである。古抄本は、醍醐寺またはその関係者が所持していた本を転写したもので、山科にも一三世紀後半には写

本が流布していたのである。さらに、康永三年抄本は、京北郊の高雄山神護寺の地蔵院またはその関係者が所持していた写本の転写本で一六世紀末・一七世紀初まで神護寺に伝えられていた。筆者の系統図では、便宜的に三本の祖本を兄弟本のように位置付けたが、実際は兄弟本ではなく、原撰本や改訂本（このような作品は、原撰本が改訂され、作品として磨かれていくと考えられる）から派生した数流の写本系統の祖本の位置にあるに過ぎない。

三　前田家綱紀の三本入手

1　前田綱紀の称名寺所蔵本の入手

前田綱紀の命により前田家の書物調奉行津田光吉は、延宝五年（一六七七）冬に相模国鎌倉と武蔵国六浦村で書籍等捜索を行った（石川県立金沢市立玉川図書館所蔵「加越能文庫」の『松雲公採集遺編類纂』九六所収「延宝五年冬相州鎌倉辺書籍等探索方被命留書」。菊池紳一、二〇〇一）。津田が調査した称名寺所蔵典籍についての報告書であり借用のための目録としても機能したと推定される（延宝六年）三月六日「称名寺書物之覚」（尊経閣文庫所蔵。関、一九五一、六三一～六四六頁に翻刻。石上、二〇〇四、四〇頁）の「書本」の項には、『新猿楽記』弘安三年抄本が次のように記録されている。

一新猿楽記　無作人　（十五枚）一巻
　爲幼童文章ヲ書申候　物ノヤウニ相見申候口不足仕候　朗詠集ノ裏ニ書申候
　奥書
　仁治四年癸卯正月六日此書功了　　　　　　　　　虎熊丸
　令書寫所者法花堂之下屋之下筆書了
　弘安三年三月一日武州六浦庄金澤山稱名寺彌勒堂谷書寫畢

江戸の前田家では延宝六年（一六七八）三月から、称名寺より書物を借用して書写を開始している。しかし、前田家は、延宝六年三月の時には『新猿楽記』を借用できなかった。そして、延宝七年（一六七九）七月になり称名寺住寺より前田家の家臣山本孫八郎のもとに届けられ、借用することができた（弘安三年抄本添付文書、（延宝七年）七月二日覚書。飯田瑞穂、二〇〇一、二四五頁）。（補注1）

一方、関『金沢文庫の研究』に「図書目録」として翻刻する延宝九年（一六八一）七月十日以後に津田光吉により書かれた称名寺本目録（関、一九五一、六四七～六四九頁）の中の「返進仕候書之覚」の「延宝七八月」返進の分の中に「一新猿楽記　一巻」が記載され、延宝七年七月二日に借用した直後の同年八月に称名寺に返却したことになっている。この記載から、前田綱紀は『新猿楽記』を七月に借用して一旦八月に「返進」し、後に再度、称名寺より取り寄せて取得したと考えられる。前田綱紀が延宝六年三月に借用した書物は延宝九年までに称名寺に返却されたが、綱紀は貞享二年（一六八五）以降、宝永二年（一七〇五）までの間に改めて称名寺より購入した（飯田、二〇〇一、二四四頁。石上、二〇〇七、三三頁）。「己未之夏求之」の綱紀による包紙への記載は、少し後に記憶か伝聞により記されたと考えられる。七月を「夏」と表現したのも、少し後に書かれたからであろう。

2　康永三年抄本と古抄本の入手

康永三年抄本包紙に「青門主之御本申請之畢延宝庚申」と記されるように、前田綱紀は、延宝八年（庚申、一六八〇）に康永三年抄本を「青門主」から取得した。さらに、古抄本包紙に「天和癸亥林鐘中旬／後藤演乗献上」と記されるように、綱紀は天和三年（癸亥、一六八三）六月に京の後藤演乗(11)より古抄本を入手した。(補注2)

康永三年抄本は、前述のように、神護寺に伝えられた本を神護寺法身院晋海が入手し、さらに兄の清原国賢に贈与し、国賢が新たな表紙を附け、恐らく慶長十九年（一六一四）十二月国賢がの薨じた後に貴専が入手し、その後、青蓮院門跡の手に渡っていたものである。

この康永三年抄本が、前田綱紀に入手される以前に訓点転写に利用されたことが、川口「『新猿楽記』の世界」が紹介する陽明文庫本奥書により知られる（川口、一九八三、三五一〜三五三頁）。そして、川口翻刻の『新猿楽記』の校異に陽明文庫本も利用されている。陽明文庫本には次の奥書がある（国文学研究資料館所蔵マイクロフィルムによる）。

（第四一丁表）新猿樂記一巻
奥書云
（第四一丁裏）（奥書A）弘安九年正月下旬写畢
　　正應六年卯月十八日重以多本点之了　求法沙門一阿書
　應永卅年卯月十八日　快賢之判
（奥書B1）此本者東寺光明院之本令恩借以他
筆書写也
延寶八年十一月三日
　後日校合朱点了（奥書B2）
（第四二丁表）（奥書B3）墨点之分書入之文字等此巻ヲ写者也
（奥書C）是ヨリ別本之奥書也
　（康永三年抄本奥書、略ス）
（奥書B4）此新猿楽記賀州之大守依懇望所々才覚當巻書了
則新写證本御持主へ返之自分ニも写置随分ニ巻之證
本之通朱墨之点共ニ再返見合写置者也
（第四二丁裏）（奥書B5）延寶九年三月廿三日校了

奥書によれば、弘安九年本（すなわち古抄本）の転写本（弘安九年書写奥書、正応六年重点奥書、応永三十年快賢奥書あり。奥書A）である東寺光明院所蔵本を延宝八年十一月三日に書写し（奥書B1）、後日、朱点を校合し（奥書B2）、延宝九年三月二十三日に校了（奥書B5）した写本であることがわかる。この書写を命じたのは近衛基熙（慶安元年［一六四八］生、享保七年［一七二二］九月十四日薨）である。奥書B4は、次のような措置を記していると理解する。(12)

①「賀州之太守」すなわち前田綱紀が康永三年抄本を「懇望」していたので、「所々才覚」をめぐらし、東寺光明院本を転写した。

②東寺光明院本と康永三年抄本の朱墨点を「随分ニ巻之証本之通」りに「再返見合」せて写し取った。

③「新写証本」すなわちこの度新写した本の親本である「証本」（東寺光明院本）は「御持主」に返した。

奥書B3は、「墨点之分」の「書入之文字」は「此巻」すなわち東寺光明院本から転写したものであることを記している。

また、奥書B2に「後日校合朱点了」とあるのは、十一月十三日に書写した後に（恐らく直後に）、康永三年抄本から朱点を転写したことを示している。

したがって、前田綱紀が康永三年抄本を青蓮院門跡より入手したのは、延宝八年十一月三日の直後の朱点転写の後、延宝八年の十一月中旬以降、十二月までの間ということになる。

結　語

本稿では、尊経閣文庫所蔵の『新猿楽記』の三写本の様態と伝来を説明し、あわせて三本及び金沢文庫所蔵「釈摩訶衍論私見聞」第四之巻紙背『新猿楽記』断簡の本文文字の異同を表により示した。ただし、文字の異同から写本の系統関係を分析するまでには至らなかった。また、仮名の異同を示すこと、各本における重層的に附与された仮名の層序の分析も全面的には行えなかった。本稿で新たに指摘しえたことは、弘安三年抄本が、「釈摩訶衍論私見聞」第四之巻紙背『新猿楽記』断簡と共に称名寺劔阿の書写本である可能性があること、古抄本は奥書部分が欠失しているが弘安九年本そのものであること、康永三年抄本が晋海からその兄清原国賢に譲与されたものであること（「大府卿清原」、「青松」が国賢の署名であること）、『新猿楽記』諸伝本は尊経閣文庫所蔵三本が三つの系統の祖に当たることなどである。

文末ながら、『新猿楽記』断簡の閲覧及び本書への掲載・翻刻を許可された称名寺ならびに神奈川県立金沢文庫、閲覧に際して種々御教示下さった同館西岡芳文先生、永井晋先生に謝意を表する。さらに、三本の調査を許可された前田育徳会尊経閣文庫と、書誌について御教示下さった前田育徳会の橋本義彦先生、菊池紳一先生に謝意を表する。

［注］

（1）『金沢文庫古文書』第十一輯・識語篇㈡（金沢文庫、一九五七年）には、一三五三番として、弘安三年抄本奥書と共に、「（添書云）」として（延宝七年）七月二日覚書が採録されている。なお、小原惣左衛門については、日置謙編『加能郷土辞彙』（金沢文化協会、一九四二年）に、「正保以後寛文の初頃御書物奉行を勤め、慶安二年再び任ぜられ、貞享四年歿した。惣左衛門は初代惣左衛門の子で、亦楠流の兵法を前田綱紀に傳へた」と記されている（九四二頁）。『加賀松雲公』中に、「寛文年間の『侍帳』を按ずるに。書物奉行に。高田祐庵、小瀬甫庵。稲垣元周。湯淺道輿。小原惣左衛門。西坂猪之助。不破小左衛門等の數人あり。別に又書物調奉行なるものありて。津田太郎兵衛、岡部新七の二人之に任ぜり」（近藤磐雄、一九〇九・中、一三〇頁）と小原惣左衛門・西坂猪之助について記されている。また、「丁酉十一月十七日書物奉行寺西又八郎」が見える（同、一六七頁）。丁酉は享保二年（一七一七）である。

（2）第一四紙と第一五紙は、修補の際に第一四紙を上にして継ぎ直されており、第一五紙右端に幅三㎜の糊代が現われている（第一五紙天地墨界右端は線なし）。この糊代部分の地辺から七・一㎝から九・三㎝の部分に左文字の左端の墨写り（行書体二〜三文字分）がある。この墨痕に対応する文字は、表の『新猿楽記』にも裏の『和漢朗詠集』にも見当たらない。修補の際に、どこからか墨写りしたものか、もともと巻子に調整された料紙に着いていた墨写りが修補の際の逆継ぎにより表に出たものかと推測される。

（3）神奈川県立金沢文庫『金沢文庫古文書への誘い』（二〇〇六年、五三頁）では、円有書状（『金沢文庫古文書』九五六号。「□七日」付け、明忍御房宛）を、「釈摩訶衍論私見聞」紙背文書としているが、福島論文ではこの書状を弘安十年に劔阿が称名寺で始めた『釈摩訶衍論』談義のノートである「釈摩訶衍論私消文」の紙背文書としているが（福島、一九九八、二二一・二二三・二二五頁）。筆者は自からは調べていないので不詳である。

（4）劔阿の行実一覧には、法花寺にて文永七年正月二十九日に「妙成就大事」を書写したこと（『金沢文庫古文書』第十二輯・識語篇㈢、二三六七）、同正月三十日に「某」より「第二重事」を受けたこと（同第十一輯・識語篇㈡、一六〇一）、同二月一日に「第二第三究極口伝事」を書写したこと（同識語篇㈡、一六〇二）が掲げられている（納富、一九八二、三七三頁）。

称名寺聖教には、文永七年正月の法花寺での書写に関わる本奥書を有する聖教が外にもある。「血脈長短事」（同第十輯・識語篇㈠、五八一）には、「文永七正廿於法花寺奉傳授了」の奥書がある。「第三重事心鏡阿闍梨相傳様」（同㈡、一五四〇）には定祐書写本奥書「文永七正卅日、於法花寺奉傳受了　定祐」、劔阿書写本奥書「正安第三之暦政月十二之天、於越州禅閣（北条顕時）之亭、以定祐法印自筆、以傳受之了／劔阿四十一才」、実真書写奥書「建武二年十二月十七日、以長老（劔阿）御本賜之寫了／実眞」がある。さらに、「仁王般若経念誦次第」（同㈡、一八七七）には、定祐書写本奥書「文永七年正月卅日、賜上人自筆御本、於法花寺寫校了、是則大師御作也、數尊法中孔雀経仁王経等、故令作次第給云々／定祐生年四十七臈卅」、劔阿書写奥書「于時、永仁第三之暦三月一日、於武州金澤之勝境稱名知足之梵閣加點校合畢　金剛佛子桑門隠子劔阿」がある。また、劔阿の行実一覧に掲げられる「妙成就大事」（同㈢、二三七六）には、定祐本奥書「文永七年正月廿九日、於法花寺書之、此本者、安祥寺僧正道（道宝）ー御自筆也、先年法花寺上人自筆本為入僧正御房見参、上人自持参之處、付此勘文巨細口傳令言上之時、御感之餘、被召上人之自本之後、僧正自有御書写、所被下之本也、此者理明房（興然）勘文也云々」、劔阿書写本奥書「以定祐法印自筆寫了　劔阿在判」がある。

これら聖教により、定祐が、法花寺上人所蔵本を、文永七年正月二十日に書写した「第三重事心鏡阿闍梨相傳様」、同正月三十日に書写した「仁王般若経念誦次第」を、劔阿が、それぞれ正安三年（一三〇一）、永仁三年（一二九五）に書写したことがわかる。同様に、「第二重事」は、題に割書で「文永七正卅於法花寺傳之」とあり、別に劔阿書写奥書「自筆之本書寫了　劔ー四十一才」、実真書写奥書「建武二十二ー、以長老御本寫了／實眞」があり、「第二第三究極口傳事」は表紙裏に定祐伝受記「文永七年二月一日夜、亥時、於法花寺奉傳受之」、劔阿書写本奥書「正安三ー政ー十三日、於赤橋殿壇所、以故定祐法印自筆之口傳書寫了　劔阿四十一才」、実真書写奥書「建武二年十二月十四日、以長老之御本書写之了／實眞六十才」があり、劔阿が、定祐が文永七年正月二十日、二月一日に書写した聖教を書写（後者は正安三年正月に書写）したことが記されている。『密教大辞典』の「定祐」の項には、「三河僧都と号し、大外記三河守教隆直〔真〕人の猶子なり。又常陸僧都とも称す。建長三年十月二十六日兵部卿法印寛位に従ひて傳法灌頂を受け、文永二年十月二日鎌倉御堂御所に於て重宝に重受し、更に同四年十二月十三日阿性上人覚宗に受法せり。又宏教に西院流を受け、定祐方の一流を樹つ。（下略）」（一二一〇頁）とある（『血脈類聚記』巻十二、道宝・定祐による）。なお、道宝（建保二年［一二一四］生、弘安四年［一二八一］八月七日寂）は、東寺長者で、安祥寺僧正とも称されている（『密教大辞典』。東京大学史料編纂所所蔵謄写本『後伝灯広録』勧修寺方・安祥寺方・随心院方、道宝伝）。

したがって、劔阿は、文永七年正月・二月に法花寺で聖教を書写したことはなく、後に文永七年正月・二月定祐書写聖教を転写したのであることがわかる。

法花寺に関わる称名寺聖教には、建長五年十一月に覚阿が法花寺で書写した「軍荼利法」（識語篇㈠、四八六）、「隆三世法」（同㈠、六〇五）、「大威徳法」（同㈡、一四九九）、「不動法」㈡、二一四四）がある。定祐は、文永二年前後から鎌倉在住していたので、「法花寺上人」「法花寺」が、鎌倉の寺院に関わるものである可能性が高い。鎌倉に、金沢氏と関係の深い法花寺または法花堂と称される寺院があったことは、金沢文庫文書の称名寺聖教紙背の金沢貞顕書状等に「法花寺栄心御房」「法花寺造営」「法花寺にも火の候て」「法花堂僧正」「法花堂法印」（『金沢文庫古文書』書状篇、四二七・四五一・四七六・三二八・一四。四七六は氏名未詳書状、他は貞顕書状）などと見えることにより確認される。定祐が書写した聖教に見える「法花寺」が、大倉の源頼朝の墳墓堂であった法華堂（貫達人・川副武胤『鎌倉廃寺事典』、有隣堂、一九八〇年）に関わるのか、櫛田がその存在を指摘するような金沢氏と関係の深い佐々目の法花堂であったのかなお検討しなければならないが、仁治四年に『新猿楽記』書写が行われた法花堂が、櫛田が存在を指摘する佐々目の法花堂であるなら、金沢氏との関係を通じて、劔阿が法花堂に伝来した『新猿楽記』を書写したことになる。

（5）弘安三年抄本の首部二葉のうちの一葉が「『金沢文庫断簡集』（仮題）に収められている」との説が紹介されるのも（酒井、一九七五、七五頁）、「釈摩訶衍論私見聞」第四之巻表紙料紙の『新猿楽記』残簡（「金沢文庫断簡集」所収本）と弘安三年抄本の書風の類似による所見がもとにあったのかもしれない。

（6）清原国賢の官歴は、諸書によれば次のようである。

天文十八年（一五四九）三月二十五日　任、主水正・大炊頭　六歳（『公卿補任』）

永禄六年（一五六三）七月一日　補、蔵人　任、左近衛将監（『公卿補任』）

二十八日　任、少納言・侍従（『公卿補任』）

叙、従五位下（『諸家伝』）

天正三年（一五七五）八月六日　叙、従五位上（『公卿補任』）

天正六年（一五七八）正月十四日　叙、正五位下（『公卿補任』）

天正七年（一五七九）十二月二十三日　始、後陽成天皇侍読（『舟橋家譜』）

天正十年（一五八二）十月九日　少納言（『大日本史料』第十一編之二）

天正十年（一五八二）十二月七日　叙、従四位下（『公卿補任』）

天正十三年（一五八五）十月十九日　少納言（『大日本史料』第十一編之二十二）

天正十六年（一五八八）十二月二十六日　叙、従四位上

慶長三年（一五九八）十二月四日　叙、正四位下（『諸家伝』、国立歴史民俗博物館所蔵『清家伝』）

慶長四年（一五九九）三月　正四位下行少納言兼侍従（『日本書紀』神代巻跋）

慶長六年（一六〇一）三月十九日　任、大蔵卿（『諸家伝』。『史料綜覧』十一、同日「県召除目ヲ再興セラル」ノ条）

慶長九年（一六〇四）十二月十三日　大蔵卿（『大日本史料』第十二編之二、同日条、政仁親王御読書始ニ侍読）

慶長十二年（一六〇七）十一月二十七日　叙、従三位、元大蔵卿、薙髪（『慶長日件録』同日条、『諸家伝』。『公卿補任』は慶長十三年に誤る）

（7）清原氏の舟橋家（清原氏本宗、国賢の長子秀賢の長子秀相の流）及び伏原家（秀賢の次子賢忠の流）に伝来した清原家相伝典籍・文書は、現在、多くの部分が、寄贈・購入により京都大学附属図書館に清家文庫として所蔵されている（古勝隆一、二〇〇三、三頁）。清家本中、舟橋家相伝本の三四

点が「清原家家学書」として重要文化財に指定されている。また、舟橋家相伝本は、「令集解」などが国立国会図書館（『国立国会図書館所蔵貴重書解題』第七巻、一九七五年）に、「船橋清原家旧蔵資料」一二点が国立歴史民俗博物館に、比較的まとまった形で所蔵され、さらに個々の典籍が各地の図書館等に所蔵されている。「清原家家学書」は、京都大学附属図書館平成八年度秋季展示「「今昔物語集」への招待―鈴鹿本「今昔物語集」国宝指定記念―」の際に展示され、同図書館のホームページで解題（古川千佳執筆）と全画像が公開されている。また、平成一四年度京都大学附属図書館公開展示会「学びの世界」でも清家本の清原宣賢関係の典籍が清家家学書に含まれるものも交えて展示されて図録『学びの世界』に図版・解題が掲載され、ホームページ「学びの世界」でも公開されている。さらに、清家文庫は、京都大学電子図書館で全体の目録と共に、部分的に画像が公開されている。これらの図書情報により、「大府卿清原」・青松を検討しよう。なお、国賢の奥書・蔵書印がある典籍、国賢筆または国賢書き入れがあるとされる典籍でも、「大府卿清原」関係の署名、青松の署名がない典籍は省略する。また、書き入れ、奥書、印記等の紹介は、「大府卿清原」・青松の検討に必要な範囲に限って行い、説明が国会図書館・京都大学附属図書館が公開している書誌解題による場合は典拠を省略する。

○国立国会図書館所蔵清家本

①『尚書抄』巻一・二　一冊（WA16-39）　清原宣賢撰。表示題簽の下に墨書「青松」あり。「東」印あり。『国会図書館所蔵貴重書解題』第七巻の『尚書抄』の項に、「当館所蔵室町時代刊行「立斎先生標題詳註（〔解〕）音釈十八史略」の表紙にも「青松」の墨識があり双方同一筆跡であることが認められる」（一二頁）と記す。筆者は未見なので、解題により紹介する。

○京都大学附属図書館所蔵清家文庫本「清原家家学書」

②『孝経述議』巻一・巻四、二冊（清家文庫1-66/コ-13）　取り合わせ本。巻一表紙右下に墨書「青松」あり。巻一扉裏に書き入れ「明應六年（一四九七）六月日蔵人宣賢贈之」（宣賢筆に非ず）あり。巻四は、表紙の題簽下部に「國／賢」（方形重郭朱印）が捺され（題簽外題も国賢筆か）、題簽下に墨書「青松」あり。本文第一丁表に「船橋蔵書」長方形朱印あり。

③『孝経抄』、一冊（清家文庫1-66/コ-12）　奥書に「大永八年（一五二八）八月十日遂寫功訖／外史清原朝臣（花押）（業賢）」、巻末遊紙裏貼紙に「右孝経抄墨付四拾四枚業賢卿真跡也／表紙付口半枚者國賢卿真筆也／吏部少卿尚賢（舟橋）」（尚賢は享保十一年［一七二六］薨、四十五歳）、裏表紙裏左下に書き入れ「ナリカタノ手」とあり。表紙の題簽の外題（国賢筆）の下部に「國賢」方形陰刻朱印、題簽の下に墨書「青松」あり。

④『孝子傳』、一冊（清家文庫5-67/コ-1）　奥書に「右孝子傳上下雖有魚魯焉馬之誤繁多先／令書寫畢引勘本書令改易之可者乎此書／毎誦讀涕泣如雨嗚呼夫孝者仁之本哉／天正第八秦正二十又五　孔徒従三位清原朝臣枝賢」、巻首に「船橋蔵書」長方形朱印と「東」方形墨印あり。題簽の下に墨書「青松」あり。

⑤『三略抄』、六冊（清家文庫8-21/サ-1）　第一冊～第六冊の表紙の題簽（国賢筆）の下部に「國／賢」方形重郭朱印、題簽の下に墨書「青松」あり。各冊巻首に「船橋蔵書」長方形朱印あり。第一冊（禮）国賢奥書「天正十三年（一五八五）八月九日遂書寫之功畢」、第二冊（樂）国賢奥書「天正第十三仲秋廿八朱点畢」・「課稲常写之」、第三冊（射）国賢奥書「假神恩院（吉田山）周超手膽写之」、第四冊（御）国賢奥書「天正十三閏八廿八於灯下遂朱点之功筆者稲常　細川典厩拔官（ママ）」、第五冊（書）奥書「天正四年（一五七六）丙子晩春下（中）旬」とその下に墨書「青松」、第六冊（數）国賢奥書「假観智院空盛手写之」あり。

⑥『司馬法』巻上・巻中・巻下、一冊（清家文庫8-21/シ-2）　表紙の題簽の下に墨書「青松」あり。

巻首に「舩橋蔵書」長方形朱印あり。本奥書「以唐本写之了　重校正直解了」、巻末に「岑寮」長方形陰刻朱印あり。宣賢書写本とされる。

⑦『聚分韻略』、一冊（清家文庫4-87／シ-4）　後補表紙見返し貼り込み旧表紙残片に墨書「青松」あり。巻首に「舩橋蔵書」長方形朱印。本文末に墨書「右一部宣賢卿真筆」（舟橋尚賢筆）、巻末補紙表書き入れにつき左端に墨書「右枝賢卿」（尚賢筆）、また次の補紙書き入れの丁の裏右上に墨書「右國賢卿筆」（尚賢筆）、次に旧表紙内貼り反故二紙貼り込み、巻末遊紙裏に墨書「清原氏」、裏表紙見返し左下に「國／賢」方形重郭朱印とその左に修補書き入れ「表紙破損仍新令手作畢／享保己亥（四年、一七一九）七月日　給事中尚賢」あり。

⑧『拾芥抄』巻上・巻中・巻下、三冊（清家文庫5-17／シ-9）　巻上は、巻首に「天師明経儒」長方形朱印（舟橋家使用の甲種印。古勝、二〇〇三、四頁）、「舩橋蔵書」長方形朱印、巻末に「舩橋」長方形陰刻朱印と清原枝賢奥書「天正九年辛巳（一五八一）初秋上旬」あり。巻中は、扉貼り附け題簽（もと原表紙に使用）の下部に「國／賢」方形陰刻墨印（「賢」は草書体）、巻末に「舩橋」長方形陰刻朱印、巻末遊紙第一丁右上貼紙「右業賢卿筆跡」、同裏左端に清原業賢奥書「永正第七庚午（一五一〇）初夏染筆者也（業賢）（花押）」（その右に未判読（「□／室」か）の墨印）、裏表紙見返し右端に墨書「常貞」とその下に「國／賢」方形陰刻墨印（「賢」は草書体）、同左端に墨書「青松」あり。巻下は、巻首遊紙表右下に「東」方形朱印、巻首に「舩橋蔵書」長方形朱印と「國／賢」方形重郭朱印、巻末本奥書のある第六七丁表左上に「舩橋」長方形陰刻朱印、第六七丁裏左下に「國／賢」方形重郭朱印、巻末遊紙表左端に墨書「大府卿清原朝臣」、同裏左上に墨書貼紙「右　國賢卿」あり。巻上は枝賢書写、巻中は業賢書写、巻下は国賢書写か。

○京都大学附属図書館所蔵清家文庫本

⑨『古今秘注』上・下、二冊（清家文庫4-22／コ-1）　第一冊は、表紙右下に墨書「青松」、巻末に国賢筆奥書「天正十二（一五八四）三七終之」あり。第二冊は、表紙右下に墨書「青松」あり。本書は国賢書写本。

⑩『職原抄』巻上・巻下、一冊（清家文庫5-17／シ-1）　表紙右下に墨書「青松」。巻首に「舩橋蔵書」長方形朱印、裏表紙見返し左端に奥書「永禄九年（一五六六）丙寅孟夏下旬　青之（国賢カ）／同十一年六月十九日潤色之」、その下に「清原」長方形朱印及び「國／賢」方形陰刻朱印あり。天文八・九年（一五三九・一五四〇）清原宣賢書写本の国賢転写本。

⑪『指微韻鏡序解』巻一（緇）・巻三（素）、二冊（清家文庫4-87／シ-3）　巻一は、表紙の題簽下部に「國／賢」方形重郭朱印、題簽の下に墨書「青松」、巻首に「舩橋蔵書」長方形朱印、巻末遊紙表左端に墨書「大蔵卿清原朝臣國賢」、裏表紙見返し左端に国賢筆校合奥書「此校合始八月廿六（七）日終八月一（凡）日五日之間自日出至黄昏終日不夾他事令切磋訖」あり。巻三は、表紙の題簽下部に「國／賢」方形重郭朱印（中央部欠損）、題簽の下に墨書「青松」、巻首に「舩橋蔵書」長方形朱印、巻末遊紙表左端に墨書「大蔵卿清原朝臣國賢」、裏表紙左端に国賢筆奥書「天正第廿（一五九二）暦林鐘十又一予令發起保先老人講談今日初同十八日終但／此内十日欠第七ケ度同年孟秋念四重集之時此本校合仲秋初九終」あり。

⑫『周易圖暦略訣』、一冊（清家文庫1-62／シ-2）　表紙の題簽下に「東」方形墨印、右下に墨書「青松」あり。奥書「右一冊以吾祖老環翠先君御自筆加校正本卦筮書／様命期等之儀不違一字令書寫者一不出于時天文／第十九（一五五〇）暦仲秋十又三日／　大外史清原（枝賢）（花押）「東」（方形朱印、花押ノ上）」あり。慶長十九年暦まであり、国賢の追筆部分あり。

⑬『周易傳授式』、一冊（清家文庫1-62／シ-1）　表紙の外題（国賢筆）の下に墨書「青松」、巻首に「舩橋蔵書」長方形朱印、巻末遊紙裏に「舩橋」長方形陰刻朱印あり。本書は業賢筆とされている。

⑭『十二運注』、一冊（清家文庫8-87／シ-1）　表紙の外題下に墨書「青松」あり。本書は、天文三年（一五三四）清原枝賢書写本。

⑮『装束記并進禁裏仙洞状請文等事』、一冊（清家文庫5-17／シ-3）　表紙左下に墨書「青松」、巻末に本奥書に次いで国賢筆奥書「天正第十六(一五八八)稔春申請徳大寺殿(公維)御秘本令書／写於校合為課秀賢(清原)令讀之予執筆改正焉」、その左に「舩橋」長方形陰刻朱印と墨書「大府卿国賢」あり。

⑯『神祇秘抄』、一冊（清家文庫1-03／シ-1）　巻首首題下に「東」方形朱印及び墨書「國賢」、巻末第二五丁裏左端に国賢筆奥書「天正十三年(一五八五)二月廿日遂書写之功訖」、その右に墨書「大府卿清原國賢」あり。本文は国賢筆。

⑰『大将御拝賀度々』、一冊（清家文庫5-17／タ-1）　表紙の外題の下に墨書「青松」、国賢筆奥書「天正十一年(一五八三)仲秋廿感得之」あり。本書は、国賢が入手した写本。

⑱『百寮訓要抄』、一冊（清家文庫2-03／ヒ-1）　表紙の題簽の下に墨書「青松」、巻首に「舩橋蔵書」長方形朱印、巻末に「舩橋」長方形陰刻朱印と墨書「吏部侍郎秀賢」あり。本書は、永正二年（一五〇五）中原師象書写本またはその転写本を、国賢が入手したものか。

⑲『標題蒙求』、一冊（清家文庫5-67／ヒ-1）　表紙の題簽下に墨書「青松」、巻末に奥書「天正十三季冬晦」、その右下に墨書「青松」あり。本書は国賢筆。

⑳『綸旨抄』、一冊（清家文庫5-04／リ-1）　裏表紙見返しに国賢筆奥書「天正十一年(一五八三)仲秋廿感得之」、その右下に墨書「青松」あり。本書は大永二年（一五二二）万里小路秀房書写本を天正十一年八月二十日に国賢が入手したもので、取得日は『大将御拝賀度々』と同じ。

川瀬一馬『増補新訂足利学校の研究』（講談社、一九七四年）に、「夢庵は清原枝賢（青松）から学び」（八六頁）と記すが、右に掲げたように「青松」の墨書は清原国賢の号である。なお、『圖書寮叢刊書寮部蔵書印譜上（宮内庁所陵部、一九九六年）は、「東」を「宣賢の所用とされる」、「同印には国賢の襲用が認められ（多くは墨泥を用いる）」（八〇頁）とするが、「東」印には枝賢所用例もある。

（8）「祓八ケ口訣・諸神系図譜・神道」（国立歴史民俗博物館所蔵田中穣氏旧蔵典籍古文書、H-743-53。袋綴装、一冊）は、次のような構成である（書誌情報は、国立歴史民俗博物館「館蔵資料データベース」でも公開されているので、要点のみ記す）。

表紙の右上隅に墨書「四」、左に外題「祓八ケ口訣／諸神系図譜　全／神道」あり。本文第一丁表に首題「祓八ケ大事」、その下に長方形隅丸朱印「中嶋良胤庫」、第六丁裏に本奥書「文明戊戌三月五日　神道長上卜部兼倶」とあり、第一丁～第六丁に「祓八ケ大事」を収める。第七丁表より「諸神系図譜」を収め、第一九丁裏に本奥書「以二品兼倶卿本令書寫校合訖／神祇大副卜部朝臣兼永」あり。第二〇丁表に書き出し「神道序」あり、第二九丁表までに「神道」を収める。第二九丁表左半部に次の奥書（賀茂氏庸筆）あり。

本云

明應四年乙卯七月二日寫了

本云

天正十三年正月廿六日感得之　賀茂縣主清為

本云

右祓八ケ大事并諸神系圖者先年平野家相傳之秘本寫之

神道序者以賀茂清為本書之次之後畢于峕天正丁亥季冬初九

青松軒法名常貞明経博士従三位清原国賢朱印

第二九丁裏に次の奥書（賀茂氏之筆）あり。

右以清原国賢之筆蹟而課氏庸謄写焉
令校合了
寛永十一年九月初三　従五位下右馬助賀茂縣主◯（「氏／之」丸形重郭墨印）

裏表紙見返の茜色貼紙に田中教忠筆按文「寛永十五年所寫之古事記奥書所記之人名ヲ／削除ス今按此書ニ對合スルニ全ク同筆ナルヲ覺ユ／然則削滅ノ人名ハ従五位下行右馬助賀茂縣主氏之／右黒印除歟（古事記旧事記ハ寛永廿一年四月風月宗智本本朝始テ印刻ス其ノ前半ノ寫本ナルヲ珍トス）加納備考トス」あり。

本書の親本は、文明十年（一四七八）卜部兼倶書写本を卜部兼永が転写した「祓八ケ大事」に、さらに兼永が兼倶本により「諸神系図譜」を明応四年（一四九五）に写し加えた本を、天正十三年（一五八五）に賀茂県主清為が書写（感得）し、清為がさらにその後ろに「神道」を追記した本である。そして、賀茂清為所持本を、天正十五年（丁亥、一五八七）清原国賢がに転写した本が、賀茂氏之所持本の親本である。「賀茂社家総系図」（東京大学史料編纂所所蔵謄写本）に賀茂清為は、「慶長十五年六一二十二日卒、年五十」とあるので、清原国賢と同時代の人物である。国賢所持本においては、「本云／右祓八ケ大事并諸神系図」より「于時天正丁亥冬初九」までが国賢の奥書であり、書写年月日の下に「國／賢」方形重郭朱印朱印が捺してあったと考えられる。「青松軒法名常貞明経博士従三位清原国賢」は朱印に対して賀茂氏庸が加えた注記である。「賀茂社家総系図」に賀茂県主氏之と氏庸が記載されている。

田中教忠が所蔵していた『古事記』は、阪本龍門文庫所蔵の寛永十五年奥書本『古事記』三巻であり（『龍門文庫善本叢刊』五、勉誠社、一九八七年）、下巻裏表紙見返しの朱書書き入れ「本書ハト部家本の系統傳本にして猪熊家本と密接なる関係あり。／田中氏日野角坊文庫旧蔵なり。　川瀬一馬識」がある。三巻に賀茂氏之筆奥書があり、例えば下巻には「古事記三冊令氏庸謄寫了／寛永十五歳次戊寅九月日一校了／（紙面剥ぎ取りにて一〇字程度削除）」とあり（最後の部分の削除は上巻・中巻も同じ）、文末に「氏／之」丸形重郭墨印の下辺残り、中巻には「庸」に傍点を附し「縄改」と注記されている。川瀬一馬『田中教忠蔵書目録』（田中穣自家版、一九八二年）は、田中教忠が削除部分を氏之に関わるとするのに対して、「筆者は「氏庸」に相違ないと推定する」（一〇頁）と記すが（『龍門文庫善本叢刊』五の解題も同様）、「氏之」印の円郭の下部が削除跡に残るので、田中教忠の推定に従うべきと考える。

（9）『三略抄』第五冊（書）裏表紙見返しの奥書「天正四年（一五七六）丙子晩春下（中）旬」の下の「青松」は、一見、書写奥書の一部のようにも見えるが、あまりにも文字が大きく同時のものとは見えない。天正四年奥書が国賢による書写等の奥書であるとしても、「青松」が墨書されたのは、表紙と同じ時期であろう。

（10）川口は、系統図で「禅阿校点所拠本」を掲げ、その内容を示すものとして、康永三年抄本の第一本妻の末尾の「但雖有諸過失既為数子之母」の一文の頭に墨勾点を附して「以下或無之」と異本注記をし、さらにその注記と同筆で文末に墨挿入符（大き目の圏点）と墨線の引き出しをして「為如何之耶」（返り点、仮名略す）と傍補しその右上に「或本有之」と異本注記を附す部分を利用する。川口は、「禅阿或本」は「但」以下の一文なし、禅阿一本は「但雖有諸過失既為数子之母為如何之耶」であったとする（川口、一九八三B、三五八頁）。しかし、一文の頭の右肩の墨勾点は朱句点の下にあり、朱句点が康永三年七月二十四日加筆であれば、墨勾点を伴う「以下或無之」は親本に備わっていた校異書き入れを転写したものであり、永正十二年禅阿校点に伴う書き入れではないことが明かであるし、さらに「以下或無之」・「或本有之」の異本注記は、康永三年七月二十三日移点の仮名と同筆である。したがって、この部分から、禅阿が校点に使用した写本の内容を論じることはできない。

（11）後藤演乗について、『加能郷土辞彙』には、「上後藤覚乗の子。通称勘兵衛、諱は光英。前田綱紀の時下後藤の悦乗と隔年交代して下り、白銀飾の事に與つたが、後には専ら京都に居て綱紀の書籍蒐集の任に当つた」と記す。後藤演乗の東寺百合文書の整理への関わりもよく知られている（近藤磐雄、一九〇九・中、二三〇～二三二頁。藤岡作太郎、一九〇九、二九三頁）。

（12）近衛基煕の「基煕公記」（陽明文庫所蔵。東京大学史料編纂所所蔵写真帳・謄写本による）は、延宝八年に関して、第二十七・二十八冊（正月～五月記）、第二十九冊（七月二十七日～八月二十三日記）、第三十冊（閏八月五日～十二月晦記）が残る。この年、基煕は、第四代将軍徳川家綱が五月八日に薨去したことによる徳川綱吉への将軍宣下（八月二十三日）のために、七月二十七日に関東に下向し、閏八月五日に帰洛した。「応円満院雑記」（陽明文庫所蔵。史料編纂所所蔵写真帳による）には「江戸御下向道中宿割覚」も残る。これらを通覧したところ、『新猿楽記』書写記事は見えないようである。十一月三日条にも、書写のことは記されていない。ただし、平松時方・竹屋惟庸等に依頼しての典籍書写、青蓮院門主との公私にわたる会合の記事は多く見える。なお、基煕は、延宝九年二月十九日から四月末まで日記を記していない。陽明文庫本『新猿楽記』も、書写は基煕より依頼された者が行ったのであろう。奥書は、基煕の書と見ることもできないわけではないが、マイクロフィルムで見る限り本文書写の筆跡と変わらないようなので、本文を書写した者が、基煕に代わり記したものであろう。奥書で、康永三年抄本についての「賀州之大守」の「懇望」があったので才覚を巡らして書写を終えたことを記すのは、江戸下向日記の残された部分には基煕と前田綱紀の会合は見えないが江戸滞在中に綱紀と典籍の蒐集のことで話を交わす機会があったのか、京において青蓮院門跡尊證親王から綱紀の意向を聞いたのかのいずれかであろう。

（補注1）前田綱紀は、延宝七年（一六七九）四月十一日、参勤の礼を行い、同八年八月二十五日、就封の暇を受け、九月二十二日、金沢に帰着した。後述の如く、康永三年抄本を青蓮院門跡から入手した延宝八年年末には、綱紀は金沢にあった。綱紀は、天和元年（一六八一）四月七日に江戸に戻り、四月十七日に参勤の礼を行っている（前田育徳会『加賀藩史料』四、一九三一年）。

（補注2）前田綱紀は、天和三年（一六八三）四月十三日に江戸に戻り、四月二十二日に参勤の礼を行い、貞享元年（一六八四）四月七日。就封の暇を受け、五月九日、金沢に帰着した（『加賀藩史料』四）。

［文献一覧］

飯田瑞穂「尊経閣文庫所蔵の金沢文庫本」『飯田瑞穂著作集』四、吉川弘文館、二〇〇一年（一九八七年初出）

石上英一「尊経閣文庫所蔵『古語拾遺』の書誌」『尊経閣善本影印集成』三一、八木書店、二〇〇四年

「尊経閣文庫所蔵『日本往生極楽記』の書誌」『尊経閣善本影印集成』四一、八木書店、二〇〇七年

石川県立美術館『尊經閣文庫名宝展―前田育徳会の名宝―』、石川県立美術館、一九九三年

大曽根章介「新猿樂記」『日本思想大系』8、岩波書店、一九七九年

川口久雄『平安朝日本漢文学史の研究』三訂版・下篇、明治書院、一九八八年

川口久雄訳注『新猿樂記』　『東洋文庫』四二四、平凡社、一九八三年　A

「『新猿楽記』の世界」　『東洋文庫』四二四所収　一九八三年　B

「『新猿楽記』附録」　同　一九八三年　C

菊池紳一「「相州鎌倉書籍等捜索書」について」『ぐんしょ』五四号、続群書類従完成会、二〇〇一年一〇月

櫛田良洪『真言密教成立過程の研究』、山喜房佛書林、一九七四年
近藤磐雄『加賀松雲公』上・中・下、一九〇九年
酒井憲二「新猿楽記の語彙　序説―付、語彙索引」『山梨県立女子短期大学紀要』八号、一九七五年三月
関　靖『金沢文庫の研究』、藝林社、一九五一年
納富常天「称名寺の基礎的研究」『金沢文庫資料の研究』、法蔵館、一九八二年（初出、一九七二・一九七三・一九七四年）
福島金治「金沢称名寺劔阿筆録聖教の紙背文書―『釈摩訶衍論私見聞』『釈摩訶衍論私消文』―」『鎌倉遺文研究』創刊号、一九九八年四月、吉川弘文館
藤岡作太郎『松雲公小伝』一九〇九年
古勝隆一「新しくなった清家文庫」『静脩』四〇巻一号、京都大学附属図書館、二〇〇三年五月
森　克己「日宋文化交渉における人的要素」『増補日宋文化交流の諸問題』森克己著作選集第四巻、国書刊行会、一九七五年

［附　記］

『尊経閣善本影印集成』41‐2「日本往生極楽記」（二〇〇七年一〇月）の解説「尊経閣文庫所蔵『日本往生極楽記』の書誌」において、原表紙見返しの墨書で「圓仁慈恵也」としたが（一四頁）、「圓仁慈覚也」と訂正する。